ROBERT HUNTERI PÕNEVIK

CHRIS CARTER

KRUTSIFIKSIMÕRVAD

Inglise keelest tõlkinud Ülle Jälle

 KRIMIRAAMAT

Originaal:
Chris Carter
The Crucifix Killer
First published in Great Britain by Simon & Schuster UK Ltd, 2009
A CBS COMPANY

Toimetanud Marju Lina
Kaas Cover photo © plainpicture/Design Pics/Eric Kulin
Copyright © Chris Carter, 2009

Autoriõigus tõlkele: Ülle Jälle ja OÜ Krimiraamat, 2023
Kõik õigused kaitstud.

ISBN 978-9916-703-42-7
ISBN 978-9916-703-43-4 (epub)

www.eestiraamat.ee
www.facebook.com/Eesti Raamat

Trükitud Euroopa Liidus

Samantha Johnsonile, kes on lihtsalt kõike.

Tänusõnad

Kirjutamist peetakse üksildaseks ametiks, aga ma võlgnen rohkesti tänu paljudele inimestele, kes on heldelt jaganud minuga oma aega ja teadmisi nii paljudelt erialadelt.

Minu armastus ja tänu kuuluvad Samantha Johnsonile, maailma kõige lahkemale ja mõistvamale inimesele, kes väsimatult luges esialgset käsikirja nii palju kordi, et mul läks järg sassi.

Tänan ka Coral Chamberist julgustuse eest ja selle eest, et ta juhatas mind õigesse suunda, ning Andrea McPhillipsit paranduste ja jutuajamiste eest.

Siiras tänu ka kõikidele uskumatutele inimestele Suurbritannia Simon & Schusterist, kes on teinud erakordset tööd, ja minu fenomenaalsetele toimetajatele Kate Lyall Grantile Suurbritanniast ning Pia Götzile ja Sybille Upleggerile Saksamaalt, kelle imeline panus ja väärtuslikud soovitused äratasid selle põneviku loo ja tegelased ellu.

Ma ei oska sõnades väljendada, kui tänulik olen ma kõige kirglikumatele, pühendunumatele, otsustavamatele ja erakordsematele agentidele, keda üks kirjanik võiks tahta: Darley Andersonile ja Camilla Boltonile. Mul on vedanud.

Minu igavene tänu kuulub Darley Anderson Literary Agency ääretult fantastilistele töökatele inimestele.

Üks

Reede, 3. august, 10.25.

„Halloo ... Uurija Hunter kuuleb."

„Halloo, Robert, mul on sulle üllatus."

Hunter kangestus ja oleks kohvikruusi äärepealt käest pillanud. Ta tundis seda metalset häält väga hästi. Ta teadis, et kui telefonist kostab see hääl, tähendab see ainult üht – uut moonutatud surnukeha.

„Kas sa oled viimasel ajal oma paarimehega suhelnud?"

Hunter vaatas kähku ruumis ringi, otsides pilguga Carlos Garciat.

„Kas keegi on täna hommikul Garciaga ühenduses olnud?" karjus ta üle ruumi, vajutades mobiili ekraanil heli vaigistamise nuppu.

Teised uurijad vahetasid sõnatult hämmeldunud pilke ja Hunter teadis vastust enne, kui see tuli.

„Eilsest saadik mitte," vastas uurija Maurice pead raputades.

Hunter vajutas uuesti nuppu.

„Mida sa temaga teinud oled?"

„Kas sa kuulad mind nüüd?"

„Mida sa temaga teinud oled?" kordas Hunter kindlalt.

„Nagu öeldud, on see üllatus, Robert," vastas metalne hääl naerdes. *„Aga ma annan sulle veel ühe võimaluse midagi muuta. Võib-olla seekord pingutad sa rohkem. Ole tunni ajaga Lõuna-Pasadenas kunagise Pacific Alley 122 aadressil asuva maja keldris pesutoas. Kui võtad kaasa abijõude, siis ta sureb. Kui sa tunni ajaga ei jõua,*

siis ta sureb. Ja usu mind, Robert, see saab olema väga aeglane ja piinarikas surm."

Kõne katkes.

Kaks

Hunter jooksis LA idaosas asuva vana maja trepist alla pikkade hüpetega. Mida sügavamale ta laskus, seda pimedamaks ja palavamaks läks majas. Särk oli higine, jalanõud pitsitasid.

„Kus, kurat, see pesutuba on?" sosistas ta keldrisse jõudes.

Pimeda koridori lõpus paistis suletud ukse alt valgusriba. Ta jooksis sinnapoole, hüüdes paarimehe nime.

Vastust ei tulnud.

Hunter võttis välja oma kahetoimelise päästikusüsteemiga püstoli Wildey Survivor ja surus selja uksest paremal vastu seina.

„Garcia …"

Vaikus.

„Kollanokk, oled sa seal?"

Ruumist kostis summutatud tümps. Hunter vinnastas relva ja tõmbas sügavalt hinge.

„Persse kõik!"

Selg vastu seina, lükkas ta ukse parema käega lahti ja keeras kogenud liigutusega keha ruumi sisse, otsides relvaga sihtmärki. Kuse ja okse talumatu hais sundis teda ägedasti köhides taganema.

„Garcia …" hüüdis ta uuesti ukselt.

Vaikus.

Hunter ei näinud lävelt suurt midagi. Ruumi keskel asuva väikese puidust laua kohal laes rippuv elektripirn oli liiga nõrk, et korralikult valgust anda. Ta tõmbas veel korra sügavalt hinge ja astus edasi. See, mida ta nägi, ajas sisemuses kõik keerama. Garcia oli naelutatud elusuuruses ristile akrüülklaasist puuris. Haavadest voolanud veri oli risti alla loiguks kogunenud. Tal olid jalas vaid aluspüksid ja peas oli okastraadist pärg, mille jämedad metallist ogad tungisid ihusse. Verd nirises mööda nägu alla. Garcia tundus elutu.

Hiljaks jäin, mõtles Hunter.

Puuri juurde minnes nägi ta selles südamemonitori. Selle joon kerkis ühtlaste vahedega veidi kõrgemale. Garcia oli veel elus – hädavaevu.

„Carlos!"

Garcia ei liigutanud.

„Kollanokk!" karjus Hunter.

Garcia suutis suure vaevaga silmalauge paotada.

„Pea vastu, semu."

Hunter vaatas hämaralt valgustatud ruumis ringi. See oli suur, umbes seitseteist korda neliteist meetrit. Põrand oli täis räpaseid kaltse, kasutatud süstlaid, crack'i-piipusid ja klaasikilde. Nurgas uksest paremal oli vana roostes ratastool. Puidust laual ruumi keskel olid väike kaasaskantav kassettmakk ja märkmepaber, millele oli suurte punaste tähtedega kirjutatud: *Pane mind kõigepealt mängima.* Hunter vajutas *play*-nuppu ja tuttav metalne hääl pasundas tillukestest kõlaritest.

„*Tere, Robert, ilmselt jõudsid õigeks ajaks.*" Paus.

„*Sa kahtlemata taipasid, et su sõber vajab sinu abi, aga selleks, et sa teda aidata saaksid, pead mängima reeglite järgi … minu reeglite järgi. Mäng on lihtne, Robert. Su sõber on kuulikindlas puuris, nii et tulistamine sind ei aita. Puuri ukse küljes on nelja värvi nupud. Üks neist avab puuri, ülejäänud kolm mitte. Sinu ülesanne on lihtne – vali nupp. Kui sa vajutad õiget nuppu, siis uks avaneb, sa saad oma paarimehe vabastada ja minema minna.*"

Üks võimalus neljast Garcia päästa – kahtlemata mitte just hea šanss, mõtles Hunter.

„*Aga nüüd lõbusa osa juurde,*" jätkas hääl lindilt. „*Kui vajutad mõnda kolmest valest nupust, jõuab sinu sõbra peas olevasse okastraadist krooni katkematu kõrgepingevool. Kas sa oled kunagi näinud, mis juhtub inimesega, kes istub elektritoolil?*" küsis hääl kõhedust tekitavalt naerdes. „*Silmad lõhkevad, nahk kisub krimpsu nagu peekon, keel tõmbub suus kerra, valmis teda lämmatama, veri läheb keema, veresooned ja arterid lõhkevad. Väga uhke vaatepilt, Robert.*"

Garcia süda hakkas kiiresti lööma. Hunter nägi, kuidas joon südamemonitoril tihedamini sakke tekitas.

„*Ja nüüd eriti vahva osa …*"

Hunter teadis, et elektrivool ei ole ainus lõks ruumis.

„*Puuri taga on piisavalt lõhkeaineid, et ruum koos sinuga õhku lendaks. Pomm on ühenduses südamemonitoriga, ja kui sellele tekib ühtlane joon …*" Seekord pikem paus. Hunter teadis, mida metalne hääl järgmisena ütleb.

„*Kõmaki … kõik lendab õhku. Näed siis, Robert, et kui sa vajutad valet nuppu, näed oma sõpra suremas, teades, et sina tapsid ta, ent lisaks sured varsti pärast seda ka sa ise.*"

Hunteri süda peksis rinnus metsikult, higi tilkus laubalt ja pani silmad kipitama, käed värisesid ja olid niiskelt külmad.

„*Aga sul on võimalik valida, Robert. Sa ei pea oma paarimeest päästma, võid päästa ainult iseennast. Mine minema ja jäta ta üksi surema. Mitte keegi peale sinu ei saa sellest teada. Kas sa suudad selle teadmisega edasi elada? Kas sa paned oma elu tema pärast kaalule? Vali värv. Sul on üks minut aega.*" Makk piiksatas valjusti ja vaikis siis.

Hunter nägi Garcia pea kohal punasel digitaalsel ekraani helendama hakanud numbreid: 59, 58, 57 …

Kolm

Viis nädalat varem.

Jenny hõõrus silmi ja tõusis Hollywoodis Vanguardi klubi rahvast täis laua tagant, lootes, et ei näe välja sama väsinud, kui end tundis.

„Kuhu sa lähed?" küsis D-King šampanjat rüübates.

Bobby Preston oli Los Angelesi loodeosa kõige tuntum diiler, aga mitte keegi ei kasutanud tema pärisnime, kõik kutsusid teda D-Kingiks. D tähendas diilerit, sest ta müüs kõike: uimasteid, naisi, autosid, relvi. Õige hinna eest võis ta hankida mida iganes.

Jenny oli tema kõige seksikam tüdruk. Tema keha oli veatult vormis ja päevitunud ning ta täiuslik nägu ja naeratus võisid ära võluda kõik mehed maamunal. Selles oli D-King kindel.

„Pean meiki kohendama. Tulen kohe tagasi, musike." Jenny saatis talle õhusuudluse ja lahkus eksklusiivsest VIP-alast, šampanjapokaal käes.

Jenny ei suutnud rohkem alkoholi juua, mitte et ta oleks purjus olnud, vaid see oli viies järjestikune peoöö ja tal oli kõrini. Ta ei olnud arvanud, et tema elu selliseks kujuneb. Ta polnud arvanud, et temast saab lits. D-King oli talle kinnitanud, et ta pole lõbunaine. Ta oli kõrgklassi meelelahutaja härrasmeestele, kel on äärmiselt hea maitse ja ilmselgelt ka palju raha, aga lõppkokkuvõttes sai ta seksi eest tasu. Jenny meelest tegi see temast litsi.

Enamik Jenny kliente olid perverssed vanad miljonärid, kes otsisid midagi, mida nad kodus ei saanud. Seks ei käinud mitte kunagi tavalises misjonäripoosis. Nad tahtsid oma raha eest kogu värki. Kinnisidumine, sadomaso, piitsutamine, veealad, rakmetega dildod, vahet polnud. Mida iganes kunded soovisid, Jenny pidi seda pakkuma, aga täna ei olnud ta tööl. Talle ei makstud tunnitasu. Ta ei olnud väljas mõne oma mõttetu kundega. Ta oli väljas koos oma bossiga ja pidi pidutsema, kuni mees ütles, et nüüd on kõik.

Jenny oli Vanguardi klubis korduvalt käinud. See oli üks D-Kingi lemmikkohti. Kahtlemata oli klubi uhkelt luksuslik, alates tohutust tantsuplatsist kuni lasersõu ja suure lavani. Vanguardi mahtus kaks tuhat inimest ja täna oli klubi pilgeni täis.

Jenny läks naiste tualeti lähedal asuva baari poole, kus kaks baarmeni tööd rabasid. Klubi oli täis ilusaid inimesi, suur osa neist kahe-kolmekümneaastased. Jenny ei teinud välja silmapaarist, mis oli teda jälginud teel VIP-alalt baari juurde. Silmapaarist, mis oli teda jälginud kogu õhtu. Tegelikult oli see silmapaar teda jälginud viimased neli nädalat, ööklubides ja hotellides. Jälginud teda, kui ta lõbutses, kui ta oma klientidele naudingut pakkus.

„Tere, Jen, on kõik korras? Sa tundud veidi väsinud," ütles pikajuukseline baarmen Pietro, kui Jenny baarileti äärde jõudis. Mees kõneles endiselt kerge hispaania aktsendiga.

„Jah, kullake, lihtsalt liiga palju pidutsemist," vastas Jenny tuimalt ja nägi end siis ühest baari peeglist. Tema hüpnotiseerivad sinised silmad olid täna kuidagi tuhmimad.

„Pahad ei puhka, mis?" Pietro naeratas häbelikult.

„Täna õhtul mitte," vastas Jenny samuti naeratades.

„Kas sa soovid midagi?"

„Ei, pole vaja. Sellegagi on keeruline." Ta näitas oma šampanjapokaali, pilgutades mehele seksikalt silma. „Pidin natukeseks lihtsalt eemale saama."

Pietro ja Jenny olid vahel flirtinud, aga mees polnud üritanud temaga midagi, teades, et ta kuulub D-Kingile.

„Kui midagi soovid, anna märku." Pietro läks kokteile valmistama ja pudeleid loopima. Tumedapäine naine, kes seisis baarileti teises otsas ja kibeles mehe tähelepanu köitma, heitis Jennyle pilgu, mis ütles: „Hoia eemale, lipakas, mina nägin teda esimesena."

Jenny tõmbas käega läbi pikkade nisukollaste juuste, pani šampanjapokaali baariletile ja pöördus tantsupõranda poole. Talle meeldis klubi õhustik. Kõik need inimesed lõbutsesid, tantsisid, jõid ja otsisid armastust. Olgu, ehk mitte armastust, mõtles ta, aga vähemalt seksisid nad naudingu, mitte raha pärast. Ta tahtis olla nendesarnane. See polnud kindlasti selline ilus Hollywoodi elu, millest ta oli kuus aastat tagasi Idahost lahkudes unistanud.

Jenny Farnborough huvi Hollywoodi vastu tekkis kaheteist-kümneaastasena. Kinost sai tema pelgupaik pidevate tülide eest allaheitliku ema ja liiga agressiivse kasuisa vahel. Filmidest sai tema põgenemistee, vahend, mis viis ta kohtadesse, kus ta polnud käinud, ja ta tahtis sellest kõigest osa saada.

Jenny teadis, et Hollywoodi unistus ei ole midagi enamat kui fantaasia. Midagi, mis eksisteerib ainult armastusromaanides ja -filmides, ning neid oli ta palju lugenud ja vaadanud. Ta pidi tunnistama, et on unistaja, aga ehk see polnudki halb. Võib-olla tal veab. Kaotada polnud midagi.

Neljateistkümnesena läks ta tööle popkornimüüjaks. Ta hoidis alles kogu oma teenitud raha ja kuueteistkümnendaks sünnipäevaks oli tal piisavalt, et see kolkalinn maha jätta. Ta tõotas, et ei lähe kunagi Idahosse tagasi. Jenny ei saanudki teada, et tema ema suri unerohutablettide üledoosi tagajärjel vaid nädal pärast tema lahkumist.

Hollywood oli kõike seda, mida ta oli oodanud. Maagiline paik täis ilusaid inimesi, tulesid ja fantaasiaid. Ent inglite linna karm reaalsus oli kaugel tema illusioonist. Säästudest ei jätkunud kuigi kauaks, ja kuna tal polnud mingit väljaõpet, hakkasid äraütlemised kuhjuma nagu must pesu. Tema ilus unistus hakkas vähehaaval õudusunenäoks muutuma.

D-Kingile tutvustas Jennyt Wendy Loutrop, veel üks näitlejahakatis. Algul keeldus Jenny kõikidest mehe ettepanekutest. Ta oli kuulnud lugusid, et ilusad naised tulevad Hollywoodi, unistades staariks saamisest, aga lõpetavad tänaval või pornotööstuses. Jenny oli otsustanud mitte järele anda. Ta ei tahtnud, et temast saaks järjekordne ebaõnnestuja, aga uhkus pidi ellujäämisinstinktile alla vanduma ning mitu kuud pärast paljusid telefonikõnesid ja kalleid kingitusi sai D-King endale uue lõbutüdruku.

Jenny ei pannud tähele kätt, mis tema šampanjapokaali värvitut vedelikku kallas. Ta vaatas endiselt tantsijaid.

„Tere, kullake, kas võin sulle joogi välja teha?" küsis temast paremal seisev pikk heledapäine mees laia naeratusega.

„Mul on juba jook olemas, aga tänan pakkumise eest," vastas Jenny viisakalt, vaatamata võõrale otsa.

„Oled kindel? Võin tellida meile pudeli Cristali. Mis sa arvad, musike?"

Jenny pöördus ja vaatas pikale heledapäisele mehele otsa. Mehel oli seljas tumehall elegantne Versace ülikond ja säravvalge tärgeldatud kraega triiksärk ning kaelas sinine siidilips. Kõige tähelepanuväärsemad olid tema rohelised silmad. Jenny pidi tunnistama, et tegemist on kena välimusega mehega.

„Mis su nimi on?" küsis ta end naeratama sundides.

„Mina olen Carl, meeldiv tutvuda," ütles mees kätt ulatades.

Selle surumise asemel võttis Jenny lonksu šampanjat. „Kuule, Carl, sa oled kena mees, seda ma pean tunnistama ..." Tema hääl muutus väga lahkeks. „... aga naisterahvale rahapatakaga vehkides külge lüüa ei ole hea mõte, eriti sellises paigas. See tekitab meis odava tunde, kui sa just ei otsi bimbot – või otsid? Proffi?"

„Oh … ei!" Carl näperdas närviliselt lipsu. „Vabadust, ma ei mõelnud seda nii, musike."

„Sa siis ei otsi pidutsejat tüdrukut, kes sind *tõeliselt* lõbustaks?" küsis Jenny, võttes veel lonksu šampanjat, pilk mehel.

„Ei, muidugi mitte, musike. Tahaksin lihtsalt meeldiva dringi teha, ja kui meie vahel on keemiat …" Carl jättis õlgu kehitades lause õhku rippuma.

Jenny libistas sõrmed väga kergelt mööda tema lipsu allapoole ja tõmbas ta siis lähemale. „Kahju, et sa pidutsejat tüdrukut ei otsi," sosistas ta mehe vasakusse kõrva.

Carli naeratus kadus ja selle asemele ilmus hämmeldunud ilme.

„Oleksin andnud sulle oma kupeldaja numbri. Ta on sealsamas." Jenny osutas sapise muigega VIP-alale.

Carl avas suu, nagu tahaks midagi öelda, aga sõnu ei tulnud.

Jenny jõi pokaali tühjaks ja pilgutas talle seksikalt silma, suundudes seejärel naiste tualetti.

Silmapaar jälgis teda endiselt.

Kaua enam ei lähe. Uimasti hakkab peagi mõju avaldama.

Jenny kasutas parajasti huulepulka, kui teda tabas nõrkushoog. Ta teadis, et midagi on valesti. Järsku oli tal palav. Seinad vajusid talle peale. Tal oli raske hingata ja ta läks ukse poole nii kiiresti, kui sai. Ta peab siit minema saama.

Kui ta naiste tualetist välja komberdas, käis ruum tema ümber ringi. Ta tahtis minna tagasi D-Kingi lauda, ent jalad ei kuulanud sõna. Jenny oleks põrandale varisenud, aga kellegi käed haarasid temast kinni.

„On kõik korras, kullake? Sa näed halb välja."

„Ma ei tunne end hästi. Pean vist ..."

„Sa vajad õhku. Siin on liiga lämbe. Tule kaasa, ma aitan sind. Lähme korraks välja."

„Aga ma ..." Jenny kõneles nüüd üsna segaselt. „Pean D-le ütlema ... Pean minema tagasi ..."

„Pärast, kullake, praegu pead minuga kaasa tulema."

Mitte keegi ei pannud tähele, kui Jenny ja võõras klubi ukse poole suundusid.

Neli

„Jah, uurija Hunter kuuleb." Hunter vastas mobiilile pärast kuuendat helinat. Tema hääl oli madal ja jutt aeglane, reetes unepuudust.

„Robert, kus kurat sa olnud oled? Kapten otsib sind juba kaks tundi."

„Kollanokk, sina või? Mis kell on?" Hunteri uus kannupoiss Carlos Garcia oli tema paarimeheks määratud kõigest nädal tagasi pärast tema pikaaegse paarimehe surma.

„Kolm öösel."

„Mis päev?"

„Raisk, mees ... Esmaspäev. Kuule, tule ja vaata see asi üle. Meil on tegemist tõsiselt haige mõrvaga."

„Me oleme mõrvaüksus, Carlos. Haiged mõrvad ongi meie eriala."

„See on tõeline kaos, kobi kähku siia. Kapten tahab, et meie juurdlust juhiksime."

„Ahah," vastas Hunter ükskõikselt. „Anna aadress."

Ta pani mobiili käest ja vaatas väikeses pimedas võõras toas ringi. „Kus, kurat, ma olen?" sosistas ta.

Jube peavalu ja vastik maitse suus tuletasid meelde, kui palju ta eelmisel õhtul oli joonud, ja ta lasi pea padjale vajuda, lootes, et see leevendab valu. Järsku tundis ta midagi voodis enda kõrval liigutamas.

„Tere, kas see kõne tähendab, et sa pead minema?" Naise hääl oli vaikne ja seksikas, kerge itaalia aktsendiga. Hunteri üllatunud pilk langes poolpaljale kehale ta kõrval. Tänavalaternast läbi akna sisse kumava valguse käes nägi ta naise keha piirjooni. Eelmise õhtu mälestused sähvisid peas. Baar, joogid, flirtimine, taksosõit võõra korterisse ja pikkade tumedate juustega naine, kelle nime ta ei mäletanud. See oli kolmas naine, kelle kõrval ta viimase viie nädala jooksul ärganud oli.

„Jah, pean minema. Vabandust," vastas ta kergel toonil.

Hunter tõusis ja hakkas pükse otsima, peavalu tugevnes. Silmad harjusid hämara toaga kiiresti ja ta nägi naise nägu paremini. Naine tundus olevat umbes kolmekümnene. Tema siidised tumedad juuksed ulatusid õlgadeni, raamides südamekujulist väikese nina ja kaunikujuliste huultega nägu. Ta oli kena, aga mitte Hollywoodi filmistaari moodi kena. Tema ebaühtlane tukk sobis talle täiuslikult ning tumerohelistes silmades oli tavatu köitev sära.

Hunter leidis püksid ja aluspüksid magamistoa ukse juurest – need, millel olid sinised kaisukarud.

Liiga hilja nüüd piinlikkust tunda, mõtles ta. „Kas ma tohin vannituba kasutada?" küsis ta püksilukku kinni tõmmates.

„Ikka. Esimene uks paremal," vastas naine end istuma ajades ja pead voodipeatsi vastu toetades.

Hunter astus vannituppa ja sulges enda järel ukse. Ta pesi nägu külma veega ja vaatas end peeglist. Silmavalged olid punased. Ihu tavapärasest kahvatum. Habe ajamata.

„No tore, Robert," ütles ta endale, tõstes veel külma vett väsinud näkku. „Järjekordne naine, kellega kohtumist sa õieti ei mäleta, rääkimata tema korterisse tulemisest. Juhuseks on tore. See on veel parem siis, kui sa seda mäletad. Pean joomisele piiri panema."

Ta pigistas näpu peale natuke hambapastat ja üritas hambaid hõõruda. Järsku meenus talle midagi muud. Äkki on naine lits? Mis siis, kui ma võlgnen talle raha millegi eest, mida ma ei mäleta? Hunter kontrollis kähku rahakotti. Raha, see vähene, mis tal oli, oli alles.

Ta tõmbas kätega läbi lühikeste heledate juuste ja läks tagasi magamistuppa, kus naine endiselt vastu voodipeatsit toetus.

„Kas sa rääkisid endaga?" küsis naine kavalalt naeratades.

„Mida? Ah jaa, ma teen vahel nii, hoiab mu mõistuse juures. Kuule …" Hunteril õnnestus viimaks voodi kõrvalt ka oma särk üles leida. „Kas ma võlgnen sulle raha?" küsis ta hingeldades.

„Mis asja? Arvad, et ma olen prostituut?" vastas naine ilmselgelt solvununa.

Oh, raisk! Hunter teadis, et oli ämbrisse astunud. „Ei, ma … See pole nii, lihtsalt … Seda on minuga varemgi juhtunud. Ma joon vahel liiga palju ja … Ma ei mõelnud seda solvanguna."

„Kas ma olen litsi moodi?" küsis naine ärritunud häälel.

„Üldse mitte," vastas Hunter kindlalt. „Minust oli rumal nii mõelda, palun vabandust. Ilmselt pole ma veel päris kaine," üritas ta end võimalikult kiiresti välja vabandada.

Naine silmitses teda hetke. „Kuule, ma pole selline naine, kelleks sa mind ilmselgelt pead. Mu töö on pingeline ja viimased kuud on päris hullud olnud. Tahtsin auru välja lasta ja mõned dringid teha. Me hakkasime rääkima. Sa olid humoorikas, meel-div, isegi võluv. Oskasid lausa vestlust üleval hoida, vastupidiselt enamikule troppidest, keda väljas käies kohtan. Üks drink viis teiseni ja me lõpetasime voodis. Minu poolt ilmne viga."

„Ei … kuule …" Hunter otsis õigeid sõnu. „… ma ütlen vahel asju mõtlematult. Ja tõtt-öelda … Ma ei mäleta eilsest õhtust suurt midagi. Mul on väga kahju. Ja ma tunnen end nüüd mölakana."

„Peaksidki tundma."

„Usu mind, tunnen ka."

Naine puuris teda pilguga. Mees tundus siiras.

„Igatahes, kui ma oleksin lits, siis su aluspükste ja riiete järgi otsustades ei jaksaks sa mulle makstagi."

„Uhh. See oli löök allapoole vööd. Mul oli juba ilma selleta piinlik."

Naine naeratas.

Hunter rõõmustas, et ta vabandused mõjunud olid. „Kas ma tohin endale kohvi keeta, enne kui lähen?"

„Mul pole kohvi, ainult teed, aga kui tahad, võta. Köök on koridori lõpus."

„Teed? Jätan vahele. Mul on vaja midagi kangemat, mis mu üles ärataks." Ta nööpis särgi kinni.

„Oled kindel, et ei saa jääda?" Naine lükkas teki pealt, paljastades oma alasti keha. Ilusad kehakumerused, pringid rinnad, ja tema kehal polnud ühtegi karva. „Võib-olla peaksid mulle näitama, kui väga sa kahetsed, et mind litsiks pidasid."

Hunter seisis hetke, teadmata, mida teha. Ta hammustas alahuult ja tõrjus selle mõtte peast. Peavalu tuletas meelde, et ta seda ei teeks.

„Luban, et kui saaksin, jääksin." Ta oli nüüd riides ja valmis lahkuma.

„Selge. Kas su naine helistas?"

„Mis asja? Ei. Ma pole abielus. See oli tööasi, usu mind." Hunter ei tahtnud, et naine teda truudusetuks abikaasaks peaks.

„Olgu," sõnas naine asjalikult.

Hunter libistas pilgu veel korra üle naise keha ja tundis kerget erutusvõbelust. „Kui sa mulle oma numbri annad, võik-sime kunagi veel kohtuda."

Naine silmitses teda hetke.

„Sa arvad, et ma ei helista nagunii, eks?" küsis Hunter naise vastumeelsust tunnetades.

„Oo, sa oskad mõtteid lugeda? See on lahe trikk."

„Peaksid nägema, mida ma kaardipakiga teha oskan."

Mõlemad muigasid.

„Lisaks meeldib mulle üle kõige inimestele tõestada, et nad eksivad."

Naine võttis muiates öökapilt paberiploki.

Hunter võttis paberilehe tal käest ja suudles teda paremale põsele. „Pean minema."

„See teeb tuhat dollarit, musike!" ütles naine, libistades sõrmed õrnalt üle tema huulte.

„Mis asja?" küsis Hunter kohkunult. „Aga ..."

Naine juba naeratas. „Vabandust. Ma ei suutnud vastu panna, sa ju pidasid mind litsiks."

Majast välja jõudnud, tegi Hunter kokkumurtud paberilehe lahti. Isabella! Seksikas nimi, mõtles ta. Ta otsis pilguga tänavalt oma vana Buick Lesabre'it. Autot polnud.

„Kuramus! Ma olin liiga purjus, et rooli istuda," kirus ta end ja viipas esimesele taksole, mida nägi.

★

Garcia antud juhised viisid Hunteri kuskile pärapõrgusse. Little Tujunga Canyon Road Santa Claritas on kakskümmend seitse kilomeetrit pikk, kulgedes Bear Divide'ist Foothill Boulevardini Lakeview Terrace'il. See jääb peaaegu kogu pikkuses Angelesi riigimetsa aladele. Siin-seal on mets ja vaated mägedele lausa hingematvad. Garcia juhised olid täpsed ja peagi sõitis takso mööda kitsast auklikku teed, mida ümbritsesid mäed, põõsad ja karm maastik. Pimedus ja tühjus olid masendavad. Kakskümmend minutit hiljem jõudsid nad viimaks muhklikule rajale, mis viis vana puumaja juurde.

„See vist ongi," ütles Hunter, ulatades juhile raha.

Teerada oli pikk ja kitsas, vaid sellise laiusega, et tavaline sõiduauto sinna ära mahuks. Seda piirasid tihedad läbitungimatud põõsad. Politsei- ja muud sõidukid seisid kõikjal, meenutades liiklusummikut kõrbes.

Garcia seisis puidust hurtsiku ees ja vestles ühe kriminalistiga, mõlemal taskulamp käes. Hunter pidi nende juurde jõudmiseks autode vahelt läbi manööverdama.

„Issand, täielik pärapõrgu – veel natuke ja oleksime Mehhikos ... Tere, Peter," ütles ta kriminalistile noogutades.

„Karm öö, Robert? Sa näed välja selline, nagu mina end tunnen," vastas Peter sapiselt muiates.

„Jah, tänan väga, sa näed ka hea välja. Millal beebi sünnib?" küsis Hunter, patsutades Peteri õllekõhtu. „Mis meil siin siis on?" Ta pöördus Garcia poole.

„Peaksid oma silmaga nägema. Seda on raske kirjeldada. Kapten on sees, tahtis sinuga rääkida, enne kui laseb asitõendeid koguma hakata," vastas Garcia häiritud moega.

„Mida kuradit kapten siin teeb? Ta ei käi kunagi kuriteopaikades. Kas ta tunneb ohvrit?"

„Tean sama palju kui sina, aga vaevalt. See naine pole äratuntav." Garcia sõnad sundisid Hunterit murelikult silmi kissitama.

„Nii et naine?"

„Jah, naine."

„Kas kõik on kombes, kollanokk? Sa oled kuidagi kohkunud moega."

„Pole mul häda midagi," väitis Garcia.

„Ta on paar korda ropsinud," torkas Peter irvitades vahele.

Hunter silmitses Garciat hetke. Ta teadis, et see polnud paarimehe esimene mõrvapaik. „Kes surnukeha leidis? Kes sellest teatas?"

„Anonüümne kõne hädaabikeskusele," vastas Garcia.

„No tore, selline asi siis."

„Võta see," ütles Garcia, ulatades Robertile oma taskulambi.

„Kas sa tahad oksekotti ka?" naljatas Peter.

Hunter ei teinud temast välja ja silmitses hetke maja väljast. Eesust polnud. Suur osa eesmise seina laudadest oli kadunud ja rohi oli kasvanud läbi põrandalaudade, nii et eesmine tuba meenutas erametsa. Ta sai aknalaudade jäänustelt kooruva värvi järgi aru, et kunagi oli maja olnud valge. Oli selge, et siin polnud keegi kaua aega elanud, ja see häiris Hunterit. See, kes mõrvab esimest korda elus, ei vaevu tapatöö sooritamiseks otsima säärast eraldatud paika.

Kolm politseinikku seisid majast vasakul, arutledes eelmise õhtu jalgpallimängu üle, kõigil kolmel aurav kohvitops käes.

„Kust ma seda saaksin?" küsis Hunter topsidele osutades.

„Ma toon," lubas Garcia. „Kapten on viimases toas vasakul, mööda koridori. Näeme seal."

„Rabate tööd teha, poisid?" hõikas Hunter kolmele politseinikule, kes vaatasid ükskõikselt tema poole ja jätkasid mängu üle arutlemist.

Majas oli eriline lõhn, segu pehkinud puidust ja kanalisatsioonist. Esimeses toas polnud midagi. Hunter keeras taskulambi kiirt ja astus kaugemas seinas olevast uksest pikka kitsasse koridori, mis viis nelja tuppa, kaks kummalgi pool. Vasakul viimase ukse juures seisis nooruke politseinik. Hunter kiikas möödudes kõikidesse tubadesse. Mitte midagi peale ämblikuvõrkude ja prahi. Kriuksuvad põrandalauad muutsid maja veelgi pahaendelisemaks. Kui Hunter viimase ukse ja selle juures seisva politseinikuni jõudis, tundis ta talitsematuid külmavärinaid. Selliseid, mis kaasnevad kõigi mõrvapaikadega. Surma külmus.

Ta näitas ametimärki ja politseinik astus eest.

„Astuge edasi, uurija!"

Laual ukse kõrval koridoris olid tavapärane kileülikond, sinised kilesussid ja peakatted. Nende kõrval kummikinnaste karp. Hunter rõivastus ja avas ukse järjekordse luupainaja juurde.

Ruumis avanev šokeeriv vaatepilt lõi hinge kinni.

„Issand halasta." Tema hääl oli nõrk sosin.

Viis

Hunter seisis laia voodiga toa uksel. Valgust andsid ainult kaks liikuvat taskulambikiirt – kapten Bolteri ja doktor Winstoni oma. Üllataval kombel oli see tuba palju paremas korras kui ülejäänud maja. Avanenud vaatepilti seedides tekkis sisemusse tohutu tühimik.

Otse ukse vastas, tagaseinast umbes meetri kaugusel rippus kahe paralleelse puidust lati küljes naise alasti surnukeha. Tema käed oli võimalikult laiali tõmmatud, põlved puudutasid kõverdatult põrandat, nii et ta moodustas otsekui Y-tähe. Nöör lati külge kinnitatud randmete ümber oli sügavale ihusse tunginud ja kõhnu käsivarsi katsid kuivanud vere tumedad nired. Hunter vaatas surnud naisele näkku. Aju ei tahtnud vastu võtta seda, mida silmad nägid.

„Halastaja jumal!"

Naise surnukeha ümber tiirles lakkamatu suminaga kärbseparv, aga tema nägu nad ei puutunud. Tema nahata nägu. Vormitu lihaskoe mass.

„Hunter! Otsustasid viimaks kah kohale ilmuda." Kapten Bolter seisis koos koroner doktor Winstoniga vastasseina ääres.

Hunter põrnitses naist veel mõne sekundi ja pöördus siis kapteni poole. „Keegi nülgis ta?" küsis ta ukselt, hääles hämming.

„Elusast peast ... keegi nülgis ta elusast peast," parandas doktor Winstoni rahulik hääl Hunterit. „Ta suri mitu tundi pärast seda, kui nahk tema näolt maha kisti."

„Ära aja jama!" Hunter vaatas näota naist. Naha puudumisel punnitasid silmad koobastest välja ja paistsid talle otsa vahtivat. Suu oli lahti. Hambaid polnud.

Hunter oletas, et naine oli kõige enam kakskümmend viis. Jalad, kõht ja käed oli heas toonuses ning oli selge, et ta oli oma välimuse üle uhkust tundnud. Juuksed olid heleblondid, pikad ja siidised, ulatudes poolde selga. Hunter oli kindel, et naine oli olnud väga ilus.

„See pole veel kõik. Vaata ukse taha," sõnas doktor Winston.

Hunter astus sisse, sulges ukse ja vahtis seda segaduses paar sekundit.

„Täispikkuses peegel?" küsis ta oma peegelpilti vaadates. Järsku astus ta kõrvale ja naise keha oli peeglis täies ulatuses näha.

„Issand! Mõrtsukas sundis teda vaatama." Naise surnukeha asus täpselt ukse ees.

„Tundub nii," nentis doktor Winston. „Viimased tunnid nägi ta ilmselt peeglist iseenda moonutatud nägu – vaimne ja füüsiline piin."

„Peegel ei kuulu selle ukse juurde ..." ütles Hunter ringi vaadates. „... ega siia tuppa. See tundub täiesti uus."

„Just, peegel ja need puidust latid toodi siia põhjusega – ohvri piinade suurendamiseks," kinnitas doktor Winston.

Magamistoa uks lendas lahti ja Hunter ei näinud enam peeglit. Garcia astus sisse, kohvitops käes. „Võta," ütles ta seda Hunterile ulatades.

„Jätan vahele, kollanokk. Mu maol on olnud paremaid päevi ja nüüd olen ma täiesti ärkvel," vastas Hunter käega rehmates.

Kapten Bolter ja doktor Winston raputasid pead, andes mõista, et ei soovi samuti kohvi. Garcia avas taas ukse.

„Võta," ütles ta noorele politseinikule koridoris. „Sulle kulub see ära."

„Oh! Tänan, söör." Politseinik oli üllatunud.

„Pole tänu väärt." Garcia sulges ukse ja läks koos Hunteriga ohvri juurde. Ninna tungis kirbe hais, nii et Hunter pidi nina käega kinni katma. Naine oli põlvitanud kuse ja väljaheidete loigus.

„Teda hoiti nende postide külge seotuna mitu tundi, ehk isegi terve päeva. See oli tema kemps," selgitas doktor Winston põrandale osutades.

Garcia krimpsutas vastikustundest nägu.

„Kaua ta surnud on olnud, doktor?" küsis Hunter.

„Raske öelda. Inimkeha temperatuur langeb iga tunniga pärast surma umbes poolteist kraadi. Tema kehatemperatuur on langenud umbes kaksteist kraadi, seega võib ta olla surnud kaheksa tundi, aga see sõltub asjaoludest. Suvekuumus kindlasti aeglustas seda protsessi ja päeval on siin toas kindlasti nagu saunas. Kui olen ta lahkamislauale saanud, oskan täpsemini öelda."

„Mingeid lõike- ega kuulihaavu ei ole, kägistamisjälgi ka mitte. Kas ta suri näovigastuste tagajärjel?" uuris Hunter, silmitses naise ülakeha ja vehkis kätega kärbseid eemale.

„Jällegi ei oska ma ilma lahkamiseta kindlalt öelda, aga oletan, et valu ja kurnatus tõid kaasa südame seiskumise. Kes iganes seda tegi, hoidis naist selles asendis, tekitades talle aina rohkem valu, kuni ta suri. Mõrtsukas tahtis, et ta piinleks võimalikult palju, ja ta piinles ka."

Hunter vaatas ringi, nagu midagi otsides. „Mis lõhn see on? Ma tunnen veel mingit lõhna, nagu äädikas."

„Hea nina, Hunter," sõnas doktor Winston, osutades ühte nurka. „See purk seal on täis äädikat. Seda on tunda ka ohvri kehal, peamiselt ülakehal. Tundub, et mõrtsukas kallas seda tema nülitud näo peale kindlate intervallide tagant."

„Äädikas peletab ka kärbseid," tähendas Hunter.

„Just," kinnitas doktor Winston. „Kujutage ette, millist valu see naine pidi kannatama. Kõik näo närvid olid paljastatud. Isegi nõrk tuulehoog oleks tekitanud väljakannatamatut valu. Ta minestas arvatavasti korduvalt, või vähemalt üritas seda. Pidage meeles, et tal polnud silmalaugusid – ta ei saanud valgust tõrjuda ega silmi puhata. Iga kord, kui ta teadvusele tuli, nägi ta esimese asjana oma moonutatud alasti keha. Ma ei hakka üldse mainimagi, millist valu põhjustas lahtisele haavale valatud äädikhape."

„Issand!" ütles Garcia taganedes. „Vaene naine!"

„Kas ta oli teadvusel, kui teda nüliti?" küsis Hunter.

„Ilma tuimastita oleks olnud, aga ma ei usu, et oli. Arvan, et ta uimastati, nii et ta oli mitu tundi teadvuseta, kuni see psühhopaat tema näo kallal tegutses. Kui ta lõpetas, tõi ta ohvri siia, sidus postide külge ja piinas teda veel, kuni ohver suri."

„Mis asja? Arvate, et teda ei nülitudki siin?" küsis Garcia hämmeldunult.

„Ei," vastas Hunter, enne kui doktor Winston seda teha jõudis. „Vaata ringi. Kontrolli kõiki tubasid, kui tahad. Kuskil pole ühtki verepiiska, välja arvatud ohvri all. Jah, mõrtsukas kindlasti koristas enda järelt, aga mitte siin. Paranda mind, kui ma eksin, doktor, aga inimeselt naha nülgimine on keeruline protsess."

Doktor Winston noogutas sõnatult.

„Mõrtsukas vajas kirurgi tööraiendeid, operatsioonisaali tulesid, rääkimata ajast ja teadmistest," jätkas Hunter. „Meil on tegemist äärmiselt osava psühhopaadiga. Isikuga, kes tunneb väga hästi arstiteadust. Ohvrit ei nülitud selles majas. Teda piinati siin ja ta tapeti siin."

„Võib-olla on mõrtsukas jahimees. Tead küll, oskab loomi nülgida?" pakkus Garcia.

„Võimalik, aga sellest poleks abi," vastas Hunter. „Inimese nahk ei reageeri samamoodi nagu loomanahk. Elastsus on erinev."

„Kust sa seda tead? Käid jahil?" uuris Garcia huviga.

„Ei, aga ma loen palju," vastas Hunter ükskõikselt.

„Lisaks on loomad selleks ajaks surnud, kui neilt nahk maha võetakse," lisas doktor Winston. „Naha võib maha rebida, ilma et peaks looma elu pärast muretsema. Meie mõrtsukas hoidis ohvrit elus ja see iseenesest on väga peen protseduur. Kes iganes see isik on, ta on meditsiiniga hästi kursis. Ta oleks lausa väga hea ilukirurg, kui hammaste välja tõmbamine kõrvale jätta. Need tõmmati lihtsalt rohmakalt välja, põhjustades maksimaalset valu."

„Mõrtsukas ei taha, et me ohvri tuvastaksime," järeldas Garcia.

„Sõrmed on terved," andis Hunter vastu, kui oli naise käsi kontrollinud. „Milleks võtta hambad ja jätta sõrmejäljed alles?"

Garcia noogutas nõustuvalt.

Hunter läks puidust lattide juurde, et uurida naise selga. „Lava," sosistas ta. „Koht, kus mõrtsuka julmus sai ellu ärgata. Sellepärast ohver siia toodigi. Vaadake teda, tema asend on rituaalne." Ta pöördus kapten Bolteri poole. „See mõrtsukas on ennegi tapnud."

Kapten Bolter polnud üllatunud.

„Mitte keegi poleks säärast valu vaikides taluda suutnud," tähendas Garcia. „See on ideaalne koht, täielikult eraldatud, naabreid pole, mitte keegi ei satuks peale. Naine võis kisendada kogu jõust, aga mitte kedagi ei tulnud."

„Kas me ohvrist teame midagi? Kas me teame, kes ta on?" küsis Hunter ikka naise selga uurides.

„Seni mitte, aga me pole veel tema sõrmejälgi süsteemi sisestanud," vastas Garcia. „Maja läbi vaadates ei leidnud me midagi, isegi mitte rõivaid. Ilmselgelt ei elanud naine siin ja majast tema isiku kohta vihjeid otsida on arvatavasti ajaraisk."

„Tehke seda sellegipoolest," sõnas Hunter kindlalt. „Kuidas on kadunud isikutega?"

„Sisestasin tema esialgse kirjelduse kadunud ja tuvastamata isikute andmebaasi," vastas Garcia. „Vasteid veel ei ole, aga ilma näota ..." Ta raputas pead, nagu peaks seda võimatuks ülesandeks.

Hunter vaatas natuke aega toas ringi, siis jäi ta pilk pidama lõunapoolses seinas oleval aknal. „Kas väljas oli rehvijälgi? Siia pääseb ju vist ainult mööda seda kitsast teed. Mõrtsukas pidi siia autoga sõitma."

Kapten Bolter noogutas kergelt. „Sul on õigus. See tee on ainus juurdepääs majale ning politsei ja kriminalistid on mööda seda edasi-tagasi sõitnud. Kui midagi oligi, on need jäljed hävitatud. Ja ma kütan selle eest kellelgi tagumiku kuumaks."

„Tore!"

Tekkis vaikus. Nad kõik olid midagi sarnast varemgi näinud. Ohver, kel polnud hullumeelse vastasega mingit lootust – tühi lõuend, millele olid kantud surma ehmatavad värvid –, aga seekord tundus asi teistsugune.

„See ei meeldi mulle," katkestas Hunter vaikuse. „Mulle ei meeldi see mitte üks raas. See pole mingi hetke ajel sooritatud mõrv. Seda planeeriti, ja lisaks pikka aega, raisk. Kujutlege, millist kannatlikkust ja otsustavust on vaja sellise asja korraldamiseks." Hunter hõõrus nina. Surma hais hakkas teda häirima.

„Kiremõrv? Võib-olla tahtis keegi kättemaksu purunenud suhte eest," arvas Garcia.

„See pole kiremõrv," vastas Hunter pead raputades. „Teda armastav inimene poleks suutnud midagi sellist teha. Olenemata sellest, kui haavunud ta oli, kui see naine just vanakurja endaga ei käinud. Vaadake teda, see on lihtsalt groteskne, ja see teeb mulle muret. Sellega tapmised ei lõpe."

Hunteri sõnad tekitasid toas külma tunde. Los Angelesil polnud vaja järjekordset psühhopaadist mõrtsukat, kes soovib saada järgmiseks Rappija Jackiks.

„Hunteril on õigus, see pole kiremõrv. See mõrtsukas on varemgi tapnud," sõnas kapten Bolter viimaks, astudes aknast eemale. Tema sõnad sundisid kõiki seisatuma.

„Kas te teate midagi, mida meie ei tea?" Garcia esitas küsimuse, mis oli kõigi huulil.

„Varsti enam mitte. Ma tahan teile veel midagi näidata, enne kui kriminalistid siia lasen."

Hunterile oli see huvi pakkunud saabumisest alates. Tavaliselt vaatavad kriminalistid kuriteopaiga üle enne, kui uurijad asitõendite peale trampima lastakse, aga täna oli kapten tahtnud Hunterit siia enne neid. Kapten Bolter rikkus haruharva protokolli.

„Tema kuklal. Vaadake," ütles ta, noogates peaga ohvri poole.

Hunter ja Garcia vahetasid mureliku pilgu ning läksid taas surnud naise juurde.

„Andke midagi, millega juuksed üles tõsta," hüüdis Hunter. Doktor Winston ulatas talle metallist teleskooppastaka.

Kui taskulambikiir naise paljastatud kaelale langes, sattus Hunter täielikku segadusse. Ta põrnitses seda hämmeldunult – veri kadus ta näost.

Garcia ei näinud oma kohalt kuigi hästi, aga teda häiris Hunteri pilk. Mida iganes Hunter näinud oli, see oli ta keeletuks ehmatanud.

Kuus

Ehkki Robert Hunter oli kolmekümne üheksa aastane, tundus ta tänu oma nooruslikule näole ja muljet avaldavale füüsisele napilt kolmekümnene. Ta kandis alati teksaseid, T-särki ja kulunud nahktagi, oli sada kaheksakümmend sentimeetrit pikk, laiade õlgade, kõrgete põsesarnade ja lühikeste heledapoolsete juustega. Temas oli teatav talitsetud jõulisus, mis kajastus igas tema liigutuses, aga kõige rabavamad olid tema silmad. Intensiivselt helesinised silmad, mis viitasid intelligentsile ja kõigutamatule otsustavusele.

Hunter oli töölisklassi kuuluvate vanemate ainus laps, ta oli üles kasvanud Comptonis, mis oli Los Angelese lõunaosa vaesem piirkond. Ema suri vähki, kui Robert oli vaid seitsmene. Isa ei abiellunud uuesti ja töötas kahel kohal, et üksinda lapse kasvatamisega toime tulla.

Kõigile oli üsna varakult selge, et Hunter on eriline. Ta oli taiplikum kui teised. Kool oli tema jaoks igav ja ärritav. Ta tegi kuuenda klassi läbi vähem kui kahe kuuga, ning selleks, et midagi teha oleks, võttis läbi ka seitsmenda, kaheksanda ja isegi üheksanda klassi õpikud. Kooli direktor härra Fratelli oli imelapsest vaimustuses ning korraldas kokkusaamise andekate laste Mirmani koolis Mulholland Drive'il Los Angelese loodeosas. Mirmani psühholoog doktor Tilby lasi Hunteril teha hulga teste ja Hunter kuulutati „erakordseks". Nädal hiljem viidi ta üle Mirmani kaheksandasse klassi. Ta oli siis alles kaksteist. Neljateistkümnendaks eluaastaks oli ta võtnud läbi Mirmani keskkooli emakeele, ajaloo, bioloogia ja keemia õppekava. Neli keskkooliaastat said tehtud kahega ja viieteistkümnesena lõpetas ta kiituskirjaga keskkooli. Kõikidelt õpetajatelt saadud soovituskirjade toel võeti Hunter „eritingimustel" vastu Stanfordi ülikooli. Toona oli see Ameerikas parim psühholoogiaülikool.

Ehkki Hunter oli kena välimusega, oli ta liiga kõhn, liiga noor ja riietus liiga veidralt, nii et tüdrukutele ta huvi ei pakkunud, ent kiusajatele küll. Tal polnud sporditegemiseks vastavat füüsist ega võimeid ning vaba aja veetis ta raamatukogus. Ta luges – töötas raamatuid läbi uskumatult kiiresti. Talle hakkas huvi pakkuma kriminoloogia ja nende isikute mõttemaailm, keda peeti julmadeks. Ülikooli ajal polnud tal mingi probleem hoida keskmist hinnet 4,0 peal, aga ta tüdines varsti kiusamise objektiks olemisest ja hüüdnimest Hambaorgipoiss. Hunter otsustas hakata käima jõusaalis ja minna enesekaitsetrenni. Talle endalegi üllatuseks meeldis talle trenniga kaasnev füüsiline valu. Ta sattus treenimisest vaimustusse ja aastaga olid tõsise trenni tulemused silmaga näha. Tema keha oli muutunud muljet avaldavalt lihaseliseks. Hambaorgipoisist sai vormipoiss ja vähem kui kahe aastaga teenis ta karates musta vöö. Kiusamine lakkas ja järsku ei saanud tüdrukutel temast küllalt.

Üheksateistkümneseks saades oli Hunter omandanud psühholoogiakraadi ning kahekümnekolmesena sai magistrikraadi kuritegeliku käitumise analüüsis ja biopsühholoogias. Tema magistritöö pealkiri oli „Kuritegeliku käitumise põhjalik psühholoogiline uuring", mis anti välja raamatuna ja mis oli nüüd kohustuslikuks kirjanduseks FBI riiklikus vägivaldsete kuritegude analüüsi keskuses (NCAVC).

Elu oli ilus, ent kaks nädalat pärast magistrikraadi omandamist pöörati Hunteri elu pea peale. Viimased kolm ja pool aastat oli tema isa töötanud Bank of America Avalon Boulevardi harukontoris turvamehena. Röövimiskatse läks üle tulevahetuseks ja Hunteri isa sai kuuli rindu. Ta oli kolm kuud koomas. Hunter istus kogu selle aja tema voodi ääres.

Need kolm kuud vaikuses istumist, nähes, kuidas tema isa vähehaaval iga päevaga aina enam kustub, muutsid Hunterit. Ta suutis mõelda vaid kättemaksule. Siis tekkis unetus. Kui politsei ütles, et neil pole kahtlusalust, taipas Hunter, et tema isa tapjat kätte ei saada. Ta tundis end ülimalt abituna ja see tunne tekitas põlgust. Pärast matuseid tegi ta otsuse. Ta mitte ainult ei uuri enam kurjategijate mõttemaailma, vaid hakkab neid ise jahtima.

Olles politseisse tööle läinud, tegi ta endale kiiresti nime ja liikus karjääriredelil ülespoole välgukiirusel, saades juba kahekümne kuue aastasena LAPD* uurijaks. Ta värvati peagi röövi- ja mõrvagruppi, kus tema paarimeheks sai vanem uurija – Scott Wilson. Nad kuulusid mõrvajuurdluse erirühma ning tegelesid sarimõrvarite, avalikkuse tähelepanu all olevate ja teiste mõrvajuhtumitega, mille lahendamine nõudis rohkem aega.

Wilson oli tol ajal kolmkümmend üheksa. Oma saja kaheksakümne viie sentimeetri juures kaalus ta sada kaskümmend kilo, mis koosnes lihastest ja pekist. Tema kõige silmatorkavam tunnus oli läikiv arm paljaksaetud pea vasakul poolel. Tema kurjakuulutav välimus oli talle alati kasuks tulnud. Mitte keegi ei jama uurijaga, kes näeb välja nagu vihane sookoll.

Wilson oli töötanud politseis kaheksateist aastat, viimased üheksa mõrvauurijana. Alguses ei meeldinud talle sugugi saada

---

* LAPD (Los Angeles Police Department) – Los Angelesi politseijaoskond. Siin ja edaspidi tõlkija märkused.

paarimeheks noor kogenematu uurija, ent Hunter õppis kiiresti ning tema järeldus- ja analüüsivõimed olid lausa hämmastavad. Iga lahendatud juhtumiga austas Wilson Hunterit aina enam. Neist said parimad sõbrad, lahutamatud tööl ja vabal ajal.

Los Angeleses oli alati olnud võikaid ja vägivaldseid mõrvu, ent uurijaid polnud piisavalt. Wilson ja Hunter pidid tihti korraga lahendama kuni kuut erinevat juhtumit. Pinge neid ei häirinud, vastupidi, nad nautisid seda. Ent siis oleks ühe Hollywoodi kuulsusega seotud juurdlus neile äärepealt maksma läinud nende töö ja sõpruse.

See oli seotud Linda ja John Spenceriga. Viimane oli tuntud muusikaprodutsent, kes oli teeninud kolme järjestikuse esikohale jõudnud rokkalbumi produtseerimisega terve varanduse. John ja Linda olid kohtunud ühel järelpeol ning see oli olnud üks neist kiirromaanidest, sest kolme kuu pärast olid nad abielus. John oli ostnud Beverly Hillsis uhke villa ja nende abielu tundus olevat muinasjutuline, kõik näis täiuslik. Neile meeldis külalisi kutsuda ning vähemalt kaks korda kuus korraldasid nad oma klaverikujulise basseini ääres luksusliku peo. Ent see muinasjutt ei kestnud kaua. Esimese abieluaasta lõpuks hakkas pidusid toimuma harvem ja armastus hääbus. Avalikud ja kodused tülid said igapäevaseks, kui Johni alkoholi- ja uimastilembus tema elu vallutas.

Ühel augustiõhtul pärast järjekordset riidu leiti Linda surnukeha nende köögist, kuklas hukkamisstiilis tulistatud 9mm revolvrikuul. Rüseluse ega sissemurdmise jälgi ei olnud, kaitsehaavu ega sinikaid Linda kätel samuti mitte. Kuriteopaigast leitud asitõendid koos asjaoluga, et John Spencer oli pärast tüli Lindaga kadunud, tegid temast peamise ja ainsa kahtlusaluse. Hunter ja Wilson määrati juhtumit uurima.

John vahistati paar päeva hiljem alkoholi- ja narkouimas. Ta ei eitanud ülekuulamisel, et oli tol õhtul abikaasaga tülitsenud.

Ta tunnistas, et nende abielus oli olnud raske periood. Ta mäletas tüli ja seda, et lahkus kodust vihasena ja purjuspäi, aga ei mäletanud seda, mis temaga viimastel päevadel oli toimunud. Alibit tal polnud, ent ta korrutas järjekindlalt, et tema Lindat ei tapnud. Ta oli naisesse endiselt hullupööra armunud.

Kuulsusi puudutavad mõrvajuurdlused Hollywoodis äratasid alati palju tähelepanu ja meedia korraldas kähku omapoolse tsirkuse: „TUNTUD RIKAS PRODUTSENT TAPAB KAUNI ABIKAASA ARMUKADEDUSHOOS". Isegi linnapea nõudis kiiret lahendust.

Prokurör tõestas, et Johnile kuulus 9mm kaliibriga revolver, aga seda ei leitud. Leiti küllaga tunnistajaid, kes olid Johni ja Linda avalikke tülisid pealt näinud. Enamasti John karjus ja Linda nuttis. John Spenceri äkilise iseloomu tõestamine oli lapsemäng.

Wilson oli Johni süüs kindel, aga Hunter oli veendunud, et neil on vale kahtlusalune. Hunteri jaoks oli John hirmunud noor mees, kes oli liiga kiiresti rikastunud, raha ja kuulsusega aga kaasnesid uimastid. John ei olnud varem vägivaldne olnud. Koolis oli ta olnud tavaline nohikuvälimusega poiss – rebitud sinised teksad, veider soeng, kuulas alati *heavy metal*'it.

Hunter üritas korduvalt Wilsonit veenda.

„Olgu, ta tülitses abikaasaga, aga näita mulle abielu, kus ei tülitseta," väitis ta. „Ta polnud kunagi Lindat löönud või talle haiget teinud."

„Ballistikaanalüüs tõestas, et naise tapnud kuul tuli samast partiist, mis leiti John Spenceri kabineti lauasahtlist!" karjus Wilson.

„See ei tõesta, et tema päästikule vajutas."

„Kõik ohvrilt leitud kangakiud pärinesid Johni riietelt, mida ta kandis tabamise hetkel. Küsi paari tuttavatelt. Ta vihastus kergesti, karjus kogu aeg naise peale. Sa oled psühholoog. Tead, kuidas sellised asjad käest võivad minna."

„Just nimelt, need lähevad käest. Vähehaaval. Tavaliselt ei käi see nii, et ühel hetkel tülitsetakse ja järgmisel lastakse teisele kuul pähe."

„Kuule, Robert, ma olen alati austanud sinu hinnanguid kahtlusaluste suhtes. See on meid tihti õigesse suunda juhtinud, aga mulle meeldib ka oma sisetunnet järgida. Ja minu sisetunne ütleb, et seekord sa eksid."

„See mees väärib võimalust. Peaksime juurdlust jätkama. Võib-olla jäi midagi kahe silma vahele."

„Me ei saa jätkata." Wilson naeris. „Meie ei tee seda otsust. Sa tead seda ise ka. Oleme oma töö ära teinud. Järgisime olemasolevaid asitõendeid ja tabasime kahtlusaluse. Las tema advokaadid teevad nüüd oma tööd."

Hunter teadis, millised on mõrtsukad, ja John Spencer ei olnud selline, ent tema arvamus ei lugenud. Wilsonil oli õigus. See polnud enam nende otsus. Nad olid viie juurdlusega juba kõvasti maha jäänud ja kapten Bolter ähvardas Hunteri töölt kõrvaldada, kui ta veel raiskab aega juhtumi peale, mis oli ametlikult lõpetatud.

Vandemeestel võttis otsusele jõudmine aega vähem kui kolm tundi. John Spencer tunnistati süüdi ning talle määrati eluaegne vanglakaristus. Ja selle ta ka sai. Kakskümmend kaheksa päeva pärast otsuse väljakuulutamist poos John end voodilinaga kongis üles. Tema surnukeha kõrval oli kirjake sõnadega: *Linda, olen varsti sinuga. Luban, et enam me ei tülitse.*

Kakskümmend kaks päeva pärast Johni enesetappu vahistati Utah's nende basseinipuhastaja. Tema autost leiti Johni 9mm kaliibriga revolver ning Linda Spencerile kuulunud ehteid ja aluspesu. Kriminalistid tegid kindlaks, et Linda tapnud kuul tuli samast revolvrist. Basseinipuhastaja tunnistas hiljem oma süüd.

Hunter ja Wilson sattusid meedia, politseiülema, prefekti ja linnapea karmi tähelepanu orbiiti. Neid süüdistati hooletuses ja lohakas juurdluses. Kui kapten Bolter poleks neid kaitsnud ja võtnud pool süüd enda peale, oleksid nad oma ametimärkidest ilma jäänud. Hunter süüdistas end endiselt, et polnud rohkem teinud. Sõprus Wilsoniga sai tõsise hoobi. See oli juhtunud kuus aastat tagasi.

Seitse

„Mis on? Mida sa näed?" küsis Garcia, astudes paarimehe poole, kes polnud ikka sõnagi lausunud. Hunter seisis paigale tardununa ja pärani silmi, põrnitsedes midagi, mis oli naise kaelale lõigatud, midagi, mida ta kunagi ei unusta.

Ajanud end kikivarvule, et üle Hunteri õla kiigata, nägi Garcia surnud naise kaela paremini, aga sellest polnud mingit abi. Ta polnud seda sümbolit kunagi varem näinud.

„Mida see tähendab?" küsis ta, lootes kelleltki vastust saada.

Vaikus.

Garcia nihkus lähemale. Sümbol meenutas kahte kohakuti pandud risti ‡, üks õigetpidi ja teine tagurpidi, aga ristpuud olid teineteisest kaugel, peaaegu vertikaalse posti otstes. Tema jaoks ei olnud sel mingit tähendust.

„On see mingi haige nali, kapten?" Hunter väljus viimaks oma tardumusest.

„Haige küll, aga mitte nali," vastas kapten rangel häälel.

„Kas keegi räägiks minuga, kurat võtaks?" Garcia muutus kärsitumaks.

„Raisk!" pahvatas Hunter, lastes naise juustel tagasi õlgadele vajuda.

„Halloo!" Garcia vehkis kätega Hunteri nina all. „Ma ei mäleta, et oleksin hommikul nähtamatusetablette võtnud, nii et kas keegi palun ütleks mulle, mida kuradit see tähendab?" Ta ei suutnud ärritust varjata.

Hunteri jaoks oli tuba muutunud pimedamaks, õhk rõhuvamaks. Peavalu tagus aju nii, et mõelda oli raske. Ta hõõrus kipitavaid silmi, lootuses, et äkki on see ainult halb uni.

„Räägi oma paarimehele see lugu ära," ütles kapten Bolter, nii et Hunteri meeled naasid hooga tuppa.

„Aitäh," ütles Garcia, tänulik, et oli leidnud liitlase.

Hunter ei pööranud talle mingit tähelepanu. „Te ju teate, mida see tähendab, kapten?"

„Tean, mis mulje sellest jääb."

Hunter tõmbas käega läbi juuste. „Ajakirjandus hullub sellest kuuldes," jätkas ta.

„Esialgu ei kuule nad midagi. Ma hoolitsen selle eest," kinnitas kapten talle, „aga sa pead välja uurima, kas see on õige asi."

„Mis õige asi?" röögatas Garcia.

Doktor Winston segas vahele. „Tegelge oma asjadega edasi väljas. Pean poisid siia kutsuma, et nad saaksid asitõendeid otsima hakata. Ma ei taha selle peale rohkem aega raisata."

„Kaua asitõendite kogumine aega võtab? Kui kaua aega läheb, enne kui me midagi teada saame?" küsis Hunter.

„Ma ei oska öelda, aga maja suurust arvestades suurem osa päevast, ehk isegi osa õhtust."

Hunter tundis protseduurireegleid hästi. Teha polnud muud kui oodata.

„Saatke välja minnes kriminalistid sisse, eks?" sõnas doktor, minnes ohvri laiba poole.

„Jajah, teeme seda," vastas Hunter, noogates Garciale, kes nägi ikka välja nagu eksinud poisike.

„Mitte keegi pole mulle veel sittagi rääkinud," protesteeris paarimees.

„Tule. Kui sa mu auto juurde viid, räägime tee peal."

Hunter heitis veel ühe pilgu postide külge seotud rüvetatud surnukehale. Raske oli ette kujutada, et vaid paar päeva tagasi oli see olnud energiline naine. Ta avas ukse ja astus toast välja, Garcia kannul.

Kui nad Garcia auto poole sammusid, tundus ta ikka üsna häiritud olevat. „Kus sinu auto on?" küsis Garcia oma Honda Civicu ust avades.

„Mis asja?" Hunteri mõtted olid mujal.

„Su auto? Kus see on?"

„Oh! Santa Monicas."

„Santa Monicas! Kuramus, see on ju linna teises otsas."

„Kas sul on muud tegemist?"

„Enam mitte," vastas Garcia totakal ilmel. „Kuhu sa selle üldse jätsid?"

„Kas sa Hideouti baari tead?"

„Jah, tean. Mida kuradit sa seal tegid?"

„Ma ei mäleta," vastas Hunter kergelt pead raputades.

„Siit Santa Monicasse sõitmiseks kulub umbes kaks tundi. Vähemalt on meil piisavalt aega rääkida."

„Kaks tundi?" Hunter oli üllatunud. „Mis sul seal kapoti all on? Rollerimootor või?"

„Kas sa panid tähele, kui auklikud siinsed teed on? See on uus auto. Ma ei kavatse vedrustust ära lõhkuda, nii et kuni oleme kuumaastikult minema saanud, sõidame väga aeglaselt."

„Mida iganes." Hunter istus autosse ja kinnitas turvavöö. Ta vaatas maniakaalse korraarmastaja paradiisis ringi. Salong oli laitmatult puhas. Põrandal polnud krõpsukotte, mattidel ega istmetel polnud kohvi- ega sõõrikuplekke, mitte midagi.

„Kuramus, kollanokk, kas sa koristad autot iga päev?"

„Mulle meeldib puhas auto. Parem kui mõni sigala, eks ole?" Garcia tundis uhkust.

„Ja mis kuradi hais see on? Nagu … kommilõhn."

„Selle asja nimi on õhuvärskendi. Peaksid midagi sellist ka oma romu salongi riputama."

„Kuule, mu autol pole midagi häda. Vana küll, aga tugev nagu kindlus. Mitte nagu need odavad välismaised autod."

„See auto polnud odav."

„Jajah," vastas Hunter korraks naerdes. „Igatahes, muljet avaldav. Kas sa koristad ka kodusid? Beverly Hillsis on turgu küll, kui peaksid otsustama uurijatööst loobuda."

Garcia ei teinud temast välja, käivitas mootori ja sõitis vana maja ette pargitud patrullautode vahelt läbi. Ta üritas hoida autot eemal tihedatest põõsastest, mis kitsast teed ääristasid, ja vandus, kui kuulis oksi autokeret kriipimas. Garcia sõitis algul aeglaselt, et auto vähem rappuks. Mõlemad olid peateele jõudmiseni vait.

Hunter oli Little Tujunga Canyon Roadil tihti sõitnud. Kui tahta lõõgastuda, on see imeline, südantsoojendavate vaadetega maantee.

„Nii, ma kuulan," katkestas Garcia vaikuse. „Aitab sellest jamast. Mida kuradit see imelik sümbol ohvri kuklal tähendab? Sa oled seda ilmselgelt varemgi näinud, kui su reaktsiooni arvestada."

Hunter otsis õigeid sõnu, kui kunagised pildid silme ette kerkisid. Ta kisub Garcia nüüd luupainajasse, mida ise unustada üritas.

„Kas sa oled kunagi kuulnud midagi krutsifiksimõrvarist?"

Garcia kergitas kulmu ja vaatas uurivalt Hunterit. „Nalja teed või?"

Hunter raputas pead.

„Jah, muidugi olen. Kõik LA-s on kuulnud krutsifiksimõrvarist. Kuramus, kõik kogu USA-s on kuulnud krutsifiksimõrvarist. Jälgisin seda juhtumit nii hoolikalt, kui sain. Mis siis?"

„Mida sa temast tead? Mida sa sellest juhtumist tead?"

„Kas sa üritad kiidelda?" küsis Garcia ebamugavust tundes naeratades, nagu oodates ilmselget vastust – seda ei tulnud. „Tõsiselt või? Sa tahad, et ma räägiksin sulle sellest juhtumist?"

„Minu meeleheaks."

„Olgu," vastas Garcia segaduses pead vangutades. „See oli arvatavasti sinu tähtsaim juhtum. Seitse jõledat mõrva kahe aasta jooksul. Mingi segane usufanaatik. Sina koos oma endise paarimehega tabasid ta poolteist aastat tagasi. Ta vahistati, kui ta LA-st minema sõita püüdis. Kui ma ei eksi, oli tal autos hunnik asitõendeid, ohvrite esemeid ja muud. Tema ülekuulamine ei võtnud kaua aega. Ta tunnistas kohe üles, eks?"

„Kust sa tema ülekuulamisest tead?"

„Ma olen ikkagi võmm, mäletad? Saame magusat siseinfot. Igatahes, ta sai surmanuhtluse ja mürgisüsti umbes aasta tagasi, ajaloo kõige kiiremini ellu viidud kohtuotsus. Isegi president sekkus, eks? Uudistes ainult sellest räägitigi."

Hunter silmitses hetke paarimeest. Garcia teadis ajakirjanduses avaldatud lugu.

„Kas sa muud ei teagi? Kas sa tead, miks ajakirjandus teda krutsifiksimõrvariks kutsus?"

Nüüd oli Garcia kord paarimeest silmitseda. „Kas sa oled joonud?"

„Mõne tunni jooksul mitte," vastas Hunter, vaadates tahtmatult kella.

„Jah, kõik teavad, miks. Nagu öeldud, oli ta usufanaatik. Arvas, et vabastab maailma patustest, või mingi säärane jura. Tead küll, prostituudid, narkomaanid, keda iganes see vaikne hääleke tema peas tappa käskis. Igatahes kutsuti teda krutsifiksi-mõrvariks, sest ta lõikas iga ohvri vasakule käele krutsifiksi."

Hunter istus hetke vaikides.

„Oot-oot! Arvad, et see on kopeerija? Selle imeliku sümboli lõikamine naise kuklale. Kui järele mõelda, oli see krutsifiksi moodi," sõnas Garcia Hunteri vihjest kinni haarates.

Hunter ei vastanud. Vaikus kestis paar-kolm minutit. Nad olid jõudnud Grand Canyon Roadile, mis oli luksuslik elurajoon Santa Claritas, ja nüüd nägid nad suuri maju, mille muru oli laitmatult pügatud. Hunteril oli hea meel olla tagasi tsivilisatsioonis. Autosid olid rohkem, kuna inimesed hakkasid tööle minema. Ta nägi ärimehi ja -naisi uksest välja astumas, ülikonnad-kostüümid seljas, valmis järjekordset päeva alustama. Esimesed päikesekiired puudutasid taevast, tõotas tulla jälle üks põrgulikult palav päev.

„Kui me juba krutsifiksimõrvadest rääigme, siis kas tohib midagi küsida?" Garcia katkestas vaikuse.

„Lase tulla," vastas Hunter tuimal häälel.

„Räägiti, et sina või su paarimees ei uskunud, et te tabasite tõelise mõrtsuka – ehkki tema autost leiti asitõendeid ja ta tunnistas süü üles. On see tõsi?"

Hunteri silme ette kerkisid ammused pildid tema ainsast ülekuulamisest niinimetatud krutsifiksimõrvariga.

Klõps ...

„Kolmapäev, 15. veebruar – 10.30. Uurija Robert Hunter alustab Mike Farloe ülekuulamist seoses juhtumiga 017632. Ülekuulatav on keeldunud advokaadist," ütles Hunter vanamoelisesse kassettmakki ühes kaheksast röövi- ja mõrvagrupi hoone ülekuulamisruumis.

Hunteri vastas istus kolmekümne nelja aastane mees, kelle etteulatuv lõug oli kaetud kolmepäevase habemetüükaga ja

43

tumedad silmad olid külmad nagu jää. Ta hakkas kiilanema ja need vähesed mustad juuksed, mis alles olid, olid hõredad ja üle pea kammitud. Raudus käed olid laial metall-laual tema ja Hunteri vahel, peopesad allapoole pööratud.

„Olete kindel, et ei taha advokaati?"

„Issand on minu karjane."

„Olgu pealegi. Teie nimi on Mike Farloe, on nii?"

Mees tõstis pilgu raudus kätelt ja vaatas Hunterile silma. „Jah."

„Ja teie aadress on Sandoval Street 5 Santa Fes?"

Mike oli kummaliselt rahulik inimese kohta, keda ootab süüdistus mitmes mõrvas. „Seal ma elasin jah."

„Elasite?"

„Ma elan ju edaspidi vanglas, eks, uurija? Vähemalt natuke aega." Mehe hääl oli tuhm ja ühtlane.

„Kas te tahate vangi minna?"

Vaikus.

Hunter oli mõrvarühma parim ülekuulaja. Tema teadmised psühholoogiast võimaldasid tal kahtlusalustelt välja meelitada äärmiselt väärtuslikku infot, vahel koguni ülestunnistusi. Ta oskas lugeda kahtlusaluse kehakeelt ja reetlikke liigutusi nagu reklaamtahvlit. Kapten Bolter tahtis Mike Farloelt kätte saada iga viimasegi infokillu – Robert Hunter oli tema salarelv.

„Kas mäletate, kus te viibisite eelmise aasta 15. detsembri õhtul?" Hunter viitas õhtule enne krutsifiksimõrvari viimase ohvri leidmist.

Mike vahtis endiselt talle otsa. „Mäletan küll ..."

Hunter ootas mõne sekundi ülejäänud vastust. Midagi ei tulnud.

„Ja kus te olite?"

„Tööd tegin."

„Ja millega te tegelete?"

44

„Koristan linna."

„Te olete prügivedaja?"

„Jah, aga ma töötan ka meie lunastaja Jeesus Kristuse heaks."

„Mida te teete?"

„Koristan linna," kordas Mike rahulikult. „Vabastan linna räpast – patustest."

Hunter tundis, kuidas kapten Bolter oma toolil teisel pool põhjapoolsele seinale kinnitatud kahepoolset peeglit niheleb. Hunter masseeris parema käega kaela. „Hästi, aga ..." Ta lappas pabereid, mis tal kaasas olid. „... 22. september. Kas te mäletate, kus te sel õhtul viibisite?"

Scott oli väikeses jälgimisruumis segaduses. „22. september? Mis kurat siis juhtus? Sel kuupäeval ega selle läheduses ei leitud ühtki ohvrit. Mida põrgut Hunter teeb?"

Seitse krutsifiksimõrvade kuupäeva olid Scottile ajju sööbinud ja ta oli kindel, et ka Hunter teab neid peast, märkmeid kontrollimata.

„Las ta teeb oma tööd. Ta teab, mida teeb." Vastajaks oli doktor Martin, ülekuulamist jälgiv politseipsühholoog.

„Sama. Tegin täpselt sama asja," vastas Mike veendunult. Tema vastus oli kõigile vaatlusruumis viibijatele üllatus.

„Mis asja?" pobises Scott. „Kas me ei tea siis kõiki ohvreid?"

Kapten Bolter kehitas vaid õlgu.

Hunter oli jälginud Mike Farloe reaktsioone, püüdes saada aimu tema mõtetest, tabada reetlikke liigutusi. Käitumispsühholoogias õpitu käskis tal jälgida Mike'i silmade liikumist – üles ja vasakule tähendas, et ta kasutab visuaalset konstruktiivset ajukoort, püüdes tekitada seal kujutluspildi, mida varem olemas polnud, selge viide valetamisele. Üles ja paremale tähendas, et ta otsib mälust visuaalselt meelde jäänud pilte, rääkides ilmselt tõtt – ent mitte mingit liikumist polnud, silmad olid nagu surnul.

45

„Kas te saaksite rääkida neist asitõenditest, mis teie autost leiti? Kuidas te need saite?" küsis Hunter, pidades silmas passi, juhiluba ja haigekassakaarti, mis olid leitud paberkotist Mike Farloe 1992. aasta roostes Oldsmobile Custom Cruiseri varurehvi august. Kõik need kuulusid erinevatele ohvritele. Pagasiruumist leidis politsei ka veriseid kaltse. Veri klappis kolme ohvri DNA-ga.

„Ma sain need patustelt."

„Patustelt?"

„Jah ... ärge mängige lolli, uurija, te teate, mida ma silmas pean."

„Võib-olla ei tea. Äkki selgitate?"

„Te teate, et maailma ei loodud sellisena." Esimene emotsioon Mike'ilt – viha. „Iga päeva iga sekund sooritatakse uus patt. Iga päeva iga sekund näitame me üles lugupidamatust ja ükskõiksust seaduste suhtes, mis anti meile kõige kõrgema võimu poolt. Maailm ei saa niimoodi jätkata, issandale lugupidamatust osutades, tema sõnumit eirates. Keegi peab neid karistama."

„Ja see keegi olete teie?"

Vaikus.

„Minu meelest on need ohvrid tavalised inimesed, mitte mingid suured patused."

„Sellepärast, et teie silmad on kinni kleebitud, uurija. Teid pimestab selle linna kõnts sedavõrd, et te ei näe enam korralikult. Mitte keegi teist ei näe. Prostituut, kes müüb oma keha sularaha eest, levitades haigusi kogu linnas." Hunter teadis, et Mike räägib teisest ohvrist. „Advokaat, kelle ainsaks eesmärgiks elus oli kaitsta sitakottidest uimastiärikaid, et oma liiderlikku elu elada. Moraalilage isik." Viide viiendale ohvrile. „Elunautija, kes meestega keppides tippu jõudis ja kellele kõlbas iga munn, peaasi, et sammu ülespoole liiguks ..." Kuues ohver. „Nad pidid selle eest maksma. Nad pidid teada saama, et jumala seadustele niisama lihtsalt selga ei keerata. Nad pidid saama õppetunni."

„Ja kas te seda tegitegi?"

„Jah ... ma teenisin issandat." Viha oli kadunud. Mike'i hääl oli sama süütu kui lapse naer.

„PSÜHHOPAAT." Seda ütles Scott vaatlusruumis.

Hunter kallas endale alumiiniumkannust laual klaasi külma vett.

„Kas te soovite vett?"

„Tänan, ei, uurija."

„Midagi muud ehk? Kohvi, suitsu?"

Farloe raputas vaid pead.

Hunter ei saanud Mike Farloest endiselt sotti. Tolle hääletoon ei muutunud, ta ei teinud äkilisi liigutusi, näoilme ei teisenenud. Silmad olid kalgid, ilma igasuguse emotsioonita. Käed olid paigal. Laubal ega kätel polnud higi. Hunter vajas rohkem aega.

„Kas te usute jumalat, uurija?" küsis Mike rahulikult. „Kas te palute jumalalt pattude andeksandmist?"

„Ma usun jumalat. Ma ei usu mõrva," vastas Hunter rahulikult.

Mike Farloe pilk püsis Hunteril, nagu oleksid rollid vahetunud, nagu oleks tema see, kes püüab Hunteri reaktsioone mõista. Hunter kavatses järgmise küsimuse esitada, kui Farloe temast ette jõudis. „Uurija, jätame jama ja asume asja kallale. Küsige, mida te küsida tahate. Küsige, ja te saate vastuse."

„Ja mis see siis on? Mida ma teilt siis küsida tahan?"

„Te tahate teada, kas mina sooritasin need mõrvad. Te tahate teada, kas mina olen see, keda kutsutakse krutsifiksimõrvariks."

„Olete või?"

Farloe pööras esimest korda pilgu mujale. Nüüd püsis see kahepoolsel peeglil põhjapoolses seinas. Ta teadis, mis teisel pool toimub. Ootusärevus vaatlusruumis oli jõudmas kriitilisse punkti. Kapten Bolter võinuks vanduda, et Farloe vaatab talle otsa.

„Ma ei võtnud endale seda nime, selle andis meedia." Farloe vaatas taas Hunterit. „Aga jah, mina vabastasin need hinged nende patuelust."

„Kuramus ... saime ülestunnistuse." Kapten Bolter suutis vaevu elevust talitseda.

„Jah, pagan võtaks! Ja Hunteril kulus selleks vaid kümme minutit. Tubli poiss," lisas Scott muiates.

„Kui teie olete krutsifiksimõrvar, siis valisite te ise selle nime," jätkas Hunter. „Te märgistasite ohvrid. Te valisite selle sümboli."

„Nad pidi kahetsema. Issanda sümbol vabastas nende hinged."

„Aga teie pole jumal. Teil pole võimu kedagi vabastada. Sa ei tohi tappa. Kas see pole mitte üks kümnest käsust? Kas inimeste tapmine ei tee ka teist patust?"

„See pole patt, kui seda tehakse jumala nimel. Ma tegin jumala tööd."

„Miks? Kas jumal oli sel päeval haiguslehel? Miks peaks jumal paluma teil enda nimel tappa? Kas jumal ei peaks mitte olema armulik olend?"

Farloe lubas endal esimest korda kergelt muiata, paljastades suitsetamisest kollased hambad. Teda ümbritses mingi kurjus. Midagi teistsugust, peaaegu ebainimlikku.

„See tüüp tekitab mulle külmavärinaid. Kas me ei peaks ülekuulamisele lõpu tegema? Ta ju tunnistas üles, tema tegi seda, kogu lugu," ütles Scott selgelt ärritunult.

„Veel mitte, andke talle mõni minut aega," vastas doktor Martin.

„Mina igatahes lasen jalga. Olen piisavalt kuulnud." Scott avas ukse ning astus röövi- ja mõrvagrupi hoone kolmandal korrusel kitsasse koridori.

Hunter võttis paberilehe, kritseldas sellele midagi ja lükkas üle laua Farloe ette. „Kas te teate, mis see on?"

Farloe pilk liikus mööda paberit. Ta põrnitses seda umbes viis sekundit. Silmade liikumise ja peaaegu märkamatult kipra tõmbunud lauba järgi taipas Hunter, et mehel pole aimugi, mida see joonistus tähendab. Ta ei saanud vastust.

„Nii. Ma küsin siis järgmist ..."

„Aitab küsimustest," segas Farloe vahele. „Te teate, mida ma teinud olen, uurija. Olete mu kätetööd näinud. Olete kuulnud, mida kuulda tahtsite. Rohkem küsimusi pole vaja. Olen kõik ära öelnud." Farloe sulges silmad, pani käed kokku ja hakkas sosinal palvetama.

„Jah, see on tõsi. Ma ei uskunud, et ta on krutsifiksi-mõrvar," vastas Hunter viimaks olevikku tagasi tulles Garcia küsimusele.

Ehkki kell oli alles kuus läbi, oli juba soe. Hunter vajutas aknanuppu ja aken tema kõrval vajus lahti. Nüüd oli väljas Santa Clarita luksuslike häärberite asemel liiklusmüra, kui nad mööda San Diego kiirteed sõitsid.

„Kas panen konditsioneeri tööle?" küsis Garcia, näperdades midagi armatuurlaual.

Hunteri auto oli vana Buick ja sel polnud uute autode luksuslikke lisasid. Ei olnud konditsioneeri, katuseluuki, elektriaknaid ega -peegleid, aga see oli Buick, puhas Ameerika muskelauto, nagu Hunter selle kohta öelda tavatses.

„Ei. Mulle meeldib LA looduslik reostatud õhk – sellest paremat pole."

„Miks sa arvasid, et tabasite vale mehe? Te ju leidsite tema autost asitõendid, lisaks tunnistas ta mõrvad üles. Mida sa veel ootasid?" küsis Garcia jätkates krutsifiksimõrvari teemadel.

Hunter kallutas pea avatud akna poole, lastes õhul läbi juuste tuhiseda. „Kas sa teadsid, et me ei leidnud ühestki seitsmest kuriteopaigast mingeid asitõendeid?"

„Kuulsin jutte, aga arvasin, et te lihtsalt ei taha üleliia infot avaldada."

„See on tõsi. Scott ja mina käisime need kuriteopaigad hoolega läbi, kriminalistid samuti. Me ei leidnud midagi – ei sõrmejälgi, juuksekarvu, kangakiude ... mitte midagi. Kuriteopaigad olid nagu tühjaks imetud." Hunter vaikis, lastes tuulel taas näkku puhuda. „Kaks aastat ei teinud mõrtsukas ühtki viga, ei jätnud midagi maha, ei eksinud ... ta oli nagu kummitus. Meil polnud midagi, ei juhtlõngu, suunda ega ka aimu, kes mõrtsukas olla võiks. Ja äkki jääb ta vahele, kogu see kraam autos? See ei olnud loogiline. Kuidas, kurat, saab üks ajaloo kõige põhjalikumaid mõrtsukaid järsku kõige hooletumaks muutuda?"

„Kuidas te ta tabasite?"

„Anonüümne telefonikõne mõni nädal pärast seitsmenda ohvri leidmist. Keegi oli näinud kahtlast autot, mille pagasiruumi luugil tundusid olevat vereplekid. Helistaja oli jõudnud numbrimärgi kirja panna ja auto peeti kinni LA äärelinnas."

„Mike Farloe?"

„Just, ja tema auto pagasiruum oli nagu meie juurdluse jõulud."

Garcia kortsutas kulmu. Ta hakkas Hunterist aru saama. „Jah, aga mitmed tuntud kurjategijad on just nii vahele jäänud, liiklusrikkumise või mingi muu tühise eksimuse tõttu. Võibolla oli ta põhjalik kuriteopaigas, aga lohakas kodus."

„Seda ma ei usu," vastas Hunter pead raputades. „Ta ütles mulle kogu ülekuulamise aja *uurija*."

„Ja mis siis?"

„Krutsifiksimõrvar helistas mulle mitu korda mobiilile ja andis teada järgmise ohvri asukoha, nii me nad leidsimegi. Mina olin ainuke, kellega ta suhtles."

„Miks sina?"

„Ei saanudki teada, aga iga kord kasutas ta telefonis minu eesnime, ütles alati *Robert*, mitte *uurija*." Hunter vaikis. Ta kavatses Garciale aatompommi sülle visata. „Aga pöördepunktiks oli see, kui ma küsisin ohvrite kätele lõigatud krutsifiksimärgi kohta. Farloe võttis selle teatud mõttes omaks, ütles, et issanda sümbol suudab nad vabastada või midagi sarnast."

„Noh, ta oli usufanaatik. Milles asi?"

„Näitasin talle joonistust sellest sümbolist, mida kasutas krutsifiksimõrvar, ja olen kindel, et ta ei tundnud seda ära."

„Ta ei tundud krutsifiksi ära?" Garcia kergitas kulme.

„Krutsifiksimõrvar ei lõiganud kunagi krutsifiksi ohvrite vasakule käele. See oli lugu, mille me meediale rääkisime, et vältida kopeerijaid, tähelepanuotsijaid."

Garcia hoidis ootusärevalt hinge kinni ja tundis, kuidas mööda selgroogu kulgeb ebameeldiv värin.

„Krutsifiksimõrvar lõikas kummalise sümboli, mis meenutas kahte krutsifiksi, mille üks ots oli ülespoole ja teine allapoole, ohvrite kuklale." Hunter osutas oma kuklale. „See oli tema õige märk."

Hunteri sõnad olid Garciale täielikuks üllatuseks. Ta meenutas vanas puumajas nähtut. Naise surnukeha. Nülitud nägu. Märgistus kuklal. Krutsifiksimõrvari sümbol. „Mis asja? Sa teed vist nalja." Garcia vaatas korraks Hunteri poole.

„Jälgi teed!" Hunter nägi, et fooris süttis punane tuli. Garcia pööras pilgu kohe teele ja vajutas pidurit, nii et Hunter paiskus ettepoole nagu torpeedo. Turvavöö hoidis teda kinni ja virutas tagasi vastu istme seljatuge, pea nõksatas tugevasti taha ja tabas peatuge.

„Kuramus! Pea hakkas jälle valutama. Tänan väga," porises ta, hõõrudes meelekohti mõlema käega.

Garcia ei mõelnud paarimehe peavalule. Hunteri sõnad kajasid alles kõrvus. „Mida sa siis öelda tahad? Et keegi sai teada krutsifiksimõrvari tegeliku märgistuse ja kasutab seda?" „Vaevalt. Seda teadsid vaid üksikud inimesed. Mõned meist mõrvarühmas ja doktor Winston. Varjasime kogu informatsiooni mõrtsuka kohta hoolega. See sümbol, mida me täna nägime, on täpselt samasugune."

„Raisk, kas sa tahad öelda, et ta on surnuist tõusnud või?" „Tahan öelda seda, et Mike Farloe ei olnud krutsifiksimõrvar, nagu ma algusest peale kahtlustasin. Mõrtsukas on endiselt vabaduses."

„Aga ta tunnistas üles. Miks, pagan, ta seda tegema pidi, kui teadis, et saab surmasüsti?" küsis Garcia peaaegu karjudes.

„Võib-olla ihkas mõrtsuka kuulsust. Ma ei tea. Olen kindel, et Mike Farloe oli vaimselt haige inimene ja usufanaatik, aga mitte see, keda meie otsisime."

„Aga kuidas siis kõik need asitõendid tema autosse sattusid?" „Ma ei tea. Arvavasti lavastati süüdi."

„Lavastati? Aga teda oleks saanud süüdi lavastada ainult krutsifiksimõrvar ise."

„Just."

„Ja miks praegu? Miks ta tagasi on?"

„Püüan seda ise ka välja mõelda," vastas Hunter.

Garcia istus liikumatuna ja vahtis Hunterit. Ta vajas asja seedimiseks aega. See selgitas Hunteri reaktsiooni, kui too naise kuklale lõigatud sümbolit nägi. Kas võib olla tõsi, et krutsifiksimõrvarit ei saadudki kätte? Kas ta oli ikka vabaduses? Kas riik oli saatnud surma vale inimese? Pärast Mike Farloe süüdimõistmist tapmised lakkasid, mis viitas sellele, et tema oligi olnud krutsifiksimõrvar. Isegi Hunter oli seda uskuma hakanud.

Nad istusid vaikuses. Hunter lausa tunnetas, kuidas Garcia seda uut infot analüüsida üritab, püüab mõista, miks keegi tunnistas üles kuriteod, mida ta ei sooritanud.

„Kui see on õige asi, saame varsti teada," sõnas Hunter.

„Tõesti? Kuidas? Kuidas me teada saame?"

„Esiteks, kui tegemist on sama mõrtsukaga, ei leia kriminalistid midagi, järjekordne täiesti puhas kuriteopaik ... Roheline tuli."

„Mis asja?"

„Foorituli on roheline."

Garcia lükkas Hondale käigu sisse ja andis gaasi. Kumbki ei öelnud sõnagi, kuni nad jõudsid Santa Monicasse.

Hideouti baar asus West Channel Roadi rannapoolses otsas. Santa Monica rand jäi teisele poole teed, nii et Hideout oli üks populaarsemaid ajaveetmiskohti Westside Regionis. Garcia oli seal korra käinud. Hõljuvad kardinad eraldasid mereteemalist baariala peasaalist, mis oli kaunistatud Santa Monica piltidega 1920. aastatest. Teisel korrusel oli privaatsaal, mis avanes madala seljatoega toolidega tagumisele terrassile. See oli nooremate inimeste seas väga populaarne koht ja kindlasti mitte selline, kus Garcia Robert Hunterit ette kujutaks.

Hunteri auto seisis baari ukse lähedal. Garcia parkis selle taha.

„Tahaksin selle maja pärast kriminalistide lahkumist uuesti läbi vaadata. Mis sa arvad?" küsis Hunter taskust autovõtmeid otsides.

Garcia ei suutnud talle otsa vaadata.

„Jou! Kollanokk, on kõik hästi?"

„Jajah. Hästi on," vastas Garcia viimaks. „Jah, hea mõte."

Hunter astus läikivast Hondast välja ja avas oma vana logu Buicki ukse. Mootorit käivitades oli tal peas vaid üks mõte.

See ei peaks olema Garcia esimene juurdlus.

Kaheksa

D-King ei suhtunud sellesse sugugi hästi, kui tema lõbu-
tüdrukud kuhugi kadusid. Jenny oli tema peolt Vanguardi klubis
lahkunud kolm õhtut tagasi ja rohkem polnud naisest midagi
kuulda olnud. D-King erines teistest Los Angelesi kupeldajatest
selle poolest, et ta ei olnud oma tüdrukutega vägivaldne. Kui
keegi neist otsustas, et nüüd aitab, ja tahtis lahkuda, sobis see
talle, peaasi, et nad ei läinud tööle teise kupeldaja juurde ega
varastanud tema raha.

Uute lõbutüdrukute leidmine oli lihtne. Iga päev tuli Los
Angelesi Hollywoodi unistust otsima sadu ilusaid naisi. Iga päev
purunesid inglite linna karmis reaalsuses sajad unistused. Oli
vaja vaid teada, milliste naistega juttu teha. Meeleheitlikega, kel
polnud taskus pennigi – nendega, kes vajasid järgmist narko-
laksu –, nendega, kes ihaldasid eluviisi, mida D-King pakkus.
Kui tema tüdrukud tahtsid lõpetada, pidid nad seda vaid ütlema,
ja asendaja oli neile kohe võtta.

D-King saatis oma turvameeste ülema Jerome'i uurima, mis
Jennyga juhtus. Miks naine ei helistanud? Kõige hullem – miks
ei olnud ta läinud eile õhtul kundega kokku saama? D-King ei
kannatanud klientidele tünga tegemist. See ei näidanud tema
äri heast küljest ja isegi valgustkartvad ärid sõltusid usaldus-
väärsusest. D-King kahtlustas, et midagi on valesti. Jenny oli
tema kõige usaldusväärsem tüdruk ja ta oli kindel, et kui naisel
oleks probleeme tekkinud, oleks ta helistanud.

Tõde oli see, et Jennyl oli tema südames eriline koht.
Naine oli väga armas, naeratas alati ja oli vapustava huumori-
meelega – omadused, mis tema ametis olid väga tähtsad. Kui
Jenny D-Kingi juures töötamist alustas, ütles naine, et teeb
seda nii kaua, kui tal on piisavalt raha, et iseseisvalt hakkama
saada. D-King austas tema otsustavust, ent nüüdseks oli Jennyst

saanud üks tema kõige tulusamaid tüdrukuid, väga populaarne rikaste ja inetute jätiste seas, kellest tema klientuur koosnes.

Jerome'i naastes tegi D-King hommikust trenni – kakskümmend viis otsa oma viiekümnemeetrises basseinis.

„Boss, uudised ei ole kahjuks head." Jerome oli heidutava välimusega tüüp. Mustanahaline, lühikeste krussis juustega ja viltuse ninaga, mis oli katki löödud nii palju kordi, et Jerome oli järje kaotanud. Ta oli peaaegu sada üheksakümmend sentimeetrit pikk ja kaalus sada kolmkümmend kilo. Tal oli kandiline lõug ja valged hambad. Jerome'ist oli oodatud järgmist raskekaalu maailmameistrit, ent autoavarii tagajärjel jäi ta alakehast peaaegu halvatuks. Tal kulus neli aastat, et uuesti korralikult kõndima saada. Selleks ajaks oli võimalus tiitlit püüelda läinud. Ta asus ühe Hollywoodi ööklubi turvamehe ametisse. D-King pakkus talle tööd ja korralikku palgatõusu, olles näinud, kuidas Jerome sai ainuisikuliselt hakkama seitsme ameerika jalgpalluriga, kes ühel õhtul klubis tüli norisid.

D-King tuli basseinist välja, võttis puhta valge hommikumantli, mille seljale oli suurte kuldsete tähtedega tikitud „King"* ja istus basseini äärde laua taha, kus teda ootas hommikusöök.

„Ma ei taha seda kuulda, Jerome. Ma ei taha alustada päeva halbade uudistega." Ta kallas endale klaasi apelsinimahla. „Noh, neeger, lase tulla." Tema hääl oli rahulik nagu alati. D-King polnud selline, kes lihtsasti endast välja läheks.

„Noh, sa tahtsid, et ma otsiksin Jenny üles, küsiksin, miks ta mõneks päevaks ära kadus."

„Ja?"

„Tundub, et ta ei kadunud ainult klubist, vaid lihtsalt kadus ja punkt."

„Mida kuradit see tähendama peaks?"

---

*   *King* – kuningas (ingl k)

„Ta pole viimastel päevadel kodus käinud. Uksehoidja pole teda ka näinud."

D-King pani mahlaklaasi käest ja silmitses oma ihukaitsjat veidi aega. „Aga tema asjad? Kas need olid korteris alles?"

„Kõik oli alles: kleidid, jalanõud, käekotid, isegi meigitarbed. Kohvrid olid ka kapis hunnikus. Kui ta jalga lasi, siis suure kiiruga, boss."

„Tal pole millegi eest jalga lasta," sõnas D-King endale kohvi kallates.

„Kas tal kallim on?"

„Mis asja?" küsis D-King, tehes nägu, nagu oleks see täiesti välistatud. „Sa tead ometi seda, neeger. Ühelgi mu tüdrukul pole suhet, see on ärile kahjulik."

„Võib-olla kohtus ta kellegagi tol õhtul Vanguardis."

„Ja siis?"

„Ma ei tea. Läks tolle mehe juurde."

„No kurat, ei. Jenny ei paku tasuta seksi."

„Võib-olla see tüüp meeldis talle."

„Ta on lits, Jerome. Ta oli äsja lõpetanud viieõhtuse töönädala. Ta poleks kindlasti tahtnud kellegi teisega voodisse ronida."

„Erakliendid?"

„Mida-mida? Kõik mu tüdrukud teavad, mis juhtub, kui ma saan teada, et nad üritavad kõrvalt oma äri ajada. Jenny pole selline. Ta pole rumal."

„Võib-olla on sõbranna juures," pakkus Jerome veel üht varianti.

„Jällegi pole tema moodi. Ta on olnud üks minu tüdrukuid kui kaua, kolm aastat? Temaga pole kunagi probleeme olnud. Läheb alati õigel ajal kohale. Ei, Jerome, siin on mingi jama. Midagi on valesti."

„Arvad, et ta võib hädas olla? Rahalises mõttes siis. Hasartmängud või midagi?"

„Kui oleks, oleks ta minu jutule tulnud, seda ma tean. Ta poleks lihtsalt jalga lasknud."

„Mida ma tegema pean, boss?"

D-King võttis lonksu kohvi ja kaalus valikuvariante. „Kõigepealt kontrolli haiglatest," ütles ta viimaks. „Peame välja uurima, kas temaga juhtus midagi."

„Arvad, et keegi võis talle viga teha?"

„Kui tegi ... siis see raibe on surmalaps."

Jerome arutles, kes oleks nii loll, et teha viga mõnele D-Kingi tüdrukule.

„Kui haiglatest midagi ei selgu, peame politseist küsima."

„Kas helistan Culhane'ile?"

Uurija Mark Culhane töötas LAPD narkoosakonnas. Ta oli ka D-Kingi palgal.

„Ta pole just kõige teravam pliiats, aga vist peame. Hoiata teda, et ta ei hakkaks ringi nuuskima nagu eksinud koer. Tahan, et see asi esialgu veel suure kella külge ei läheks."

„Selge, boss."

„Kõigepealt küsi haiglatest. Kui midagi ei leia, helista talle."

Jerome noogutas, jättes bossi hommikusööki lõpetama.

D-King sõi oma munavalgeomletti, ent isu oli kadunud. Olles kümme aastat diilerina tegutsenud, oli tal tekkinud teatav intuitsioon, ja miski oli selles loos valesti. Ta oli Los Angeleses tuntud, aga lisaks ka kardetud. Kord oli keegi teinud selle vea, et andis ühele tema tüdrukule kõrvakiilu. See keegi leiti kolm päeva hiljem kohvrist – surnukeha tükeldatud kuueks osaks: pea, ülakeha, käed ja jalad.

Üheksa

Carlos Garcia oli noor uurija, kes oli liikunud politseis karjääri-redelil ülespoole peaaegu sama kiiresti nagu Hunter. Brasiilia föderaalagendi ja Ameerika ajaloo õpetaja pojana oli ta koos emaga kolinud Los Angelesi, kui oli vaid kümneaastane ja tema vanemate abielu lagunes. Ehkki ta oli elanud Ameerikas suure osa elust, oskas Garcia portugali keelt nagu tõeline brasiillane. Tema isa oli väga kena välimusega mees, tumedad juuksed üle pealae silutud, pruunid silmad ja tõmmu nahk. Ema oli loomu-lik blond, helesiniste silmade ja euroopaliku heleda nahaga. Garcia oli pärinud isalt tõmmu naha ja tumepruunid juuksed, millel oli lasknud kasvada veidi pikemaks, kui emale meeldis. Silmad polnud nii helesinised kui emal, aga kindlasti olid need emapoolselt suguvõsalt päritud. Ehkki Garcia oli kolmekümne ühe aastane, oli ta poisiliku olemusega. Ta oli sale, kuna oli aastaid kergejõustikuga tegelenud, ent tema kehaehitus oli petlik ja ta oli tugevam, kui keegi võinuks aimata.

Garcia ema Jennet Liams tegi kõik, mis tema võimuses, et veenda poega valima mingit muud karjääri kui politseinikutöö. Abielu föderaalagendiga oli talle mõndagi õpetanud. See oli ohtlik elu. Vähesed suudavad taluda sellega kaasnevat vaimset pinget. Tema perekond ja abielu olid abikaasa ameti tõttu puru-nenud. Jennet ei tahtnud, et poega ja poja tulevast perekonda sama saatus tabaks. Ent kümneaastaseks saades oli Garcia otsuse teinud. Ta tahtis samasugust elu nagu tema eeskujul – isal.

Ta oli käinud keskkoolist saadik ühe tüdrukuga ja abiellus temaga peaaegu kohe pärast kooli lõpetamist. Anna oli armas tüdruk. Aasta Garciast noorem, imeliste tumepruunide silmade ja lühikeste mustade juustega, nii et tema ilu oli ebatavaline, ent sellegipoolest hüpnotiseeriv. Neil polnud lapsi ja see oli nende ühine otsus – vähemalt esialgu.

Garcia töötas kaks aastat LAPD uurijana Los Angelese põhjaosas ning sai siis valida: kas minna tööle narkoosakonda või mõrvarühma. Ta otsustas minna mõrvarühma.

Oma esimese tööpäeva hommikul mõrvarühmas ärkas ta tavalisest palju varem. Ta oli üritanud toimetada võimalikult vaikselt, aga Anna oli siiski ärganud. Garcia pidi olema kapten Bolteri kabinetis pool üheksa, aga poole seitsmeks oli tal parim ülikond seljas ja ta pidi nende väikeses korteris LA põhjaservas aega surnuks lööma.

„Kuidas ma välja näen?" küsis ta teist kruusi kohvi juures.

„Sa küsid seda juba kolmandat korda,"ütles Anna naerdes.

„Väga hea, kullake. Neil veab. Nad saavad LA parima uurija," ütles ta ja suudles meest huultele. „Oled närvis?"

Garcia noogutas ja hammustas huulde. „Natukene."

„Pole vaja. Kõik läheb suurepäraselt."

Anna oli optimist, ta leidis peaaegu kõiges midagi positiivset. Tal oli Garcia pärast hea meel – mees saavutas viimaks, mida soovis, aga sisimas Anna kartis. Garcial oli varemgi olnud nappe pääsemisi. Ta veetis nädala haiglas, kui .44-kaliibriline kuul tema rangluu purustas, ja Anna oli terve selle nädala nutnud. Teades abikaasa tööga kaasnevaid ohtusid ja ka seda, et mees ei hoia kunagi ohtudest kõrvale, tundis ta surmahirmu.

Garcia seisis täpselt pool üheksa röövi- ja mõrvagrupi hoones kapten Bolteri kabineti ukse taga. Tema meelest oli naljakas, et uksel oli kiri KONG. Ta koputas kolm korda.

„Sisse."

Garcia avas ukse ja astus sisse.

Kapten William Bolter oli üle kuuekümne, aga nägi välja vähemalt kümme aastat noorem. Pikk, tugev nagu härg, hall juuksepahmak ja tihedad vuntsid, nii et ta oli üsna heidutav tegelane. Kui kuulujutud vastasid tõele, oli ta aja jooksul saanud kaksteist korda kuulist haavata ja oli ikka elus.

„Kes kurat sina oled? Sisejuurdlus?" Tema hääl oli kindel, ent mitte agressiivne.

„Ei, söör …" Garcia astus lähemale ja ulatas Bolterile oma dokumendid. „Carlos Garcia, söör, teie uus uurija."

Kapten Bolter istus oma efektsel kõrge seljatoega pöördtoolil roosipuust laua taga. Ta lappas pabereid ja kohati paistis loetud informatsioon talle muljet avaldavat, ent siis pani ta paberid lauale. Ta ei vajanud mingeid dokumente, teadmaks, et Garcia on hea uurija. Mitte kedagi ei määratud mõrvarühma, kui ta polnud näidanud üles oskusi ja teadmisi, ning Garcia tausta arvestades oli tal neid piisavalt.

„Tähelepanuväärne … ja sa tulid täpselt õigeks ajaks. Hea algus!" ütles kapten, vaadates korraks kella.

„Tänan, söör."

Kapten läks kohvimasina juurde kabineti kaugemas nurgas ja kallas endale kohvi. Garciale ta ei pakkunud. „Nii, tähtsamad asjad kõigepealt. See odav ülikond tuleb ära unustada. See on mõrvarühm, mitte moepolitsei. Mehed löövad su risti." Ta viitas uurijate ruumi poole.

Garcia vaatas oma ülikonda. Talle see meeldis – see oli tema parim ülikond, tema ainus ülikond.

„Kaua sa oled uurijana töötanud?"

„Kaks aastat, söör."

„Märkimisväärne. Tavaliselt peavad uurijad töötama vähemalt viis või kuus aastat, enne kui neid üldse mõrvarühma kaalutakse. Sa kas oled tõsine pugeja või kõva tegija." Kui Garcia ei vastanud, kapten jätkas. „Sa võisid ju LAPD-s töötades hea uurija olla, aga see siin on mõrvarühm." Ta läks kohvi juues tagasi oma laua juurde. „Puhkelaager on läbi, poja. See on karmim ja kindlasti ohtlikum kui miski muu, mida sa seni teinud oled."

„Saan aru, kapten."

„Saad või?" Bolter puuris Garciat oma pingsa pilguga. Tema hääl muutus pahaendelisemaks. „See töö keerab su aju persse. Mõrvauurijana saad rohkem vaenlasi kui sõpru. Su kunagised sõbrad LAPD-st hakkavad sind ilmselt vihkama. Oled sa kindel, et tahad seda? Oled kindel, et oled piisavalt tugev? Ja ma ei räägi füüsilisest jõust, poja. Oled sa kindel, et oled valmis?"

Garcia oli seda „ohtliku-töö"-kõnet isegi oodanud, sest kõik kaptenid pidasid selle. Ta ei pööranud pilku mujale ning vastas rahulikul häälel kõhklematult: „Olen valmis, söör."

Kapten vaatas talle otsa, otsides märke hirmust, ehk ka kõhklustest, aga aastatepikkune inimeste hindamise kogemus ütles talle, et see poiss ei karda, vähemalt veel mitte.

„Nii, siis on kõik. Ma tutvustan sind su uuele paarimehele," ütles ta ust avades. „Hunter ... kobi siia," ütles ta kõlaval häälel, nii et seda oli kogu korrusel kuulda.

Hunter oli äsja tööle saabunud. Ta istus oma laua taga, segades kanget musta kohvi. Tema uimases olekus kõlas kapteni hääl nagu *heavy metal* bänd. Ta võttis rahulikult lonksu mõru vedelikku ning tundis seda huuli ja keelt kõrvetamas. Viimastel kuudel oli unetus süvenenud, saades hoogu pidevatest õudus-unenägudest. Ta magas igal ööl heal juhul paar tundi. Päevarutiin oli muutunud letargiliseks – tugev peavalu, kange tulikuum kohv, kõrvetatud suu ja hunnik teisejärgulisi juhtumeid laual.

Hunter ei koputanud, avas lihtsalt ukse ja astus sisse. Garcia seisis roosipuust laua juures.

„Jou! Kapten, te ei otsi kindlasti mind. Mul pole sise-juurdlusega mingit kana kitkuda," ütles Hunter, hammustades kõrvetada saanud ülemist huult.

Garcia vaatas taas oma ülikonda.

„Istu maha, Hunter, ta pole sisejuurdlusest." Kapten vaikis, lastes põnevusel mõned sekundid kesta. „See on sinu uus paarimees."

Algul ei jõudnud need sõnad Hunterile ilmselt kohale. Garcia astus paar sammu tema poole ja sirutas käe. „Carlos Garcia, meeldiv kohtuda, uurija Hunter."

Hunter ei võtnud tema kätt vastu. Ta isegi ei liigutanud, kui tema silmad välja arvata. Garcia tundis, kuidas Hunter teda analüüsib, püüab temast mingit pilti saada. Hunteril kulus kakskümmend sekundit, et uue paarimehe asjus otsusele jõuda.

„Tänan, kapten, aga pole vaja. Saan üksi kenasti hakkama."

„Kuraditki sa saad, Hunter!" sõnas kapten rahulikult. „Wilsoni surmast saadik oled sa teinud paberitööd ning aidanud LAPD-d poevaraste ja muude väiksemate vargustega, eks ole? Jäta juba jama. Sa teadsid nagunii, et see juhtub. Kelleks sa end pead, Räpaseks Harryks? Kuule, Hunter, ma ei hakka sulle pidama seda nõmedat kõnet, kui suurepärane uurija sa oled ja kuidas sa oma annet raiskad. Sa oled minu parim uurija. Oskad leida lahendusi asjadele, millele teised lahendusi ei leia. Kuues meel, uurija kõhutunne, mis iganes – sul on see parem kui teistel. Sa pead mõrvarühma tagasi tulema ja sa pead olema parimas vormis. Sa tead, et ma ei saa mõrvauurijat üksinda tänavale saata, see on reeglitevastane. Sellisena pole mulle sinust mingit tolku."

„Millisena, kapten?" kähvas Hunter kergelt haavunult.

„Vaata peeglisse ja saad oma vastuse."

„Nii et te panete mind kollanokaga paari?" Ta pöördus Garcia poole. „Ära solvu."

„Ei solvu."

„Me oleme kõik kollanokad olnud, Hunter," ütles kapten, tõmmates sõrmedega üle oma jõuluvanavuntside. „Sa rääagid nagu Scott, kui ütlesin talle, et ta saab uue paarimehe. Ta vihkas sind alguses, mäletad? Olid noor ja kogenematu ... ja vaat, mis sinust nüüd saanud on."

Garcia hammustas huulde, et mitte naerma hakata.

Hunter vaatas tema poole. „Sinu arvates on see naljakas või?"

Garcia kallutas pead, nagu öeldes: *võib-olla.*

„Räägi, milline töökogemus sul on." küsis Hunter.

„Olen olnud kaks aastat LAPD uurija," vastas Garcia ninakalt.

„Oh, kohalik poiss."

Garcia noogutas.

„Miks sa nii närvis oled?"

„Kes ütles, et olen?" vastas Garcia omapoolse trotsliku küsimusega.

Hunter naeratas kapten Bolterile enesekindlalt. „Lipsusõlm on liiga kõvasti kinni tõmmatud, aga selle asemel, et seda lõdvendada, liigutad sa veidi pead, lootes, et keegi ei pane tähele. Kui sa mulle enne kätt üritasid anda, nägin, et su peopesa on higine. Siin pole nii palav, nii et ilmselt on asi närvides. Ja sestsaadik, kui ma sisse astusin, tammud sa muudkui jalalt jalale. Sul on kas probleeme alaseljaga või sa tunned end veidi ebamugavalt. Ja kuna haige seljaga uurijaks ei saaks ..."

Garcia kortsutas kulmu ja vaatas kapten Bolteri poole, kes muigas kummaliselt.

„Väike soovitus," jätkas Hunter. „Kui oled närvis, siis parem istu, mitte ära seisa. See on mugavam asend ja siis on lihtsam reetlikke märke varjata."

„Ta on osav, eks?" tähendas kapten Bolter naerma turtsatades. „Igatahes, Hunter, sul pole selles asjas sõnaõigust. Mina olen endiselt selle kuramuse džungli kuningas ja minu džunglis sa kas võtad endale paarimehe või astud siit üldse minema."

Garcia sai viimaks aru, miks uksel selline nimi oli. Ta ootas paar sekundit ja sirutas taas käe ette.

„Nagu öeldud, Carlos Garcia, meeldiv tutvuda."

„Meeldiv ainult sulle, närviline poisu," vastas Hunter, jättes Garcia käe teist korda tähelepanuta. „Unusta see odav ülikond ära, kollanokk. Kelleks sa end pead, moepolitseinikuks?"

Kümme

Kui LA-s saabus õhtu, sõitsid Hunter ja Garcia tagasi vana puumaja juurde. Kriminalistid olid lahkunud ja maja oli tühi. Päikest enam polnud ja maja ümbritsev läbitungimatu mets tähendas, et väljas praegusel kellaajal midagi uurida ei saa, ent Hunter oli kindel, et kriminalistid olid ümbruse hoolega läbi kamminud. Tema ja Garcia keskendusid majale, kuid paari tunni pärast olid mõlemad valmis lõpetama.

„Siin pole midagi. Kui oli, siis võtsid kriminalistid ilmselt kaasa," ütles Garcia lootusrikkalt.

Hunter nägi peent rohelist helkivat pulbrit, mida oli majas erinevatele pindadele puistatud. Seda rohelist pulbrit kasutati alati koos laserite ja nõrkade ultraviolettlampidega, et näha sõrmejälgi, mida palja silmaga ei näeks. Hunteril oli tunne, et kriminalistid polnud midagi leidnud. „Loodame, et doktor Winstonil on meile hommikul häid uudiseid," ütles ta Garciale. „Meil pole siin täna enam midagi teha."

Kell oli liikunud üle kesköö, kui Hunter oma vana Buicki Los Angelesi lõunaosas Saturn Avenuele keeras. Kogu tänav vajas hädasti remonti, kuna majad olid vanad ja muruplatsid hooletusse jäetud. Hunter parkis auto kuuekorruselise kortermaja ette ja silmitses seda hetke. Hoone kunagi erkkollane värv oli tuhmunud inetuks pastelseks beežiks ja ta pani tähele, et elektripirnid ukse kohal olid taas katki loobitud. Väikeses fuajees olid seinad määrdunud, nende värv maha koorunud ja neid kaunistas peamiselt jõuguteemaline grafiti. Ehkki maja oli kehvas seisukorras, tundis ta end siin hästi.

Hunter elas üksi – naist, lapsi ega sõbratari polnud. Tal oli olnud piisavalt püsisuhteid, aga tema amet oli neile alati laastavalt mõjunud. Mõrvarühma ohtliku tööga polnud lihtne harjuda ja sõbratarid tahtsid alati lõpuks enamat, kui tema oli valmis pakkuma. Hunteril polnud enam üksiolemise vastu väga midagi. See oli tema kaitsemehhanism. *Kui sul kedagi pole, ei saa kedagi ka sinult ära võtta.*

Hunteri korter asus kolmandal korrusel, number 313. Elutuba oli veidra kujuga ja mööbel nagu komisjonipoest hangitud. Kaks erinevast komplektist tugitooli ja kulunud must kunstnahast diivan asusid kaugema seina ääres. Paremal oli väike kriimuline puidust laud sülearvutiga, kolm-ühes-printer ja väike laualamp. Toa teises seinas oli kõige muuga kokku sobimatu stiilne klaasist baarikapp. See oli ainus mööbliese, mille Hunter oli uuena ostnud, pealegi moekast kauplusest. Selles oli mitu pudelit Hunteri suurimat kirge – Šoti ühelinnaseviskit. Pudelid olid sinna sätitud ainult talle arusaadavas järjestuses.

Ta sulges elutoa ukse, pani tuled põlema ja reguleeris hämaramaks. Ta pidi juua saama. Kallanud endale pool klaasi kahekümneaastast Taliskeri, pistis ta klaasi ka jääkuubiku.

Ta ei suutnud näota naist unustada. Iga kord, kui ta silmad sulges, nägi ta kuklal olnud märki, tundis ninas selle toa kirbet lõhna. *Kas see võib korduda? Kas see võib olla sama mõrtsukas? Ja kui on, siis miks ta uuesti tapma hakkas?* Küsimused aina tulvasid peale ja Hunter teadis, et vastused sama kiiresti ei järgne. Ta liigutas jääkuubikut klaasis nimetissõrmega ja tõstis klaasi siis huultele. Taliskeri hapukas piprane maitse lõõgastas teda.

Hunter oli kindel, et ees ootab järjekordne unetu öö, aga ta pidi puhata saama. Ta süütas magamistoa tuled ja tühjendas taskute sisu öökapile. Autovõtmed, korterivõtmed, mõned mündid ja paberileht kirjaga *Helista mulle – Isabella.* Hommikust vahejuhtumit meenutades Hunter muigas.

Uskumatu, et sa vihjasid talle, et ta on lits, mõtles ta ja puhkes naerma. Talle meeldis naise huumorimeel ja teravmeelsus. Naine oli vastanud samasuguse sarkasmiga. Kindlasti oli ta erinev enamikust igavatest naistest, kellega Hunter baarides kohtus.

Ta vaatas kella. Kell hakkas saama üks öösel – liiga hilja. Ehk helistab mõni teine kord.

Ta läks kööki ja kinnitas Isabella kirjakese külmiku kõrvale korgist tahvlile ning naasis siis magamistuppa unetusega võitlema.

Parklas varjus seistes hoidus tume kogu hoolega kolmanda korruse korteri aknast paistva valguse eest.

Üksteist

Hunteril õnnestus öö jooksul mõned korrad tukastada, ent enamat ta ei suutnud. Pool kuus oli ta ärkvel, tundes, nagu oleks reka alla jäänud. Silmad kipitasid, suu oli kuiv ja peavalu ei jäta teda terve päeva rahule – kõik unevaeguse sümptomid. Ta kallas endale kanget kohvi ja kaalus, kas lisada sinna ka veidi viskit, ent see teeks enesetunde ilmselt halvemaks. Pool seitse oli ta riides ja valmis lahkuma, kui mobiiltelefon helises.

„Uurija Hunter kuuleb."

„Robert, mina siin, Carlos."

„Kollanokk, sa pead lõpetama mulle nii kuramuse vara helistamise. Kas sa üldse magad ka või?"

„Vahel, aga eile öösel eriti mitte."

„Tean, tean. Mis siis on?"

„Rääkisin just doktor Winstoniga."

Hunter vaatas kella. „Nii vara? Kas sa ajasid ka tema üles?"

„Ei, ta oli suure osa ööst ärkvel. Ütles, et kriminalistid ei leidnud majast midagi."

Hunter sügas lõuga. „Jah, ma oskasin seda oodata," nentis ta pettunult.

„Ta ütles ka, et tahab meile midagi näidata, midagi olulist."

„Nagu ikka. On ta surnukuuris?"

„Jah."

„Olgu, kohtume seal … poole tunni pärast?"

„Jah, piisab. Näeme seal."

Los Angelese maakonna surnukuur tegutses Mission Roadil asuvas majas. Ameerika Ühendriikide ühe suurima töökoormusega kohta võis saabuda päevas kuni sada surnukeha. Hunter parkis auto peamaja kõrvale ja kohtus Garciaga peaukse juures. Kümne aasta jooksul uurijana töötades oli ta näinud üksjagu surnukehasid, ent mööda sealseid koridore kõndides tundis ta end ikka ebamugavalt. Lõhn oli nagu haiglas, ent selles oli mingi nüanss, miski, mis kõrvetas ninasõõrmeid ja ärritas kurku.

Eilse ohvri lahkamine oli läbi viidud väikeses eraldi ruumis maja keldris. Doktor Winston oli olnud krutsifiksimõrvari juhtumi ajal koroneriks – kui keegi sama käekirja ära tunneb, siis just tema.

„Miks me alla läheme – kas lahkamisruumid ei asu esimesel korrusel?" küsis Garcia huviga, kui nad jõudsid trepist alla tühja kõhedasse keldrikorruse koridori.

„See on sama lahkamisruum, mida kasutati krutsifiksimõrvade juurdluse ajal. Nagu kapten ütles, tahab ta seda kõike esialgu salajas hoida. Need kuramuse reporterid annavad igal pool informaatoritele pistist ja ega siin midagi teisiti ole. Kuni oleme kindlad, et see õudus pole uuesti alanud, palus kapten doktoril kasutada samu ettevaatusabinõusid nagu esialgse juhtumi puhul – ja see tähendab, et ohvri surnukehale on juurdepääs ainult doktoril ja meil."

Nad jõudsid kitsa valge koridori lõppu, Hunter vajutas seinal olevat nuppu ja naeratas totakalt ukse kohal olevasse kaamerasse. Hetk hiljem kostis seinalt väikesest kõlarist doktor Winstoni hääl.

„Robert ... lasen su kohe sisse."

Koridoris kajas vali pirin, millele järgnes klõpsatus. Hunter lükkas raske metallukse lahti ja astus koos Garciaga sisse.

Kaugemas seinas oli läikiv roostevabast terasest laud, mille ühes otsas oli kraanikauss. Laua kohal olev suur opisaali lamp valgustas kogu ruumi. Kandik, millele koroner pani siseelundid, kui ta neid ohvri kehast välja võttis, oli kraanikausi ääres. Elundikandiku äravoolutoru oli oranžikaspruun. Siin oli terav lõhn vängem. Läänepoolses seinas väikesel laual olid korralikult reas kirurgisaed ning mitu eri suuruse ja kujuga skalpelli. Näota naise surnukeha lebas terasest laual.

„Tulge edasi," ütles doktor Winston, juhatades nad ruumi.

Garcia pilk peatus surnukehal ja ta kuklakarvad kerkisid.

„Mis sul meile siis on?" küsis Hunter vaikselt, nagu kardaks naist äratada.

„Paraku suurt mitte midagi," vastas doktor Winston, tõmmates kätte steriilsed kummikindad. „Minu tiim ei leidnud majast ainsatki sõrmejälge, ja arvestades seda, mis meid ilmselt ees ootab, pole ma üllatunud."

„Jah, Carlos ütles," vastas Hunter ja ohkas pettunult. „Kas kiude või midagi oli, mis meile mingisugusegi niidiotsa annaks?"

„Kahjuks ei leitud majast mitte midagi, Robert."

„Kuidas see võimalik on?" küsis Garcia. „Mõrtsukas piinas seda naist seal majas ju mitu tundi. Kuidas temast midagi maha ei jäänud?"

„Sa ütlesid seda ise, kollanokk," selgitas Hunter. „Isoleeritud asukoht. Mõrtsukal oli maa ja ilm aega teda segamatult piinata. Pärast ohvri surma oli mõrtsukal samuti maa ja ilm aega maja puhtaks teha, veenduda, et midagi maha ei jääks. Aeg on tema poolel."

Doktor Winston noogutas.

„Aga tema?" küsis Hunter, kallutades pead surnukeha poole. „Mida sa meile tema kohta öelda oskad, doktor?"

„Kahekümne kolme kuni kahekümne viie aastane, väga hea tervise juures. Ta hoolitses enda eest väga hästi. Keha rasvaprotsent oli 14.5, mis on nagu sportlastel. Lihastoonuse kohta pole muud öelda, kui et ta oli arvatavasti jõusaalis sage külaline. Operatsioone ega implantaate polnud, kurgumandlid ja pimesool olid alles, rinnad enda omad. Nahk on sile isegi pärast koolnukangestuse tekkimist ja analüüsid näitasid, et selles on suur niisutite, pehmendite ja määrdeainete sisaldus."

„Mis asja?" küsis Garcia kulmu kortsutades.

„Kehakreem," vastas Hunter, püüdes tema hämmingule lõppu teha.

„Nii et ta kasutas kreeme. Enamik naisi kasutab ju."

„No just," vastas doktor Winston pilkaval häälel. „Trisha kulutab suuri summasid kreemidele, millel pole absoluutselt mingit mõju. Minu arvates on see üks suur pettus, aga meie ohvri puhul näitasid analüüsid, et tegemist oli äärmiselt kvaliteetse kraamiga ehk siis ta kasutas väga kalleid kreeme ... nagu Trisha. Ma oletan, et ta oli heal järjel."

„Miks? Sest ta kasutas kalleid kreeme?" uuris Garcia.

„On sul aimu palju need maksavad?"

Garcia kergitas kulme, andes mõista, et ei ole.

„Kuradima palju, seda ma võin öelda. Vaadake ka tema sõrme- ja varbaküüsi."

Hunter ja Garcia vaatasid. Küüned olid hoolitsetud.

„Pidin küünelaki eemaldama, see käib asja juurde," jätkas doktor. „Samuti kvaliteetne kraam, nagu analüüsid näitasid. Tema küüned olid professionaalselt hoolitsetud, kui arvestada küünte ja küünenaha seisundit. Maniküür ja pediküür ei ole väga kallid protseduurid, aga see näitab veel kord, kui palju tähelepanu ohver oma välimusele pööras. Juuksekarvade analüüs näitas taas kvaliteetseid tooteid ja juuste seisundi järgi pakuksin, et ta käis vähemalt korra kuus juuksuris."

„Kas juuksed olid värvitud?" küsis Garcia.

„Ei, loomulik blond. Mida iganes ta elatise teenimiseks tegi, välimus etendas selles olulist rolli."

„Rikas abikaasa?" pakkus Garcia.

„Polnud abielusõrmust ega ka jälgi sellest, et seda oleks kunagi olnud," põrmustas doktor kähku selle oletuse.

„Ta teenis siis ise korralikult?"

„Tundub nii."

„Oli teda vägistatud?" uuris Hunter.

„Ei, ta ei olnud vahekorras olnud vähemalt kaks viimast ööpäeva – tupes ega pärakus polnud libestit, mis välistab kaitsevahenditega seksi võimaluse. Mõrtsukat ei huvitanud seksuaalne nauding."

„Mingeid erilisi tundemärke on?"

„Mitte midagi ... tal pole tätoveeringuid, sünnimärke ega arme."

„Sõrmejäljed?"

„Saatsin need faksiga eile õhtul teie kaptenile, nii et kui jaoskonda tagasi lähete, näete neid. Aga ma pääsen ka siit sõrmejälgede andmebaasi – vastet ei olnud, süsteemis teda pole, ja nagu teate, hammaste järgi me isikut tuvastada ei saa." Doktor Winston läks laua juurde ja sobras paberites. „Nagu arvata oli, oli teda uimastatud. Leidsin maost gammahüdroksübutüraadi jälgi, mida tuntakse paremini korgijoogi nime all."

„Olen kuulnud," sõnas Garcia. „Uus vägistamiseks kasutatav uimasti, eks?"

„See pole tegelikult uus aine. Noored kasutavad seda väikestes annustes, et kaifi saada, aga üledoos annab väga sarnase efekti rohüpnooliga," selgitas Hunter.

„Ehk siis mälukaotus?"

„Just," vastas seekord doktor Winston. „Kui subjekt tuleb teadvusele, ei mäleta ta midagi, mis temaga uimasti mõju all olles toimus."

„Kas selle päritolu on võimalik kindlaks teha?" küsis Garcia.

Hunter raputas pead. „Vaevalt. Korgijook on põhimõtteliselt lahusti või põrandapuhastusvahend segatud torupuhastusvahendiga. Seda saab kodus valmistada ja internetist leiab õiged kogused."

„Noored segavad lahustit torupuhastusvahendiga ja kasutavad seda uimastina?" päris Garcia üllatunult.

„Noored on meie noorusajast edasi arenenud, uurija," sõnas doktor, patsutades Garciat seljale.

„Aga surma põhjus?" uuris Hunter.

„Süda, maks ja neerud ütlesid üles. Tema keha lihtsalt ei pidanud enam vastu. Meeletu valu koos vedelikupuuduse ja näljaga. Kui ta poleks olnud nii heas füüsilises vormis, oleks ta vastu pidanud ehk mõne tunni."

„Kaua tema vastu pidas?"

„Kümme kuni kuusteist tundi. Ta suri millalgi kaheksa ja ühe vahel pühapäeva öösel."

„Teda piinati peaaegu kuusteist tundi? Issand jumal!" tähendas Garcia.

Hetkeks tekkis vaikus. Doktor Winston jätkas esimesena.

„Me analüüsisime ka köit, millega ta oli lattide külge seotud."

„Ja?"

„Ei midagi erilist. Tavaline nailonnöör, mida saab igast ehituspoest."

„Aga peegel magamistoa ukse küljes, see tundus uus. Kas see ei andnud midagi?"

„Ei. Leidsime väga vanu kemikaalijälgi, mis sobisid peegliliimiga."

„Mida see tähendab?" uuris Garcia.

„Et mõrtsukas ei ostnud seda peeglit – ta võttis selle mõne teise ukse küljest. Ma ei usu, et keegi varastatud uksepeeglist teatab, nii et seda on võimatu leida," vastas Hunter.

„Ja äädikas purgis?"

„Kõige tavalisem äädikas, mida müüakse igas toidupoes."

„Teisisõnu pole meil mitte midagi," järeldas Hunter mõrult.

„Oh, midagi on ikka, aga see ei meeldi sulle … ma näitan." Doktor Winston läks ruumi idapoolsesse otsa, kus väikesel laual olid mõned fotod, Hunter ja Garcia läksid tema kannul.

„See on sümbol meie ohvri kuklal." Doktor näitas esimest fotot vasakul. „Teised fotod on krutsifiksimõrvari juhtumi ajast. Need on sarnased, nii et olen üsna kindel, et need tegi sama isik ja arvatavasti sama terava riistaga."

Hunteri väike lootus, et tegemist on kopeerijaga, kadus. Fotodega tulvas kohale mälestuste laviin.

Garcia polnud krutsifiksimõrvari juhtumi asitõendeid varem näinud. Ta märkas kohe kahe foto sarnasust.

„Kas te oskate midagi näonaha nülgimise kohta öelda?" küsis ta.

„Jah, sellega näitab mõrtsukas, kui osav ta tegelikult on. See on lausa kirurgiline täpsus – kuidas nahk on eemaldatud, koed ja kõõlused terveks jäetud –, fantastiline töö. Ilmselt kulutas ta ohvri näo opereerimisele päris tükk aega. Mind ei üllataks, kui mõrtsukas on kirurg või midagi sarnast, samas teame me seda ka krutsifiksimõrvari kohta."

„Mis mõttes?" Garcia oli hämmeldunud.

„Krutsifiksimõrvar eemaldas alati ohvritelt mingi keha-osa – silma, sõrme, kõrva. Inimtrofeed," selgitas Hunter. „See on üks tema signatuure, sinna juurde sümbol kuklal ja ohvri lahtiriietamine. Doktori sõnul olid kehaosad alati kirurgilise täpsusega eemaldatud ja seda tehti alati siis, kui ohvrid olid elus."

„Tundub, et mõrtsukas on arenenud," lausus doktor Winston.

„Miks peaks mõrtsukas ohvri kehaosa kaasa võtma?" küsis Garcia.

„Mälestuseks ohvrist," vastas Hunter. „See on sarimõrvarite puhul päris tavaline. Ohvrid on nende jaoks tähtsad. Enamasti tunneb mõrtsukas enda ja ohvri vahel mingit sidet. Osa mõrtsukaid eelistab mingit riideeset, tavaliselt midagi intiimset. Teised kehaosa."

Garcia uuris fotosid. „Ma oletan, et te kontrollisite eelmise juurdluse käigus potentsiaalsete kahtlusalustena arste."

„Ja meditsiinitudengeid, meditsiiniõdesid ja nii edasi. See ei viinud meid kuhugi," ütles Hunter.

Garcia läks tagasi surnukeha juurde. „Te ütlesite, et sünnimärke ega tätoveeringuid ei ole. Kas üldse on midagi, mis aitaks teda tuvastada?"

„Võime tema nägu proovida."

Garcia põrnitses doktor Winstonit mornilt. „Nalja teete või?"

„Kahekümne esimene sajand, uurija," vastas doktor ja tema suu kõverdus, nii et seda võis isegi muigeks pidada. „Arvutid suudavad tänapäeval imet teha. Ülemisel korrusel on juba tund aega tööd tehtud ja peagi saame mingisuguse arvutipildi. Kui veab, saate selle lahkudes kaasa võtta."

„Arvestades seda, kui palju see naine oma välimusele tähelepanu pühendas, oli ta modell või näitlejahakatis," oletas Hunter.

„Või siis kallis prostituut või pornonäitleja. Nemad võivad palju raha teenida," lisas Garcia.

„Kust sa tead? Oled viimasel ajal pornostaariga kohtamas käinud?" Hunter muigas.

„Ee ... kõik teavad seda."

„Muidugi mõista. Kes su lemmiknäitleja on?"

„Ma olen abielus."

„Ah jaa, see muudab kõike. Ma unustasin. Abielumehed ei vaata pornot. Las ma pakun. Sulle meeldib Briana Banks."

„Ta *on* kuum," ütles Garcia ja tardus kohe.

„Sellesse ämbrisse astusid sa küll sisse," sõnas doktor Winston teda seljale patsutades.

Uurijad silmitsesid veidi aega surnukeha. See tundus nüüd teistsugune. Nahk oli kumjas ja kahvatum, moonutatud nägu nagu mask − põhjalikult grimeeritud näitleja, kes on valmis mängima mingis Hollywoodi filmi õudusstseenis −, peaaegu puhta julmuse kujutis.

„Lähme vaatame siis seda arvutipilti, doktor, või tahtsid sa veel midagi näidata?"

„Ei, Robert, kahjuks ma muud teile tema kohta öelda ei oska."

„Kas sa hoiad teda siin ruumis?"

„Teie kapteni palvel ... Jah, meil on siin külmkamber. Loodame, et ei pea sinna rohkem laipu panema."

Hunter ja Garcia lahkusid lahkamisruumist ning läksid vaikides arvutilaborisse.

„Kas ma tohin midagi küsida?" sõnas Garcia.

„Lase tulla."

„Miks keegi sind ei uskunud, kui sa ütlesid, et Mike Farloe pole krutsifiksimõrvar?"

„Seda ma pole väitnud. Lõpuks said kapten Bolter ja mu endine paarimees Scott minu loogikast aru, aga kuna Farloe autost leiti kõik need asitõendid ja kui lisada sinna juurde tema ülestunnistus, ei olnud meil suurt midagi teha. Prokurör otsustas. Ja tema ei tahtnud mingit loogikat kuulda." Hunter vaatas maha, kaaludes, kas jätkata. „Võib-olla on tõde see, et me kõik tegelikult tahtsime seda," sõnas ta viimaks. „See oli liiga kaua kestnud. Sügaval sisimas soovisin ma, et Farloe oleks mõrtsukas. Ja nüüd on see õudus tagasi."

Garcia jaoks see õudus alles algas, Hunterile oli see kõige hullem korduv õudus.

Kaksteist

Kui laste- ja psühhiaatriahaigla välja jätta, oli Los Angelese kesklinnas kaheksa haiglat, aga ainult nelja neist oli viimaste päevade jooksul toodud tuvastamata patsiente. Jerome käis neis kõigis, teeseldes kallimat või kolleegi, aga ei leidnud midagi. Kui Jenny oli haiglasse sattunud, ei juhtunud see LA kesklinnas.

Jerome oli kaalunud, kas laiendada otsinguid Santa Monicasse, San Diegosse, Long Beachile, Santa Anasse, aga sellele oleks kulunud terve nädal ja tal polnud nii palju aega. Ta otsustas uurija Culhane'iga ühendust võtta.

Mark Culhane vihkas seda, et võtab kurjategijatelt, uimasti-kaupmeestelt raha vastu, aga ta ei saanud eitada, et sellest oli palju abi – see summa oli kaks korda suurem kui tema palk narko-rühmas. Vastutasuks oodati temalt silma kinni pigistamist suure-mate uimastitehingute ajal, veidi juurdluste segamist ja aeg-ajalt siseinfo andmist. Maailm oli korrumpeerunud ja D-King ei pidanud Mark Culhane'i leidmiseks eriti vaeva nägema.

Jerome ja Culhane kohtusid In-N-Out Burgeris Gaylay Avenuel, mis oli üks Jerome'i lemmikburgerikohti. Selleks ajaks, kui Culhane kohale jõudis, oli Jerome alla kugistanud juba kaks Double-Double burgerit.

Culhane oli neljakümne üheksa aastane, sada seitse-kümmend viis sentimeetrit pikk, kiilaneva pealaega ja tohutu õllekõhuga. Jerome oli alati imestanud, mis küll saaks siis, kui Culhane peaks kahtlusalust joostes taga ajama.

„Culhane … võta istet," ütles Jerome, pistes suhu viimase friikartuli.

Culhane istus tema vastu väikese vanamoelise laua taha. Ta tundus vanem, kui Jerome mäletas. Silmaalused oli endisest tumedamad. Jerome'il polnud aega tühja juttu ajada ja ta lükkas pruuni ümbriku uurija poole. Culhane võttis selle ja surus rinnale, hoides seda nagu pokkerikaarte. Ta heitis pilgu fotole ümbrikus.

„Ta on kadunud," jätkas Jerome.

„Ja siis? Räägi kadunud isikute osakonnaga. Mina olen narkorühmast, mäletad?" vastas Culhane ärritunult.

„Kas sa põtkid vastu või?" küsis Jerome, võttes veel ühe lonksu oma suurest kaljaklaasist.

Culhane vaikis.

„Ütleme, et D-King peab teda eriliseks." Jerome lükkas veel ühe ümbriku uurija poole. „See on lisatasu."

Seekord ei pidanud Culhane ümbrikku avama, teadmaks, mis selles on. Ta võttis selle kätte ja pistis taskusse.

„Mis ta nimi on?" küsis ta pahameele taandudes.

„Jenny Farnborough."

„Kas ta lasi jalga või arvate, et asi on muus?"

„Me ei tea, aga ei usu, et ta jalga lasi. Tal pole millegi eest põgeneda. Lisaks on kõik tema asjad korteris alles."

„On ta narkar? Kas ta võib kusagil narkouimas vedeleda?"

„Vaevalt. Ta paneb aeg-ajalt kokaiini, et vastu pidada, aga narkar ta pole. Ta ei töötaks bossi juures, kui oleks."

„Kallim? Sugulased?"

„Kallimat ei ole, sugulased elavad kusagil Idaho või Wyomingi kolkas, aga ta ei suhtle nendega."

„Millal te teda viimati nägite?"

„Eelmise reede õhtul. Ta pani koos bossi ja paari tüdrukuga pidu. Läks tualetti meiki kohendama ja oligi kõik."

„Ta võidi vahistada, rahuneb kusagil kongis."

„Ta oleks sel juhul helistanud ja ma ei tea, mille eest teda vahistada saaks, aga ilmselt tasub ka seda kontrollida."

„Kas te soovite midagi?" Seda küsis noor tumedapäine ettekandja, kes oli nende laua juurde tulnud.

„Tänan ei," vastas Culhane käega rehmates ja ootas, kuni tüdruk eemaldus. „Kas ma peaksin veel midagi teadma?" Ta keskendus nüüd taas Jennyle.

„Ei, see on vist kõik."

„Kas ta varastas raha või midagi, mis oleks andnud põhjust kaduda?"

„Mitte meilt."

„Mänguvõlad?"

„Meie teada mitte."

„Kas ta oli kellegi teisega seotud, ehk D-Kingi rivaaliga?"

„Ei," vastas Jerome pead raputades. „Ta oli tubli tüdruk, ilmselt D-Kingi parim. Tal polnud põhjust põgeneda." Ta võttis veel lonksu kalja.

„Tublid on tavaliselt need kõige hullemad." Culhane'i märkus ei teinud Jerome'ile nalja. „Kaua ta D-Kingi juures töötanud on?"

„Peaaegu kolm aastat."

„Äkki talle aitas ja tahtis minema saada."

„Sa tead, et boss pole vastu, kui mõni tema tüdruk tahab lõpetada. Kui Jennyl oli kõrini, pruukinuks tal vaid seda öelda. Lisaks ei võtnud ta ju oma asju kaasa."

„Hästi. Anna mulle ööpäev aega ja ma vaatan, kas leian midagi." Culhane tõusis lahkumiseks.

„Culhane."

„Jah," ütles too Jerome'i poole pöördudes.

„D-King tahab, et seda asja vaikselt aetaks, nii et ära hakka tema fotoga vehkima."

Culhane noogutas ja läks ukse poole. Jerome avas menüü magustoitude leheküljelt.

Autosse jõudnud, vaatas Culhane Jenny fotot uuesti. Naine oli rabav, selline, kellega magamise eest peaks maksma palju raha. Culhane patsutas teist ümbrikku taskus. *Terekest, uus auto,* mõtles ta laialt naeratades.

Culhane oletas, et naine fotol on mingis jamas. D-King oli oma tüdrukutega viisakas: ilusad korterid, kallid riided, tasuta narkots, superstaari elu. Seni polnud keegi neist põgenenud.

Ta võiks alustada haiglatest, aga selle peale kulub liiga palju aega. Olles natuke aega asja kaalunud, võttis Culhane telefoni ja helistas Peter Talepile, kes oli tema hea sõber ja töötas LAPD kadunud isikute üksuses.

„Pete, Mark narkoüksusest siin. Kuidas läheb? Oleks vaja väikest teenet."

★

LAPD kadunud isikute üksus loodi 1972. aastal. Üksuse ülesandeks oli tegelda kadunud täisealiste isikute otsimisega ja sinna kuulus rohkem kui kakskümmend viis uurijat. Peter Talep oli üks neist.

Peter kohtus Culhane'iga lõuna politseijaoskonna fuajees 77th Streetil. Culhane'il oli vaja usutavat lugu, miks Peter kadunud isikute andmebaasist otsima hakkaks, ilma et keegi midagi kahtlustaks ja ilma ametliku palveta. Ta väitis, et Jenny on üks tema informaatoreid ja millalgi viimase kolme päeva jooksul oli naine kadunud. Culhane tahtis, et Peter kasutaks haiglate kontrollimiseks oma üksuse võimalusi.

„On sul selle naise foto?" küsis Peter.

„Kahjuks mitte, sellepärast ma peangi koos sinuga andmed läbi vaatama, kuna informaatori foto tooks palju häda kaela," valetas Culhane. Kui D-King tahab seda asja vaikselt ajada, pole hea mõte Peterile Jenny fotot näidata.

„Olgu. Mida ma siis otsin?"

„Valgenahaline naine, umbes kakskümmend kolm-neli, heledad juuksed, sinised silmad, vapustava välimusega, nii et kui sa tema fotot näed, tunned ta ära," sõnas Culhane irvitades.

„Millal sa temaga viimati suhtlesid?"

„Eelmisel reedel."

„Kas sa tead, on tal sugulasi, kedagi, kes võinuks tema kadumisest teatada?"

„Ei usu, ta elas üksi. Sugulased elavad mujal."

„Kallim, abikaasa?"

„Ei.

„Nii et mitte keegi ei oleks tema kadumisest teatanud? Sa oled esimene?"

„Jah," vastas Culhane.

„Kui ta kadus reedel, on liiga vara," sõnas Peter pead vangutades.

„Mis mõttes? Miks liiga vara?"

Peter lükkas tooli arvutist eemale. „Meie andmebaasis on andmed nende isikute kohta, kelle kadumisest on keegi teatanud – pereliikmed, kallim, mida iganes. Inimesed toovad tavaliselt ka foto ja täidavad kadunud isikute avalduse, tead küll, kuidas see käib. Igatahes, siis sisestatakse andmed kadunud ja tuvastamata isikute andmebaasi. Kui keegi tema kadumisest teatanud pole, siis andmed puuduvad,"

„Jah, aga haiglapatsiendid, tundmatud naisterahvad?"

„Neid on harva."

„Aga tuleb ette?"

„Jah, aga ta peab olema siis kas teadvuseta või mälukaotusega. Kui nii, siis tavaliselt ootab haigla viis kuni seitse päeva, enne kui patsient tundmatuks isikuks tunnistatakse ja temast meile teatatakse. Meie võrdleme haigla saadetud fotot sellega, mis on meie andmebaasis, ja otsime vastet. Kui seda ei ole, kantakse patsient tuvastamata isikuna andmebaasi. Kui ta kadus reedel ja mitte keegi pole sellest teatanud, on liiga vara. Kui ta on kusagil haiglas teadvuseta või mälukaotusega, pead ootama, kuni ta tuleb teadvusele, otsima haiglatest tuvastamata naispatsiente või ootama kaks nädalat ja tulema siis uuesti minu jutule."

„Raisk!"

„Kahju küll, Mark, aga ma ei saa sind eriti aidata."

„Pole midagi. Aitäh sulle."

Culhane istus lõuna politseijaoskonna ees autos ja kaalus, mida teha. Kindlasti ei kavatsenud ta mööda LA haiglaid mingit hoora taga ajama hakata. Möödunud nädalavahetusel vahistatud naiste andmed olid äsja tema auto faksiaparaati saadetud. Kirjeldusele vastas kuus naist. Kolm olid juba kautsjoni vastu vabad. Ilmselt ei ole ka ülejäänud kolmest ükski otsitav, aga ta pidi üle kontrollima.

Fotode saabumisele kulus viis minutit. Nagu arvata oli, polnud ükski neist Jenny. Jäi üle teha vaid üht – otsida surnukeha.

Ta võiks küsida mõrvaüksusest, aga mõrva- ja narkoüksuse vahel oli ammune vaen. Tihti olid nende juurdlused omavahel seotud. LA-s käisid uimastid ja mõrvad käsikäes.

Persse see mõrvaüksus, mõtles Culhane. Kui Jenny on surnud, oli ainult üks koht, kus ta olla saab – surnukuuris.

Kolmteist

Maakonna surnukuuri laborandid olid kasutanud tarkvara-programmi, mis oskas osalistest kujutistest terviku kokku panna. See programm sarnanes nendega, mida kasutatakse filmistuudiotes uute arvutianimatsiooniga filmide tegemisel. Põhitõed on lihtsad – animeerimise protsessis loob disainer kõigepealt tegelasest raamistiku ja katab selle siis „nahaga". Laborandid kasutasid samu võtteid, ainult et raamistikku polnud vaja. Neil oli olemas ohvri nahata nägu.

Enamasti kasutatakse seda protsessi luustruktuuri taasta-miseks – surnukeha puhul, mis on väga või täiesti lagunenud. Eilse õhtu ohvri puhul oli see protsess lihtsam, kuna lihaskude tema näol oli peaaegu terve. Arvuti ei pidanud arvutama tema põsesarnade kõrgust, lõua ega nina kuju. Piisas vaid nahakihi tekitamisest juba olemasoleva koe peale, arvutada siis naha vanus ja toon ning Hunteril ja Garcial oli nägu olemas.

Hunteril oli õigus, naine oli olnud ilus. Ehkki arvutipilt muutis naise näo videomängu tegelase sarnaseks, nägi Hunter pehmeid kaari, modellile omaseid näojooni.

Ta helistas surnukuurist tagasi sõites autost kapten Bolterile.

„Hunter. Räägi midagi head."

„Noh, koroneri itimehed suutsid ohvrile mingi peene programmi abil näo anda, mis peaks aitama teda tuvastada."

„See on hea. Mida veel?"

„See ongi heade uudiste koha pealt kõik." Hunter pidas vahet ja tõmbas sügavalt hinge. „Doktor Winstoni sõnul on üsna tõenäoline, et meil on tegemist sama mõrtsukaga, kes tegutses varem."

Tekkis vaikus. Kapten Bolter oli seda oodata osanud sest-saadik, kui ohvri kuklalt leiti kahekordne krutsifiks.

„Kapten?"

„Jah, kuulen. See on nagu mingis kuradima filmis."

Hunter nõustus, ent vaikis.

„Panen sinu ja Garcia eraldi ruumi, põhikorrusest eemale. Ma ei taha, et isegi teised mõrvauurijad sellest midagi teaksid."

„Mulle sobib."

„See veel puudus, et linnas tekiks paanika, kui mõni reporteriraibe sellest loost haisu ninna saab."

„Varem või hiljem saab mõni reporteriraibe sellest nagunii haisu ninna, kapten."

„Teeme siis nii, et pigem hiljem kui varem, eks ole?"

„Te teate, et me anname endast parima, kapten."

„Ma vajan seekord enamat kui su parimat, Hunter. Tahan, et see mõrtsukas saaks tabatud, ja seekord ÕIGE mõrtsukas."

Kapteni hääles oli kuulda viha, kui ta telefonitoru hargile virutas.

Neliteist

Ruum, mille kapten Bolter Hunterile ja Garciale eraldas, asus hoone ülemisel korrusel. See oli keskmise suurusega, seitse korda kümme meetrit, selle keskel seisis teineteise vastas kaks lauda. Kummalgi laual oli juba arvuti, telefon ja faksiaparaat. Ruum oli hästi valgustatud tänu kahele idaseinas olevale aknale ja mitmele laes rippuvale viiekümnevatisele halogeenpirnile. Nad nägid üllatusega, et krutsifiksimõrvari juhtumi toimikud olid juba kokku kogutud ja nende laudadele toodud. Need moodustasid kaks meeletut kuhja. Lõunaseinale oli kinnitatud korktahvel. Selle küljes oli seitsme esimese krutsifiksimõrvari ohvri pildid, lisaks uue, näota ohvri foto.

„Konditsioneeri polegi, kapten?"

Kapten Bolter ei teinud Hunteri sapisest torkest välja. „Kas sulle on juba olukorda selgitatud?" küsis ta Garcialt.

„Jah, kapten."

„Nii et sa saad aru, millega siin tegu võib olla?"

„Jah," vastas Garcia, kerge ärevus hääles.

„Nii, laudadel on kogu info, mis meil eelmise juurdluse kohta olemas on," jätkas kapten. „Hunter, sa peaksid sellega kursis olema. Arvutitel teie laudadel on internetiühendus ning kummalgi on oma telefoniliin ja faks." Ta läks korktahvlil olevate fotode juurde. „Sellest juurdlusest ei tohi rääkida mitte kellegagi, isegi mitte mõrvaüksusest. Peame seda võimalikult kaua saladuses hoidma." Kapten vaikis ja puuris uurijaid kotkapilgul.

„Kui see juhtum avalikuks saab, ei taha ma, et keegi kuuleks, et meil võib olla tegemist sama psühhopaadiga," ütles ta, osutades ohvrite fotodele. „Seega ei tohi keegi seda krutsifiksimõrvari juhtumiks kutsuda. Krutsifiksimõrvar on surnud, umbes aasta tagasi hukatud. See on uus juhtum, on selge?"

Uurijad nägid välja nagu direktori käest noomida saanud koolipoisid. Nad noogutasid ja vahtisid maha.

„Te tegelete ainult selle juurdlusega. Muud teie elus ei ole. Tahan eelmise päeva sündmuste raportit oma lauale iga järgmine päev kella kümneks hommikul, kuni mõrtsukas kätte saadakse. Alustades homsest," sõnas kapten Bolter ukse poole minnes. „Tahan teada kõigest, mis selle juhtumi raames toimub, head või halba. Ja tehke mulle teene, hoidke see kuramuse uks lukus. Ma ei taha mingeid infolekkeid." Ta virutas ukse enda järel kinni, nii et pauk kajas ruumis vastu.

Garcia läks fotode juurde ja silmitses neid mornis vaikuses. Ta polnud varem krutsifiksimõrvari juurdluse asitõendeid näinud. See oli esimene kord, kui ta mõrtsuka julmust nägi. Ta uuris fotosid, tundes kerget iiveldust. Pilk nägi kõike, aju üritas seda tõrjuda. Kuidas suudab mõni inimene selliseid asju teha?

Ühe ohvri, kahekümne viie aastase mehe silmad olid vajutatud pealuusse, kuni need surve all lõhkesid. Tema käed olid tambitud peaaegu pulbriks. Teise ohvri, seekord naisterahva kõht oli lahti lõigatud ja sisikond välja võetud. Kolmandal ohvril, kelleks oli viiekümne viie aastane mustanahaline mees, oli pikk haav kaelal, käed olid naeltega palvetamisasendisse löödud. Ülejäänud fotod olid veel jõhkramad. Kõike seda oli ohvritega tehtud elusast peast.

Garcia mäletas, millal ta esimest korda krutsifiksimõrvadest kuulis. See oli rohkem kui kolm aastat tagasi ja ta polnud siis veel uurija. Uuringute kohaselt tegutseb Ameerika Ühendriikides igal ajahetkel umbes viissada sarimõrvarit, kelle ohvriks langeb aastas ligikaudu viis tuhat inimest. Väga vähesed neist saavad meediakajastust ja krutsifiksimõrvar oli seda saanud rohkem kui vaja. Toona oli Garcia arutlenud, mis tunne oleks olla nii tähtsa juhtumi uurija. Järgida asitõendeid, analüüsida niidiotsi, kuulata üle kahtlusaluseid ja kõik see juhtumi lahendamiseks kokku panna. Kui see ainult oleks nii lihtne.

Garciast sai uurija varsti pärast esimese ohvri leidmist ja ta jälgis juurdlust nii hoolikalt, kui sai. Kui Mike Farloe vahistati ja teda ajakirjandusele krutsifiksimõrvarina esitleti, oli Garcia imestanud, kuidas inimene, kes ei tundunud intelligentne, oli nii kaua aega suutnud tabamist vältida. Ta mäletas end mõtlevat, et selle juurdlusega tegelenud uurijad polnud vist kuigi osavad.

Praegu korktahvlil olevaid fotosid vaadates segunesid Garcias hirm ja elevus. Ta oli nüüd sarimõrvari juhtumi üks juhtivuurijaid, aga lisaks oli ta ka üks juhtivuurijaid krutsifiksimõrvari juhtumis. Irooniline, mõtles ta.

Hunter lülitas oma arvuti sisse ja vaatas, kui ekraan helendama lõi. „Kas sa saad sellega hakkama, kollanokk?" küsis ta, tunnetades Garcia ebamugavustunnet, kui too fotosid vaatas.

„Mis asja? Jah, saan ikka." Garcia pöördus Hunteri poole.

„See on julmuse uus tase."

„Jah, võib ka nii öelda."

„Mis paneb inimese selliseid kuritegusid sooritama?"

„Kui minna õpikudefinitsiooni juurde, miks inimesed mõrvu sooritavad, siis armukadedus, kättemaks, kasuahnus, vihkamine, hirm, kaastunne, meeleheide, teise kuriteo varjamine, häbi ja häbistamise vältimine, võimuahnus ..." Hunter vaikis. „Põhilised motiivid sarimõrvadeks on manipuleerimine, domineerimine, kontroll, seksuaalne rahuldus või lihtsalt maniakaalsus."

„See mõrtsukas paistab seda nautivat."

„Nõus. Rahuldus, aga mitte seksuaalne. Ütleksin, et sellele mehele meeldib näha inimesi kannatamas."

„Mehele?" küsis Garcia.

„Kuritegude iseloom on selline, et loogiline järeldus on meesterahvas."

„Kuidas nii?"

„Esiteks on enamik sarimõrvareid mehed," selgitas Hunter. „Naissoost sarimõrvarid kalduvad tapma raha pärast. Samas võib see kehtida ka meeste kohta, aga see on vähe tõenäoline. Seksuaalsed põhjused on meessoost sarimõrvarite puhul esikohal. Uuringud on näidanud, et naissoost sarimõrvarid tapavad enamasti lähedasi inimesi, nagu abikaasad, pereliikmed, neist sõltuvad isikud. Mehed tapavad võõraid sagedamini. Naissoost sarimõrvarid tapavad üldiselt ka vaiksemalt, mürgiga või vähem vägivaldselt, näiteks kägistades. Meessoost sarimõrvarid aga kalduvad tapmisprotsessi käigus rohkem piinamisele või moonutamisele. Kui naised on seotud sadistlike mõrvadega, on nad enamasti olnud meestega mestis."

„Meie mõrtsukas tegutseb üksi," järeldas Garcia.

„Muule ei viita miski."

Uurijad vaikisid hetke. Garcia pöördus ja vaatas taas fotosid. „Mis siis neid ohvreid ühendab?" küsis ta, kibeldes alustama. „Seni pole me mingit seost leidnud."

„Mis asja? Seda ma ei usu," sõnas Garcia pead raputades. „Sa ei taha ometi öelda, et te uurisite seda juhtumit kaks aastat ega leidnud ohvrite vahel mingit seost."

„Jah, usu ikka." Hunter tõusis ja läks Garcia kõrvale korktahvli ette. „Vaata neid ja ütle üht – mida sa ohvrite vanusevahemikuks pakuksid?"

Garcia pilk liikus fotolt fotole, peatudes igaühel ainult paar sekundit. „Ma pole kindel. Kahekümnendad kuni kuuekümnendad."

„Üsna lai skaala, eks ole?"

„Võib-olla."

„Ja mis on sinu arvates ohvri tüüp, vana, noor, mees, naine, must, valge, blond, brünett?"

Garcia silmitses endiselt fotosid. „Kõik, kui fotode järgi võtta."

„Jällegi lai skaala, eks?"

Garcia kehitas õlgu.

„Nende fotode järgi ei saa teada üht – ja see on ohvrite sotsiaalne staatus. Need inimesed on erinevatelt elualadelt: rikkad, vaesed, keskklass, usklikud ja ateistid, tööl käivad ja töötud ..."

„Jah, mida sa öelda tahad, Robert?"

„Tahan öelda seda, et mõrtsukal pole ohvri asjus kindlat eelistust. Iga uue ohvri puhul kulutasime me päevi, nädalaid, kuid, püüdes nende vahel mingit seost leida. Töökoht, klubid, ööklubid, baarid, ülikoolid, põhi- ja keskkool, sünnikoht, tuttavad, hobid, sugupuud, mida iganes, üritasime kõike, aga ei leidnud mitte midagi. Leidsime seose ehk kahe ohvri, aga mitte enamate vahel, mitte miski ei aidanud. Kui kahe ohvriga

86

tekkis mingi ahel, siis kolmanda ja neljandaga see katkes ning me olime tagasi alguspunktis. Need inimesed võidi valida täiesti juhuslikult. Mõrtsukas võis sama hästi telefoniraamatut lapata. Ja kui mõrtsukas poleks ohvrite kuklale oma sümbolit lõiganud, oleksid need olnudki seitse erinevat ohvrit seitsme erineva mõrtsukaga – kaheksa nüüd, koos selle uuega. Mitte miski pole sama, välja arvatud valu ja piinamine. See mõrtsukas on täiesti uus liik. Ta on ainulaadne."

„Millistest seostest jutt käib, kui sa ütlesid, et teil õnnestus tekitada seos kahe ohvri vahel, aga mitte rohkemate?"

„Kaks ohvrit elasid LA kesklinnas lõunaservas teineteisele suhteliselt lähedal, aga teised olid linnas laiali. Veel kaks ohvrit, neljas ja kuues," Hunter osutas fotodele tahvlil, „käisid samas keskkoolis, aga mitte samal ajal. Seosed tundusid pigem juhuslikud kui mingi läbimurdena. Mitte midagi konkreetset."

„Kas mõrtsukas tappis kindlate perioodide tagant?"

„Jälle suvaliselt," vastas Hunter. „Vahe võis olla paar päeva, ent kolmanda ja neljanda ohvri vahel oli mitu kuud ja viimasega rohkem kui aasta."

„Aga surnukehade asukohad?" uuris Garcia.

„Siin on kaart, ma näitan." Hunter avas suure Los Angelese kaardi, millel oli seitse punast mündisuurust täppi, igaühe juures number.

„Need on asukohad ja surnukehade leidmise järjekord."

Garcia uuris neid pikalt. Esimene ohver leiti Santa Clariast, teine Los Angelese kesklinnast ja ülejäänud viis olid samuti kaardil laiali. Ta tunnistas endale, et esmapilgul tundus see suvaline.

„Me proovisime jällegi kõike, erinevaid järjestusi ja mustreid. Kasutasime koguni matemaatiku ja kartograafi abi. Häda on selles, et kui vaadata suvalisi kohti paberil piisavalt kaua, meenutavad need pilvi taevas, ja varem või hiljem hakkad nägema kujundeid ja vorme, mitte miski pole päris, mitte miski ei vii kuhugi, lihtsalt aju teeb trikke. Ainuke kindel järeldus on, et surnukehad leiti Los Angelesist ja selle lähistelt. See on mõrtsuka surnuaed." Hunter istus laua taha, Garcia uuris kaarti edasi.

„Tal peab olema muster, neil kõigil on."

Hunter naaldus tooli seljatoele. „Sul on õigus, tavaliselt ongi, aga nagu ma juba ütlesin, see mees on teistsugune. Ta pole tapnud kahte ohvrit ühtemoodi, ta katsetab uusi, erinevaid asju – nagu eksperimenteeriks." Hunter vaikis hetke ja hõõrus silmi. „Teise inimese tapmine pole lihtne, olenemata sellest, kui kogenud mõrtsukas selles on, 95 protsenti ajast on mõrtsukas rohkem närvis kui ohver. Osa mõrtsukaid püsibki sama tegevusviisi juures lihtsalt seetõttu, et varem see töötas ja nad tunnevad end sellega mugavalt. Mõni areneb aja jooksul ja tegevusviis võib iga järgneva mõrvaga muutuda. Vahel võib kurjategija avastada, et tema tegevus ei ole kõige tõhusam, mitte see, mida ta oodanud oli. Võib-olla liiga verine, liiga kärarikas, liiga keeruline kontrolli all hoida, mis iganes. Mõrtsukas õpib kohanema ja katsetab uusi meetodeid, ehk töötavad need paremini. Lõpuks leiab ta tegevusviisi, mis talle kõige paremini sobib."

„Ja jääb selle juurde?" küsis Garcia.

„Enamasti küll, aga mitte ilmtingimata," vastas Hunter pead raputades.

Garcia oli segaduses.

„Sarimõrvarid otsivad enamasti rahuldust ... haiget rahuldust, aga siiski rahuldust. See võib olla seksuaalne, võimuiha, jumala tunne, aga see on vaid pool asjast."

„Tapmine ise?" Garcia hääl muutus tõsiseks.

„Just. See on nagu uimasti. Kui sa alustad, on soovitud kaifi saamiseks vaja ainult väikest kogust, aga peagi sellest enam ei piisa ja sa vajad enamat, hakkad seda mõnutunnet otsima. Mõrtsuka puhul muutuvad mõrvad vägivaldsemaks, ohver peab rohkem kannatama, et mõrtsukas saaks soovitud rahulduse kätte, aga nagu uimastite puhul, toimub see areng enamasti vähehaaval."

Garcia vaatas uuesti fotosid. „Mis areng siis siin toimus? Need kõik tunduvad ühtemoodi vägivaldsed ja koletislikud."

Hunter noogutas.

„Ta oleks nagu kohe sügavas otsas vette hüpanud. Seega peame eeldama, et ta arenes säärase vägivaldsuse tasemeni juba varasemas elus," järeldas Garcia.

„Jälle õige. Sa oled taibukas, aga see kõik on ka toimikutes kirjas." Hunter nookas kahele suurele kuhjale oma laual.

„Ja ta ei tapnud neid kiiresti." Garcia tähelepanu koondus jälle tahvlile.

„Õige. Sellele mehele meeldib aeglaselt edeneda. Talle meeldib ohvrite piinlemist vaadata, tahab nende valu nautida. Ta saab rahulduse. See mõrtsukas ei kiirusta, ta ei satu paanikasse, ja see ongi tema peamine eelis meie ees."

„Paanikas teevad inimesed vigu, jätavad asitõendeid maha," tähendas Garcia.

„Täpselt."

„Aga mitte see mees?"

„Seni mitte."

„Aga mida me sellest sümbolist teame?" küsis Garcia, osutades ühe ohvri kaelal olevast kujutisest tehtud fotole.

„See ajabki segadusse." Hunter surus huuled kokku. „Me küsisime esimese ohvri leidmise järel sümboloogi käest nõu."

„Mida ta öelda oskas?"

„See sümbol olevat naasmine topeltkrutsifiksi esialgse kujunduse juurde. See on topeltrist ehk Lotringi rist."

„Esialgne kujundus?" Garcia raputas pead.

„Topeltkrutsifiks koosnes algselt kahest vertikaalsest latist kahe väiksema horisontaalse lati peal, korrapäraste vahedega ja ühepikkustena. Alumine latt oli vertikaalse lati otsale sama lähedal kui ülemine ülemisele otsale."

„Miks sa ütled *oli?*"

„Aastate jooksul kujundus muutus. Alumine latt muutus pikemaks kui ülemine ja risti asetsevad latid on nüüd vertikaalse lati otsale lähemal."

Garcia silmitses mõne sekundi fotosid. „Nii et see on vana versioon?"

Hunter noogutas. „See on pärit arvatavasti paganlikest aegadest. Vähemalt ajalugu usub, et siis kasutati seda esmakordselt. Toona öeldi selle kohta ka kaheteraline mõõk."

„Jah, jätame ajaloo kõrvale. Mida see tähendab?" Garcia andis käega märku, et Hunter jätkaks.

„Psühholoogia seisukohast võttes usutakse, et see esindab topeltelu. Kaheteraline mõõk lõikab mõlemas suunas, eks ole? Seda see ongi, duaalsus, headus ja kurjus, must ja valge üheskoos. Keegi, kellel on kaks täiesti vastandlikku poolt."

„Sa pead silmas seda, et see inimene võib olla päeval täiesti normaalne seaduskuulelik kodanik ja öösel psühhopaadist mõrtsukas?"

„Just. See inimene võib olla kogukonna liider, poliitik, isegi preester, kes teeb täna head. Homme võib ta kellelgi kõri läbi lõigata."

„Aga see on ju selge skisofreenia."

„Ei ole," parandas Hunter Garciat. „Enamik inimesi teeb sama vea. Vastupidi levinud arvamusele ei ole skisofreenikud *lõhestunud isiksused*. Skisofreenikutel on tõrked mõtlemisprotsessis. Need tekitavad hallutsinatsioone, luulusid, häiritud mõtlemist ja ebatavalist kõnet või käitumist. Tavaliselt ei ole nad ka ohtlikud. Sina pead silmas dissotsiatiivset identiteedihäiret ehk DIH-d. DIH-ga inimestel on mitmeid erinevaid identiteete või isiksusi."

„Tänan, professor Hunter," sõnas Garcia tobedal lapsikul häälel.

„Aga ma ei usu, et meie mõrtsukal on DIH."

„Miks mitte?" uuris Garcia huviga.

„DIH-haiged ei otsusta ise, millal kumb isiksus domineerib. Meie mõrtsukas teab täpselt, mida teeb. See meeldib talle. Ta ei ole iseendaga konfliktis." See mõte sundis Garcia natukeseks ajaks vaikima. „Aga religioosne tähendus? See on ju religioosne sümbol."

„Siinkohal läheb asi veel keerulisemaks," vastas Hunter, masseerides korraks suletud silmi. „Teadlaste sõnul on peamisi teooriaid kaks. Üks on see, et topeltkrutsifiks oli antikristuse esimene sümbol."

„Mis asja? See pidavat olema ju tagurpidi rist."

„See on see sümbol, mida me täna teame. Usutakse, et topeltkrutsifiksi kasutasid varased prohvetid, kuulutades maailma lõppu, kui metsaline tuleb maailmale otsa peale tegema."

Garcia heitis Hunterile hämmeldunud pilgu. „Oota nüüd, sa ei hakka ju ometi rääkima kellestki, kel on pealael numbrid 666 ja väikesed sarved?"

„Mind see ei üllataks," sõnas Hunter, vaadates fotode poole. „Aga," jätkas ta siis, „kui nad sellise metsalise saabumist ennustasid, ütlesid nad, et ta toob kaasa kurjuse sümboli. Sümboli, mis tähendab jumalat teistpidi pööratuna."

Garcia vaatas samuti fotosid ja ajas silmad suureks. „Kuramus. Kaks otsapidi kokku pandud risti," ütles ta viimaks taibates. „Üks õigetpidi, teine tagurpidi?"

„Jah. Jeesuse sümbol ja vastandiks sama Jeesuse sümbol. Antikristus."

„Nii et meil võib olla tõesti tegemist usufanaatikuga?"

„Usuvastase fanaatikuga," parandas Hunter teda.

Tekkis vaikus.

„Ja teine?" küsis Garcia.

„Mis asja?"

„Sa ütlesid, et religioosse tähendusega on seotud kaks teooriat. Mis teine on?"

„Pane vaim valmis. Mõrtsukas võib arvata, et ta on teine tulemine."

„Mida? Nalja teed või?"

„Oleks see nii. Osa teadlasi usub, et varane topeltkrutsifiks ei ole mitte üks õigetpidi ja teine tagurpidi rist, vaid üks rist teise peal ehk jumala teine poeg. Teine tulemine."

„Aga need on kaks vastandlikku teooriat. Üks väidab, et ta on antikristus, teine, et ta on teine Kristus."

„Tõsi, aga need on siiski ainult teooriad, mis tuginevad sellel, mida topeltkrutsifiksi sümbol võib ajaloolaste ja akadeemikute arvates tähendada. See ei tähenda, et need antud juhul kehtivad. Mõrtsukas võis selle sümboli ju valida ka sellepärast, et see talle meeldis."

„Kas topeltkrutsifiksi kasutavad mingid usundid või sektid?"

„Muudetud kujutist, kui mõlemad risti asetsevad latid on vertikaalse lati ülemisele otsale lähemal, on kasutanud aastate jooksul erinevad grupid, ja mitte ainult religioossed. See on ka Ameerika kopsuühingu logo osa."

„Ja vana kujutis? See, mida mõrtsukas kasutab?"

„Selleks pead minema ajas tagasi rohkem kui sada aastat, et midagi leida. Ja mitte miski ei pruugi selle juhtumiga seotud olla."

„Mida su sisetunne ütleb?"

„Sisetunne antud juhul ei kehti, nagu ma teada olen saanud."

„Minu meeleheaks. Sul olevat ju vinge vaist," sõnas Garcia.

„Ma pole kindel. See mõrtsukas on osaliselt samasuguse häiritud käitumisega nagu enamik sarimõrvareid. Osa asju on nagu õpikust, liiga täiuslikud, nagu ta tahaks, et me peaksime teda tavaliseks sarimõrvariks." Hunter pigistas ninaselga ja sulges korraks silmad. „Vahel tundub mulle, et tegemist on usufanaatikuga, vahel mõtlen, et ta on mingi kuritegelik geenius, kes meiega jändab, tõmbab õigeid nööre, et meid valesse suunda juhtida. Mängib mängu, mille reegleid teab ainult tema, ja ta võib neid igal ajal suvaliselt muuta." Hunter tõmbas sügavalt hinge ja hoidis seda paar sekundit kinni. „Kes iganes ta on, ta on väga intelligentne, väga tark, järjekindel ja kalk nagu kivi. Ta ei satu kunagi paanikasse. Peame keskenduma nüüd uuele ohvrile, sest võib-olla juhib tema meid mõrtsukani."

Garcia noogutas. „Kõigepealt peame saatma tema foto võimalikult paljudele modelli- ja näitlemisagentuuridele. Ohvri tuvastamine oleks hea algus ..."

„Jajah, teeme seda ka, aga kõigepealt tahaksin midagi muud kontrollida."

„Mida siis?"

„Mäletad, mida doktor Winston ohvri kohta ütles?"

„Millist osa sellest?"

„Jõusaali *sage* külastaja."

Garcia kergitas kulme. „Hea mõte."

„Häda on selles, et linnas on üle tuhande jõusaali."

„Tõsiselt või?" küsis Garcia üllatunult.

„Jah, see on LA, kus isegi ettekandjaks saamiseks peab super välja nägema. Fitness on siin suur äri."

„Riigis, kus rasvumine on epideemia mõõtu?"

„Nagu öeldud, see on LA, heas vormis ja ilusate inimeste linn." Hunter muigas pilkavalt biitsepsit pingutades.

„Unista aga."

„Peaksime käima küsimas suuremates ja tuntumates jõusaalides." Hunter vaikis hetke. „Doktor ütles, et ta kasutas kalleid hooldusvahendeid, eks? Nii et ta kulutas enda peale raha."

„Ja sellise kehaga meeldis talle kindlasti silma torgata," lisas Garcia.

„Nõus."

„Nii et kui tahta oma keha eksponeerida, millisesse jõusaali siis minna? Sina oled ju meil asjatundja."

„Noh, selles osas on Gold's Gym kõige tõenäolisem. Hollywoodis on sel kaks jõusaali, kus käivad paljud kuulsad ja „populaarsed" inimesed, ning Venice Beachil on Arnold Schwarzeneggeri tuntud Gold's Gym."

„Peaksime sealt läbi käima."

„Võta arvutipilt kaasa. Lähme suurtele poistele külla."

Kui Hunter ukse juurde jõudis, helises tema mobiiltelefon.

„Jah, uurija Hunter kuuleb."

„Tere, Robert, kas sa igatsesid minu järele?" küsis robothääl.

Viisteist

Garcia läks trepi poole, kuni sai aru, et Hunter on maha jäänud. Ta seisatas ja vaatas tagasi. Hunter seisis nende uue kabineti ees, mobiil vastu paremat kõrva. Tema näol oleva ilme järgi oli selge, et midagi on valesti.

„Robert, mis viga?"

Hunter ei vastanud. Ta raputas vaid pead – vaevumärgatav liigutus, aga piisav, et Garcia taipaks, mis toimub.

„Kuramus!" ütles ta vaikselt ja läks kähku Hunteri kõrvale, kallutades pea telefoni poole, et kuulda.

„Sa ilmselt nägid mu viimast kätetööd?"

Hunteri pea oli tühi, süda peksles meeletult.

„Kas sa ei vastagi, Robert?"

Hunter polnud seda robothäält kuulnud peaaegu kaks aastat.

„Mida ma igatsema peaksin?" küsis ta rahulikul häälel vastu.

Naer ...

„Noh, võib-olla põnevust, seiklust. Ma annan sinu tööle mõtte."

„Tõtt-öelda lootsin, et sa oled läinud."

Taas naer.

„Jäta, Robert! Ma tean, et sa ei uskunud, et mees, kelle te kätte saite, olen mina."

Hunter läks tagasi nende kabinetti, Garcia tema kõrval.

„Tema oli siis sinu järjekordne ohver?"

„Mina teda ei tapnud."

„Sa lavastasid ta süüdi, nii et see on põhimõtteliselt sama asi."

„Tegin sulle tegelikult teene. Ta oli järjekordne räpane sitakott ... pedofiil."

Vihkamistundest hoolimata teadis Hunter, et mida kauem mõrtsukas räägib, seda suurem on võimalus, et ta teeb vea, ilmub mingi keelevääratus.

„Nii et sa otsustasid pensionäripõlve katkestada?"

Naer oli seekord innukam.

„Võib ka nii öelda."

„Miks praegu?"

„Kannatust. Kõik saab õigel ajal selgeks, Robert. Igatahes, tahaksin kauem lobiseda, aga sa tead, et ma ei saa. Tahtsin lihtsalt veenduda, et sa tead, et mäng on jälle alanud, aga ära muretse, ma helistan peagi uuesti."

Enne kui Hunter jõudis veel midagi öelda, kõne katkes.

„Raisk!"

„Mida ta ütles?" küsis Garcia enne, kui Hunter jõudis telefoni taskusse pista.

„Suurt mitte midagi."

„Enam pole mingit kahtlust, see on tema, see on krutsifiksimõrvar."

Hunteril õnnestus vaid kergelt noogutada, masendus pilgus. „Räägime kaptenile."

Hunter kuulis Garcia hääles teatavat elevust. „Ma helistan talle autost. Peame nendes jõusaalides ära käima – sina istud rooli."

Jutuajamine kapten Bolteriga oli lühike. Hunter teatas, et nad käivad jõusaalides, ja rääkis telefonikõnest. Kapten oli mõtisklenud Hunteri telefoni pealtkuulamisseadme paigaldamisest, aga nad olid seda ka varem tulutult katsetanud. Helistaja kasutas segajat, mis põrgatas signaali läbi kahekümne eri paiga kogu maailmas. Hetkel polnud sinna midagi parata.

Hollywoodi jõusaalidest ei saanud nad midagi teada. Ei administraatorid ega treenerid olnud näinud naist, kes sarnaneks arvuti loodud näoga. Neil oleks vaja kohtuorderit ja palju aega, et kõik jõusaali andmebaasis olevate liikmete kaustad läbi vaadata, ja see oleks nagunii suhteliselt mõttetu.

Venice Beachi Gold's Gym on väidetavalt maailma kõige kuulsam jõusaal. See sai kuulsaks 1977. aastal, kui kinolinadele jõudis film „Pumping Iron", peaosas Arnold Schwarzenegger. Gold's Gym Venice Beach on õige koht, kui tahad oma keha näidata, ja seal käivad nii professionaalsed atleetvõimlejad kui ka filmistaarid ja muud kuulsused, aga nad ei saanud ka sealt midagi teada. Mitte keegi ei tundnud pildil olevat naist.

„Me ei saa käia läbi kõiki LA jõusaale," sõnas Garcia auto juurde jõudes.

„Ma tean, see oli nagunii vähe tõenäoline, aga me pidime kontrollima," vastas Hunter väsinud silmi hõõrudes. Magamata öö hakkas ennast tunda andma.

„Mis siis edasi, modelli- ja näitlemisagentuurid?"

„Veel mitte." Hunter vajus korraks mõttesse. „Doktor Winston oli kindel, et meie ohvril oli raha ja ta kulutas palju enda eest hoolitsemisele, mäletad?"

„Jah, mis siis?"

„Kui ta oli algaja näitlejanna või modell ..."

„Siis poleks tal raha olnud," jätkas Garcia sealt, kus Hunter pooleli jäi.

„Sa arened – oled mõelnud uurijaks hakata?" küsis Hunter pilkavalt.

Garcia tõstis parema käe ja näitas Hunterile keskmist sõrme.

„Ma tahaksin kellegi juurest läbi käia."

„Kelle?" küsis Garcia põnevusega.

„Kui ta oli algaja modell või näitlejanna, oleks ta võinud midagi muud tehes ikkagi suurt raha kokku ajada. Sa mainisid seda korra."

Garcia kibrutas kulmu. Mõne sekundi pärast nipsutas ta sõrmi ja osutas Hunteri peale. „Lõbutüdruk," teatas ta võidukalt.

Hunter naeratas heakskiitvalt. „Ja ma tean, kellega me rääkima peame."

„Lähme siis," sõnas Garcia innukalt.

„Veel mitte. Ta tegutseb ainult öösiti. On sul täna õhtul tegemist?" küsis Hunter silma pilgutades.

„Kas sa kutsud mind kohtama?"

Nüüd oli Hunteri kord Garciale keskmist sõrme näidata.

Kuusteist

George Slater lahkus oma kabinetist mainekas Tale & Joshi advokaadibüroos tavapärasel ajal, pool seitse õhtul. Tema abikaasa Catherine teadis, et õhtust nad koos ei söö, kuna oli teisipäev ja pokkeriõhtu.

George oli tavalise välimusega mees. Selline, kes välimusega rahvamassis tähelepanu ei ärataks, kuigi keegi ei saanud eitada, et ta oli karismaatiline. Sada seitsekümmend kolm sentimeetrit pikk, tumepruunid silmad ja juuksed, ning tema laitmatu riietumismaitse peitis tema kõhna kogu ära.

Büroost lahkunud, kuulas George oma luksusliku M-klassi Mercedes-Benzi maasturiga Bell Gardensis asuva väikese üürikorteri poole sõites raadiost uudiseid. Ta oli korteri leidnud internetist ja ajanud asju otse omanikuga, vältides nii kokkupuuteid maakleriga. Vastutasuks diskreetsuse eest oli George pakkunud, et maksab omanikule sulas – terveks aastaks ette. Ainsateks tõestusteks sellest kokkuleppest olid kaks käsitsi kirjutatud lepingueksemplari ja kviitung makstud summa kohta. Ei mingeid pikki ametlikke lepinguid ega dokumente, mida oleks võimalik jälitada. Isegi nimi lepingul oli väljamõeldis – Wayne Rogers. George ei riskinud millegagi. Seda korterit ei tohtinud temaga seostada.

Korter asus väga vaikses tänavas Bell Gardensi servas ja see sobis George'ile suurepäraselt. See tähendas, et vähem inimesi nägi tema liikumisi, ja maja maa-alune garaaž pakkus uudishimulike pilkude eest lisakaitset.

Kahetoaline korter polnud just avar, aga oma ülesannet see täitis. Kindlasti polnud see ka luksuslikult sisustatud. Uks avanes otse väikesesse valgeks värvitud elutuppa. Tühja seina vastas veidi ühes servas oli kolmekohaline must nahkdiivan. Telerit, maale ega vaipu polnud. Peale diivani oligi elutoas vaid ajakirjariiul. Köök oli väike ja väga puhas. Pliiti polnud kordagi kasutatud. Külmikus oli kaksteist pudelit õlut, šokolaadibatoonid ja pakk apelsinimahla. Seda korterit ei kasutatud elamiseks.

Vannituba ja magamistuba asusid väikese koridori lõpus. Magamistoas otse ukse vastas oli uhke sepistatud metallist peatsiga suurejooneline voodi. Voodist vasakul oli peegeluksega riidekapp. Toas oli regulaatoriga lüliti ehk nagu George seda kutsus – meeleolulüliti. See oli korteri kõige tähtsam tuba.

George sulges enda järel ukse, pani portfelli diivani kõrvale maha ja läks kööki. Ta võttis külmikust õllepudeli, avas selle ja läks elutuppa tagasi. Õlu oli jääkülm ja pakkus sel meeletult palaval päeval lõõgastust. George jõi pool pudelit ära, vajus diivanile ja võttis portfellist oma teise mobiili. Selle telefoni olemasolust teadsid väga vähesed – tema abikaasa nende seas polnud. George võttis lonksu külma õlut ja luges veel korra viimast sõnumit.

Tulen sinu juurde umbes 21.15. Ootan juba väga.

Sõnumi all polnud nime, aga seda polnud vajagi. George – või Wayne, nagu teda teati – teadis täpselt, kellelt see on – Rafaelilt.

George oli kohtunud veidi üle saja kaheksakümne sentimeetrise Puerto Rico päritolu mehega aasta tagasi meeste eskordiagentuuri kaudu. Algul oli nende suhe tööalane, aga peagi kujunes sellest keelatud suhe. George teadis, et Rafael oli temasse armunud, ja ehkki tema tunded Rafaeli vastu olid väga sügavad, ei pidanud ta seda armastuseks – vähemalt veel mitte.

George vaatas kella – kümme minutit kaheksa läbi. Tal oli tund aega, enne kui tema armuke kohale jõuab. Ta jõi õlle lõpuni ja otsustas duši alla minna.

Kui vesi tema väsinud keha masseeris, võitles George süütundega. Ta armastas Catherine'i ja talle meeldis naisega armatseda neil harvadel kordadel, kui seda võimaldati. Võib-olla oleks olukord olnud teistsugune, kui nad oleksid Alabamasse jäänud, aga LA pakkus talle midagi uut. Nüüdisaegses ühiskonnas oleks biseksuaalsus osade inimeste jaoks normaalne, aga kindlasti mitte Catherine'i jaoks.

Catherine Slateri neiupõlvenimi oli Catherine Harris, sündinud oli ta Alabamas Theodore'is. Tema perekond oli sügavalt usklik ja ta sai väga range kasvatuse. Ta käis regulaarselt kirikus, vahel koguni viis-kuus korda nädalas. Käskiva ja iseteadlikuna uskus ta, et enne abielu ei seksita, ja ka siis polnud seks tema meelest lihahimu rahuldamise vahend.

Catherine ja George kohtusid Alabama riigiülikoolis esimesel kursusel juurat õppides. Mõlemad olid viielised õpilased ja peagi muutus kursusekaaslaste sõprus võimatuks seksita armastuseks. Pimestatud meeletust soovist naisega koos olla, palus George Catherine'i kätt kuu aega pärast ülikooli lõpetamist.

Varsti pärast pulmi pakuti George'ile töökohta väga tuntud advokaadibüroos Los Angelesis – Tale & Joshis. Catherine'i meelest oli Los Angeles allakäinud ja vägivaldne linn, täis seksi, narkootikume ja ahnust, ent pärast kahte kuud arutelusid ja lubadusi oli ta aru saanud, et see on George'i jaoks liiga hea võimalus, et seda käest lasta.

Catherine'i ei häirinud asjaolu, et tema enda tööalane tulevik oli Los Angelesi kolides sinnapaika jäänud. Ta polnudki arvanud, et temast saab karjäärinaine. Vanemad olid kasvatanud temast hea abikaasa, kes hoolitseb kodu, laste ja abikaasa eest, ning just seda ta teha tahtiski. Ta uskus ka, et George'ile LA-s meeldima ei hakka ja võib-olla on mees aasta-paari pärast „suurlinna säravatest tuledest" tüdinud. Ta eksis.

Olles võitnud oma uues büroos teise kohtuasja, kutsus George'i klient teda erapeole võitu tähistama. *Ära naist kaasa võta. Üksi on lõbusam, saad aru küll.*

George'ile pakkus see salapärane kutse huvi. Ta ütles Catherine'ile, et on kauem tööl nagu ikka, ja läks Beverly Hillsi luksuslikku häärberisse. See, mida ta seal nägi, muutis tema elu igaveseks ajaks.

George'i ainuke kokkupuude pornoga oli olnud keskkoolis. Üks tema sõpradest oli saanud kuskilt vana videokasseti ja mõned pornoajakirjad nädalavahetuseks, mil tema vanemad olid ära. George polnud suutnud seda unustada, aga see siin polnud film, polnud mingit näitlemist. George'ile tutvustati ühekorraga sadomasot, partnerivahetust, seksi läbi seinaaugu, piitsutamist, seksiorjust, „kuldset vihma" – asju, millest ta polnud isegi und näha osanud. Ta avastas maailma, mida oli arvanud eksisteerivat vaid erootilistes raamatutes ja pornofilmides. Tasuta seks, tasuta narkots – koht, kus kõik tema fantaasiad võisid reaalsuseks saada, kus ta võis süümepiinadeta oma varjatuimad seksuaalsed ihad vabaks lasta. Selle luksusliku häärberi keldritoas koges George esimest korda seksi mehega ja see meeldis talle. Pärast seda ei saanud tal oma vastsest põrandaalusest elust küllalt. Ta jumaldas neid pidusid, inimesi ja selle kõige salapära.

George kuivatas end aeglaselt ja mässis siis rätiku ümber piha. Rafaeliga kohtumise ootusärevus erutas teda. Ta võttis köögist veel ühe õlle ja vaatas seinakella – 20.45, enam ei lähe kaua. Ta mõtles, kas panna end uuesti riidesse, aga talle meeldis erutus, kui ta tervitab oma armukest ainult rätikus.

Neile mõlemale meeldisid rollimängud ja George oli tänaseks loo välja mõelnud. Magamistoas avas ta riidekapi ühe peegelukse, mille taga oli terve hulk sadomasovahendeid – piitsad, ketid, köied, suutropid, nahkrihmad, käerauad, kõik, mida ta suutis välja mõelda.

Ta valis hoolega välja vahendid, mida tal oma mängu jaoks vaja oli, ja pani need voodile. Erutus oli juba läbi rätiku näha, aga seda segas koputus uksele. George vaatas kella – 20.53. Rafael tuli varem, mõtles George, võib-olla on ta sama innukas kui mina.

Ta ei suutnud summutada rahulolevat naeratust, mis ust avades huultele kerkis.

„Kes teie olete?" Naeratus läks üle murelikuks kulmukortsutuseks.

Vastuse asemel sai ta jõulise täpse hoobi kõhtu. George vajus valust kössi, kui õhk kopsudest välja paiskus, tema silmad olid hirmust suured. Ta ahmis hapnikku, taganes sammu, aga sellest ei piisanud, et vältida teist hoopi. Seekord sai ta löögi kubemesse. Kui sissetungija jalg George'i suguelundeid tabas, kukkus ta selili, rätik vajus maha. Ta tahtis midagi öelda, vastu hakata, aga jõudu polnud enam. Sissetungija sulges rahulikult korteriukse ja astus põrandal keras lebava George'i juurde. George ei saanud aru, mis toimub. Ta korises, suutmata hingata, ja süda jättis süstalt nähes löögi vahele. Sissetungija surus nõela kiire liigutusega George'ile kaela ja järsku polnud enam valu ega vastuhakku. Oli vaid pimedus.

Seitseteist

Chris Melrose oli töötanud maakonna surnukuuris viimased kolm aastat. Chrisi oli juba lapsena huvitanud surm ja kõik morbiidne. Tema esialgne plaan oli olnud saada kriminalistiks, aga kuna hinded olid kehvad, ei pääsenud ta ülikooli.

Chrisi esimene töökoht oli olnud matusebüroos, kus ta tegi enam-vähem kõike. Tema kohustusteks oli korraldada matuseid, vooderdada kirste ja valmistada ette surnukehad, aga sellest ei piisanud. Chris ihkas sellist elu, millest ta oli alati unistanud. Ta tahtis veriseid kaltse, roostevabast terasest laudu, surma teravat joovastavat lõhna. Ta tahtis töötada surnukehadega nende algses olekus, enne kui need puhtaks pestakse ja matusteks valmis seatakse. Kui Chris oli kandideerinud peaaegu kõikidele madalamatele ametikohtadele, pakuti talle viimaks tööd surnukuuris laboriabilisena. Tema ülesandeks oli koristada lahkamisruume, viia ja tuua surnukehasid külmkambrist ning hoolitseda selle eest, et töövahendid oleksid puhtad ja kasutamiseks valmis. Koronerid polnud kunagi näinud, et keegi oma töö üle nii suurt uhkust tunneks. Chris meeldis kõigile. Ennekõike meeldis talle aga lahkamisi pealt vaadata. Ükski koroner sellele vastu ei olnud. Chrisi öine vahetus kestis 19.30–7.30. Tavaliselt tegi ta esimese puhkepausi vahetult enne keskööd. Ta sai suitsu teha, süüa banaani ning maapähklivõi ja meega saia.

Chris tõmbas viimase mahvi ja viskas koni õhku, vaadates, kuidas see langedes enda järele tuhmi kollaka kaare jätab. Ta tõusis väikeselt pingilt, kus oli istunud, pani tühja võileivakoti kokku ja hakkas minema tagasi surnukuuri poole. Külm käsi haaras tal vasakust õlast.

„Tere, Chris!"

„Issand jumal!" Chris võpatas ja pöördus selja taga seisva kogu poole, süda kurgus tagumas. „Segi oled või? Sa ehmatasid mu poolsurnuks, raisk."

Mark Culhane saatis talle kollaste hammaste välkudes kogenud naeratuse.

„Kui mul oleks relv, oleksid praegu surnud. Miks sulle meeldib inimestele niimoodi ligi hiilida?" küsis Chris, surudes käe rinnale, süda tagus selle vastas.

„Ma olen uurija, mulle meeldibki inimestele ligi hiilida," vastas Culhane muiates. „Pealegi, miks, kurat, sa peaksid relva kandma? Kõik, kellega sa kokku puutud, on juba surnud."

„Kõigil on relv. Me elame LA-s, mäletad? Igatahes, pole sind ammu näinud. Mida sa tahad?"

Chris oli kolmekümnene, veidi ülekaaluline, sirgete tumepruunide lühikeseks lõigatud juustega. Tal olid kummalised pruunid kassisilmad, punetav nägu ja suur nina.

„Oh, Chris, nii ei võeta vastu ammust sõpra."

Chris ei vastanud. Ta kergitas kulme, oodates, mida Culhane tahab.

„Pean su viimaste päevade sissekandeid nägema," ütles Culhane viimaks.

„Sissekannete all pead sa silmas surnukehasid?“

„Mida muud, ninatark?“

„Esita lihtsalt avaldus. Sa oled ju võmm, eks ole?“

„See on sõbra jaoks. Mitte ametlik tööasi.“

„Sõbra jaoks?“ Chrisi hääl oli kahtlev.

„Kas sa õpid võmmiks? Mis asja sa pärid? Näita mulle lihtsalt surnukehasid.“

„Ja kui ma ütleksin, et ei saa seda teha, sest see on määrustevastane?“

Culhane pani parema käe Chrisile ümber kaela ja tõmbas ta lähemale. „See ajaks mu ju närvi ja vaevalt sa seda tahad, ega ju?“

Vaikus.

Culhane pigistas tugevamini.

„Olgu ... olgu, ma hakkasin nagunii tagasi minema,“ vastas Chris käsi üles tõstes.

„Tubli poiss,“ sõnas Culhane ja lasi ta pea haardest lahti.

Nad läksid vaikides surnukuuri poole. Üks sellisel kellaajal Chrisi juurde tulemise eeliseid oli see, et Culhane ei pidanud sisenema peauksest. Maja oli peaaegu tühi, ametimärki ei pidanud näitama ega kuhugi allkirju andma – vähem kahtlustamist.

Nad jõudsid personaliukse juurde hoone lõunaküljel ja Chris sisestas elektroonilisel klahvistikul kuuekohalise koodi. Tugev metalluks surises ja avanes.

„Oota siin, ma tulen kohe tagasi,“ ütles ta ja kadus ukse taha, jättes Culhane’i kummalisel ilmel sinna seisma. Vähem kui minuti pärast oli Chris tagasi, kaasas valged tunked. „Pane selga, peaksid mahtuma. Suuremaid ei olnud.“

„Kas sa teed nalja?“

Chris ei tahtnud, et keegi saaks teada, et ta lubas võõra majja ilma teda registreerimata, isegi kui see võõras on politseinik. Ta juhatas Culhane’i läbi alumise korruse tühjade koridoride ja raskete pöörduste ning trepist üles esimesele korrusele. Culhane oli siin käinud rohkem, kui ta meenutada tahtnuks. See ajas teda endiselt iiveldama. Ta ei tunnistaks seda eales, aga tal oli hea meel, et ta pole üksi. Nad jõudsid koridori lõpus oleva viimase ukse juurde.

Pärast lahkamist toodi kõik surnukehad külmkambrisse või nagu seda siin kutsuti, suurde külma. Kambri lääneseinas oli ruumi rohkem kui viiekümne surnukeha säilitamiseks. Culhane ja teised narkoüksuse uurijad kutsusid seda ruumi omal moel – surma kärjeks.

Chris lukustas enda järel ukse, et neid ei segataks, ja läks arvutilaua juurde ruumi kaugemas otsas.

„Nii, hakkame siis otsima ... mees või naine?" küsis ta pikema jututa. Mida kiiremini Culhane minema läheb, seda parem.

„Naine."

„Must, valge ...?"

„Valgenahaline, heledad juuksed, sinised silmad, sale ja väga ilus."

Chris naeratas häbelikult. „Mis kuupäevast ma otsima peaksin?"

„Alustame eelmisest reedest."

Chris vaatas käekella. „See oli ... 1. juuni?"

„Jah, just."

„Nii." Chris sisestas info ja vajutas klahvi. Arvutil kulus vastuse genereerimiseks vähem kui viis sekundit.

„Jah, kuusteist vastet. Kas sa nime tead?"

„Jaa, Jenny Farnborough, aga seda kindlasti arvutis ei ole."

Chris libistas pilgu kähku üle nimekirja. „Sul on õigus, teda siin pole."

„Tuvastamata naiste surnukehasid on?"

Chris vaatas taas nimekirja. „Jah, neli."

„Vaatame need üle."

Mõne hiireklahvi vajutuse järel oli neil väljatrükk käes.

„Vaatame siis," ütles Chris ja läks luukide poole. Nad peatusid selle ees, millel oli tähis C11, esimene tema nimekirjas. Kõigi nelja tuvastamata surnukeha üle vaatamisele kulus veidi rohkem kui viis minutit. Jenny Farnborough'd nende hulgas polnud.

„Kas need on kõik surnukehad? Kas siin hoones on veel mõni külmkamber?" küsis Culhane.

„Jaa, keldris, aga mul puudub sinna ligipääs," vastas Chris.

„Mis mõttes? Miks?"

„See on lukustatud ala."

„Miks on surnukuuris lukustatud ala?"

Chrisil oli hea meel anda selgitust millegi kohta, mida isegi LA uurija ei teadnud. „Teatud juhtumid võivad olla ohtlikud – kiiritus, mürgitus, saasteoht, niisugused asjad. Sellisel juhul sooritab peakoroner lahkamise lukustatud ruumis."

„Ja kas sa tead, on seal hetkel mõni laip?"

„Doktor Winston tegeles seal eile hilisõhtuni lahkamisega. Laipa siia ei ole toodud, nii et ilmselt on see all."

„Aga see laip peab ju kärge jõudma, eks?"

„Kärge?" Chris kortsutas kulmu.

„Siia ruumi ... külmikusse." Culhane'i hääles oli ärritus.

„Ei, seal on eraldi külmkamber. Laip võib seal lõpmatuseni olla." Chrisi vastus suurendas uurija ärritust.

„Oled kindel, et sa mind sinna ruumi ei saa viia?"

„Jah. Võti on ainult doktor Winstonil ja see on tal kogu aeg kaasas."

„Kas sinna muudmoodi ei pääse?"

„Ei. Uks on valve all ja seinal on kaamera. Kui sind pole kutsutud, siis sa sisse ei saa."

„Kui palju seal laipu on?"

„Minu teada üks."

„On sul sellest fotot või mingeid andmeid selles arvutis?"

„Ei, doktor Winstonil on kõik lukustatud alaga seotud juhtumite andmed sealsamas. Neid ei sisestata põhiandmebaasi enne, kui doktor selleks loa annab. Ja isegi kui mul oleks foto, ei oleks sellest sulle eriti abi."

„Miks mitte?"

„Räägitakse, et laip on tundmatu, midagi seoses näo puudumisega."

„Mis asja? Tõsiselt või?"

„Nii ma olen kuulnud."

„Ilma peata?"

„Ma ei tea, kuulsin vaid, et laibal pole nägu. Võib-olla lasti haavlipüssiga sodiks. See pole ennekuulmatu," sõnas Chris pead vangutades.

Mark Culhane pidas hetke tekkinud olukorra üle aru. Tema meelest oli vähe tõenäoline, et lukustatud ruumis on Jenny Farnborough' surnukeha. Ta ei näinud mõtet seda rohkem uurida.

„Aitäh, Chris. Ole nii kena ja pea minu antud kirjeldusele vastavaid surnukehasid silmas. Kui midagi sellist tuuakse, anna teada. See on tähtis." Culhane ulatas Chrisile oma nimekaardi.

Chris vaatas seda hetke. „Jah, LAPD heaks mida iganes."

„Hakkan siis minema. Kas ma võin välja minna samast uksest, kust me tulime?"

„Minugipoolest. Pean su välja saatma, uks on koodiga."

Nad lahkusid külmkambrist ja kõndisid vaikuses tagasi. Kui nad ukse juurde jõudsid, andis Culhane tunked Chrisile tagasi ja viimane toksis metallist klahvistikul koodi. Culhane rõõmustas, et pääses taas värske õhu kätte.

Autos istudes süütas ta sigareti. Los Angelesis oli veel kaks surnukuuri, üks Santa Claritas ja teine West Lancasteris, aga ta polnud kindel, kas neisse tasub minna. Ta tõmbas sigareti lõpuni ja otsustas, et oli teinud Jenny Farnborough' leidmiseks kõik, mis tema võimuses. Pealegi oli tegemist mingi litsiga. Ta helistab hommikul Jerome'ile ja annab teada. Hetkel oli tal tähtsamatki teha.

Kaheksateist

West Sunset Boulevard on üks Los Angelese tuntumaid tänavaid, aga selle kõige kuulsam ala on rohkem kui kolmekilomeetrine lõik Hollywoodi ja Beverly Hillsi vahel, mida kutsutakse Sunset Stripiks. Stripil on parimad rokiklubid, restoranid, butiigid ja Hollywoodi ööklubid. Seda nimetatakse juba seitsme-kümnendate algusest saadik kohaks, kus end LA-s näidata. Igal õhtul särab Strip eredates neoonvärvides, liiklus peaaegu seisab, kui meeletu hulk autosid inimestest tulvil tänaval sõita soovib. Kui otsida inglite linnas põnevust, siis Sunset Strip oma kuulsuste ja kuulsaks saada ihkajatega, turistide ja vaatlejate ning räpaste seksimüüjatega on kindlasti selleks õige koht.

„Tuleta mulle uuesti meelde, kelle juurde me tulime," ütles Garcia Hunterile, kui viimane parkis auto Hilldale Avenue'le, mis asus Stripi lähistel.

„JJ-nimelise jätise," vastas Hunter, astus autost välja ja võttis tagaistmelt tagi.

Juan Jimenez ehk JJ oli tõepoolest jätis, tühine kupeldaja, kellele meeldis oma asja ajada Sunset Boulevardi kandis. Oma viit lõbutüdrukut ta ekspluateeris. Ta oli teinud nad mingi kiiret sõltuvust tekitava uimasti sõltlasteks. JJ oli vägivaldne ning aeg-ajalt sattusid tema tüdrukud haavade ja sinikatega, vahel koguni murtud luudega haiglasse. Tavapärane labane selgitus oli: „Ma komistasin ja kukkusin."

JJ-d oli korduvalt vahistatud, aga mitte ükski tema lõbutüd-rukutest polnud julgenud süüdistust esitada. Tema kõige võimsam relv oli hirm. „Kui mulle vastu hakkad, lõikan su lõhki." „Ja tema saab meid aidata?" küsis Garcia.

„Ta tunneb neid tänavaid ja siin töötavaid tüdrukuid kõige paremini. Kui meie ohver oli professionaal, peaks JJ seda meile öelda oskama. Võib-olla peame siiski teda veidi nii-öelda veenma."

Nad kõndisid läbi Sunset Stripi lõputu inimvoo, et jõuda juba klientidest tulvil baaride ja klubide juurde.

„Kuhu me siis läheme?" küsis Garcia, vaadates ringi nagu laps mänguväljakul.

„Seal see on." Hunter osutas värvilisele sildile, mis rippus West Sunset Boulevard 9015 kohal.

Rainbow Bar and Grill oli olnud rokkmuusikute aja-veetmise koht seitsmekümnendatest alates ja ega seal palju muutunud olnud. Seinu ehtisid kuldplaadid, kitarrid, fotod ja autogrammid mitmesugustelt bändidelt ja sooloartistidelt. Rokki pasundas ka kõlaritest, pikajuukselised mehed ja blondeeritud juustega napis riietuses naised seisid baarileti ääres ning istusid laudade taga sees ja väljas.

„Kas see JJ armastab rokki?" küsis Garcia.

„Kindel see."

„Arvasin, et ta on Kuubalt."

„Puerto Ricost."

„Kas neile ei meeldi mitte salsa, merengue või midagi sarnast?"

„JJ-le mitte."

Garcia vaatas sees ringi, ja ehkki nad torkasid teiste seas silma, ei pööranud keegi neile tähelepanu. „Kas sa näed teda?"

Hunter vaatas kähku baarileti ja laudade juures ringi. „Veel mitte, aga see on tema lemmikkoht, nii et küll ta tuleb. Võtame midagi juua ja ootame." Hunter tellis apelsinimahla ja Garcia dieetkoola.

„Siin tehakse suurepärast grill-liha, kui sul kunagi kõht peaks tühi olema," sõnas Hunter, tõstes klaasi, nagu toosti öeldes.

„Oled siin tihti käinud?" küsis Garcia põlglikul ilmel.

„Mõned korrad."

„Oh sa pagan, Hideouti baar Santa Monicas, Rainbow Sunset Stripil. Sa oled paras peoloom või mis?"

Hunter ei vastanud, vaid keskendus baari uksele. Ta polnud JJ-d peaaegu viis aastat näinud, aga pikk, väga sale tõmmu nahaga puertoricolane oli oma mustade säravate silmade, kohutavalt suurte kõrvade ja puseriti hammastega lihtsasti äratuntav.

Pikk heledapäine naine, jalas liiga pingul nahkpüksid ja seljas napp topp kirjaga „Rock Bitch", tuli baarileti äärde ja sättis end Hunteri paremale käele. Ta tellis joogi, mille nimi oli „Slow Comfortable Screw up Against the Wall"* ja naeratas Hunterile sensuaalselt. Hunter naeratas samuti ja tema pilk langes murdosaks sekundist naise dekolteele.

„Kas need meeldivad sulle?" küsis naine mesimagusal häälel.

„Ee … mis asjad?" Hunter üritas lolli mängida.

Naine vaatas oma rindu, mis kippusid topi alt välja tungima.

„Mu tissid, rumaluke … Nägin, et sa vaatad neid."

„Vahele jäid," sõnas Garcia energilise naeru saatel.

Polnud enam mõtet piinlikkust tunda, mõtles Hunter. „Need on … väga kenad."

„Uhiuued," teatas naine uhkelt.

Baarmen tuli tema kokteiliga tagasi ja Hunterilt pilku pööramata võttis naine kaheharulise kõrre suhu ja jõi aeglaselt oma jooki.

---

* „Slow Comfortable Screw up Against the Wall" – „Mõnus aeglane kepp seina vastas" (ingl k)

„On hea?"

„Aeglane kepp on alati hea," vastas naine ja võttis veel lonksu, enne kui lähemale nihkus. „Äkki näitan sulle kunagi," sosistas ta Hunterile kõrva ja libistas samal ajal käe üle mehe biitsepsi.

See kõik käis liiga kiiresti. JJ oli vaevu Rainbowsse sisse astunud, kui tema pilk kohtus Hunteri omaga ja järsku oli ta tagasi väljas, jalad liikusid nagu söötjal, kes kavatseb teha värava, mis toob meeskonnale Super Bowli võidu. Hunter kargas püsti. Tal polnud aega hoiatada ette isegi oma paarimeest, kelle jäägitu tähelepanu kuulus pika blondiini uutele rindadele. Hetke pärast oli Hunter õues ja põrutas JJ järel mööda Sunset Stripi.

Hunter oli kiire, hoolimata oma raskemast ja lihaselisemast kehast, ent JJ oli kõhnem, kergem ja liikus nobedasti nagu rott. Hunter otsustas kõigepealt katsetada sõbraliku lähenemisviisiga.

„JJ, ma tahan sinuga ainult rääkida, võta hoog maha, kurat võtaks."

JJ ei kuulanud teda ning lidus surma ja autosid trotsides üle Boulevardi, suundudes Frankie and Johnnie's NY Pizza poole.

Hunter järgnes talle, aga rahvahulgas ja inimeste pideva sebimise tõttu ei saanud ta väga kiiresti liikuda. Ta pidi kaks korda tegema kiire kohmaka vasakule-paremale-vasakule põike, et mitte inimestele otsa põrgata.

Kaks tänavavahet Rainbowst eemal pööras JJ, kes jooksis veelgi kiiremini, kuulsa Whisky A Go Go erkpunase hoone ees vasakule. Hunter hingas talle kuklasse, aga pidi taas klubilistest mööda põikama ja komistas konarlikul kõnniteel. Ta tundis, kuidas vasaku jala pahkluu väändub. Terav valu läbistas kohe kogu jala. Jooksmine taandus kohmakaks liipamiseks.

„Raisk!" röögatas ta, nähes JJ-d kaugusse kadumas.

Järsku nägi Hunter silmanurgast kedagi endast meeletu kiirusega mööda sööstmas. Garcia jooksis nagu olümpiavõitja.

Ta oli mõne sammuga Hunterist möödas ja jõudis järele JJ-le, kes oli pööranud paremale väikesesse kõrvaltänavasse suure laohoone kõrval. Hunter lonkas neile järele.

Garcial ei läinud kaua, et pikale puertoricolasele järele jõuda. Ta sirutas käe ja haaras tollel pintsakukraest.

„Olgu, olgu, ma annan alla," ütles JJ tempot aeglustades ja tõstis käed üles, aga juba oli liiga hilja. Garcia pööras ta ümber ja tõukas vastu seina, väänates parema käe selja taha. JJ karjatas valust.

„Relvastatud politseinike eest põgenemine. Kas sa oled alati nii loll olnud või on see mingi uus tõbi?" küsis Garcia hingeldades.

„Lase lahti, *ese**, ma pole midagi teinud."

Hunter jõudis nende juurde poole minuti pärast.

„Kõik korras?" küsis Garcia endiselt JJ kätt väänates.

„Jah. Väänasin jala välja."

„Lase mu käsi lahti."

„Pea suu, raibe." Garcia tõukas JJ uuesti vastu seina.

Hunter pöördus JJ poole. „Mida kuradit sa oma arust tegid? Mispärast sa jalga lasid, raisk?"

„Harjumusest, semu. Milles üldse asi? Lase lahti, mees!" JJ väänles, et Garcia tugevast haardest lahti pääseda.

Hunter noogutas paarimehele ja Garcia lasi JJ käe lahti.

„Te ei või nii teha, ma olen seaduslik kodanik," ütles JJ, masseeris vasaku käega paremat rannet ja astus seinast eemale.

„Oleme me sinu arust immigratsiooniametist või? Kurat, sa oled sama loll, kui paistad," nähvas Garcia.

---

* *ese* – vennas, semu (hisp k)

„Seaduslik kodanik? Sa oled kupeldaja, JJ, ja minu teada on prostitutsioon Californias ebaseaduslik, nii et me võime su otse pokri pista," sõnas Hunter ja tõukas JJ vastu seina.

„Aitab sellest vastu seina tõukamisest, semu," protesteeris JJ.

„Kui minu jalg läheb paiste, läheb ka sinu nägu," ähvardas Hunter.

„Pole minu süü, semu."

„Muidugi on sinu süü, SEMU. Kui ma poleks pidanud sind taga ajama nagu mingit kuradima jänest, poleks ma jalga välja väänanud."

„Miks sa mind taga ajasid? Ma pole midagi teinud."

„Just. Tahtsime mõned küsimused esitada."

„Miks sa kohe ei öelnud?"

Hunter vaatas teda kurjalt ja võttis siis taskust arvutiga tehtud foto. „Peame teada saama, kes see naine on, on ta proff või mitte."

JJ uuris pilti natuke aega.

„Jah, mul on ta kodus videomängus," irvitas ta.

Garcia andis talle võmmu kuklasse, nii et JJ pea nõksatas vaikse mütsuga ettepoole. „Tahad targutada? Sa muutud mulle aina vastumeelsemaks."

„Kuule, mees, see on politseivägivald. Ma võin teie vastu süüdistuse esitada."

Seekord andis võmmu Hunter. „Kas sulle tundub, et me teeme nalja? Vaata pilti – kas sa tead, kes see on?" Hunteri hääl oli nüüd kurjakuulutavam.

JJ vaatas pilti ja keskendus rohkem. „Võib-olla ... ma ei ole kindel," sõnas ta mõne sekundi pärast.

„Püüa."

„Kas ta on lits?"

„Võimalik, JJ. Me ei küsiks sinu käest, kui ta oleks advokaat, ega ju?"

„Oo, sa oled naljamees." JJ võttis pildi enda kätte. „Ta tundub liiga ilus, et lõbunaine olla, ehkki minu tüdrukud on ka ilusad."

„Ahah." Hunter kopsis pilti nimetissõrmega kolm korda, sundides JJ-d taas sellele keskenduma.

„Kui ta on proff, siis mängib ta suurte poistega – äriklassis."

„Kuidas me seda teada saame?" uuris Garcia.

„Nii ilus tüdruk töötaks ainult ühe tüübi juures – D-Kingi."

„Elvis tuli surnuist tagasi, et kupeldajaks hakata?" küsis Garcia silmi pilutades.

„Mitte King, vaid D-King, semu."

„D-King? Mis nimi see selline on?" Garcia kortsutas kulmu.

„Selline nimi, kellega jamada ei taha."

„Tähtis kupeldaja ja narkoärikas," selgitas Hunter. „Räägitakse, et ta müüb ka relvi, aga tegutseb väga vaikselt. Kõik käib põranda all. Sellepärast sa temast kuulnud polegi. Ta juhib kõike distantsilt, välja arvatud oma lõbutüdrukuid, kelle puhul ta eelistab ise juures olla."

„Ja kust me ta leiame?" päris Garcia.

„Tänavatelt mitte, tema ajab asju kõrgemal tasemel." JJ sügas väikest armi vasaku silma kohal. „Mis kasu mina sellest saan?"

„Sulle jäävad su koledad hambad alles ja sa ei määri oma odavat ülikonda verega kokku," sõnas Garcia, tõugates JJ veel korra vastu seina.

„Kes, kurat, see tüüp on?" küsis JJ Hunterilt, taganedes Garciast eemale.

„Ma olen see tüüp, kellega *sina* jamada ei taha," vastas Garcia lähemale astudes.

„Ta on mu uus paarimees, JJ, ja sa vist ei meeldi talle eriti. Viimane sell, kes talle ei meeldinud, ei saa ikka veel midagi tahkemat süüa kui jogurtit."

„Kas sa teda rihma otsas hoida ei saa?"

„Ikka saan. Rihm on autos. Toon kohe ära. Kas saate kümmekond minutit omavahel hakkama?"

„Oot, oot. Olgu, vennas. Pole vaja mind selle koletisvõmmiga kahekesi jätta. Reede- ja laupäevaõhtuti meeldib D-Kingil käia Vanguardi klubis Hollywoodis. Ta on VIP-alas."

„Kuidas oleks täna, kust me ta täna õhtul leiame?"

„Kust, kurat, mina teadma peaksin, semu? Ma teen teile teene, vennas, Vanguardi klubi reede- ja laupäevaõhtuti, muud ma ei tea."

„Vaata, et sa meiega ei jama, JJ." Garcia hääletoon oli ähvardav.

„Miks ma peaksin seda tegema, raisk? Kui ma teid kahte veel kunagi nägema peaksin, oleks see ikka liiga vara."

Hunter pani käe JJ vasakule õlale ja pigistas seda. Haare pani JJ valust väänlema. „Ma tõesti loodan, et sa ei saada meid tühja tuult taga ajama, SEMU."

JJ üritas asjatult Hunteri haardest pääseda. „Ma räägin tõtt, vennas. Tõsiselt, *ese*."

Hunter lasi JJ lahti ja too hakkas kahe käega pintsakut kloppima. „Vaata, mida te mu ülikonnaga tegite. Need asjandused pole odavad."

Garcia otsis taskust münte. „Võta." Ta sirutas käe JJ poole. „Dollar ja üheksakümmend viis senti. Mine osta uus."

„Ta peab ravile minema. No viharavile või midagi. Kas teil politseis ajuarste pole või?"

„Mitte nii häid, kes tema terveks raviks," lausus Hunter naerdes.

JJ pobises midagi hispaania keeles ja hakkas uurijatest eemalduma. Garcia pani mündid taskusse tagasi ja ootas, kuni JJ oli küllalt kaugel. „Mis sa arvad?"

„Arvan, et sa oled paha vihase võmmi rollis täitsa osav. Milline muutus! Isegi mina jäin uskuma."

„Viimane sell, kes talle ei meeldinud, ei saa ikka veel süüa midagi tahkemat kui jogurtit?" küsis Garcia kulme kergitades.

„Noh, ma tahtsin veenev olla," sõnas Hunter muiates.

„Mis siis edasi?"

„Ilmselt läheme reede õhtul klubisse," vastas Hunter autovõtmeid välja võttes.

Üheksateist

Hunter vajutas gaasipedaali neli korda, pistis võtme süütelukku ja keeras seda. Mootor läkastas, sellele järgnes kolin, armatuurlaua tuled vilkusid, aga mootor ei käivitunud. Hunter keeras süüte välja, vajutas veel paar korda gaasipedaali ja proovis uuesti. Seekord hoidis ta võtit umbes kaksteist sekundit süüteasendis ja vajutas kergelt gaasipedaali. Mootor läkastas taas ja tõi kuuldavale kardetud vedurihääle.

„Ütle, et see on nali," sõnas Garcia, põrnitsedes armatuurlaual nõrgalt värelevaid tulukesi.

„Rahu, kõik on hästi. See mootor on lihtsalt kapriisne," vastas Hunter, vältides Garcia pilku.

„Sa tahad öelda vana, eks? Igatahes pole probleem mootoris. Minu meelest on aku läbi."

„Usu mind, ma tunnen seda autot, kõik saab korda." Hunter üritas korra veel ja seekord ei teinud mootor üldse häält. Armatuurlaua tuled vilkusid korra ja siis ...

„Ee ... Sa pead autoabisse helistama."

„Mul pole seda teenust."

„Mis asja? Palun ütle, et sa teed nalja," lausus Garcia, nõjatudes vastu ust.

„Ei tee."

„Segi oled või? Sul on ... Kui vana see auto on?"

Hunter krimpsutas nägu, püüdes meenutada auto tootmisaastat. „Umbes neliteist aastat."

„Sul on neliteist aastat vana auto ja autoabi teenust ei ole? Sa oled kas väga optimistlik või mehaanik, ja õli ma su kätel ei näe."

„Ma ju räägin, et tunnen seda autot. Peame talle natuke aega andma ja see käivitub nagu alati. Kohvi või õlut?"

„Mis asja?"

„Peame aega parajaks tegema ... umbes kakskümmend minutit. Võime siin passida, aga kuna me oleme Sunset Stripil, võime ju oodates midagi juua, nii et kas sa eelistad kohvi või õlut?"

Garcia vaatas Hunterit hämmeldunult. „Ma ei saa aru, kuidas ootamine akut saab laadida, aga ma võtan kohvi."

„Seega õlut," ütles Hunter, avas ukse ja astus välja.

„Kas läheme Rainbowsse? Äkki saad jätkata oma väga huvitavat jutuajamist „Rock Bitch"-blondiiniga," pilkas Garcia.

„Pole vaja, sain ta telefoninumbri," andis Hunter vastu.

Nad leidsid vaikse väikese baari Hammond Streetil. Kell oli üle ühe öösel ja enamik kliente valmistus koju minema. Hunter tellis kaks õlut ja jääkoti pahkluule ning istus baari tagumises otsas laua taha.

„Kuidas jalg on?" küsis Garcia istudes.

„Pole viga. Välja väänatud," vastas Hunter jalga uurides. „Jää ei lase sel paiste minna." Ta pani jääkoti jala peale ja tõstis jala vasakul olevale vabale toolile. „Ma ei saa paar päeva joosta, aga muud hullu pole."

Garcia noogutas.

„Ma pole kedagi kunagi niimoodi jooksmas näinud. Kas sa käisid olümpial või?"

Garcia naeratas, paljastades täiuslikus sirges rivis säravvalged hambad. „Kuulusin ülikoolis kergejõustikumeeskonda."

„Ja tundub, et olid seal väga edukas."

„Võitsin mõned medalid." Garcia tundus seda pigem häbenevat, kui uhkust tundvat. „Aga sina? Kui sa poleks jalga välja väänanud, oleksid ta kergesti kätte saanud. Ta kaalub sinust poole vähem."

„Ma pole nii kiire kui sina, see on selge," vastas Hunter pead kallutades.

„Ehk saame ühel heal päeval teada," sõnas Garcia väljakutsuva muigega.

Nende tähelepanu köitis leti äärest kostnud pauk. Keegi oli baaripukilt alla libisenud, õllepudeli ära lõhkunud ja põrandal maandunud.

„Aeg koju minna, Joe," ütles lühike tumedapäine ettekandja, aidates mehe püsti.

„Mind häirib selle juhtumi juures miski," lausus Garcia, jälgides pilguga baarist lahkuvat Joed.

„Mind häirib selle juures kõik, aga ma kuulan," vastas Hunter ja võttis lonksu õlut.

„Kuidas on võimalik, et praegusel ajal ei jää mõrtsukast maha mingit jälge? Ma saan aru, et tal on koristamiseks küllalt aega, aga meil on infrapunalambid, kemikaalid ja kõiksugu vidinad, mis isegi tolmukübeme põrandalt üles leiavad. Meil on DNA-analüüs, saame inimese sülje põhjal süüdi mõista. Kurat, kui mõrtsukas oleks seal majas peeretanud, oleks kriminalistidel arvatavasti ka selle avastamiseks mingi aparaat. Kuidas on kuriteopaigad nii puhtad?"

„Lihtne. Mõrtsukas ei tegele ohvriga kunagi samas kohas, kust see leitakse."

Garcia noogutas Hunteri teooria peale.

„Näiteks meie leitud ohver. Tema nägu ei nülitud selles vanas puumajas. Mõrtsukal on kindlasti mingi väga eraldatud koht, tapmispaik, kus ta tunneb end turvaliselt, kus saab ohvritega kiirustamata tegelda, kus keegi teda iialgi segada ei saa. Kõik see jama, veri, müra, kiud, kõik jääb kuhugi mujale. Siis viib mõrtsukas ohvri sinna, kus tahab, et see leitaks, tavaliselt mingisse kaugesse kohta, kus on vähetõenäoline, et keegi teda näeks. Ta peab vaid kandma mingit kombinesooni, millest kiude ei pudene.“

„Kilest kombinesooni?“

„Või kummist, kalipsot või midagi sarnast. Midagi, mille mõrtsukas võis ka ise kodus valmistada ja mille hankimise kohta pole võimalik infot leida.“

„Aga ohvri transportimine?“

„Arvatavasti kaubik, midagi tavalist, mis silma ei torka, aga piisavalt suur, et taga ühte või kahte surnukeha transportida.“

„Ja ma olen kindel, et kaubiku kaubaruum on samuti kaetud kilega, mida mõrtsukas lihtsasti eemaldada ja põletada saab, nii et mingeid jälgi ei jää, juhuks kui kaubik peaks leitama.“

Hunter noogutas ja jõi veel õlut. Mõlemad vaikisid ja Hunter hakkas autovõtmetega mängima.

„Kas sa oled mõelnud uuema auto ostmisele?“ küsis Garcia ettevaatlikult.

„Tead, sa räägid nagu Scott. Mulle meeldib see auto, see on klassika.“

„Klassikaline logu ehk küll.“

„See on tõeline vanamoeline Ameerika auto. Mitte mingi niru Jaapani või Euroopa toodang.“

„Jaapani autod sõidavad igavesti, neil on vapustavad mootorid.“

„Jah, nüüd räägid sa tõesti nagu Scott. Ta sõitis Toyotaga.“

„Tark mees."

Garcia surus hambad alahuulde. Ta polnud kindel, kuidas Hunter järgmisele küsimusele reageerib, aga oli otsustanud selle siiski esitada. „Mis Scottiga juhtus? Mulle pole sellest räägitud," sõnas ta nagu muuseas.

Hunter pani õllepudeli lauale ja vaatas paarimehele otsa. Ta teadis, et see küsimus oleks varem või hiljem nagunii esitatud. „Tahad veel õlut?" küsis ta.

Garcia vaatas oma poolikut pudelit. Oli selge, et Hunter üritas vastamist vältida. Ta otsustas mitte peale käia. „Ei, ma ei armasta eriti õlut, eelistan viskit."

Hunter kergitas üllatunult kulme. „Tõesti?"

„Jah, minu nõrkus on ühelinnaseviski."

„No nüüd räägid sa asjalikku juttu." Hunter noogutas Garciale. „Arvad, et neil on selles urkas korraliku ühelinnaseviskit?"

Garcia taipas, et Hunter kavatseb tagasi baarileti äärde minna. „Vaevalt, aga ma ei taha praegusel kellaajal viskit jooma hakata," ütles ta käekella vaadates. „Sellest õllest piisab. Tahtsin ju üldse kohvi, kui mäletad."

Hunter naeratas talle kergelt ja jõi õllepudeli tühjaks. „Paadiõnnetus."

„Mis asja?"

„Scott ja tema abikaasa hukkusid paadiõnnetuses vahetult pärast Mike Farloe süüdimõistvat otsust." Hunteri vastus oli Garciale üllatuseks. Ta ei teadnud, kas öelda midagi või mitte, ja võttis hoopis veel lonksu õlut.

„Pidime mõlemad puhkusele minema," jätkas Hunter. „Olime liiga kaua selle juhtumiga tegelenud. See oli meie elu vallutanud ja me hakkasime vähehaaval peast segi minema. Pinge mõjus kõigile halvasti. See mõjutas meie loogilist mõtlemist. Kahtlesime oma võimetes ja depressioon hakkas ka tekkima.

Kui Mike krutsifiksimõrvad üles tunnistas, kästi meil puhkust võtta, et me hulluks ei läheks." Hunter mängis tühja õllepudeliga, kraapides silti maha.

„Arvan, et võtan siiski selle ühelinnaseviski. Tahad ka?" küsis Garcia baarileti poole noogates.

„Jah, miks mitte, kui neil on."

Paar minutit hiljem oli Garcia kahe viskiklaasiga tagasi. „Neil oli kaheksa-aastast Arranit ja hind oli naljanumber." Ta pani klaasi Hunteri ette ja istus.

„Aitäh ... terviseks," ütles Hunter klaasi tõstes. Ta võttis lonksu pruuni vedelikku ja lasi selle tugeval maitsel kogu suu vallutada. „Palju parem kui õlu, eks ole?"

Garcia nõustus naeratades.

„Ma elan üksi, olen kogu aeg üksi elanud, aga Scottil oli naine ... Amanda. Nad olid olnud abielus ainult kolm ja pool aastat."

Hunter vahtis ainiti klaasi. Garcia sai aru, et see pole tema jaoks lihtne.

„See juurdlus tekitas nende abielus pingeid. Vahel ei saanud Scott mitu päeva koju. Amandale oli see raske. Nad hakkasid tülitsema. Scott ja mina olime juhtumis ülepeakaela sees," rääkis Hunter ja võttis veel lonksu viskit. „Olime kindlad, et mingi seos peab olema, mis ohvreid omavahel ühendab. Ootasime, et mõrtsukas libastuks. Varem või hiljem see juhtub, mitte keegi ei saa olla nii põhjalik."

„Kas te FBI-ga suhtlesite?"

„Jah, saime ligipääsu nende andmebaasile ja raamatukogule. Kulutasime päevi ... nädalaid, otsides midagi, mis meid aitaks." Hunter vaikis korraks. „Midagi on alati. Olenemata sellest, kui julm või napakas inimene on, mõrval on alati põhjus. Enamasti on see küll ebaloogiline, aga põhjus on olemas. Me hakkasime hulluma, kontrollisime kõige totramaid võimalusi."

„Nagu näiteks?" küsis Garcia huviga.

„Oh, näiteks seda, kas ohvritel oli lapsepõlves olnud sama haigus, oli neil olnud sarnaseid reise, allergiaid – mida iganes, ja siis …"

„Siis teil vedas."

„Ja siis meil vedas – me vahistasime Mike Farloe. Scotti jaoks oli see nagu õnnistus."

„Saan aru, miks."

„Arvan, et kui juurdlus oleks veel mõne kuu kestnud, oleks Amanda minema läinud ja Scott oleks sattunud hullarisse."

„Mis pärast vahistamist sai?"

„Meile anti käsk puhkusele minna, ehkki me veenmist ei vajanudki," lausus Hunter tagasihoidlikult naeratades.

„Kindel see."

„Scotti kirg oli tema paat. Ta oli aastaid raha kogunud, et see osta." Veel üks lonks. „Ta pidi saama Amandaga kahekesi olla, et suhet lappida. Purjetamine tundus hea mõte olevat."

„See oli purjekas?" Garcia huvi kasvas.

„Jah, mingi … Catarina 30."

Garcia naeris. „Catalina 30."

Hunter vaatas talle otsa. „Jah, seesama. Kust sa tead?"

„Ma kasvasin purjekate keskel. Mu isa oli neisse armunud."

„Häh! Vaata aga! Igatahes tekkis pardal mingi kütuse-leke. Midagi süttis ja purjekas lendas õhku. Nad hukkusid une pealt."

„Kütuseleke?" Garcia oli üllatunud.

„Just," vastas Hunter, märgates Garcia kahtlevat ilmet. „Ma tean, mida sa mõtled."

Garcia kergitas kulme.

„Purjekates pole eriti kütust. Miks peakski olema, eks? Need on ju purjekad. Ja plahvatuse põhjustamiseks on vaja tõsist leket."

Garcia noogutas.

„Jah, see ei tundunud mulle ka õige asi olevat ja ma üritasin asja omaette edasi uurida. Ma ei usu, et keegi, kes on nii põhjalik nagu Scott, oleks oma kõige kallima vara juures midagi kahe silma vahele jätnud, ükskõik kui tühise asja. Scott oli väga uhke." Hunter võttis lonksu viskit. „Leke ei tulnud mootorist. See tuli kütusekanistritest."

„Kütusekanistritest?"

„Mingil põhjusel, mida ma kunagi teada ei saa, võttis Scott pardale rohkem kütust kui muidu. Mõned kanistrid."

„Kas ta kavandas pikemat reisi?"

„Ma ei tea, ja nagu öeldud, ei saagi ma seda teada."

Garcia tundus terve minuti mõtlik ja vaatas siis, kuidas Hunter klaasi vaikuses tühjaks jõi. „Kas Scott suitsetas?"

„Mõlemad suitsetasid, aga seda ma ei usu. Selle kaela ametlik raport süü ajaski." Hunter vangutas pead. „Ma ei usu iialgi, et paat lendas õhku juhusliku sigareti pärast. Mitte Scotti puhul. Ta ei teeks sellist viga."

Nad vaatasid teineteist sõnatult.

„Mulle räägiti sellest kaks nädalat pärast juhtunut, kui ma tagasi mõrvarühma tulin."

Garcia tunnetas paarimehe valu. „Saan aru, et see juhtum on lõpetatud."

Hunter noogutas. „Nad ei näinud põhjust seda edasi uurida."

„Mul on kahju."

„Kui oleksin kaotanud paarimehe tööülesannete täitmisel, siis võib-olla ..." Hunter vaikis, libistades nimetissõrme mööda tühja klaasi serva. „Aga see tundus vale – suvaline õnnetus ja ma jäin järsku ilma kahest väga tähtsast inimesest."

„Kahest?"

Hunter hõõrus silmi ega vastanud kohe. „Amanda oli minu ainuke sugulane. Mina tutvustasin neid." Tema hääl

123

oli kurb. Oli selge, et ta võitleb emotsioonidega. Ta rääkis sellest esimest korda ja teatud mõttes tekitas see parema tunde. Hunter nägi, et Garcia tahab midagi öelda. Ehk midagi lohutavat, aga samas teadis ta, et sellises olukorras ei muuda sõnad midagi.

Garcia hammustas huulde ja vaikis.

Hunteril kulus enda kogumiseks veel aega. „Hakkame minema," ütles ta viimaks ja tõusis.

„Jajah." Garcia jõi klaasi ühe pika sõõmuga tühjaks.

Soe õhk väljas tundus natuke ebamugav.

„Võib-olla peaksime politsei appi kutsuma," ütles Garcia Hunteri auto juurde tagasi jõudes.

„Pole vaja." Hunter keeras võtit ja mootor käivitus otsekohe.

„Ah sa pagan!"

„Ma ju ütlesin, hea auto, lihtsalt natuke tujukas." Hunter naeratas uhkelt ja hakkas sõitma.

Kakskümmend

Hunteri särk oli higist läbimärg, kui ta kell viis hommikul ärkas järjekordsest elavast häirivast õudusunenäost.

Ta istus hingeldades voodis, laup higine, keha vappus. Millal need unenäod ta rahule jätavad? Pärast Scotti surma oli neist saanud tema elu pidev osa. Hunter teadis, et ei suuda uuesti uinuda. Ta läks vannituppa ja pesi nägu jääkülma veega. Hingamine rahunes, ent käed värisesid ikka veel. Peegelpilt kohutas teda. Silmaalused tundusid tumedamad, nägu liiga kahvatu.

Ta läks kööki ja istus mõned minutid pimeduses, püüdes rahuneda. Pilk sattus alusele, kuhu ta meeldetuletuseks sedeleid jättis, ja ta nägi sinna mõni päev tagasi kinnitatud paberit. Isabella.

Hunter oli naise unustanud. Ta võttis sedeli kätte ja luges seda. Näole kerkis rõõmus naeratus, ilma et ta ise sellest arugi oleks saanud. Korraks unustas ta krutsifiksimõrvari juhtumi ja talle meenus, kuidas naine ta naeratama pani. Talle meenus ka, et naise kutse peale oli teda tabanud soov tema juurde voodisse tagasi ronida.

Hunter võttis tagi taskust mobiili, toksis sinna naise numbri ja pani meeldetuletuse poole üheks päeval.

★

Hunter jõudis mõrvarühma hoonesse kell kaheksa, ent Garcia istus juba laua taga. Nad saatsid hommikupoolikul fotosid modelli- ja näitlemisagentuuridesse ning üritasid D-Kingi kohta võimalikult palju infot koguda. Hunter teadis kogemuse põhjal, et mitte kedagi ei minda küsitlema ettevalmistuseta, eriti kui see keegi on isehakanud gängster.

„Jah, tundub, et meil on tegemist ühe karmi kaabakaga,“ sõnas Garcia, näidates äsja saabunud faksi.

„Ma teadsin seda, aga mis sul seal on?“

„Nagu sa juba ütlesid, müüb see tüüp enam-vähem kõike: uimasteid, relvi, prostituute, varastatud kraami ...“ Garcia andis käega märku, et nimekiri jätkub. „Ja sul oli õigus, kui ütlesid, et ta on libe kala. Ta on paaril korral kohtus käinud ...“

„Aga alati puhtalt pääsenud.“

„Vaba nagu lind.“

„Klapib. Kust see info pärit on?“

„Ringkonnaprokuröri juurest.“

„Ja muud nad meile ei saatnud?“ Hunter kergitas kulme.

„Mhmh."

„Võta nendega uuesti ühendust ja küsi, kas nad saaksid kogu toimiku saata. Nad oskavad üldiselt üsna põhjalikult koguda infot inimeste kohta, keda vahele võtta üritavad."

„Kohe." Garcia hakkas laualt prokuratuuri numbrit otsima. Ta teadis, et see oli tal siinsamas.

Hunter tundis taskus mobiili värinat ja kuulis siis meeldetuletust. „12.30, helista Isabellale."

„Tulen kohe tagasi, pean ühe isikliku kõne tegema." Ta astus tühja koridori ja sulges selja taga ukse. Garcia otsis endiselt prokuratuuri numbrit.

Hunter leidis telefonist Isabella numbri, vajutas nupule ja kuulis, kuidas telefon kolm korda kutsub.

„Halloo!

„Tere ... Isabella?"

„Jah, Isabella kuuleb."

„Tere, mina olen Robert Hunter." Hunter ei mäletanud, kas ta oli öelnud naisele oma nime või mitte. „Kohtusime nädalavahetusel Hideouti baaris."

„Eelmisel nädalavahetusel?" Naine tundus kõhklev.

„Jah, ma lõpetasin sinu korteris. Pidin kell kolm öösel ära minema, mäletad?"

Naine naeris. „Jah, ma mäletan sind – kaisukarudega aluspükstega mees, kes mind prostituudiks pidas, eks?"

Hunter krimpsutas nägu, nagu oleks saanud hoobi makku. „Jah, seesama."

„Kas sa helistasid, et uuesti vabandust paluda?" küsis naine kergelt naerdes.

„Tegelikult tahtsin küsida, kas sa tahaksid kokku saada, süüa lõunat ... või õhtust." Hunteri jaoks oli lihtsam kohe asja kallale asuda.

„Noh, see on tõsine samm. Alles pidasid sa mind litsiks ja kiirustasid keset ööd minema, aga nüüd kutsud kohtama. Üllatav."

„Ma olen üllatusi täis," naljatas Hunter.

„Eks ole."

„Kuule, ma olin tookord täielik tropp ja ma palun vabandust. Olin poolpurjus, poolunes, ja sina nägid liiga hea välja." Hunter hammustas huulde, lootes, et meelitamine mõjub.

„Kas see oli kompliment või sa ütled mulle, et ainsad ilusad naised, kellega sa magad, on litsid?"

„Eiiii. Oeh, see jutuajamine kisub täitsa kiiva." Hunter kuulis naist naermas. „Mis sa arvad, äkki unustaksime selle esimese öö täielikult ära?"

Möödus mitu sekundit. „Olgu," vastas Isabella viimaks.

„Üks hetk." Hunter kuulis lehtede pööramist. „Mul on paar asja ees, aga saaksin homme lõunal käia, kui sulle sobib."

„Homme sobib lõuna hästi," vastas Hunter nagu muuseas. „Kell üks?"

„Jah, ideaalne."

„Kuna tundub, et sul on tihe graafik, kohtume ehk sinu töökoha lähedal."

„Nojah. Ma töötan ülikoolis. Kas sulle Itaalia toit meeldib?"

„Jah, itaallane on maitsev."

„Võib ka nii öelda." Naine itsitas. „Ülikooli lähistel Weyburn Avenuel on suurepärane Itaalia restoran Pancetta. Kohtuks seal kell üks?"

„Ootan juba." Hunter pistis mobiili tagasi taskusse. „Itaallane on maitsev?" ütles ta pead vangutades. „Mis kuradi jama ma ometi suust välja ajan?"

Kakskümmend üks

„Neil on D-Kingi kohta toimik olemas ja nad jagavad seda meiega meelsasti ühel tingimusel," ütles Garcia, kui Hunter tagasi tuppa astus.

„Millisel siis?"

„Et meie teeme sama. Räägime neile, mida tema kohta teada saame."

„See tundub lihtne."

„Mina mõtlesin sama ja ütlesin, et oleme kokku leppinud ja me tuleme täna õhtupoolikul toimikule järele."

„Sobib."

Hunter tundis, kuidas telefon vibreerib, ja siis hakkas see helisema.

„Halloo, uurija Hunter kuuleb."

„*Tere, Robert.*" Hunterile kerkis klomp kurku ja ta nipsutas kohe kaks korda sõrmi, et paarimees kuulaks. Garcia teadis täpselt, kes helistab.

„*Annan sulle täna võimaluse midagi muuta.*"

„Ma kuulan."

„*Kindel see. Kas sulle meeldivad õnnemängud, Robert?*"

„Üldiselt mitte." Hunter kõneles rahulikult.

„*Noh, küllap keegi abistab sind. Ehk su uus paarimees.*"

Hunter kortsutas kulmu. „Kust sa tead, et mul on ..."

Metalne hääl segas vahele. „*Umbes nelja minuti pärast algab Jeffersoni maakonna kennelklubis hurtade võidujooks. Ma tahan, et sa valiksid mulle võitja.*"

„Hurtade?"

„*Jah, Robert. Ma annan kellegi elu sinu kätesse. Kui valid vale koera, siis ta sureb.*"

Hunter vahetas Garciaga segaduses pingsa pilgu.

„Helistan tagasi kakskümmend sekundit enne võistluse algust, et nime kuulda ... Ole valmis."

„Oota!" Telefon vaikis.

„Mida ta ütles?" päris Garcia ärevalt, enne kui Hunter jõudis telefoni kinni panna.

„Kas sa tead midagi hurtade võiduajamistest?" Hunteri hääles oli meeleheitlik noot.

„Mis asja?"

„Koerte võidujooks ... kas sa tead sellest midagi, kas sa teed panuseid?" karjus ta närviliselt.

„Ei, pole kunagi teinud."

„Raisk!" Hunter sügas mõtlikult laupa. „Peame alumisele korrusele minema." Hunter ruttas ukse juurde, aega polnud kaotada. Garcia järgnes talle. Nad jooksid rekordkiirusel kuus trepivahet alla, kus asus uurijate pearuum. See oli peaaegu tühi, ainult uurijad Lucas ja Maurice istusid laudade taga.

„Kas te teate midagi hurtade võiduajamistest?" karjus Hunter uksest sisse tormates. Uurijate nägudele kerkis hämmeldunud ilme.

Vaikus.

„Kas keegi on koerte võiduajamistel panustanud?" Meeleheide Hunteri hääles oli hirmutav.

„Koerte võiduajamised on Californias seadusevastased," sõnas uurija Lucas rahulikult.

„Mul kama. Tahan lihtsalt teada, kas kumbki teist teab sellest midagi. Kas kumbki teist teeb panuseid?"

„Mis, kurat, siin toimub, Hunter?" Kapten Bolter oli tulnud kabinetist välja vaatama, mis lärm siin käib.

„Praegu pole aega selgitada, kapten. Pean teadma, kas keegi siin panustab koerte võiduajamistel." Hunter märkas, et uurija Lucas tunneb end veidi ebamugavalt. „Lucas, lase tulla, räägi minuga," käis ta peale.

„Ma panustan vahetevahel," vastas Lucas tagasihoidlikult.
Kõigi pilgud olid nüüd tema peal. Hunter vaatas kella.
„Kahe ja poole minuti pärast algab Jeffersoni maakonna kennel-
klubis võistlus. Sa pead mulle võitja ütlema."
Uurijate nägudel olnud hämmeldunud ilme kadus ja muutus
naeruks. „Kui see oleks nii lihtne, siis ma ju siin ei töötaks, eks
ole?" vastas Lucas.
„Anna endast parim või keegi tapetakse." Hunteri tungiv
hääletoon tekitas ruumi külmavärinaid.
Kapten Bolter taipas, miks Hunter kiirustab. „Kuidas osale-
jaid näha saab?" käratas ta Lucasele.
„Internetist."
„Otsi kohe välja," kamandas kapten ja läks uurija laua poole.
Lucas lülitas lauaarvuti sisse ja võttis internetibrauseri ette.
Talle meeldisid hasartmängud, peamiselt koerte ja hobuste
võiduajamised, ning tal oli lemmikutesse salvestatud mitu linki.
Hunter, Garcia ja kapten Bolter olid juba Lucase kõrval. Uurija
Maurice tuli sinna viimasena.
„Vaatame siis. Sa ütlesid Jeffersoni maakonna kennelklubi,
jah?"
„Jah."
„See on Floridas?"
„Kas sulle tundub, et mind huvitab, kus see on, kurat?
Otsi nüüd need võistlejad välja!" Kapten Bolteri ärritus oli
plahvatusohtlik.
„Nii, läheb lahti." Mõne hiireklikiga olid võistlejad ekraanil.
„Mida see tähendab?" Garcia polnud koerte võiduajamisel
osalejate tabelit kunagi näinud.
„Need on koerte väravate numbrid, need siin koerte nimed
ja need võiduvõimalused," vastas Lucas, osutades tulpadele
ekraanil.
„Aga need numbrid siin?" küsis Hunter.

„Tulemused ja võitude arvud, aga see on praegu selgitamiseks liiga keeruline."

„Olgu, kuidas sa tavaliselt valiku teed?"

„Analüüsin andmeid, aga praegu pole aega."

„Mis on teine variant?"

„Ma ei tea, teha nagu teised."

„Mida see tähendab?" küsis kapten Bolter pahuralt.

„Lühidalt öeldes ootame, kuni koertele hakatakse panuseid tegema, ja panustame favoriidi peale. Tavaliselt viitab see üsna hästi võistluse lõpptulemusele."

„Niisama lihtne see kindlasti pole," sõnas Hunter, teades, et mõrtsukas ei teeks talle midagi lihtsaks.

„Asi on selles, et see polegi lihtne. Vaadake neid võiduvõimalusi." Lucas osutas ekraanile. „Siin on neli favoriiti, väravad üks, kaks, neli ja viis, kõigil samad võiduvõimalused, kolm ühele, ja ülejäänud koerad pole ka kaugel. See on väga keeruline võistlus, mida ennustada. Kui mul oleks valida, siis ma sellises võistluses panust ei teeks."

„Sul pole valida," sõnas Garcia.

„Sama hästi võid sina pakkuda."

„Sina oled ju mängur." Hääled muutusid üsna valjuks. Nüüdseks olid kõik aru saanud, kui tõsine olukord on, ja närvilisus hakkas endast märku andma.

„Olgu, rahunege kõik maha, raisk," sõnas Hunter. „Lucas, anna endast parim."

Lucas keskendus taas arvutiekraanile. „Esmapilgul tunduvad viienda värava koera tulemused kõige paremad, aga see ei ole mingi kindel pakkumine."

„Mulle meeldib seitsmenda koera nimi," pakkus uurija Maurice.

Kapten Bolteri pilk sundis ta vaikima.

„Mida me siis teeme?" küsis Garcia närviliselt.

„Äkki peaksime viienda valima," lausus Hunter, uurides ekraanil olevaid numbreid.

„Teise värava koera tulemused tunduvad ka head."

„Ma ei saa aru, millest te räägite ... mis tulemused? Vali juba see kuradima koer ära," nõudis kapten Bolter.

„Kapten, see on õnnemäng. Kui see oleks niisama lihtne, teeniksime kõik sellega elatist."

„Aeg hakkab otsa saama," nähvas Hunter.

„Vali see, kellel on sinu arvates suurim võimalus võita." Seda ütles Garcia.

Hunteri mobiil helises, nii et kõik võpatasid. Ta vaatas ekraanile – tundmatu number. „See on tema."

„Kes tema?" küsis Lucas uudishimulikult.

Garcia pani nimetissõrme huultele, et kõik vait oleksid.

„Uurija Hunter kuuleb."

„Kelle sa valid?"

Hunter vaatas Lucasele otsa ja kergitas kulme, nagu küsides: „Milline?"

Lucas mõtles hetke ja tõstis siis parema käe, viis sõrme harali. Hunter ei näinud tema pilgus veendumust.

„Kolm sekundit, Robert."

„Viis, värav number viis." Kõne katkes.

Tekkis vaikus. Hunter ei teadnud hurtade võiduajamisest midagi ja ta oli kindel, et mõrtsukas teab seda.

„Kuidas me teada saame, milline koer võitis? Kas me saame võistlust vaadata?" Garcia hääl katkestas vaikuse.

„Sõltub sellest, kas võistlusrajal on oma koduleht ja kas nad kannavad võistlusi üle."

„Kas seda saab välja selgitada?"

Lucas asus otsima Jeffersoni maakonna kennelklubi kodulehte. Ta leidis selle peagi ja hetk hiljem oli see ekraanil. Ta vaatas lingid üle ja vajutas lingil *Programmid ja tulemused*. „Raisk."

„Mis on?" küsis kapten Bolter.

„Me ei saa seda vaadata. Nad ei tee otseülekannet. Aga tulemusi kuvatakse umbes minut pärast võistluse lõppu."

„Kaua võistlus aega võtab?"

„Ainult kolm-nelikümmend sekundit."

„Ongi kõik? Me passime siin nagu debiilikud?"

„Meil ei jää midagi muud üle," sõnas Hunter sügavalt hinge tõmmates.

Kakskümmend kaks

Lucas värskendas ekraanil kodulehte. „Nii, nad jooksevad."

„Kust sa tead?" küsis Garcia.

Lucas osutas ekraani ülaserva. *Võistluse staatus: pooleli.*

Kõik seisid liikumatult, pilk Lucase arvutiekraanil, nagu näeksid võistlusrada. Korraks tundus, et keegi isegi ei hinga. Garcia kandis keharaskuse vasakule jalale, aga ükski asend polnud mugav. Pinge oli käegakatsutav.

Hunter hakkas rahutuks muutuma. See asi ei meeldinud talle. Miks mõrtsukas nüüd mänge mängib? Kas ta teadis, et üks uurijatest on hasartmängur?

Vaikuse katkestas uurija Maurice'i hääl. „Värskenda," ütles ta erutatult.

„Nad hakkasid jooksma umbes kümme sekundit tagasi."

„Värskenda ikkagi."

„Olgu, olgu." Lucas klõpsas ekraanil hiireklahvi. Koduleht uuenes vähem kui sekundiga. *Võistluse staatus: pooleli.*

„Näed? Tulemusi pole veel."

Ängistus tekitas kõigis ebamugavust. Mehed hakkasid nihelema, ent pilgud püsisid Lucase arvutiekraanil. Sekundid tundusid tundidena. Garcia hakkas laupa ja meelekohti masseerima. Maurice oli lõpetanud ühe pöidlaküüne närimise ja võtnud ette teise. Hunter oli võistluse algusest saadik vaikinud.

„Kas me ei saaks sinna helistada ja öelda, et kui viies koer ei võida, siis keegi sureb," pakkus uurija Maurice.

Garcia naeris. „Jah, muidugi. Nad ei peakski sind mingiks napakaks mänguriks, kes on kõik säästud sellele võistlusele panustanud. Mõtle ise."

Maurice sai aru, kui rumal see ettepanek oli olnud.

Lucas värskendas kodulehte. Tulemusi polnud.

„See võtab kaua aega, eks ole? Võistluse algusest on mööda umbes kaks minutit," ütles Garcia murelikul pilgul.

„Tean, ja see asi ei meeldi mulle," vastas Lucas.

„Miks, miks?" küsis Maurice, suutmata muretsemist ohjeldada.

„Tavaliselt tähendab see seda, et tulemused saadeti kohtunike kätte, kaks või rohkem koera ületas lõpujoone koos ja nad peavad fotode järgi otsustama, kes võitis. Kui nad ei suuda seda teha, võidakse kuulutada välja koos lõpetamine."

„Mis kurat see on?"

„Sa ei tea ikka võiduajamistest mitte midagi, Garcia. See on sama nagu viik, kui kaks või enam koera kuulutatakse võitjaks."

„Mis siis saab?" Garcia küsimus oli suunatud Hunterile, kes ei osanud vastata.

Ruumis tekkis taas vaikus ja kõik keskendusid arvutiekraanile. Maurice ei närinud enam küüsi ja oli torganud mõlemad käed taskusse, et need ei väriseks.

„Ma proovin veel korra." Lucas klõpsas hiirt ja ootas. Lehekülg ilmus ekraanile ja seekord olid tulemused olemas.

Kakskümmend kolm

Pimedus. Kui George Slater teadvusele tuli, ei olnud muud kui pimedus. Kubemepiirkonnast sööstis ülespoole väljakannatamatu valu. Pea tuikas ja käis ringi. Kõik oli ebakindel. Jalad. Keha. Mälu. Ta üritas meenutada, mis juhtunud oli, aga aju ei kuulanud sõna.

Kus, pagan, ma olen?

Kaua ma olen teadvuseta olnud?

Kuidas ma siia sattusin?

Mälu hakkas väga aeglaselt taastuma. Koputus uksele. Elevus Rafaeliga kohtumise üle. Võõras sissetungija, kes oli tema üürikorteri ukse taha ilmunud. Ühepoolne võitlus, segadus, valu, ja siis – süstal.

Ta tundis pearinglust, nõrkust, nälga, janu ja hirmu. Käed olid rinna peal, aga kinni ei olnud need seotud. Ta üritas neid liigutada, kuid ruumi polnud. Käed puutusid vastu karedaid laudu, sõrmed tundsid pinnulist tekstuuri. Ta üritas karjuda, aga tropp suus ei lasknud häält teha.

George üritas jalgu liigutada, aga see õnnestus vaid paari sentimeetri jagu ja siis põrkasid need vastu seina.

Kast. Ma olen laudadest kastis, mõtles ta, kui paanika tekkima hakkas.

Pean siit välja saama.

Ta viskles ägedasti küljelt küljele, püüdes jalgadega kasti puruks lüüa, käed kraapisid puitu, kuni küüned murdusid, ent mingit kasu sellest polnud. Tal hakkas tekkima klaustrofoobia, mis muutis ta meeleheitlikumaks.

George teadis, et paanika ei aita. Ta pidi kasutama seda vähest infot, mis tal olukorra kohta oli, ja üritama end maha rahustada. Keskendudes südamelöökidele, tõmbas ta sügavalt hinge. Minuti pärast hakkas see mõjuma. George ärgitas oma

135

aju tööd tegema. Ta üritas mõelda sellele, mida seni teadis. Teda rünnati, ta uimastati, võeti pantvangiks ja topiti mingisse puidust kasti. Ta tundis, et veri voolab kehas normaalselt, ja see tähendas, et kast on püsti, mitte pikali. See tõi teatavat kergendust. Kui kast oleks horisontaalselt, tähendaks see tõenäoliselt, et ta on mulla all – maetud elusana mingisse kirstu, ja see hirmutas teda kohutavalt. George oli lapsest saadik kinniseid kohti kartnud. Ta oli olnud vaid kümneaastane, kui ema ta oimetuks peksis ning kaheteistkümneks tunniks toidu ja veeta kappi luku taha pani. Tema pahategu – ta kukkus rattaga uhiuute pükste põlve katki.

George tagus jalgadega taas laudadest seinu. Need tundusid tugevad, nagu oleks kast naeltega kinni löödud.

„Lõpeta see märatsemine."

Hääl üllatas George'i. Keegi oli veel seal. George'i süda hakkas kiiremini põksuma. Ta üritas veel korra karjuda, aga tropp suus oli liiga pingul ja kuulda oli vaid summutatud ümin.

„Kaua enam ei lähe."

George tundis, et paanika naaseb. Millega ei lähe kaua? Kuni ta vabastatakse või kuni ta sureb? Ta pidi tropi suust välja saama. Ta teadis, et kui saab rääkida, suudab ta seda inimest veenda. Seda ta ju oskas – inimestega rääkida. Advokaadina oli ta aidanud läbirääkimisi pidada miljonidollariliste tehingute üle. Ta oli veennud vandemehi ja kohtunikke, et tema argumendid on õiged. Kui ta saab selleks võimaluse, suudab ta kindlasti oma vangistajat veenda. Kui ta ainult saaks rääkida.

Ta jõnksutas kehaga, tekitades veel rohkem müra, kui hüsteeria hakkas võimust võtma.

„Sellest pole abi."

Järsku George tardus. Ta tundis seda häält, oli kindel, et on seda varem kuulnud, aga kus? Ta kolistas veel.

„Nagu soovid, kui tahad lärmi lüüa, lase käia."

George oli nüüd kindel. Ta tundis seda inimest. Ta sulges silmad ja sobras mälus. Kus nad olid kohtunud? Kas büroos? Kohtusaalis? Kus? George palus mälult abi. „Issand!" ütles ta, värises ja avas silmad. See oli olnud üks pidu, sadomasopidu. Nüüd meenus kõik. Ta nägi selle inimese nägu selgelt vaimusilma ees.

„Ma tunnen sind ... Ma tean, kes sa oled ..."

Kakskümmend neli

Lucas põrnitses arvutiekraanil olevaid võiduajamise tulemusi. Garcia üritas üle kõigi teiste õlgade samuti midagi näha. Hunter hoidis silmad kinni, kartes vaadata.

„Me kaotasime," ütles Lucas kähedal häälel. „Võitis teine värav, viis jäi teiseks." Ta pidi sundima end Hunterile otsa vaatama.

„Ei," ütles Garcia vaevu kuuldavalt. Ta üritas iiveldustunnet alla suruda ja hommikusöök kerkis kurku.

Kapten Bolter lükkas Lucase eest, et paremini näha.

„Raisk! Oleksin pidanud kahe valima, olin kahe ja viie vahel – oleksin pidanud kahe valima," sõnas Lucas, vajudes toolil kössi.

Kapten Bolteri pilk püsis ekraanil. Tulemused: *1. teine värav, 2. viies värav, 3. kaheksas värav.* „See pole sinu süü," ütles ta viimaks, pannes käe sõbralikult Lucase õlale.

Hunter vaikis endiselt. Silmad kinni, käed taskus. Mõne sekundi pärast vaatas ta Garciale otsa ja ütles häaletult: „Täiesti uskumatu."

Kõik seisid liikumatult. Mitte keegi ei osanud midagi kosta. Hunter tahtis karjuda ja Lucase arvutiekraani taguda, aga hoidis viha enda sees.

Tema mobiil helises taas, ehmatades kõiki. Ta võttis selle taskust ja vaatas ekraanile. Kerge peanoogutus kapten Bolteri suunas andis mõista, et helistaja on see, keda nad olid oodanud.

„Jah," ütles Hunter löödult.

„*Ei vedanud.*"

„Oota ..." palus Hunter, aga juba oli hilja, kõne katkes.

„Lülita välja." Kapten Bolter osutas Lucase arvutiekraanile. „Täna pole rohkem koerte võiduajamisi vaja."

Lucas sulges brauseri ja vaatas Hunteri poole. „Mul on kahju, mees, oleks mul rohkem aega olnud ..."

Hunter teadis, et Lucas oli andnud endast parima. Nagu ta öelnud oli, kui see oleks niisama lihtne, teeniksid kõik hasartmängudega elatist.

„Hunter, Garcia, me peame rääkima." Kapten Bolteri hääl oli kindel. See asi ei läinud plaanipäraselt, vähemalt mitte tema plaani järgi. Ta läks tagasi oma kabinetti, rasked sammud kajasid vaikses ruumis. Hunter ja Garcia järgnesid talle vaikides.

„Mis, kurat, siin toimub?" küsis kapten Bolter enne, kui Garcia ukse enda järel sulgeda jõudis.

„Mis te ise arvate, kapten? Mõrtsukas tegutseb taas, ainult et seekord sundis ta mind valima. Kui oleksin valinud õige koera, oleks ohver ellu jäänud."

„See viimane kõne. Kas ta ütles, kus uus ohver on?"

„Ei, veel mitte."

„Ta mängib meiega?"

„Talle paistab see igatahes meeldivat."

Kapten Bolter pöördus akna poole. Viisteist pikka sekundit hiljem ta jätkas. „Miks? Ta pole varem nii teinud. Ta pole andnud sulle võimalust ohvrit päästa. Miks nüüd? Miks koerte võiduajamine?"

„Ma ei oska öelda, miks nüüd või miks ta valis koerte võiduajamise, aga loogiline põhjendus, miks ta neid mänge mängib, on süütunde jagamine."

„Mis asja? Tõsiselt räägid või?" küsis kapten hämmeldunult.

„See on psühholoogiline mäng, kapten. Ta tahab süütunnet kellegagi jagada, antud juhul minuga. Ta tahab, et ma tunneksin, nagu oleks mul ohvri surmas mingi roll, kuna ma ei valinud õiget võitjat – olen sama palju süüdi kui tema."

Kapten Bolter pöördus uurijate poole. „Kas sa tahad öelda, et see tüüp tunneb järsku liigseid süümepiinu? Kahetseb?" Tema ärritus oli häälest kuulda.

„Ma pole kindel."

„Noh, sina oled siin meil see ajugeenius."

„See on üks võimalus, aga kes teab," ütles Hunter veidi aja pärast. „Eelmiste tapmiste ajal olid nad kahekesi, mõrtsukas ja ohver. Mitte keegi ei saanud midagi teha. Mõrtsuka otsus oli ohver tappa. Mind võitjat valima sundides kaasas mõrtsukas sellesse võrrandisse minu. Tema meelest pole otsus enam tema teha. Mina teen otsuse."

„Nagu sa käsiksid tal seda teha?" küsis Garcia.

„Jah," vastas Hunter noogutades. „Ja kuna tal on tunne, et tapmise otsus pole enam tema teha ..."

„Ei tunne ta end süüdlasena," nentis kapten Bolter.

„Ta võib loota ka, et suurendab meie pahameelt ja aeglustab seeläbi juurdlust," kinnitas Hunter.

„Jah, minu pahameelt suurendab see kindlasti," kähvas kapten Bolter.

„Või ta mängib neid mänge lõbu pärast."

Kapten Bolter raputas pead. „Ta jändab meiega, vaat mis."

„Tundub, et ta on seda mõnda aega teinud, kapten," ütles Garcia ja kahetses neid sõnu kohe.

Kapten vaatas teda nagu rünnakuvalmis näljane rotveiler. „Kas te olete esimese ohvri isiku tuvastanud?" „Veel mitte, kapten, aga me kohtume reedel kellegagi, kes ehk aitab meid selles asjas edasi." „Asi ei liigu meil just kuigi kiiresti, ega?" „Nii kiiresti, kui saame." Nüüd oli ka Hunter ärritunud. „Loodame, et sellest teie abilisest on ka midagi kasu. Sellest on saamas üks neetud tsirkus ja ma vihkan tsirkust."

Hunter sai kapteni vihast aru – tema enda sees oli sama viha. Nad teadsid, et mõrtsukas tapab järgmise ohvri, aga nad ei teadnud, millal, kus või kelle. See mäng oli kaotatud. Neil polnud teha muud, kui oodata järgmist telefonikõnet.

Kakskümmend viis

Hunter jõudis Weyburn Avenuele täpselt kella üheks. Tänav oli täis lõunapausil olevaid tudengeid, kes otsisid kõige odavamat võimalikku einet. Burgeri- ja pitsakohad tundusid olevat nende meelispaigad. Hunter leidis peagi Pancetta restorani Pizza Hut Expressi ja kirjatarvete poe vahelt.

Sissepääs oli kenasti kaunistatud värviliste lillede ja taimedega, kõik punases, rohelises ja valges toonis. Koht oli väike ja sarnanes tüüpilise Itaalia söögikohaga. Kandilistel puidust laudadel olid punase-valgeruudulised laudlinad. Kliente võttis vastu tugev, ent meeldiv Provolone juustu aroom, mis segunes salaami ja kuivatatud veiseliha lõhnaga.

Hunter ootas hetke ukse juures, jälgides laudade vahel liikuvaid teenindajaid. Ta libistas pilgu üle söögisaali. Isabellat polnud veel. Teenindaja juhatas ta nurgalauda lahtise akna all. Kui ta läbi restorani läks, saatsid teda kahe umbes kahekümne viie aastase naise pilgud. Hunter pani seda tähele ja vastas komplimendile enesekindla naeratusega, millele tumedapäine naine vastas omakorda häbeliku naerukihina ja seksika silmapilgutusega.

Hunter pani tagi tooli seljatoele ja istus näoga ukse poole. Ta kontrollis harjumusest mobiili, ega vahepeal ole kõnesid või sõnumeid tulnud – ei olnud. Ta tellis dieetkoola ja uuris menüüd. Huvitav, kas ta tunneb Isabella ära. Tema mälestused tollest nädalavahetusest olid üsna udused.

Eilsed sündmused tulid meelde. Miks hurtade võiduajamine? Kui mõrtsukas tahtis õnnemänge mängida, miks mitte hobuste võiduajamine, rulett või midagi tavalisemat? Kas selle varjus oli mingi tähendus? Ja nagu kapten küsis: miks mõrtsukas nüüd mängima hakkas? Süütundest? Patukahetsusest? Hunter seda ei uskunud. Tema mõtteid segas teenindaja, kes oli kallanud tema joogi külma klaasi. Esimest lonksu võttes kandus tema pilk restorani ukse poole.

Isabella oli ilusam, kui ta mäletas, naine kandis õhukest valget puuvillast pluusi, mis oli liibuvate kulunud siniste teksade värvli vahele torgatud, musti kauboisaapaid ja sama värvi vööd. Tema tumedad pikad juuksed langesid lahtiselt õlgadele ja oliivrohelised silmad särasid huvitavalt.

Hunter tõstis käe, aga Isabella oli teda akna all juba märganud. Naine tuli meeldiva naeratusega laua poole. Hunter tõusis ja oli valmis kätt sirutama, kui naine kummardus ja teda kummalegi põsele suudles. Tema parfüüm oli tsitruseline ja vaevu tuntav. Hunter tõmbas talle tooli välja, härrasmehelik žest, mis polnud sugugi tema moodi. Ta ootas, et Isabella istuks, ja läks siis tagasi oma tooli juurde.

„Kas leidsid selle kenasti üles?" küsis naine rõõmsal häälel.

„Jah, lihtsasti. See tundub olevat mõnus restoran," sõnas Hunter ringi vaadates.

„Oh, on jah, usu mind." Isabella naeratas taas. „Itaallane on väga *maitsev.*"

Jajah, mõtles Hunter. „Palun selle pärast vabandust. See lause kõlas eile valesti. Vahel on mu aju kiirem kui suu ja sõnad ei tule välja nii, nagu mulle meeldiks."

„Pole midagi. See tegi mulle nalja."

„Nii et sa töötad ülikoolis?" Hunter muutis teemat.

„Jah."

„Meditsiini või bioloogia õppetoolis?" Isabella oli korraks jahmunud. „Biomeditsiini laboris. Oot, kuidas sa seda teadsid? Issand! Palun ütle, et ma ei haise formaldehüüdi järgi." Ta tõstis korraks randme nina juurde.

Hunter naeris. „Ei haise. Sa lõhnad tegelikult imeliselt."

„Tänan, väga armas sinust, aga ütle, kust sa teadsid."

„Tähelepanekud." Hunter jättis endast tagasihoidlikuma mulje.

„Tähelepanekud? Palun räägi lähemalt."

„Ma märkan mõttetuid asju, mida enamik ei märka."

„Nagu näiteks?"

„Sinu randme juures on kerge süvend," ütles Hunter, kallutades pead naise käte poole. „Nagu oleks sul ümber randmete olnud kummipael. Su küünenahkade ümbruses on valget pulbrit, mis on maisitärklise moodi. Seda kasutatakse ju kirurgilistes kummikinnastes. Pakun, et sa oled kogu hommiku kummikindaid kandnud."

„Oh sa poiss. Võimas." Isabella vaatas oma käsi. „Aga pulber mu sõrmedel võib ka kriit olla. Seega võin ma olla ülikoolis õppejõud. Ja ma võin õpetada mis tahes ainet, mitte ainult biomeditsiini," väitis ta.

„See on teistsugune pulber," vastas Hunter veendunult. „Maisitärklis on palju peenem ja keerulisem maha pesta, sellepärast sul ongi seda küünenahkade ümbruses, mitte sõrmedel.

Lisaks on sul seda mõlemal käel. Nii et kui sa pole mõlema-käeline õppejõud, siis jään kirurgiliste kinnaste teooria juurde."

Isabella silmitses teda vaikides. Tema näol oli närviline naeratus.

„Teine märk on see, et LA California ülikooli meditsiini-osakond on siinsamas," sõnas Hunter taas pead kallutades. Isabella kõhkles sekundi. „Oo, sa oled osav. Ma kandsingi kogu hommiku kindaid."

„Nagu öeldud, kõigest tähelepanek." Hunter naeratas, salamisi rõõmus, et oli naisele muljet avaldanud.

„Sa ütlesid, et õpetad? Sa pole professori moodi."

„Ma ütlesin, et *võiksin* olla õppejõud, aga nüüd olen ma uudishimulik. Milline siis üks professor välja peaks nägema?" küsis naine naerma turtsatades.

„Noh, tead küll ..." Hunter valis sõnu hoolega. „Vanem, kiilakam, paksud prilliklaasid ..."

Isabella naeris ja tõmbas käega läbi juuste, sättides need ühele õlale, aga lasi tukal vajuda osaliselt vasaku silma peale. „Siin, LA California ülikoolis on ka surfari välimusega professoreid. Pikad juuksed, tätoveeringud, augud. Osa käib loenguid andmas koguni plätudes ja lühikestes pükstes."

Hunter naeris.

Kelner tuli nende tellimust võtma.

„*Sig.na Isabella, come sta?*"[*]

„*Va bene, grazie, Luigi.*"[**]

„Mida te täna võtate?" küsis teenindaja väga tugeva itaalia aktsendiga.

Isabella ei vajanud menüüd, vaid teadis täpselt, mida tahab.

---

[*]   *Sig.na Isabella, come sta?* – Kuidas läheb, preili Isabella? (it k)

[**]   *Va bene, grazie, Luigi* – Hästi, tänan küsimast, Luigi (it k)

„Mida sa soovitad?" küsis Hunter, kuna ei osanud valida.
„Kas sulle oliivid, pepperoni ja männiseemned maitsevad?"
„Jah, väga."
„Olgu, siis võta penne Pazze, see on imehea," sõnas naine oma menüüle osutades.

Hunter leppis tema valikuga ning tellis juurde väikese rukola- ja parmesanisalati. Ta kaalus ka küüslaugusaia, aga ei võtnud siiski – see polnud kohtamas käies parim valik. Mõlemad eelistasid veini mitte võtta, kuna pidid tööle tagasi minema.

„Kuidas sinul on? Kuidas töö edeneb?" küsis Isabella.

„Ikka endiselt, lihtsalt uus päev," vastas Hunter saianoaga mängides.

„Kindlasti pole LA-suguses linnas lihtne uurija olla?"

Hunter tõstis pilgu ja vaatas Isabellat huviga. „Kust sa tead, et ma uurija olen?"

Nüüd oli Isabella kord teda pilguga puurida. „Häh?" Ta vaikis ja tõmbas sõrmedega läbi tuka. „Nalja teed või?"

Mehe ilme ütles, et ei tee.

„See nädalavahetus? Minu korteris?"

Ei mingit reaktsiooni.

„Kas sa sellest ööst üldse midagi mäletad? Läksime baarist minu koju, sa võtsid tagi seljast ja ma nägin esimese asjana relva. Ehmusin, ja sa näitasin mulle oma ametimärki, ütlesid, et kõik on korras, sa oled Los Angelese uurija."

Hunter vaatas häbenedes maha. „Palun vabandust … ma ei mäleta tollest ööst suurt midagi … mõned mälupildid, ei enamat. Palju ma jõin?"

„Päris palju," vastas Isabella itsitades.

„Viskit?"

„Jah," noogutas naine. „Nii et sa ei mäleta tollest ööst eriti midagi?"

„Väga vähe."

„Kas sa mäletad, et magasid minuga?"

Nüüd oli häbi täielik. Hunter suutis vaid kergelt pead raputada.

„Issand! Nii et ma polnud mälestusväärne?"

„Oo ei, mitte seda. Sa oled kindlasti voodis imeline ..." Hunter sai aru, et oli neid sõnu öelnud valjemini, kui kavatses. Nende jutuajamine huvitas järsku ka naaberlaudade inimesi.

„Oi, see lause kõlas valesti," ütles ta palju vaiksemalt. Isabella naeratas. „Su aju oli jälle kiirem kui suu?" lõõpis ta. Luigi tuli tagasi mullideta mineraalveega ja kallas seda veiniklaasi naise ees. Hunter keeldus, andes mõista, et dieetkoolast talle piisab.

„*Grazie, Luigi,*"* sõnas naine vaikselt.

„*Si figuri, sig.na,*"** ütles Luigi rõõmsa naeratusega.

Isabella ootas, kuni Luigi oli eemaldunud. „Pean tunnistama, et su eilne telefonikõne oli üllatus."

„Ma oskan inimesi üllatada," vastas Hunter toolileenile naaldudes.

„Ma ei teadnud, mida sellest arvata. Ei teadnud, kas tahad tõesti minuga kohtuda või mulle lihtsalt uuesti püksi pugeda."

Hunter muigas. Ta imetles naise otsekohesust. „Ja sellepärast sa kiiret lõunat eelistasidki. Õhtusöök võib lihtsamini millekski muuks üle minna."

„Lõunasöögid on turvalisemad," kinnitas Isabella.

„Lisaks tahtsid sa mind üle vaadata."

„Mis mõttes?" Isabella teeskles mõistmatust.

„Me mõlemad olime meie esmakohtumise õhtul joonud rohkem, kui kavas oli. Meie taju võis olla veidi ... moonutatud.

---

* *Grazie, Luigi* – Tänan, Luigi (it k)

** *Si figuri, sig.na* – Võtke heaks, preili (it k)

Sa polnud ehk päris kindel, milline ma välja näen ja kas minuga tasub kohtama tulla. Kiire lõunasöök aitaks selle asja selgeks teha." Isabella hammustas huulde.

Hunter teadis, et tal oli õigus.

„Mina mäletan kindlasti rohkem kui sina," ütles naine, mängides taas juustega.

„Tõsi," nentis Hunter. „Aga see öö oli ebaharilik. Ma ei joo end üldiselt mälukasse niimoodi, et ei mäleta, mis juhtus." Ta rüüpas oma dieetkoolat. „Kas ma siis läbisin lõunasöögitesti?" Isabella noogutas. „Suurepäraselt. Aga mina?"

Hunter kortsutas kulmu.

„Kuule, jäta. Sina tahtsid mind samamoodi üle vaadata. Ise ütlesid, et ei mäleta suurt midagi."

Hunterile meeldis temaga koos olla. Naine oli kahtlemata teistsugune kui suur osa neist, kellega ta oli varasemalt kokku puutunud. Talle meeldisid naise huumorimeel, teravad vastused ja irooniline olek. Nad silmitsesid teineteist veidi aega. Hunteril oli naisega sama mugav vaikida kui juttu ajada.

Luigi tõi nende pasta lauda ja Hunter vaatas, kuidas Isabella seadis salvrätiku tõelise itaallase kombel pluusi kaeluse vahele. Hunter tegi sama.

„Oo, see on imeline," ütles ta esimese suutäie järel.

„Ma ju ütlesin. See on ehtne Itaalia toit, sellepärast siin alati palju inimesi ongi."

„Sa sööd siin kindlasti tihti. Mina küll sööksin."

„Mitte nii tihti, kui tahaksin. Pean figuuri silmas pidama." Isabella vaatas oma pihta.

„Noh, mida iganes sa teed, see mõjub sulle hästi," sõnas Hunter naeratades.

Enne kui Isabella teda komplimendi eest tänada jõudis, helises Hunteri telefon. Ta teadis, et telefoni on ebaviisakas restoranis sisselülitatuna hoida, aga tal polnud valikut.

„Vabandust," ütles ta veidi kohmetult, tõstes telefoni kõrva juurde. Isabellat ei paistnud see häirivat.

Sõida mööda Camp Roadi Griffith Parkis. Enne kui tee lõppu jõuad, on järsk paremkurv, aga ära pööra paremale, vaid sõida mööda kitsast pindamata teed lõunasse ja siis seda mööda kõrgete puudeni. Sealt leiad M-klassi Mercedes-Benzi. Jätsin eilse panuse tulemuse autosse."

Enne kui Hunter jõudis midagi öelda, lõpetas robothääl kõne.

Hunter vaatas Isabellale otsa. Naine ei pidanud olema selgeltnägija, mõistmaks, et midagi on halvasti. „Mis lahti?" küsis ta murelikult.

Hunter tõmbas enne vastamist sügavalt hinge. „Pean minema ... palun väga vabandust."

Isabella vaatas, kuidas Hunter tõusis ja tooli seljatoelt tagi võttis.

„Mul on väga kahju, et pean su taas üksi jätma."

„Sellest pole midagi, usu mind, ma mõistan." Naine tõusis, astus sammu ettepoole ja suudles teda mõlemale põsele.

Hunter võttis rahakotist kaks kahekümnedollarilist ja pani need lauale. „Kas ma võin sulle mõnikord helistada?"

„Muidugi." Isabella naeratas ebakindlalt, kui vaatas restoranist välja jooksvale Hunterile järele.

Kakskümmend kuus

Hunter helistas Garciale teel Griffith Parki, paludes paarimehel teavitada kriminaliste ja ka LAPD eriüksust. Ta oli kindel, et mõrtsukat seal ei ole, aga ta pidi protokolli järgima, kuna eriüksus pidi ala enne üle kontrollima.

Griffith Park on 1662 hektari suurune maa-ala ja on seega USA kõige suurem looduslik linnapark, kus kasvavad California igihaljad tammed, metsik salvei ja *manzanita**. See on ka koht, kus Lee mäe nõlval on kuulus Hollywoodi märk. Eriüksus leidis mahajäetud Mercedese peagi. See ala oli võimalike jalutajate eest peidus. Suured kohevad valged tammed piirasid autot, varjates suure osa kella kahesest päikesevalgusest. Õhk oli ebamugavalt niiske ja kuum, nii et kõigi särgid olid higist märjad. Asi võiks hullem olla, sest võiks vihma sadada, mõtles Hunter. Garcia oli ametis faksiga, saates juba infot sõiduki kohta.

Auto tundus terve olevat, kuumus pani õhu katuse kohal värelema nagu vee, ent tumerohelised toonitud aknad ei lasknud sisse näha. Auto ümbrus piirati kohe politseilindiga. Olles kaalunud, kuidas edasi tegutseda, läks neli eriüksuse agenti kahekaupa auto juurde, MP5 poolautomaatrelvad laskevalmis. Võimsad taskulambid, mis olid kinnitatud relva toru alumise osa külge, heitsid mahajäetud autole valgussõõre. Iga ettevaatliku sammu puhul praksusid nende jalge all kuivanud lehed ja oksaraod.

Nad kontrollisid hoolega ümbrust. Vähehaaval auto poole nihkudes otsisid nad võimalikke lõkse.

„Keegi on juhiistmel," ütles kõige ees olev agent kindlalt.

Järsku valgustasid kõik valguskiired kogu, kes kössitas esiistmel. Pea oli vastu peatuge, silmad olid kinni. Suu poolavatud, huuled olid tumelillad. Silmadest olid mööda põski voolanud verenired nagu verepisarad. Ülakeha oli paljas ja keha täis verevalumeid.

„Mis tagaistmel on?" hüüdis eriüksuse juht Tim Thornton. Tema hääl oli nõudlik.

Üks agent eemaldus neljasest rühmast ja läks parempoolse tagumise akna juurde. Võimas taskulamp valgustas auto salongi. Tagaistmel ega maas polnud midagi. „Tagaiste on tühi."

---

*   *manzanita* – Põhja-Ameerika lääneosas kasvav igihaljas põõsas.

„Näidake oma käsi," karjus Tim, relv suunatud juhile pähe.

Ei midagi.

Tim üritas uuesti, seekord aeglasemalt. „Kas te kuulete mind? Näidake käsi."

Ei midagi.

„Ta tundub surnud olevat, Tim," sõnas üks teine agent.

Tim läks juhiukse poole, teised agendid sihtisid rooli taga istuvat meest. Tim vajus aeglaselt põlvili ja kontrollis auto alt – lõhkeaineid ega juhtmeid polnud. Kõik tundus korras olevat. Ta tõusis ja sirutas käe ukselingi poole.

Juht ei liigutanud ikka veel.

Tim tundis, kuidas higi voolab mööda laupa. Ta tõmbas sügavalt hinge, et käed ei väriseks. Ta teadis, mida teha, ja avas ukse kiire liigutusega. Hetk hiljem suunas ta oma MP5 taas juhile pähe.

„Issand halasta!" ahmis ta õhku ja pööras näo ära, enne kui astus sammu tagasi ja tõstis vasaku käe nina ette.

„Räägi minuga, Tim, mis viga?" karjus tähtsuselt teine mees Troy kõrvalistuja uksele lähenedes.

„See kuramuse hais on nagu roiskuv liha." Tim peatus hetke, et iiveldust maha suruda, köhides ägedasti. Soe läpatanud õhk, mis autost välja paiskus, kandus kiiresti kaugemale. Timil tuli end mitu sekundit koguda. Ta pidi kontrollima, kas ohver elab.

Hunter, Garcia, kapten Bolter ja doktor Winston jälgisid toimuvat huviga eemalt. Nende politseikuularid võimaldasid neil kuulata eriüksuse omavahelist suhtlust. Nende selja taga seisid kiirabiauto ja parameedikud.

Tim silmitses taas ohvrit. Mehe käed olid rooli külge seotud ja ta ainsaks kehakatteks olid triibulised bokserid, mis olid üleni verised. Tema keha oli üleni kaetud suurte tumedate paiseid meenutavate villide ja päikesepõletusesarnase lööbega. Osa ville oli lõhkenud ja neist immitses paksu kollast lima.

„On see mäda?" küsis Troy kõrvalistuja ukse juurest. See küsimus tõi doktor Winstoni silmisse mureliku pilgu.

„Kust, kurat, mina tean? Ma pole arst," andis Tim vastu ja sirutas väriseva käe ohvri kaela poole, et pulssi katsuda.

„Pulssi pole," hüüdis ta mõne sekundi pärast. *Kõhatus ...* Ilma igasuguse hoiatusega nõksatas ohvri pea ettepoole. Roolile, armatuurlauale ja esiklaasile pritsis verd. Tim vaarus tahapoole ja kukkus tasakaalu kaotades selili.

„Püha müristus! Ta on elus." Tema hääles oli õud.

Troy, kes oleks juhti pärast ootamatut elumärki äärepealt tulistanud, kiirustas juhipoolele. „Arst!"

Kõigi nägudele tekkis jahmunud ilme. Hunter ja Garcia jooksid auto juurde, kapten Bolter ja doktor Winston kannul.

„Siia on kohe kiirabi vaja." Tim oli taas püsti ja Troy kõrval juhiukse juures, hingeldades endiselt.

„Peame ta lahti lõikama," ütles Tim, võttes vöölt suure noa. „Söör, kas te kuulete mind?" hüüdis ta, ent autos istuja oli taas teadvuse kaotanud.

„Ärge liigutage, ma lõikan teie käed rooli küljest lahti ja me viime teid haiglasse, kõik saab korda, olge minuga, semu."

Tim lõikas ettevaatlikult läbi verised nöörid, mis hoidsid ohvri vasakut kätt rooli küljes, ja see vajus elutuna mehele sülle. Tim võttis ette teise käe ja kordas sama. Siis oli juht vaba.

Troy, kes oleks juhti pärast ootamatut elumärki äärepealt tulistanud, kiirustas juhipoolele. Ohver köhis ootamatult jälle, pritsides taas verd, seekord Timi riietele.

„Kus, kurat, see kiirabi on?" karjus Tim vihaselt.

„Siin," vastas üks parameedik, trügides inimeste vahelt juhiukse juurde. Mõne sekundi pärast olid kohal ka teised parameedikud.

Hunter, Garcia, kapten Bolter ja doktor Winston vaatasid vaikides, kuidas parameedikud ohvri ettevaatlikult juhikohalt kanderaamile ja siis kiirabiautosse tõstsid. Autole lähemal ajas hais neid kõiki öökima.

„Kuhu ta viiakse?" küsis Hunter lähimalt parameedikult. „Good Samaritani haiglasse. See on lähim, kus on EMO."

„Ohver on elus …?" küsis kapten Bolter skeptilisel häälel. „Esmalt mängib ta meiega ja siis annab elusa ohvri? Mida kuradit ta kavatseb? Muutub lohakaks?"

Hunter raputas pead. „Ma ei tea, aga olen kindel, et lohakaks ta ei muutu. See võib olla tema mängu osa."

„Arvad, et mõrtsukat segati? Keegi sattus juhuslikult peale?" küsis kapten, vaadates ringi, nagu otsides midagi või kedagi.

„Ei," vastas Hunter kindlalt. „Mõrtsukas poleks helistanud, kui ta poleks tahtnud, et me just selle eest leiaksime. See polnud viga."

„Ära ütle, et tal on süümepiinad ja ta otsustas selle ohvri pärast eilset draamat ellu jätta."

„Ma ei tea, kapten," kähvas Hunter ärritunult. „Aga küllap varsti saame teada." Ta pöördus Garcia poole. „Mis seal autos on?"

„See kuulub … George Slaterile. Kolmkümmend kolm, advokaat büroos Tale & Josh, Los Angelese kesklinnas," luges Garcia saadud faksilt. „Abikaasa Catherine Slater teatas tema kadumisest. Ta ei tulnud oma iganädalaselt pokkerimängult teisipäeva õhtul koju."

„Foto on?"

„Jah, see, mida naine kasutas tema kadumisest teatamisel." Garcia näitas mustvalget väljatrükki.

„Näita."

Mees fotol kandis kalli moega ülikonda, juuksed olid üle pea silutud. Polnud keeruline näha sarnasust väljatrükil oleva mehe ja poolsurnud inimvare vahel, kes oli mõni minut tagasi autost välja tõstetud.

„See on tema," sõnas Hunter, olles fotot mõne sekundi uurinud. „Näojooned on samad."

„Minu arvates ka," nõustus Garcia.

„Sõidan kiirabi järel haiglasse. Kui see mees ellu peaks jääma, tahan kohal olla."

„Ma tulen kaasa," ütles Garcia.

„Lasen kriminalistidel siin tööle hakata, ehkki pärast viimast viit minutit on kogu sündmuspaik rikutud," sõnas doktor Winston murelikult. „Ja autot ümbritseva taimestiku järgi arvestades läheb siin paganama kaua aega," lisas ta ning osutas tihedale põõsastikule ja kõrgele rohule.

„Palu neil lihtsalt endast parim anda," sõnas Hunter ringi vaadates.

„Nad teevad seda ju alati, eks?"

Kui kriminalistid tööle asusid, sõitsid uurijad minema.

Kakskümmend seitse

Good Samaritani haigla kerkib võimsana Wilshire Boulevardil LA kesklinnas. Selle peasissepääs asub Witmer Streetist idas ringikujulise sissesõidutee ääres. Tavalisel päeval kulunuks Hunteril Griffith Parkist sinna sõitmiseks umbes pool tundi. Seekord jõudis ta vähem kui kahekümne minutiga, nii et Garcia oleks tee peal äärepealt infarkti saanud.

Nad jooksid fuajee laitmatult puhastest klaasustest registratuuri poole. Kaks keskealist meditsiiniõde tegelesid paberikuhjade lappamisega, telefonile vastamisega ja laua ümber seisvate nõudlike patsientidega. Hunter trügis inimeste vahelt ette.

„Kus teie EMO on?" küsis ta, ametimärk peos.

Üks meditsiiniõdedest tõstis pilgu arvutiekraanilt ja vaatas kahte meest läbi paksude raamidega prillide ninaotsal.

„Kas te kaks olete pimedad? Teie ees on terve hulk inimesi." Tema hääl oli rahulik, nagu oleks tal aega maa ja ilm.

„Jah, just, me kõik ootame, nii et minge järjekorda," protesteeris eakam mees, kelle käsi oli kipsis, ja seepeale tõstsid kisa ka teised patsiendid.

„Me oleme siin tööasjus!" ütles Hunter. „Kus on EMO?" Tema tungiv hääletoon sundis meditsiiniõde taas pilku tõstma. Seekord vaatas ta ka nende mõlema ametimärke.

„Sinnapoole ja lõpus vasakule," ütles ta vastumeelselt, osutades paremale jäävale koridorile.

„Kuramuse võmmid, isegi aitäh ei ütle," pomises ta, kui Hunter ja Garcia koridori kadusid.

EMO oli täis arste, õdesid, sanitare ja patsiente, kes kõik sagisid ringi, nagu oleks maailma lõpp käes. Ala oli suur, aga inimeste ja ratasvoodite kaootilise sebimise tõttu tundus see rahvarohke.

„Kuidas keegi sellises kohas tööd teha saab? See on nagu Brasiilia karneval," ütles Garcia, vaadates mureliku näoga ringi.

Hunter silmitses seda kaost, otsides kedagi, kes neile midagi öelda oskaks. Ta märkas põhjaseina ääres väikest poolringikujulist lauda. Selle taga istus õhetava näoga üksainus meditsiiniõde. Nad suundusid kohe tema poole.

„Viis kuni kümme minutit tagasi toodi siia üks erakorraline patsient. Me tahame teada, kuhu ta viidi," ütles Hunter närviliselt, kui suurt kasvu naise juurde jõudis.

„See on EMO, kullake, siia tulevadki ainult erakorralised patsiendid," ütles naine hellal häälel, milles oli tunda väga tugevat lõunaosariikide aktsenti.

„Kuriteo ohver, Griffith Parkist, umbes kolmekümneaastane, üleni ville täis," kähvas Hunter kannatamatult vastu.

153

Naine võttis laualt ülisuurest karbist puhta salvräti ja kuivatas laubalt higi, vaadates viimaks oma mustade läikivate silmadega uurijaid. Kuuldes Hunteri tungivat häält, vaatas ta kähku paari paberit enda ees.

„Jah, ma mäletan, et ta toodi üsna hiljuti ..." Naine peatus, et sügavalt hinge tõmmata, „... kui ma õigesti mäletan, oli ta DOA."*

„Mis asja?"

„Kohale jõudes surnud," selgitas naine.

„Me teame, mida see tähendab. Olete kindel?" küsis Garcia.

„Mitte täiesti, aga doktor Phillips võttis patsiendi vastu. Tema saab seda kinnitada."

„Kust me ta leiame?"

Õde tõusis ja vaatas ringi. „Seal ... doktor Phillips!" hüüdis ta käega vehkides.

Lühikest kasvu kiilaspäine mees pöördus, nii et stetoskoop rinnal kiikus. Valge kombinesoon tundus vana ja kortsus ning tumedaid silmaaluseid arvestades polnud ta vähemalt poolteist päeva magada saanud. Ta vestles mehega, kelles Hunter tundis kohe ära ühe parameediku, kes oli Griffith Parkis ohvri auto juurde tulnud.

Mõlemad uurijad läksid kahe mehe juurde enne, kui nemad jõudsid registratuuri poole tulema hakata, ja tutvustasid end kähku.

„Pargist toodud ohver. Kus ta on? Mis juhtus?"

Parameedik vältis Hunteri pilku, vahtides maha. Lühikest kasvu arsti pilk käis mõne korra Hunteri ja Garcia vahet. „Ta ei jäänud elama. Parameedikud pidid sireeni viis minutit enne haiglasse jõudmist välja lülitama. Ohver oli DOA – kohale jõudes surnud."

---

* DOA, *dead on arrival* – kohale jõudes surnud (ingl k)

„Me teame, mida see tähendab," ütles Hunter ärritunult. Tekkis vaikus, mille katkestas Garcia. „Raisk! Ma teadsin, et see on liiga hea, et olla tõsi."

„Mul on kahju," ütles parameedik murelikul pilgul. „Me üritasime kõike. Ta ei saanud hingata. Lämbus iseenda vere kätte. Kavatsesime teha erakorralise trahheotoomia, aga enne ..." Tema hääl kustus ja doktor Phillips jätkas.

„Selleks ajaks, kui kiirabi haigla juurde jõudis, polnud enam midagi teha. Ta kuulutati surnuks kell viisteist kaheksateist."

„Mis oli surma põhjus?"

Doktor Phillips naeris närviliselt. „Ta alles jõudis siia, aga valik on teie: lämbumine, südame seiskumine, elundite ülesütlemine, sisemine verejooks. Mina tean praegu sama palju kui teie. Peate ootama ametlikku lahkamisaruannet."

Kõlaritest öeldi midagi, doktor Phillips vaikis ja ootas, et see lõppeks. „Hetkel on surnukeha isoleeritud."

„Isoleeritud? Miks?" Garcia tundus murelik.

„Olete te seda näinud? See on kaetud villide ja paisetega."

„Jah, me nägime. Arvasime, et need on põletusjäljed või midagi."

Doktor Phillips raputas pead. „Ma ei oska ilma analüüse tegemata öelda, mis need on, aga kindlasti ei ole need põletusjäljed."

„Kindlasti mitte," kinnitas parameedik.

„Viirus?" küsis Hunter.

Doktor Phillips vaatas teda huviga. „Esmapilgul küll. Nagu haigus."

„Haigus?" Seda küsis hämmeldunult Garcia. „See peab ju eksitus olema, doktor, ta on mõrva ohver."

„Mõrva?" Doktor Phillips oli segaduses. „Neid ville ei tekitanud talle keegi teine. Tema enda veri tekitas need reaktsioonina millelegi, haigusele või allergiale. Uskuge mind, selle mehe tappis mingi kohutav haigus."

Hunter oli juba aru saanud, mida mõrtsukas oli teinud. Ta oli süstinud ohvrile mingit surmavat viirust, aga koerte võiduajamisest oli möödas vaid päev – kuidas sai reaktsioon nii kiiresti tekkida? Milline haigus võib tappa inimese ühe päevaga? Taas peab ta lootma doktor Winstoni lahkamistulemuste peale, saamaks aimu, mis oli juhtunud.

„Peame teada saama, mis haigus see on, kui see ikka on haigus, ja kas see on nakkav või mitte." Doktor vaatas parameediku poole. „Sellest me rääkisimegi. Patsiendiga vahetust kokkupuutest. Kas teie kaks ..."

„Ei," vastasid uurijad korraga.

„Kas te teate kedagi, kes puutus surnuga kokku?"

„Kaks eriüksuse agenti," vastas Hunter. „Nemad peaksid tulema ka analüüse andma, sõltuvalt biopsia vastustest."

„Ja millal need saabuma peaksid?"

„Nagu öeldud, surnukeha alles toodi siia. Saadan koeproovi laborisse esimesel võimalusel ja palun sellega kiirustada. Kui veab, saame vastuse kunagi täna."

„Kuidas surnukeha ja lahkamisega jääb?"

„Surnukeha saadetakse täna koroneri juurde, aga selle seisund ja asjaolu, et seda peab hoidma isolatsioonis, muudavad olukorra keerulisemaks, nii et ma ei oska öelda, millal täpselt. Kuulge, uurija, ma ei hakka valetama. Olen tõsiselt mures. See, mis selle mehe tappis, tegi seda väga kiiresti ja piinarikkalt. Kui see on mingi nakkushaigus, siis arvestades tema seisundit haiglasse saabudes, võib olla tegemist mingi väga hirmsa epideemiaga. Kogu linn võib ohus olla."

Kakskümmend kaheksa

Ülejäänud päev möödus passides. Hunteril ja Garcial polnud teha suurt muud, kui oodata. Oodata, et kriminalistid lõpetaksid kuriteopaiga läbivaatamise, oodata biopsia vastuseid, oodata, et surnukeha saadetaks doktor Winstonile, ja siis oodata lahkamisaruannet.

Mõlemad uurijad läksid enne pimeduse saabumist tagasi Griffith Parki. Kui kriminalistid midagi leidnud on, tahtsid nad seda teada, ükskõik kui tühine see võib olla, aga see töö oli vaevaline ja aeglane. Kõrge rohi, palavus ja niiskus ajasid olukorra keerulisemaks ning kella üheks öösel polnud nad midagi leidnud.

Hunteri korteris oli meeletult üksildane. Kui ta ukse avas ja tuled põlema pani, arutles ta, mis tunne oleks tulla koju kellegi juurde, kes hoolib, kellegi juurde, kes annaks talle lootust, et maailm pole teel põrgu poole.

Ta üritas summutada muserdavat süütunnet, mis oli pärast koerte võiduajamist vähehaaval tekkinud, aga isegi tema kogemused ja teadmised ei suutnud mõtteid uitamast takistada. *Kui ma ainult oleksin valinud teise värava.* Sel hetkel võidutses mõrtsukas ka psühholoogilises lahingus.

Hunter kallas endale topeltkoguse kaheteistkümneaastast Laphroaigi, pistis sinna sisse tavapärase jääkuubiku, keeras tuled hämaramaks ja vajus vanale kõvale diivanile. Ta tundis, et on füüsiliselt ja vaimselt kurnatud, aga teadis ka, et uinuda ta ei suuda. Mõtetes tiirlesid viimaste tundide sündmused ja see muutis tuikava peavalu hullemaks.

„Miks ma ei võinud valida mingit lihtsat ametit, miks ma ei võinuks hakata kokaks või tisleriks?" mõtles ta valjusti. Põhjus oli lihtne. Klišee või mitte, aga ta oli tahtnud maailma paremaks muuta, ning iga kord, kui tema juurdlus ning tõsine töö ja vaev viisid tapja tabamiseni, teadis ta, et on seda teinud. See oli ainulaadne adrenaliinilaks – enesega rahulolu, joovastus, teadmine, kui palju elusid ta asitõendeid järgides päästis, jäädes rahulikuks ja pannes kildhaaval kokku stseeni, mis oli tundunud korratu ja ajas hägune. Hunter oli oma töös osav ja ta teadis seda.

Ta võttis veel lonksu ühelinnaseviskit ja loksutas seda suus, enne kui neelas ja kõrvetavat tunnet nautis. Ta sulges silmad, lasi peal kuklasse vajuda, üritades tõrjuda kõiki päevasündmusi, ent need tagusid tema mälu meeletu jõuga.

Sõnumipiiks mobiilist sundis teda võpatama. Ta kobas taskuid, aga need olid tühjad.

„Raisk!"

Telefon oli väikesel klaasist baariletil. Ta oli selle koos rahakoti ja võtmetega sinna jätnud.

Hunter pani klaasi käest, tõusis aeglaselt ja vaatas kella.

„Kes, kurat, sellisel kellaajal üldse sõnumeid saadab?" Ta vaatas ekraani.

Loodetavasti on kõik korras. Sinuga oli väga tore täna kohtuda, ehkki ainult mõneks minutiks. Isabella.

Hunter oli nende kiire lõuna juba unustanud. Ta naeratas ja tundis samas süümepiinu, et oli naise teist korda sinnapaika jätnud. Ta vastas kohe.

Kas tohin sulle helistada? Ta vajutas saatmise nuppu ja läks tagasi diivani juurde.

Minuti pärast telefon vibreeris, andes märku sõnumi saabumisest ja katkestades toas valitseva vaikuse.

Jah.

Hunter võttis veel lonksu viskit ja vajutas helistamise nuppu.

„Tere ... Arvasin, et magad juba," ütles Isabella vaikselt.

„Arvasin, et sina ka. Kas teadlase jaoks liiga hilja pole? Kas sa ei pea varahommikul laboris olema?" küsis Hunter kerge muigega.

„Ma ei maga kunagi palju. Tavaliselt viis-kuus tundi. Mu aju töötab kogu aeg. Teadustöö mõjub nii."

„Viis-kuus tundi. See pole tõesti kuigi palju."

„Vaat kes räägib. Miks sina ei maga?"

„Unetus käib asja juurde. Selle töö juurde."

„Sa pead õppima lõõgastuma."

„Tean. Tegelen sellega," valetas Hunter.

„Tööst rääkides ... On kõik korras? Sa tundusid pärast seda päevast telefonikõnet natuke ärev."

Hunter vaikis ja hõõrus väsinud silmi. Ta mõtles, kui naiivne on suur osa elanikkonnast, sest ei tea, et kurjus ootab kiviviske kaugusel. Tema tööks oli lisaks muule hoolitseda selle eest, et need inimesed jääksid sama naiivseks.

„Kõik on hästi. Lihtsalt töö on selline. Sellega kaasneb alati pingeid."

„Kindlasti ... rohkem pingeid, kui ma oskan ette kujutada. Igatahes tore, et sa helistasid."

„Vabandust, et pidin jälle minema kiirustama. Võib-olla saan selle sulle heastada." Hunter võinuks vanduda, et kuulis naist naeratamas.

„See meeldiks mulle ... ja ma mõtlesin selle peale. Kas sa tahaksid laupäeval minu juures õhtust süüa?"

„Õhtusöök?" küsis Hunter narritavalt.

„Noh, kuna teineteise *üle kontrollimise* lõuna on tehtud, oleks tore õhtust süüa. Kas sul on laupäeval tegemist?"

„Ei, ei, olen vaba. Laupäev sobib. Mis kell ma tulen?"

„Kuidas oleks kuus?"

„Väga hea. Ma toon veini."

„Suurepärane. Kas sa aadressi mäletad?"

„Ütle igaks juhuks uuesti. Olin tol ööl üsna purjus."

„Tean jah."

Mõlemad naersid.

Kakskümmend üheksa

Järgmisel hommikul läksid Hunter ja Garcia tagasi maakonna surnukuuri. Doktor Winston oli helistanud neile kümne paiku, kui oli teise ohvri lahkamise lõpetanud. Ta tahtis, et uurijad oleksid esimesed, kes tulemustest kuulevad.

George Slateri surnukeha lebas metallist lahkamislaual kaugema seina lähedal. Vöökohast allapoole kattis teda valge lina. Suur osa siseelunditest oli välja võetud, ära kaalutud ja elundialusele pandud. Doktor Winston lasi uurijad keldri-korrusel asuvasse lahkamisruumi sisse ja jättis nad ukse juurde ootama, lõpetades mingi väikese koeproovi uurimist.

„Noh, üks asi on kindel. See mõrtsukas on väga leid-lik," tähendas ta siis, tõstes pilgu mikroskoobilt. Alles siis nägi Hunter, kui väsinud doktor Winston on. Tema hõredad juuksed olid sassis, nägu hallikas ja silmad kurnatud.

„Nii et ta on mõrva ohver?" küsis Hunter, osutades tont-likult valgele surnukehale laual.

„Kindel see."

„Meie mõrtsuka?"

„Oo jaa, kui just keegi teine sellest midagi ei tea," vastas doktor ja läks laua juurde, uurijad kannul. Ta kergitas ohvri pead lahkamislaualt umbes kümme sentimeetrit. Hunter ja Garcia kummardusid korraga vaatama ja oleksid peaaegu pead kokku löönud. Nad nägid tuttavat sümbolit.

„Sama mõrtsukas jah," sõnas Garcia end sirgu ajades. „Mida see haigusesse suremise jura tähendas?"

„See polnud jura. Haigus ta tappiski." Garcia näol oli veel suurem segadus ja ärritus.

„Kas te olete kunagi kuulnud *streptococcus pyogenes*'ist?"

„Mis asjast?"

„Ega vist. Aga *staphylococcus aureus*'est?"

„Jah, doktor, ladina keel on minu igapäevaelu osa." Garcia sapine häaletoon ajas Hunteri muigama. „Mis, kurat, see on?"

„Tundub, et mingi bakter," sõnas Hunter.

„Ja sul on õigus, Robert. Tule siia, ma näitan." Doktor Winston otsis arhiivikarbist diapositiivi ja läks tagasi mikroskoobilaua juurde. „Vaata," ütles ta, olles pannud slaidi mikroskoobi alla.

Hunter astus lähemale, kummardus ja sättis silma okulaari kohale. Ta keeras fookustamisnuppu ja silmitses hetke valguspilti.

„Mida kuradit ma siin vaatan, doktor? Näen vaid mingeid ... ussikese moodi asju ringi sibamas nagu peata kanad."

„Las ma vaatan ka," ütles Garcia nagu elevil ülikoolitudeng ja andis Hunterile märku eest tulla. „Jah, ma näen sama asja," tähendas ta, kui oli läbi okulaari vaadanud.

„Need ussikese moodi asjad on *streptococcus pyogenes*, mu kallid tudengid," ütles doktor Winston professori hääletoonil. „Nii, vaadake nüüd seda." Ta võttis karbist teise diapositiivi ja vahetas selle mikroskoobi all ära.

Seekord nägi Hunter rohelisi sõõrikujulisi asjandusi, mis liikusid palju aeglasemalt kui ussikesed. Garcia vaatas pärast teda.

„Nii? Seekord rohelised ümmargused asjad."

„Jah, need on *staphylococcus aureus*."

„Kas me oleme teie meelest bioloogiatudengid, doktor? Rääkige arusaadavas keeles." Garcia ei olnud mängutujus.

Doktor Winston hõõrus käeseljaga silmi. Ta võttis tooli ja istus, toetades küürnanuki mikroskoobilauale.

„Esimene diapositiiv, mida te vaatasite – *streptococcus pyogenes*, see ussikeste moodi bakter, eritab inimorganismi sattudes mitmeid ohtlikke mürke. Üks neist mürkidest põhjustab sarlakeid."

„Ta ei surnud sarlakitesse, doktor. Sümptomid on valed," ütles Hunter.

„Kannatust, Robert."

Hunter heitis käed alla andes taeva poole.

„Teine mürk, mida see bakter võib eritada, tekitab nekrootilist fastsiiti."

„Ja mis see on?" küsis Garcia.

„See on põrgulik haigus," vastas Hunter, laup murelikult kipras. „Lihasööjabakter."

„Nii seda rahvasuus tuntakse jah," kinnitas doktor Winston.

„Oot, oot, oot," lausus Garcia, tehes kätega aeg-maha-märgi. „Kas ma kuulsin õigesti? Kas te ütlesite lihasööjabakter?"

Doktor noogutas, aga enne kui ta jõudis midagi öelda, hakkas Hunter selgitama.

„Seda väljendit kasutatakse laialdaselt, aga see pole tegelikult õige, kuna bakter, mis seda põhjustab, ei söö tegelikult liha. See on naha ja nahaaluse koe sügavamate kihtide haruldane nakkus. See hävitab nahka ja lihaseid mürkide vallandamisega, ent üldine mulje on selline, nagu söödaks haiget seestpoolt väljapoole."

Garcia värises ja taganes mikroskoobi juurest eemale. „Kust sa seda tead?" küsis ta Hunterilt.

„Ma loen palju." Vastusega kaasnes õlakehitus.

„Väga tubli, Robert," ütles doktor Winston naeratades ja jätkas ise. „Haigel tekivad gripilaadsed sümptomid, mis arenevad kiiresti väga tugevaks peavaluks, vererõhk langeb ja tekib tahhükardia. Nahale hakkavad seejärel tekkima äärmiselt valulikud suured limaga täidetud villid ja päikesepõletusele sarnanev lööve.

Haigel tekib toksiline šokk, ta on vahelduva eduga teadvusel. Tervis halveneb välgukiirusel ja siis … saabub surm." Garcia ja Hunter vaatasid surnukeha. Kõik villid olid katki, paljastades kuivanud ja koorikulised haavandid.

„2004. aastal hakkas aina sagedamini esinema selle haiguse haruldast, ent veelgi tõsisemat vormi, ning suur osa neist juhtumitest oli siin, Californias," jätkas doktor. „Nendel juhtudel avastati, et haigust põhjustav bakter oli *staphylococcus aureus*'e tüvi – ent palju ohtlikum tüvi."

„See oligi see teine diapositiiv, rohelised ümmargused asjandused?"

Doktor Winston noogutas.

„Ma mäletan seda lugu," sõnas Hunter. „Meediakajastust see eriti ei saanud. Ainult väike uudisnupp ajalehtedes."

Doktor Winston tõusis ja läks lahkamislaua juurde. Garcia ja Hunter jälgisid teda.

„Haigus kulgeb järgmiselt: bakter satub organismi ja hakkab paljunema. Mida rohkem baktereid, seda rohkem mürke. Mida rohkem mürke nad eritavad, seda kiirem ja valulikum on surm. Meie ohvri õnnetuseks paljunesid need väikesed raiped nagu jänesed. Nende arv võib mõne tunniga kahekordistuda."

„Kas seda on võimalik ravida?" küsis Garcia.

„Jah, kui see õigel ajal avastada, aga seda juhtub harva just seetõttu, et bakter levib kiiresti."

„Kuidas sellesse nakatutakse? Kuidas bakter organismi satub?"

„Kummalisel kombel elab see bakter tihti terve inimese nahal või ninas."

Garcia pani käed nina peale, nagu kavatseks nuusata. Hunter naeris tahtmatult.

„See on uinuvas olekus," selgitas doktor Winston naeratades. „Aga bakter võib kergesti nakatada lahtist haava. Vahel saadakse see haiglas nakatunud lõikusehaavade kaudu."

„Oh, kui rahustav," naljatas Garcia.

„Nekrootiline fastsiit on üks inimkonnale teadaolevaid kiiremini levivaid nakkusi. Tavaliselt kulub esimeste sümptomite tekkimisest surmani kolm kuni viis päeva. Meie ohvri puhul, ja te kindlasti ilmselt juba oletasite seda, süstis mõrtsukas talle *staphylococcus aureus*'e bakterit."

Tekkis sünge vaikus. Mida see mõrtsukas veel välja mõtleb? „Aga koerte võiduajamine oli kõigest kaks päeva tagasi. Kuidas mingi haigus saab nii kiiresti reageerida?" küsis Garcia pead vangutades.

„Koerte võiduajamine?" Doktor Winston kortsutas kulmu. Garcia heitis tõrjuvalt käega. „Liiga keeruline praegu selgitamiseks, doktor."

„Igatahes, nagu öeldud, paljuneb bakter kiiresti, ja mida rohkem seda on, seda rohkem see halba teeb. Meie ohvrile süstiti seda meeletus koguses, ja otse vereringesse. Kümne kuni kaheteistkümne tunniga sai tervest inimesest poolsurnu."

Doktor Winston läks elundialuse juurde. „Tema maks ja neerud olid 35 protsendi ulatuses hävinud. Ka süda, soolestik ja söögitoru olid tugevasti kahjustatud ning see selgitab ka köhides suust pritsinud verd, kuna tal oli tugev sisemine verejooks, kui me ta pargist leidsime. See oli arvatavasti tema organismi viimane lahing enne surma."

Garcia krimpsutas nägu, meenutades pargis nähtut.

„Üks asi veel," jätkas doktor.

„Mis siis?"

„Ohvri mõlema käe küüned on katki, nagu oleks ta üritanud end kusagilt välja kraapida. Arvatavasti puidust kastist."

„Pinnud küünte all?" järeldas Hunter.

„Jah. Selle all, mis küüntest alles on, ja ka sõrmeotstes."

„Puidu analüüs?" küsis Garcia innustudes.

„Tavaline männipuit. Väga levinud. Mõrtsukas võis ta tavalisse riidekappi kinni panna."

„Miks pidi mõrtsukas seda tegema, kui oli talle juba baktereid süstinud ja surm oli kindel?" küsis Garcia uudishimulikult.

„Et protsessi võimalikult palju kiirendada," vastas Hunter esimesena.

Garcia kortsutas kulmu.

„Kui inimene on paanikas, lööb süda kiiremini. Veri liigub kiiremini ja bakter levib samuti kiiremini."

„Õigus," kinnitas doktor Winston noogutades.

„Ja mis oleks lihtsam moodus inimest paanikasse ajada, kui naelutada ta puidust kirstu."

„See mõrtsukas tunneb seda tapmisevärki paremini kui keegi teine, kellega ma olen eales kokku puutunud," sõnas doktor surnukeha silmitsedes.

„Nii et kui me oleksime varem parki jõudnud?" küsis Garcia.

„Vahet poleks. Meie ohvri saatus oli määratud sellest hetkest alates, kui mõrtsukas talle baktereid süstis," ütles Hunter. „See oli tema plaani osa. Midagi ei jäänud juhuse hoolde."

„Kuidas sellist bakterit üldse kätte saab? Kust mõrtsukas selle saada võis?"

Doktor Winston ja Hunter mõistsid, mida Garcia silmas peab. Mõrtsukal pidi olema juurdepääs bakteritele haiglas või laboris. Nad võivad kontrollida külastajate ja töötajate andmeid ja ehk isegi midagi leida.

„Häda on selles, et kõikides California haiglates ja laborites on see bakter arvatavasti olemas," selgitas doktor. „Nagu öeldud, paljuneb see ääretult kiiresti ja mõrtsukal piisas vaid mõnest piisast nakatunud verest. Mitte keegi poleks selle kadumist tähele pannud. Mitte keegi poleks sellest teatanud. Bakterite paljundamine ja mõne tilga nakatunud vere muutmine meie ohvrile süstitud surmavaks koguseks on samuti väga lihtne. See oli väga nutikas surm. Kui tead, mida teed, pole seda keeruline ellu viia, aga samas on väga keeruline algallikat leida."

„Nii et nõel heinakuhjas?"

Doktor Winston noogutas.

„Me uurime sellegipoolest asja," sõnas Hunter. „Praegu ei jäta ma midagi tähelepanuta."

„Miks mõrtsukas ei oodanud, kuni ohver sureb nagu kõik eelmised, enne kui sellest teatas?" küsis Garcia.

„Šokiefekt," vastas Hunter rahulikult. „Lihasööjabakteri tõttu surev inimene on väga häiriv ja meeldejääv vaatepilt. Villid lõhkevad, mäda ja lima voolab välja, ohvri silmadest, ninast, kõrvadest, igemetest immitseb verd ... mädahais, kindel surm. See on tema etendus. Ta uhkustab. Ja kõik see suurendab minu süümepiinu. Ta tahtis, et ma näeksin, mida tegin, kui valisin vale koera."

„Mis koerast te siin räägite?" küsis doktor hämmeldunult.

Hunter selgitas, mis oli juhtunud. Et nad oleksid äärepealt ohvri päästa saanud.

„Usud, et mõrtsukas oleks ta tõesti ellu jätnud, kui sa oleksid võitja valinud?"

„Ma ei tea," vastas Hunter pead vangutades. Tekkis ebamugav vaikus.

„Mida ta võttis?" küsis Garcia lõuga hõõrudes.

„Mis mõttes?" küsis doktor Winston ebakindlalt.

„Te ütlesite, et see mõrtsukas eemaldab ohvrilt alati mingi kehaosa, nagu trofeeks."

„Ah jaa." Doktor kergitas väikest valget lina, paljastades ohvri kubemepiirkonna.

„Issand halasta!" Garcia pani käed suu peale. Ta teadis, et seda oli tehtud siis, kui ohver oli elus.

Poole minuti pärast sõnas Hunter: „Las ma pakun. Kriminalistid ei leidnud autost midagi?"

„Ahaa!" vastas doktor, tõstes rõõmsalt naeratades parema käe nimetissõrme. „Nad leidsid juuksekarva. Ja see ei kuulu ohvrile."

Kolmkümmend

Reede õhtul Vanguardi klubi sissepääsu juurde jõudes nägi Garcia üllatusega pikka järjekorda.

„Uskumatu, et see klubi on rahvast täis. See pidavat olema tohutu."

„Klubi polegi täis," vastas Hunter veendunult.

„Kust sa tead?"

„See on psühholoogiline trikk," jätkas Hunter. „Kui pead järjekorras ootama, tõusevad sinu ootused klubile. Sa kibeled rohkem sisse pääsema. Rahvarohke klubi tähendab üldjuhul head klubi."

„Tõsi."

Nad läksid järjekorras seisvatest inimestest mööda otse kahe lihaselise uksehoidja juurde.

„Vabandust, härrased, te peate seisma järjekorras nagu kõik teised," ütles üks uksehoidja, pannes käe Garcia õlale.

„Oo ei, vaata, meil on erilised VIP-pääsmed," sõnas Hunter naljakal häälel ja näitas oma ametimärki.

Uksehoidja uuris Hunteri ametimärki ja võttis käe Garcia õlalt ära. „Kas on mingeid probleeme, uurija Hunter?"

„Ei, me otsime üht inimest."

Uksehoidjad vahetasid mureliku pilgu. „Me ei taha mingeid jamasid."

„Meie ka mitte, nii et kui te eest ära tuleksite, oleks algus juba hea," sõnas Hunter, puurides uksehoidjat kindla pilguga. Mees taganes pilku ära pööramata sammu paremale ja avas ukse.

„Kena õhtut, härrased."

Uurijad astusid luksuslikku fuajeesse. Muusikatümakas avaldas kohe muljet. See oli vali, väga vali. Ruumis seisis käputäis inimesi, osa tantsis, osa lobises. Hunter ja Garcia läksid nende vahelt suurde tantsusaali.

Muusika oli siin kaks korda valjem kui fuajees ja Hunter pistis tahtmatult näpud kõrva.

„Mis viga, papi, ei kannata noorema põlvkonna muusikat?" küsis Garcia küünilise muigega.

„Muusika? See on … vali korduv tümpsuv müra. *Heavy metal* on iga kell parem."

„See koht on tohutu!" ütles Garcia, kui nende ees avanes tuhande üheksasaja ruutmeetrise klubi hiiglaslik majesteetlik tantsuplats. Hunter ajas silmad suureks, et seda kõike hoomata. Tantsupõrandal oli värvikas energiline seltskond, kes liikus uusimate *drum'n'bass*-i ja *dirty*-funki lugude rütmis. Klubi tuled ja laserid heitsid tantsivale massile igasugu kujundeid. Õhustik Vanguardis oli kaasakiskuv. Inimesed tulid siia lõbutsema ja seda oli näha. Hunter ja Garcia ei olnud tulnud siia siiski nautima või lõbust osa saama, neil oli vaja leida D-King.

Tantsupõrandast vasakul nägid nad väikest köiega eraldatud treppi, mis viis ülemisele korrusele.

„Seal," ütles Hunter trepile osutades. „See peab olema VIP-ala."

Garcia noogutas ja kortsutas kulmu, nähes trepi all valves seismas kahte professionaalse vabamaadleja välimusega uksehoidjat. Hunter otsis pilguga ülevalt D-Kingi. Toimikus, mille nad prokuratuurist said, oli kõik, mida tuntud diileri kohta vaja teada, sealhulgas mitu fotot. Hunter märkas teda peagi mugavalt nelja naise keskel istumas.

„Ma näen teda, viimane laud paremal," ütles Hunter VIP-alale osutades.

Nad läksid üle tantsupõranda ja läbi rahvamassi, saades siit-sealt mükse ja võmme. Kena brünett pani käed ümber Hunteri kaela, kui viimane naisest möödus.

„Mmm, mulle meeldivad lihaselised mehed," ütles ta, tõmmates Hunterit lähemale. „Ja sul on ilusad sinised silmad. Tantsi minuga, ilus poiss." Ta suudles Hunterit kirglikult, keereldes koos temaga.

Hunteril kulus mõni sekund, et oma suu vabaks saada. Ta nägi isegi sähvivas valguses naise laienenud pupille.

„Kohe tantsin, musike. Pean enne vetsu minema." Ta tõi esimese ettekäände, mis pähe torkas.

„Vetsu? Kas tahad seltsi?" Naise pilk vajus tema kubeme peale.

Hunter naeratas brünetile enesekindlalt. „Seekord mitte, musike."

„Pede," sisistas naine, kui Hunter minema läks ja ta uut saaki otsima jättis.

„Ta tundus kena ... stiilne," kommenteeris Garcia. „Võib-olla tuled pärast tagasi ja teed temaga ühe „mõnusa aeglase kepi seina vastas"."

Hunter eiras paarimehe sarkasmi, kui nad lähenesid eksklu-siivsele ülemisele tasandile viivale trepile ja kahele turvamehele.

„Vabandage, härrased, aga see on ainult VIP-idele," ütles üks neist uurijate peale ülevalt alla vaadates.

„Pole midagi, me olemegi VIP-id," vastas Garcia, näitas ametimärki ja ootas, et Hunter sama teeks.

„Härrased, te ei saa ju oma ametimärkide abil lihtsalt igale poole sisse tungida," ütles pikem kahest lihasmäest, silmitsedes ainiti Garciat.

„Kas me oleme seda nägu, et tulime siia lõbutsema?" sekkus Hunter. Mõlemad turvamehed suunasid pilgu temale. „Me tulime kellegagi kohtuma," jätkas ta.

„Ja kes see võiks olla?"

„Tulime kohtuma härraga PoleTeieAsiRaisk. Astuge nüüd eest või ma vahistan teid politseijuurdluse takistamise eest." Hunteri hääl oli ähvardav ja kindel. Ootamata, et turvamehed eest läheksid, astus Hunter nende vahele ja pressis end läbi, Garcia kannul.

Jerome oli trepile kõige lähemast lauast toimuvat jälginud. Kui kaks uurijat VIP-tasandile astusid, tõusis ta, et neid takistada.

„Kas saan teid aidata?"

„Mida kuradit? Sel tüübil on rohkem turvamehi kui Ameerika Ühendriikide presidendil," tähendas Hunter, keerates pea Garcia poole, ent vaatas seejärel Jerome'ile silma. „Ei, sa ei saa mind aidata, hiiglane, pean sinu bossiga rääkima," vastas Hunter, osutades D-Kingi laua suunas.

Jerome silmitses liigahtamata kahte meest enda ees.

„Hästi. Me võime teha seda siin mugavas VIP-saalis või siis läheme kogu selle kuramuse tsirkusega jaoskonda ja korraldame tõelise peo. Sinu otsus, suur poiss."

Jerome vaatas veel paar sekundit kahte meest ja pöördus siis D-Kingi poole, kes hakkas selle asja vastu huvi tundma. Ta noogutas Jerome'ile kergelt.

„Vabandage mind, tüdrukud, mul on vist natuke tööasju ajada – minge tantsige, eks?" ütles D-King neljale vapustavale naisele oma lauas. Nood tõusid, kõik pilgutasid möödudes Hunterile ja Garciale seksikalt silma ning naeratasid kutsuvalt. Garcia nägu lõi iga naeratuse peale särama, pilk järgnes naistele.

„Kui mõni neist teile meeldib, võin teie eest kosta," ütles D-King laia naeratusega, tuues nähtavale valged säravad hambad.

Hunter pani tähele, et tal oli ülemise vasaku lõikehamba peal väike briljant.

„Mis asja? Oo ei, ei. See pole nii," vastas Garcia kohmetult. „Muidugi mitte. Palun võtke istet. Šampanjat?" küsis D-King, osutades jää-ämbris olevale pudelile.

„Meile mitte, tänan väga."

„Nii, kuidas ma teid siis aidata saan?"

D-King oli väga kena mustanahaline mees. Ainult kolmekümne ühe aastane, sada seitsekümmend kolm sentimeetrit pikk, paljaks aetud pealaega. Tema tumepruunid silmad olid rabavad ja nägu jõuline, ent samas tahutud. Tal oli seljas tume viskoosülikond ja valge siidsärk, mille kaks ülemist nööpi olid lahti, tuues nähtavale kaks jämedat kuldketti.

„Mina olen uurija Hunter ja see on uurija Garcia," ütles Hunter, ametimärk peos.

D-King ei tõusnud ega teinud katset neile kätt anda. Jerome oli läinud oma bossi kõrvale.

Hunter ja Garcia istusid D-Kingi vastu, seljaga tantsupõranda poole. Tühja juttu polnud vaja ajada. Hunter võttis taskust arvutiga tehtud foto ja pani selle lauale nende ette.

„Kas te tunnete seda naist?"

D-King langetas pilgu fotole ja uuris seda kätte võtmata mõne sekundi. „Te ei armasta keerutada, uurija Hunter? Mulle see meeldib."

Hunteri näoilme ei muutunud.

„See on arvutipilt," ütles D-King veidi üllatunult.

„Jah!"

„Ja miks?"

„Kahjuks ei saa ma seda infot avaldada."

„Kahjuks ei saa ma teid aidata." Vastus tuli peaaegu kohe.

Uurijad vahetasid kiire pilgu. „Kuulge, härra Preston, see on väga tähtis ..."

„Õde Joan kutsus mind algkoolis härra Prestoniks ..."
D-King tõstis parema käe ja takistas Hunterit enne, kui viimane
jõudis lause lõpetada, „... teie võite mulle öelda D-King."
Hunterile ei meeldinud vahelesegamine. „Nagu öeldud,
on asi väga tähtis."
„Kindel see, aga ma ütlen teile, kuidas see asi käib. Kui te
tahate, et ma teid aitaksin, peate mulle midagi vastu andma,
kallike. Ma olen ärimees, mul pole aega mingit jama ajada ja
siin te midagi tasuta ei saa."
Hunterile ei meeldinud läbirääkimised, eriti mitte selliste
inimestega nagu D-King, aga ta teadis ka, et tal pole valikut.
Ta oli jälginud D-Kingi ja Jerome'i reaktsiooni, kui nood laual
olevat pilti silmitsesid. Ta teadis, et nad tundsid naise ära. Kui
ta nende abi tahab, peab ta mänguga kaasa minema.
„Ta on surnud. Tapeti väga kohutavalt moel, ja tema
nägu ..." Hunter otsis mõtetes õiget sõna. „Seda pole võima-
lik tuvastada. Pidime kasutama spetsiaalset arvutiprogrammi,
et oletada, milline ta võis välja näha."
D-King vaatas veel natuke aega Hunterile otsa ja võttis
siis foto kätte. Ta uuris seda mõne sekundi. Hunter oli kindel,
et D-King tundis naise fotol ära, aga midagi oli veel. Mingi
varjatud emotsioon.
„Miks te arvate, et ma seda naist tunnen?"
Hunter teadis, mida teine üritab. „Kuulge, P-Diddy ..."
„D-King ..."
„Vahet pole. Mind ei huvita teie ega see, millega te tegelete.
Mida iganes ebaseaduslikku te teete, olen kindel, et seadus võtab
teid peagi vahele, aga täna pole see päev. Te ehk ei usu seda,
aga te pole selles juurdluses kahtlusalune. Inimene, kes tappis
selle naise, tappis eile uuesti, ja ta jätkab tapmist seni, kuni me
ta tabame. Naise isik võib anda meile aimu, kes see koletis on.
Kui ta on üks teie lõbutüdrukutest ..."

„Üks minu lõbutüdrukutest?" sekkus D-King taas. Ta ei kavatsenud tunnistada, et ajab seksiäri.

„Kui tahate, mängige lolli, aga praegusel ajahetkel võiksite te minu poolest olla maailma kõige suurem kupeldaja, mind see ei huvita. Me oleme mõrvarühmast, mitte narkoosakonnast." D-King pani foto lauale. „Vinge kõne, uurija." Hunter tõmbas sügavalt hinge. Tema pilk oli suunatud mehele tema ees.

D-King nägi kohe võimalust tekkimas. „Kui te mu abi vajate, siis jõuame ehk mingisugusele kokkuleppele."

„Kokkuleppele?" Hunter teadis, mis tulemas on.

„Mul on aeg-ajalt vaja mundrikandjate abi. Mina aitan teid, teie aitate mind, ja kõik on rahul. See võib olla mõlemale osapoolele väga tulus partnerlussuhe."

Garcia taipas alles siis, mida D-King silmas peab. Vastupidi Hunterile ei suutnud tema end talitseda.

„Keri persse! Keegi piinas su tüdrukut ja tappis ta ära ning sind ei huvita? Arvasin, et sa kaitsed neid, oled nende eestkostja. Kas kupeldajad mitte seda ei tee?" Garcia nägu lahvatas punaseks. Tema hääl oli vihane ja vali, nii et naaberlaudades istujad pöördusid nende poole. „Ja nüüd kasutad tema surma ära, et meid oma palgale saada? Kah mul kuningas!* Äkki peaksid muutma nime D-Luuseriks." Garcia tõusis ja ootas, et Hunter sama teeks. Hunter istus endiselt.

Garcia veiderdamine ajas D-Kingi naerma. „Jätke nüüd, te ei hakka ju ometi head ja halba võmmi mängima, ega? Kas peate mind narriks? See jama toimib ainult filmides ja see siin pole film."

„Me ei mängi mingeid mänge," sõnas Hunter rahulikult, „aga see mõrtsukas mängib. Uurija Garcial on õigus. See

---

* *King* – kuningas (ingl k)

mõrtsukas võttis teilt ühe teie lõbutüdruku ja jättis teile suveniiriks ilusa suure keskmise sõrme." Hunter nõjatus ettepoole, toetades küünarnukid lauale. „Meie ei pea teid narriks, aga mõrtsukas küll peab. Ta naerab teie üle ja mind see ei üllata. Ta tuli teie territooriumile, röövis ühe teie tüdruku ja te isegi ei teadnud seda. Kas te arvasite, et ta läks reisile? Mis saab, kui mõrtsukas otsustab veel mõne teie tüdruku röövida? Võib-olla mõne neist, kes äsja teie juures istus?"

D-King vaatas rahulikult Hunterile otsa.

„Niisiis," jätkas Hunter, „kas te lihtsalt istute seal ja teete näo, et kõik on kombes, teie valitsete olukorda, teie olete ikka kuningas? Me tahame vaid tema nime teada, kas või ainult selleks, et perekonnale tema surmast teatada."

Hunter ootas reaktsiooni, aga seda ei tulnud. Ta teadis, et D-King oli naise arvutifotolt ära tundnud ja see oli tohutu samm õiges suunas. Ta saab lihtsasti välja selgitada, kes see naine on, kuna teab nüüd, kust otsida. D-Kingi koostöö polnud enam oluline. Hunter tõusis samuti.

„Uurija," hüüdis D-King, kui nad trepi juurde jõudsid. Hunter pöördus taas tema poole. D-King viipas Jerome'ile, kes võttis pintsakutaskust foto ja pani selle lauale arvutifoto kõrvale. Uurijad istusid ja võrdlesid fotosid. Sarnasus oli kõhedust tekitav.

„Tema nimi on Jenny Farnborough. Ma otsin teda eelmisest reedest saadik."

Hunter tundis, et veri hakkab keema. „Kas te siis nägite teda viimati?"

„Jah. Eelmisel reedel siinsamas."

„Siin?" küsis Garcia innukalt.

„Jah, me istusime samas lauas. Ta ütles, et peab minema tualettruumi meiki kohendama või midagi. Tagasi ta ei tulnud."

„Mis kell see oli?"

D-King kergitas Jerome'i poole kulme.

„Hilja, kahe või veerand kolme paiku öösel," vastas Jerome.

„Nii et te arvate, et ta rööviti siit klubist?" küsis Hunter rahulikult.

„Tundub nii."

„Võib-olla ta tundis oma röövijat, see oli keegi, kellega ta oli varem koos olnud."

D-King raputas pead. „Isegi kui ta sattus kokku mõne tuttavaga, poleks ta lihtsalt klubist minema läinud, vaid tulnud mulle ütlema. Jenny oli hea tüdruk."

Hunter vaikis hetke, kaaludes, kui palju ta ohvri kohta infot avaldama peaks. „Ta uimastati. Korgijook. Olete sellest kuulnud?"

D-King naeratas nagu automüüja. Ta teadis, et Hunter pole nii naiivne. „Jah, ma tean, mis see on. Kas seda kasutatigi?"

„Jah."

„Te ütlesite, et teda piinati?" küsis Jerome.

„Jah."

„Mida see täpsemalt tähendab?"

Hunter silmitses laual lebavaid fotosid. Silme ette kerkis naise moonutatud alasti keha, mis oli seotud puidust lattide külge.

„Mõrtsukas tahtis, et ta piinleks võimalikult palju. See polnud halastussurm, ei olnud lasku pähe, nuga südamesse. Mõrtsukas soovis, et ta sureks aeglaselt." Hunter ei näinud põhjust tõtt varjata. „Ta nüliti elusast peast ja jäeti surema."

„Mis asja?" Jerome'i hääl kerkis poole oktaavi võrra.

Kumbki uurija ei vastanud.

D-King üritas raevu varjata, aga see põles tema silmis. Tema vaimusilma ette ilmus kohe kujutluspilt Jennyst, üksinda, piinatuna, palumas halastust, karjumas appi. Ta üritas pilti asjatult eemale peletada. Kui ta suu avas, oli tema hääles selge viha. „Kas te olete usklik inimene, uurija?"

Küsimus üllatas nii Hunterit kui ka Garciat. „Mis siis?"

„Sest kui olete, paluge jumalat, et teie leiaksite Jenny mõrtsuka enne mind."

Hunter sai D-Kingi vihast aru. Hunter pidi tegutsema seaduse kohaselt ja järgima protokolli, aga D-Kingil olid vabad käed. Mõte, et D-King tabab mõrtsuka enne teda, oli isegi ahvatlev.

„Me peame nägema tema ... klientide nimesid, kõigi, kellega ta viimase poole aasta jooksul koos oli. Mõrtsukas võib olla keegi neist."

D-King naeratas taas imalalt. „Te meeldite mulle, uurija Hunter, te lahutate mu meelt." Ta vaikis. „Mul pole aimugi, millest te räägite. Kliendid ...?"

Hunter teadis, et ei suuda D-Kingilt Jenny klientide nimesid välja pigistada.

„Te ütlesite, et tahate teada tema nime, ja nüüd te teate seda. Kahjuks ei saa ma teid rohkem aidata," sõnas D-King trepi poole viidates. Uurijad tõusid sõnatult. Hunter võttis laualt mõlemad fotod. „Üks asi veel," ütles ta ja võttis taskust paberilehe.

D-King vaatas teda tülpinud ilmel.

„Kas te olete kusagil sellist sümbolit näinud?"

D-King ja Jerome uurisid kummalist joonistust. Jerome raputas pead.

„Ei, ei ole," kinnitas D-King. „Kuidas see Jenny surmaga seotud on?"

„See leiti tema surnukeha lähedalt," valetas Hunter.

„Ja veel ..." sõnas Garcia. „Kas te teate, kust Jenny pärit oli? Peame ta vanematele teatama."

D-King vaatas Jerome'i poole, kes kehitas õlgu. „Ma ei tee taustakontrolli, aga ta oli vist kusagilt Idahost või Utah'st."

Garcia noogutas ja järgnes Hunterile. Kui nad trepi juurde jõudsid, pöördus Hunter veel korra D-Kingi poole. „Kui te leiate mõrtsuka enne meid ..."

D-King silmitses teda ainitisel pilgul.

„Pange ta kannatama."

D-King ei vastanud, vaatas vaid, kuidas uurijad VIP-alast lahkusid ja tantsijate sekka kadusid.

Kolmkümmend üks

„Mida see debiilik Culhane sulle telefonis Jenny kohta ütles?" küsis D-King, pöördudes Jerome'i poole kohe, kui uurijad silmist kadusid.

„Oli kontrollinud surnukuurist, haiglatest ja kadunud isikute andmebaasist ega leidnud midagi."

„Täiesti kasutu sitajunn. Ja me maksime talle selle eest?"

Jerome noogutas.

„Ütle tüdrukutele, et me lahkume varsti, aga enne seda too siia see baarmen, kellega Jenny vahel lobises, see pikkade juustega."

„Jah." Jerome vaatas, kuidas D-King ühe sõõmuga pool pudelit šampanjat ära jõi. „On kõik kombes, boss?"

D-King viskas tühja pudeli lauale, lüües pikali mitu klaasi ja äratas sellega soovimatut tähelepanu. „Mida kuradit te vahite?" karjus ta lähimas lauas istujaile. Neli inimest pöörasid kähku selja.

„Ei, ei ole kombes," sõnas D-King taas Jerome'i poole pöördudes. „Tõtt-öelda on asi sellest väga kaugel, Jerome. Keegi röövis minu nina alt ühe mu tüdruku. Kui uurijate jutt tõele vastab, siis teda piinati ja ta tapeti." Tema näol oli põlglik ilme. „Nüliti elusast peast, Jerome. Ütle mulle nüüd, milline napakas raibe on nii segane, et ühe minu tüdrukuga nii teeb?"

Jerome kehitas õlgu, muudmoodi ta vastata ei osanud.

„Ma ütlen sulle, milline ... surnud raibe, vaat mis. Ma tahan selle mehe kätte saada, kuuled? Ma tahan teda elusast peast, et saaksin talle näidata, mida piinamine tegelikult tähendab." D-King pani parema käe Jerome'i kaela ümber ja tõmbas tema näo enda oma juurde. „Iga hinna eest, neeger, saad aru? Iga hinna eest, raisk."

Kolmkümmend kaks

Arusaamine, et mõrtsukas oli käinud Vanguardi klubis vaid mõni päev tagasi, ajas Hunteril harja punaseks. Ta otsustas, et nad peaksid siin veidike aega veetma. Mõrtsukas oli siin käinud, pindu katsunud, näidanud end teistele inimestele, võib-olla kellegagi isegi rääkinud. Ta oli Jenny kuidagimoodi VIP-ala ja naiste tualeti vahel uimastanud ning seejärel ta kahtlusi äratamata klubist välja tassinud – või kas ikka oli?

Hunter puudutas Garcia kätt, et paarimehe tähelepanu köita, ja osutas madalale laele. „Kas sa näed sama, mida mina?"

Garcia vaatas lakke, järgides Hunteri väljasirutatud nimetis-sõrme. „Turvakaamera!"

„Bingo."

„Vabandust!" ütles Hunter, minnes tagavaraväljapääsu juures seisva turvamehe poole. „Kus teie turvakaamerate kontrollruum on?" küsis ta, näidates lihaselisele mehele oma ametimärki.

„Teisel korrusel, juhataja kabineti kõrval."

„Kas saaksite näidata, kus see on? Pean osasid teie salvestusi nägema."

Uurijad läksid turvamehe kannul tantsijate vahelt klubi läänepoolsesse otsa. Kitsas trepp viis teisele korrusele kitsasse koridori. Nad suundusid teise ukse juurde paremal, millel oli silt KONTROLLRUUM. Sees istus väikeste teleekraanide ees valvur. Tal oli käes korralikult neljaks murtud ajaleht, pealmine oli ristsõnalehekülg. Hunter pani tähele, et mees polnud veel ühtegi sõna kirja pannud.

„Tere, Stu," ütles turvamees.

Valvur ei tõstnud pead. „Emotsionaalne vapustus, kuus tähte, algab t-tähega, on sul aimu, mis see võiks olla?" Mehe paremas käes oleva pastaka ots oli köndiks näritud.

„Trauma." Seda ütles Hunter.

Valvur tõstis viimaks üllatunult pilgu ajalehelt, taibates, et Tarik pole üksi. Ta pani ajalehe käest ja ajas end toolil sirgu. Hunter tutvustas end ja Garciat ning näitas ametimärki.

„Pean enne juhatajalt küsima," vastas Stu, võttes telefonitoru, kui Hunter oli selgitanud nende ootamatu visiidi põhjust.

Hunter ei vaielnud vastu ja kuulas, kuidas valvur kähku telefonis oma ülemusele olukorda kirjeldas.

„Olgu, söör. Me ootame," ütles ta toru käest pannes.

„Noh?" küsis Hunter.

„Ta tuleb siia."

Hunter silmitses väikeseid monitore Stu laua ees. „Palju kaameraid kokku on?"

„Üks iga baari kohal, üks tantsupõranda sissepääsu juures, üks tagavaraväljapääsu kohal, üks kummaski koridoris, mis viivad tualettruumidesse, kolm tantsuplatsi kohal ja kaks VIP-ala juures," vastas Stu, osutades iga kaamerat mainides eri monitorile.

Uks avanes ja sisse astus laitmatus peenetriibulises ülikonnas mees. Ta oli umbes sada kuuskümmend kolm sentimeetrit pikk ja noorukiea tugev akne oli muutnud tema kahvatu näo auguliseks nagu käsna. Tihedad puhmas kulmud andsid talle multifilmitegelase välimuse. Ta tutvustas end kui Tevez Lopezit, turvaülemat.

„Peame nägema kõiki teie turvakaamera salvestisi eelmisest reedest," ütles Hunter, raiskamata aega mõttetute selgituste peale.

„Mida me täpsemalt otsime?"

„Eelmisel reedel rööviti üks noor naine. Meil on põhjust uskuda, et siit klubist. Peame neid salvestisi kontrollima." Tevez ja Stu olid üsna mureliku moega. „See võib olla probleem, uurija," sõnas Tevez.

„Miks?"

„Me hoiame salvestisi alles kaks, kõige rohkem kolm päeva. Eelmine reede on kustutatud."

„Mis asja? Miks?" küsis Garcia pahaselt.

„Meil pole vajadust neid alles hoida," vastas Tevez ükskõikselt. „Kui mingeid probleeme ei ole, keegi ei kakle, kassast pole raha kadunud, mingeid uimastitega seotud vahejuhtumeid ei ole, pole mõtet salvestusi alles hoida. Vaadake, uurija, praegusel ajal on kõik digitaalne. Meil on umbes kolmteist kaamerat, mis salvestavad iga öö kaksteist kuni viisteist tundi, ja see kasutab paganama palju kõvaketta mahtu. Alles siis, kui oleme veendunud, et öö möödus rahulikult, kustutame salvestise, et teha ruumi uutele."

Uurijad olid Tevezi kuulates jahmunud. Tõenäoliselt ainus salvestis mõrtsukast oli kustutatud selleks, et kõvakettale ruumi teha. Hunter teadis, et teist samasugust võimalust ei tule. Ta pöördus monitoride poole.

„Ja väljatrükki teil pole?" küsis Garcia.

„Ei, nagu öeldud, pole vajadust."

„Oot, kas saate seda kaamerat suumida?" Hunter osutas ülemisele vasakule monitorile.

„Ikka." Stu keeras oma laual mingit nuppu ja monitori pilt muutus kolm korda suuremaks.

„Kes see on?" Hunter osutas pikajuukselisele mehele, kes istus VIP-alas. D-King ja Jerome istusid tema ees.

„See on Pietro, üks meie baarmen, aga ta ei tohiks VIP-alas viibida," vastas Tevez.

„Peame temaga rääkima."

„Jah, kas kutsun ta kohe siia?"

Hunter vaatas kontrollruumis ringi. See polnud küsitlemiseks sobiv koht. „Kas teil on mõnda muud ruumi, mida kasutada saaksime?"

„Võite kasutada minu kabinetti koridori lõpus."

„Oodake, kuni ta on lõpetanud nende isikutega rääkimise, ja kutsuge ta siis siia. Me ootame teie kabinetis." Hunter ei tahtnud, et Tevez teaks, et nad olid D-Kingiga juba kohtunud. Tevezi kabinet oli väike, aga hästi sisustatud. Ruumi tagumises otsas oli ruudukujuline mahagonlaud. Sellest paremal oli neoonvärvides akvaarium, mis andis kabinetile isikupära. Riiulitel, mis katsid idapoolset seina, olid fotod ja raamatud. Tantsuplatsilt kostev vali muusika oli küll summutatud, ent siiski kuulda, nii et põrand nende jalge all vibreeris kergelt, ent katkematult. Nad olid oodanud umbes viis minutit, kui Pietro sisse astus.

„Härra Lopez ütles, et te tahate minuga rääkida," ütles ta pärast seda, kui oldi end tutvustanud.

„Jah. Millest te Bobby Prestoniga rääkisite?" Hunter ei näinud põhjust keerutama hakata.

Pietro näoilme andis mõista, et ta ei tunne seda nime.

„D-King, teie jutuajamine D-Kingiga," selgitas Garcia.

„Kas sellest naisest?" Hunter näitas Pietrole Jenny fotot.

Pietro oli selgelt närvis. Järsku esitasid nii D-King kui ka võmmid talle Jenny kohta küsimusi. „Jah, ta tahtis teada, kas ma rääkisin temaga eelmisel reedel."

„Ja kas rääkisite?"

„Jah, korraks."

„Kas mäletate, mis kell?"

„Kahe paiku öösel."

„Millest te rääkisite?"

Pietrol oli tunne, nagu oleks ta mingis ulmefilmis. D-King oli äsja samu küsimusi esitanud.

„Ei millestki olulisest. Ta tundus väsinud olevat ja ma küsisin, kas ta tahab midagi juua. Lobisesime umbes minuti. Pidin kliente teenindama."

„Kas ta võttis midagi juua?"

„Minu käest mitte, aga tal oli juba šampanjapokaal kaasas."

„Kas ta lahkus pärast teie vestlust?"

„Mitte kohe, natuke aega seisis baarileti ääres. Ütles, et tahab veidi hinge tõmmata. Nagu öeldud, ta tundus väsinud olevat."

„Kas te panite tähele, kas ta vestles veel kellegagi?"

Jälle sama küsimus, mille oli esitanud D-King. „Jenny on väga ilus naine. Selline naine reede õhtul üksinda baarileti ääres on meeste jaoks nagu magnet, nii et mehed teevad temaga alatasa juttu, aga üks tüüp ..."

„Mis temaga oli?"

„Ta tundus veidi teistsugune. Esiteks oli tal väga kalli moega ülikond. Siin ei kanna ülikonda eriti keegi peale ülemuste ja mõnede VIP-külaliste, eriti reede- ja laupäevaõhtuti. Ta üritas Jennyga liini ajada, aga see ei õnnestunud."

„Kust te teate?"

„See pole Jenny moodi. Ta lobiseb ja flirdib kõigiga, meeste ja naistega, aga ta pole selline tüdruk, kellele ööklubis lihtsalt külge kleepida. Mees vestles temaga mõne minuti ja siis lahkus."

„Milline see mees välja nägi?"

„Ma tõesti ei oska öelda. Mäletan, et ta oli pikk ja hästi riietatud, aga muus osas ..." Pietro raputas pead. „Mulle ei jää näod eriti hästi meelde."

„Kas te nägite Jennyt veel kellegagi rääkimas?"

„Ei mäleta küll, aga reede õhtu oli ja mul oli liiga palju tööd, et midagi tähele panna."

„Kas te olete seda pikka hästi riietatud meest näinud siin muul ajal ... enne või pärast eelmist reedet?"

„Vabandust." Pietro raputas taas pead. „Kui olengi, siis pole ta silma torganud. Mäletan teda reedest ainult sellepärast, et ta vestles Jennyga."

„Kas te teate, kas nad lahkusid koos?"

„Ma ei näinud, aga nagu ma ütlesin, pole see Jenny moodi."

„Kas Jenny tundus narko- või alkoholiuimas olevat?"

„Sugugi mitte, lihtsalt väga väsinud."

Hunter võttis kulunud nahast rahakotist nimekaardi. „Kui te seda pikka meest peaksite veel nägema, jätke kohe kõik muu sinnapaika ja helistage mulle, on selge?"

„Jah." D-King oli täpselt sama öelnud.

„Mu mobiilinumber on tagumisel küljel."

Pietro vaatas Hunteri kaardi mõlemat külge ja pistis selle tagataskusse. „Temaga on ikka hästi, eks?" küsis ta, õrnus hääles.

Hunter kõhkles hetke, aga tõe avaldamine ärgitaks Pietrot arvatavasti rohkem aitama. „Ta on surnud."

Pietro sulges korraks silmad. Tal oli raske uskuda, et ei näe enam kunagi Jenny naeratust ega tema sõbralikke silmi. Ta ei kuule enam kunagi naise leebet häält. „Ja te arvate, et see pikk mees tappis ta?"

„Me ei tea, aga tundub, et ta oli viimane, kes Jennyga vestles."

Pietro noogutas, nagu mõistaks, mida tegema peab.

Kolmkümmend kolm

Järgmine päev algas Hunteril ja Garcial sõiduga George Slateri koju Brentwoodis.

„Oo, väga ilus," ütles Garcia, imetledes vapustavat maja. Isegi Hollywoodi kõrgete standardite kohaselt oli maja muljet avaldav. See asus kitsa tänava lõpus tammede varjus. Ehissillused ja laitmatu valge fassaad tõid maja tänava teiste väärikate häärberite seas esile. Maja idaküljel vaatega imekaunile aiale oli eraldi seisev kahe auto garaaž.

„Advokaadina töötamisel on vist omad eelised," tähendas Hunter, parkides auto maja ette. Nad läksid mööda munakiviteed astmete juurde peaukse ees ja vajutasid videoekraanil helistamise nuppu.

„Jah," kõlas vastus mõni sekund hiljem.

Uurijad näitasid väikesesse kaamerasse oma ametimärke ja tutvustasid ennast.

„Palun oodake natuke." Hääl oli vaikne ja naiselik, aga Hunter märkas kerget värinat, mille põhjuseks oli tundidepikkune nutt.

„Muidugi mõista."

Nad ootasid kannatlikult peaaegu minuti, enne kui kuulsid lähenevaid samme. Uks avanes ja nad nägid enda ees väga ilusat naist, kelle kuldblondid juuksed olid kuklale krunni kinnitatud. Naise huulepulk oli helepunane ja meik kerge, aga mitte piisav, et varjata tumedaid varje kurbade pruunide silmade all. Hunter oletas, et ta on umbes kolmkümmend kaks. Naisel oli seljas kerge must õhulisest kangast kleit, mis sobis tema figuuriga suurepäraselt. Lein muutis ta väsinuks ja närviliseks.

„Tere!" Naisest õhkus pisut jahmatavat kerget üleolekut. Tema kehahoiak oli täiuslik.

„Tänan, et meid vastu võtsite, proua Slater. Loodetavasti ei ole see teile liiga ebamugav."

Catherine sundis end häbelikult naeratama ja astus eest. „Palun tulge edasi."

Majas oli tunda lõhnaküünalt, ehk jasmiini oma, ent õhk tundus külm ja isikupäratu. Seinad olid valged ja Hunter nägi veelgi valgemaid laike, kus olid rippunud fotod.

Naine juhatas nad ruumi, mis näis varem olevat olnud kabinet. Nüüd olid raamaturiiulid tühjad ning diivan ja tugitool kaetud valge linaga. Tuba oli hele, kuna päikese eest kaitsnud kardin oli maha võetud. Kõikjal oli pappkaste, mis veelgi täiendasid muljet kolimisest.

„Vabandust segaduse pärast," ütles naine, võttis linad mööblilt ja pani need akna all seisva suure puidust laua taha. „Palun istuge."

Hunter ja Garcia istusid diivanile, Catherine nende vastu tugitooli. Ta märkas Hunteri küsivat näoilmet ja vastas enne küsimust.

„Ma kolin tagasi Alabamasse. Elan veidi aega vanemate juures, kuni otsustan, mida edasi teha. Mul pole siin midagi. Tulin LA-sse ainult selle pärast, et George saaks Tale & Joshis tööle asuda," selgitas Catherine kurva hapra häälega. „Kas soovite midagi juua? Kohvi, teed?"

„Tänan, ei. Pole vaja."

Catherine üritas uuesti naeratada, aga huuled vajusid lihtsalt kitsaks kriipsuks. „George'ile meeldis tassike teed pärastlõunal," sosistas ta.

„Kui kaua te LA-s elanud olete, proua Slater?"

„Me kolisime siia kaks ja pool aastat tagasi. Palun öelge mulle Catherine."

„Ja teie abikaasa läks kohe Tale & Joshi tööle?"

„Jah," vastas naine kergelt noogutades.

„Kas tal oli mingi kindel rutiin? Kas ta käis peale töö regulaarselt veel kusagil, näiteks spordiklubis, baarides, ööklubides?"

„George'il polnud eriti millekski aega, ta oli alatasa tööl. Ta jäi vähemalt kolmel päeval nädalas kauemaks tööle. Sporti ta ei teinud, jõusaalis ei käinud. Ta polnud kunagi füüsiliselt aktiivne olnud." Catherine'i pilk kandus akna poole ja ta vaatas veidi aega kuhugi kaugusse. „Ainult teisipäevaõhtuti käis pokkerit mängimas." Pisarad tungisid silma ja ta sirutas käe laual oleva salvrätikarbi poole.

Hunter ja Garcia vahetasid kiire pingsa pilgu. „Kas te teate, kellega ta pokkerit mängis? Kolleegidega või ...?"

„Jah, teiste advokaatidega oma büroost. Võib-olla veel kellegagi, aga ma pole kindel."

„Kas te olete nendega kohtunud?"

„Olen Tale & Joshi teiste advokaatidega kohtunud küll."

„Pidasin silmas seda, kas te olete kohtunud oma abikaasa pokkerimängukaaslastega."

„Kui te seda küsite, siis ma pole pokkeriõhtutel kaasas käinud."

Hunter tajus naise hääles uhkust. „Kas te teate, kus nad mängisid? Kas mõnes klubis või kellegi kodus?"

„George ütles, et nad mängisid iga nädal erinevas kohas. Olid kordamööda võõrustajad."

„Tõesti? Aga siin? Kas teie ka vahel võõrustasite?"

„Ei. Ma ei lubanud."

„Miks?" küsis Garcia üllatunult.

Catherine'i silmis oli endiselt märke tagasi hoitud pisaraist. Ta tundus olevat segaduses ja šokis. „Ma olen kristlane, uurija Garcia, ja ma ei kiida hasartmänge heaks. Ehkki George vandus, et nad ei mängi raha peale, ei lubanud ma seda oma koju."

„Ei mängi raha peale?"

„Jah. Ta ütles, et nad mängivad seltskonna mõttes." Naine võttis karbist uue salvräti ja tupsutas silmanurki. „Ta pole aastaid hasartmängudega tegelenud."

Garcia kergitas üllatunult kulme. „Kas ta varem tegeles sellega?"

„Aastaid tagasi, aga pärast meie kohtumist jättis maha. Ma palusin seda."

„Kasiinodes?"

Naine kõhkles hetke, nagu oleks järgnev tema jaoks piinlik. „Ei, need olid koerte võiduajamised ... hurdad."

Hunter neelatas, kurk kuiv. „Hurdad? Olete kindel?" Üllatus tema hääles oli kuulda.

„Jah, kindel."

Garcia värises.

„Ja te olete kindel, et ta jättis selle sinnapaika? Kas te olete kindel, et ta ei käinud hiljuti koerte võiduajamistel?"

Catherine'i paistis see küsimus jahmatavat. „Jah, kindel. Ta lubas seda mulle. Miks ta antud lubadust murraks?" Naise hääles oli veendumus.

„Võib-olla tegi ta pokkerimängu asemel hoopis panuseid internetis," ütles Garcia ja hammustas kohe alahuulde, taibates, milles oli George'i äsja süüdistanud.

„Mis asja? Miks ta peaks seda tegema?" Catherine'i paistis Garcia vihje sügavalt solvavat.

„Catherine ..." Seekord oli Hunteri hääles siiras mure. „Me veetsime eile suure osa päevast Tale & Joshis, vesteldes kõigiga, kes olid George'iga kokku puutunud. Alates partneritest kuni postipoisini. Mitte keegi ei ole teisipäevastest pokkerimängudest midagi kuulnud."

„Mis asja? Muidugi on, nad ju ..." Värin naise hääles reetis, kui väga Hunteri sõnad teda vapustasid.

„Kas te mõnda nime oskate välja tuua? Kedagi, kes võis sellesse pokkerirühma kuuluda?"

„Ma ei tea," vastas Catherine silmanähtavalt värisedes.

„Mitte keegi, kellega me vestlesime, pole teie abikaasaga kunagi pokkerit mänginud ja nad isegi ei teadnud, et ta teisipäevaõhtuti mängib."

„Nad valetavad, peavad valetama." Naine surus näo kätesse, suutmata pisaraid enam tagasi hoida. Kui Catherine taas pea tõstis, oli ripsmetušš laiali, andes talle veidi tontliku välimuse.

„Miks ta valetas?"

„Nagu Garcia ütles, võis ta taas hasartmängudega tegelda ja tal oli liiga piinlik seda tunnistada."

„Ei, ma tean, et seda ta ei teinud. Ta ei tegelenud hasartmängudega. See on minevik." Catherine oli kõigutamatu.

Hunter sügas pead, soovimata järgmist küsimust esitada. „Kuidas oli teie suhe George'iga? Kas ta võis kellegi teisega kohtuda?"

Hunteri vihje ajas Catherine'i ehmatusest õhku ahmima. „Mida te öelda tahate? Et George'il oli armuke? Et ta valetas mulle, et saaks teisipäevaõhtud teise naisega veeta?"

„Mul on kahju, aga me peame kõiki võimalusi uurima, Catherine, ning kõrvalsuhted on LA-s väga levinud."

„Aga George polnud LA-st. Ta oli hea inimene, hea abikaasa. Ta austas mind. Meil oli hea abielu." Ta pidi vahet pidama, et võtta järjekordne salvrätt, kuna pisarad voolasid mööda nägu. „Miks te seda mulle teete? Te peaksite otsima koletist, kes mu abikaasa tappis, mitte süüdistama teda truudusetuses."

„Ma ... mul on väga kahju," ütles Hunter, tundes end kohutavalt selle pärast, mida oli öelnud. „Kinnitan teile, et me teeme kõik endast oleneva."

„Ja enamgi veel," lisas Garcia. Mõlemad istusid vaikides ja silmitsesid Catherine'i. Naise valu oli nii kõikehaarav, et tuba tundus väike ja pime.

„Mulle öeldi, et ta tapeti, et keegi tegi seda temaga, aga kuidas see on võimalik?" küsis naine veidi hüsteerilisel häälel. „George'i ei tulistatud ega pussitatud, talle süstiti surmavat viirust. Kes niimoodi tapab? Ja miks?" Catherine murdus. Pea oli taas käte vahel, keha vappus.

Hunter soovis, et tal oleks öelda midagi, mis naist lohutaks. Kuidas saaks ta öelda, et on seda mõrtsukat jahtinud üle kahe aasta ja polnud ometi tema tabamisele sugugi lähemal?

„Mul on siiralt kahju." Hunter ei osanud muud kosta.

„Catherine," lausus Garcia. „Me ei hakka teesklema, et teame kõiki vastuseid, aga ma luban teile, et me ei puhka enne, kui see mees on tabatud."

„Andke andeks, see kõik on minu jaoks liig. Ma armastasin teda väga," ütles Catherine nuuksete vahepeal.

„Me saame sellest aru ega raiska rohkem teie aega. Üks viimane küsimus veel," lausus Hunter naise juurde astudes. „Kas te olete kunagi seda sümbolit näinud?" Ta näitas Catherine'ile topeltkrutsifiksi joonistust.

Naine uuris seda mõne sekundi.

„Ei ... mitte kunagi ... mis see on?"

„Mitte midagi erilist, leidsime selle pargist ja ma mõtlesin, kas see tähendab teile midagi ... või George'ile. Kui te midagi vajate või lihtsalt rääkida tahate, palun helistage mulle." Hunter ulatas talle oma nimekaardi.

„Aitäh," sosistas Catherine.

„Me saame ise välja."

Kolmkümmend neli

Hunter kallas endale kabinetis kohvi juurde. Garcia oli toonud töö juurde erilise Brasiilia kohvisordi, mida imporditi otse Minas Geraisi osariigist. See oli jahvatatud peenemaks kui enamik tuntud sorte ja röstitud madalama esialgse temperatuuri juures, et ei tekiks üleröstimist ja maitse oleks tuntavam, ent mahedam. Hunter oli otsekohe armunud.

Ta võttis lonksu tumedat vedelikku ja läks Garcia juurde, kes seisis fotodega kaetud korktahvli ees. George Slateri foto oli reas viimane.

„Mida ta varjas?" küsis Garcia, pigistades pöidla ja nimetis-sõrmega alahuult.

„Üks asi on kindel, et mingit teisipäevaõhtust pokkeri-mängu polnud," tähendas Hunter.

„Mhmh, aga mida ta siis tegi? Oletasin, et pettis naist, aga ..."

„Aga kuna Catherine mainis koerte võiduajamisi ..."

„Just, ja see pole juhus. Mõrtsukas teadis sellest."

„Just. Nii et kas ta tegeles taas hasartmängudega või teadis mõrtsukas tema minevikust?"

„Ei tea, aga me peame selle välja selgitama."

„Nagu Lucas ütles, on koerte võiduajamised Californias illegaalsed, eks?" sõnas Hunter.

„Jah, mis siis?"

„Kas me saaksime välja uurida, milline on lähim osariik, kus see lubatud on?"

„Jah, lihtne. Oota natuke." Garcia läks oma laua juurde ja istus arvuti ette. Olles mõned klõpsud teinud ja natuke klavia-tuuril klõbistanud, hõikas ta tulemuse. „Arizona."

Hunter näris mõtlikult alahuult. „See on liiga kaugel. Kui George käis võidusõidurajal, pidi see olema autosõidu kaugusel, et ta jõuaks sinna ja tagasi samal õhtul. Arizona on välistatud."

„Nii et kui ta taas hasartmängudega tegeles, tegi ta seda internetis või telefoni teel."

„Seega ei valinud mõrtsukas teda välja võidusõiduraja ääres."

„Peame uurima, kus ta oma röövimise õhtul oli. Teame, et Jenny viibis ööklubis," sõnas Garcia taas tõustes.

„Meil on vaja uuesti vestelda selle pika kõhna kiilaneva pealaega mehega Tale & Joshist – mis ta nimi oligi?"

„Peterson, mingi Peterson," vastas Garcia. „Miks temaga?"

„Sest ta teab rohkem, kui meile avaldas."

„Kust sa tead?"

Hunter naeratas Garciale enesekindlalt. „Ta oli liiga närviline. Vältis silmsidet, peopesad higistasid, vastused olid ebakindlad ja ta näris huult, kui me temalt ausat vastust nõudsime. Usu mind, ta teab rohkem, kui meile ütles."

„Üllatusvisiit koju?"

Hunter noogutas kavalalt muiates. „Teeme seda homme, pühapäeval. Inimeste jaoks on see pühapäeviti alati ootamatu."

Garcia silmitses taas fotosid. Teda häiris veel miski. „Kas nad tundsid sinu arvates teineteist?"

Küsimus oli ootamatu ja Hunter kaalus natuke aega vastust. „Võimalik. Jenny oli kõrgklassi prostituut. Kui George naist pettis, ja see on endiselt vägagi võimalik, oli tal kahtlemata selle jaoks raha."

„Ma mõtlesin sama."

„Nii et uurime ka selle välja ja ma tean, kellelt küsida."

„Kellelt? D-King ei anna meile Jenny klientide nimesid ja sa kindlasti ei pidanud silmas ka seda lihasmäest turvameest."

„Ei, küsime mõnelt D-Kingi lõbutüdrukult."

Garcia polnud selle peale tulnud.

„Igatahes, mida me esimesest ohvrist siiamaani teame – kas me saime tema kohta toimiku?" küsis Hunter.

„Mitte päris." Garcia läks taas laua juurde. Hunter polnud kunagi paremas korras lauda näinud. Kolm väga korralikku paberikuhja olid Garcia arvutimonitorist vasakul. Kõik pastakad ja pliiatsid oli värvide järgi plekkpurki meenutavatesse topsidesse sätitud. Telefon oli faksiga täpselt samal joonel ja kuskil polnud tolmukübetki. Kõik oli korras. Kõik Hunteri paarimehes viitas organiseeritusele ja efektiivsusele.

„Farnborough ei ole väga levinud nimi, aga piisavalt levinud, et asi keeruliseks ajada," jätkas Garcia. „D-King ei teadnud täpselt, kust ta pärit on. Ta mainis Idahot ja Utah't, nii et ma alustasin sealt. Esialgne kontrollimine andis vasteks kolmkümmend kuus Farnborough'd kummaski osariigis. Võtsin ühendust kõikide linnade šerifitega, kust ma mõne Farnborough leidsin, aga seni pole näkanud."

„Ja kui D-King Idaho ja Utah puhul eksis?" uuris Hunter.

„Noh, siis tuleb otsimine väga pikk. Arvatavasti põgenes Jenny kodust, et saada Hollywoodis staariks."

„Nagu nad kõik," tähendas Hunter asjalikul toonil.

„Sellest ei saanud asja ja temast sai proff, töötades meie sitakotist sõbra D-Kingi juures."

„Tere tulemast Hollywoodi unistusse."

Garcia noogutas.

„DNA kaudu tuvastamine seega lihtsalt ei läinud?"

„Mitte seni, kuni perekonna leiame."

„Ja hambakaardist ilmselgelt ka kasu pole."

„Mitte pärast seda, mida mõrtsukas talle tegi."

Nad olid mitu minutit vait, vaadates taas fotosid. Hunter jõi kohvi lõpuni ja vaatas siis kella – 17.15. Ta võttis tooli seljatoelt tagi ja kontrollis taskuid, nagu ikka.

„Sa lähed ära?" küsis Garcia veidi üllatunult.

„Ma hilinen juba õhtusöögile ja arvan, et peame nagunii üritama mõneks tunniks sellest juurdlusest eemalduda. Peaksid minema koju abikaasa juurde, õhtust sööma, ta välja viima, seksima ... vaene naine."

Garcia naeris. „Lähengi, tahan enne paari asja kontrollida. Ah või õhtusöök? On ta kena?"

„Ta on ilus. Väga seksikas," vastas Hunter ükskõikselt õlgu kehitades.

„Ilusat õhtut siis. Homme näeme." Garcia hakkas mingeid kaustu lappama. Hunter peatus uksel, pöördus ja silmitses teda. Ta oli sama vaatepilti varemgi näinud. Nagu vaataks ajas tagasi, ainult et Garcia kohal istuks tema ja uksel seisaks Scott. Ta tunnetas Garcias samasugust soovi edu saavutada, samasugust tõenälga, mis põles temas endas, sama iha, mis oleks ta äärepealt hulluks ajanud, ent vastupidiselt Garciale oli ta õppinud seda ohjeldama.

„Mine koju, kollanokk, asi pole seda väärt. Homme jätkame."

„Kümme minutit, mitte rohkem." Garcia pilgutas Hunterile sõbralikult silma ja keskendus taas arvutile.

Kolmkümmend viis

Hunterile ei meeldinud hilineda, aga juba röövi- ja mõrvagrupi hoonest lahkudes teadis ta, et ei jõua õigeks ajaks. Ta polnud oma riietusele kunagi eriti tähelepanu pööranud, aga täna proovis ta kõiki oma seitset väljas käimise särki vähemalt kaks korda ja see läks maksma peaaegu tunni. Lõpuks valis ta tume-sinise puuvillase särgi, mustad Levise teksad ja uue nahktagi. Põhiprobleem oli jalanõude valimine. Tal oli kolm paari ja kõik vähemalt kümme aastat vanad. Ta ei suutnud ise ka uskuda, et kulutas nii palju aega riiete valimisele. Näole ja kaelale lõhnavett pritsinud, oli ta valmis lahkuma.

Teel Isabella korterisse käis ta alkoholipoest veini ostmas. Hunteri teadmised alkoholist piirdusid ühelinnaseviskiga, nii et ta kuulas müüja soovitust ja ostis 1992. aasta Mas de Daumas Gassaci ning lootis, et see sobib naise valmistatud õhtusöögi juurde. Selle raha eest parem oleks. Naise Glendale'i kortermaja fuajee oli meeldivalt sisustatud. Seinu kaunistasid õlimaalid. Keset ruumi kandilisel klaaslaual oli ilus värviliste lillede kimp. Hunter nägi uksest paremal asuvast pikast peeglist iseennast ja kontrollis, et soeng oleks korras. Siis kohendas ta tagi kraed ja läks trepist teisele korrusele. Ta seisatas korteri nr 214 ukse taga ja ootas hetke. Seest kostis muusikat. Malbe rütm, tugev bass ja vaikne tenorsaksofon – moodne džäss. Isabellal oli hea maitse. Hunterile see meeldis. Ta sirutas käe uksekella poole.

Isabella oli juuksed lõdvalt kuklale kinnitanud ja mitmed salgud langesid õlgadele, nii et nägu oli täiesti vaba. Tema helepunane huulepulk ja kerge silmameik olid suurepärases kontrastis päevitunud ihuga ja rõhutasid tema euroopalikke näojooni. Tal oli seljas liibuv punane atlasstopp, jalas mustad teksad, jalanõusid polnud. Hunter ei vajanud röntgenpilku, nägemaks, et naine ei kanna rinnahoidjat.

„Tere, sa hilined moekalt," ütles Isabella ja kummardus Hunterit huultele suudlema.

„Palun vabandust. Soenguga läks aega."

„Sinul ka?" Naine naeris ja osutas oma juustele. „Tule edasi." Ta tõmbas Hunteri kättpidi sisse ja juhatas elutuppa. Korteris oli meeldiv eksootiline lõhn. Elutuba valgustas mahe laualamp nurgas seisva mugava moega nahktugitooli kõrval.

„Loodetavasti sobib see õhtusöögi kõrvale, sest ma pole veiniasjatundja, nii et kuulasin müüja soovitust," ütles Hunter veinipudelit üle andes.

Isabella hoidis pudelit mõlema käega ja kallutas seda hämara valguse poole, et näeks silti. „Oo! Mas de Daumas Gassac ... ja veel 1992. aasta pudel, võtab päris keeletuks. See peaks kõigega sobima. Kuidas oleks klaasike kohe?"

„Kõlab hästi."

„Tore, klaasid on laual ja korgitser seal." Naine osutas väiksele baarikapile akna kõrval. „Söök on peagi valmis. Tunne end mugavalt." Isabella pöördus ja läks tagasi kööki, jättes Hunteri pudelit avama.

Hunter võttis tagi seljast ja Wildey püstoli vöölt. Siis otsis ta baarikapist korgitseri, avas veinipudeli ja kallas paksu punast vedelikku laual olevatesse klaasidesse. Baarikapi kõrval elegantses klaasist riiulis oli terve hulk CD-plaate. Hunter silmitses neid huviga. Naise džässikollektsioon oli muljet avaldav, suurem osa moodne džäss, sekka mõned vanad klassikud. Kõik laitmatult tähestikjärjestuses. Erakordset džässikollektsiooni rikkusid mõned autogrammidega rokialbumid. Hunter vaatas need kähku läbi. Nii et Isabella kuulab salaja rokki, mõtles ta muiates. Minu maitse järgi naine.

„Mida iganes sa valmistad, see lõhnab imeliselt," ütles ta kööki minnes, klaasid käes. Ta ulatas ühe Isabellale, kes pöördus aeglaselt ja tõstis klaasi nina juurde, võttes seejärel väikese lonksu.

„Oo, nagu arvata oli ... imehea."

Hunteril polnud aimugi, mis vahet seal on, aga ta kopeeris Isabella tegevust, keerutas, nuusutas ja maitses.

„Pole paha." Mõlemad naersid.

Naine kergitas klaasi Hunteri poole. „Meeldiva ühise õhtu terviseks. Loodetavasti keegi ei helista."

Hunter noogutas ja nad lõid klaasid kergelt kokku.

Õhtu kulges paremini, kui Hunter oleks osanud loota. Isabella valmistas vasikaliha parmesani, *prosciutto* ja Vahemere ahjuköögiviljadega, mis oli üllatus. Hunter oli oodanud mingit traditsioonilist Itaalia pastarooga. Suur osa vestlusest keerles naise elu ümber, Hunter avaldas enda kohta väga vähe. Isabella oli kasvanud New Yorgis. Tema vanemad olid esimese põlvkonna Itaalia immigrandid, kes olid tulnud Ameerika Ühendriikidesse seitsmekümnendate alguses. Neile kuulus restoran Little Italy, kus Isabella oli koos vennaga veetnud suure osa lapsepõlvest ja teismeeast. Naine kolis LA-sse alles viis aastat tagasi, kui võttis vastu tööpakkumise Los Angelesi California ülikoolis. Ta käis vähemalt kolm korda aastas New Yorgis vanematel külas.

„Kas sa vennaga suhtled?" küsis Hunter.

Isabella ei vastanud kohe, kuni kiskus viimaks pilgu veiniklaasilt. „Mu vend on surnud," vastas ta kurva pilguga.

„Oh! Tunnen kaasa."

„Pole midagi," vastas naine kergelt pead raputades. „See oli ammu."

„Kas te olite alles lapsed?"

Naine vahtis taas veiniklaasi. Hunter sai aru, et ta otsib õigeid sõnu. „Ta oli merejalaväelane, saadeti sõtta, mis polnud meie sõda. Riiki, mille nime suur osa ameeriklasi ei oska kirjutadagi."

Hunter arutles, kas peaks rohkem küsimusi esitama, aga Isabella otsustas tema eest. „Tead, see pole õiglane," sõnas ta lauda koristades ja nõusid kööki viies.

„Mis ei ole õiglane?" Hunter järgnes talle, kaasas mõlemad klaasid ja veinipära.

„Sina. Mina jutustasin sulle põhimõtteliselt oma eluloo, ja iga kord, kui ma sinu oma kohta küsin, annad sa põiklevaid vastuseid. Kas see on uurijate puhul tavaline?" Naine keeras kraani lahti ja pani taldrikud voolava vee alla.

„Me oskame väga hästi küsimusi esitada, aga vastata eriti ei taha." Hunter võttis veel lonksu veini ja vaatas, kuidas Isabella loputas esimese taldriku ja pani selle nõudepesumasinasse.

„Oota. Las ma ise." Ta pani käe naise õlale ja suunas ta leebelt kraanikausist eemale. Isabella naeratas ja võttis oma veiniklaasi kätte.

„Nii et sa ei räägi oma elust midagi," üritas ta veel korra. Hunter loputas nõud puhtaks ja pöördus tema poole. „Ma olen uurija Los Angelese röövide ja mõrvade osakonnas, töötan mõrvaüksuses. Me uurime ainult sarimõrvareid, avalikkuse tähelepanu all olevaid ja muid mõrvajuhtumeid, mis nõuavad rohkem aega. Teisisõnu on minu lahendada peamiselt haiged, väga jõhkrad juhtumid. Inimesed, kellega ma igapäevaselt kokku puutun, on kas väga julmad või surnud. See, mida mina iga päev näen, ajaks enamikul inimestest südame pahaks. Seega on minu elust rääkimine ilma igasuguse kahtluseta kõige kindlam vestluse hävitaja üldse." Ta võttis lonksu veini. „Usu mind, sa ei taha tegelikult minu päevade ega mu töö kohta teada."

„Olgu siis. Ära räägi tööst. Räägi oma lapsepõlvest, perekonnast."

„Pole midagi eriti rääkida," vastas Hunter napilt.

Isabella mõistis ega käinud peale. „Hästi. Mulle meeldib salapära." Mehe poisilik sarm erutas teda. Ta astus lähemale, võttis mehel klaasi käest ja pani selle köögi tööpinnale. Siis lähendas ta oma nägu aeglaselt Hunteri omale, kuni tema suu oli mehe vasaku kõrva juures.

„Mida sa lõõgastumiseks teed?" Naise seksikas hääl oli nüüd vaid malbe sosin. Isabella soe hingeõhk kaela vastas ajas Hunteril kõvaks. Ta tõmbus eemale, et naisele silma vaadata.

„Kas ma tohin midagi soovitada?" Samal hetkel puutusid nende huuled kokku. Hunter tundis kohe tema pehmet keelt enda oma vastas ja siis suudlesid nad kirglikult. Ta tõmbas naise enda vastu ja tundis tema kõvastunud nibusid oma rinna vastas, tõukas naise vastu kappi ja tõstis selle peale. Kohe, kui naise topp seljast lendas, hakkas Hunter tema rindu avastama. Isabella heitis pea kuklasse ja oigas naudingust. Enne kui Hunter jõudis särginööbid avada, haaras naine särgist kahe käega kinni ja rebis selle tal seljast, nii et nööbid lendasid tööpinnale ja põrandale. Nad liibusid kokku, suudeldes taas nagu meeletud. Seekord surus Isabella oma pikad punased küüned Hunterile selga, tugevasti ja samas õrnalt. Nad armatsesid tööpinna peal ja köögipõrandal ning suundusid siis magamistuppa. Selleks ajaks, kui nende seksuaalne iha sai rahuldatud, hakkasid esimesed päikesekiired taevast valgustama.

„Ma olen surmväsinud," ütles Isabella, keeras end Hunteri poole ja pani käe tema rinnale. „Sa olid meie esimesel korral hea, aga see oli kõvasti parem." Ta naeratas.

„Loodetavasti." Hunter pöördus naise poole ja lükkas tal õrnalt juuksed silmadelt.

Isabella suudles teda. „Mul on kõht tühi. Tahad süüa? Nagunii on peaaegu hommikusöögi aeg."

„Hea mõte." Nad tõusid voodist. Isabella otsis sahtlitest puhtaid riideid ja Hunter läks kööki, kus kõik tema riided põrandal vedelesid.

„Mis kaisukarudega aluspesust sai?" Isabella oli tulnud kööki, jalas valged pitspüksikud.

„Pane midagi rohkem selga või me kordame kõike seda, mida tegime kogu öö." Hunteri pilk püsis tema kehal.

„On see lubadus?" küsis naine, võttis maast Hunteri särgi ja pani selga. Nööpe polnud, nii et ta sidus selle piha ümber sõlme. „On nii parem?" Naine pilgutas silma.

Hunter neelatas kuiva kurguga. „See erutab mind veel rohkem."

„Tore, aga sööme enne hommikust." Isabella avas külmikuukse, võttis välja mõned munad, piimapaki, väikese pudeli apelsinimahla ja sügavkülmast paar kartulipannkooki.

„Vajad abi?" küsis Hunter.

„Ei, saan hakkama. Pealegi, kui sa eelmine kord köögis abi pakkusid, siis tead küll, mis juhtus." Isabella kallas kahte klaasi apelsinimahla ja ulatas ühe talle.

„Jah, seda küll. Ma ootan siis elutoas," vastas Hunter ja suudles teda kergelt.

„Kuidas sa mune sööd?"

„Ee ... vist munapudruna."

„Sobib."

Hunter läks tagasi elutuppa ja istus laua taha. Esimest korda pärast uusi tapmisi oli ta suutnud korraks tööst eemalduda.

„Sa unustasid need kööki," ütles Isabella, tuli elutuppa ja ulatas talle tema väga vana moega kingad. „Kaua sul need olnud on?"

„Liiga kaua."

„Näha on."

„Olen kavatsenud uued osta," valetas Hunter.

„Peaksid seda tegema. Itaalias on ütlemine, et meest tuntakse tema kingade järgi."

„Kuramus. Seega olen ma vana ja ... räpane?"

Isabella naeris nakatavalt. „Hommikusöök on varsti valmis."

Hunter oli apelsinimahla ära joonud, kui Isabella elutuppa tagasi tuli, hommikusöögikandik käes. Munapuder, kartulipannkoogid, tume röstsai ja värske kohv.

„Kohv? Sa ütlesid, et sul on ainult teed?"

„Eelmisel nädalal oligi, aga mul oli tunne, et sa jääd ööseks, nii et eile ostsin kohvi ka. Loodetavasti sobib, sest ma pole kohvijooja. Ma ei tea, kas see on hea sort."

„Kindlasti on … lõhn on suurepärane," kinnitas Hunter.

„Mis see on?" küsis Isabella, osutades paberilehele mehe ees. Hunter oli hakanud hommikusööki oodates pastakaga paberile kritseldama. Mitme mõttetu sirgelduse sekka oli ta endalegi märkamatult joonistanud ka topeltkrutsifiksi.

„Oh, ei midagi."

„Veider."

„Mis on veider?"

„See, mille sa joonistasid. Olen seda varem näinud ja mõtlesin, et see tähendab midagi."

Kolmkümmend kuus

Los Angeles on pidutsemiseks suurepärane koht. Rokkstaarid, filmistaarid, kuulsused, poliitikud, ülirikkad, vahet pole, sest neil kõigil on üks asi ühine – nad armastavad pidutseda, ennast näidata.

Martin Young oli kolmekümne kuue aastane ettevõtja, kes oli teeninud oma miljonid kinnisvaraga. Tema firma Young Estates keskendus ülirikaste kinnisvarale – ennekõike Beverly Hills, Bel Air, Malibu ja Venice Beach. Ta sõbrustas kuulsate inimestega kõikidelt elualadelt. Madonna müüs ühe oma LA maja enne Londonisse kolimist just Martini firma kaudu. Young Estates teenis oma omanikule juba poole aastaga esimese miljoni kasumit. Kaks aastat pärast firma asutamist võinuks Martin soovi korral rantjee-elu elada, aga rahapisik oli teda nakatanud ja mida rohkem tal oli, seda rohkem ta tahtis. Temast sai armutu ärihai, kelle elu keerles suuresti oma firma ümber, välja arvatud nädalavahetustel. Martini jaoks olid nädalavahetused pidutsemiseks ja talle meeldis kõvasti pidu panna. Kord kuus üüris ta linna piiril mõne luksusliku maja, kutsus mõned parimad sõbrad külla, maksis prostituutidele ja ostis kokku kõikvõimalikke mõnuaineid – nagu ka eile õhtul.

Kui Martin silmad avas, kulus tal veidi aega taipamaks, kus ta on. Öösel tarbitud aine mõju polnud päriselt lahtunud ja ta oli ikka uimane. Ta vaatas toas ringi, silmitsedes kummalist keskaegset sisustust. Ta pilgutas mõned korrad silmi, et nägemine selgineks, ja hakkas vähehaaval toibuma. Kaugemas seinas uhke marmorkamina kohal nägi ta rüütli kilpi kahel risti pandud mõõgal. Kaminast paremal seisis raudrüü. Põrandal olid Pärsia vaibad ning seintel Inglise hertsogite, lordide, kuningate ja kuningannade gobeläänid ning maalid.

Martin ajas end suure vaevaga istuma. Pea oli raske ja suus oli kibe maitse. Alles siis nägi ta, et oli maganud baldahhiinvoodis siidlinade ja -patjade keskel. Kuramus, ma jäin magama „Kuningas Arthuri" võtteplatsil, mõtles ta naerma turtsatades. Öökapil oli mitu tabletti ja väike kilekott mingi valge pulbriga.

Seda mul ongi vaja, enne kui pohmakas mind tabab, mõtles ta. Teadmata ja hoolimata, mis need on, võttis Martin kaks tabletti ja pistis suhu. Ta vaatas ringi, otsides midagi, millega need alla loputada. Põrandal voodi kõrval oli poolik šampanjapudel. Ta võttis suure sõõmu ja raputas pead, lastes lahtunud vedelikul kõrist alla voolata. Ta ootas mõne minuti, et tabletid mõjuma hakkaksid, tõusis siis ja läks aeglaselt toast välja.

Trepitasandilt nägi Martin selgelt alumise korruse elutuba. Üheksa või kümme inimest oli iidse moega mööbli ja vaiba peal laiali. Üks üksildane kogu magas tiibklaveri peal, kaks paljast hoora põrandal selle kõrval. Kõik tundusid olevat kustunud. Martin komberdas trepi poole, möödudes tühjast toast paremal. See on kahtlemata meelelahutustuba, mõtles ta sisse kiigates. Käsipuust kinni hoides läks ta trepist alla, üks samm korraga. Alla jõudes taipas ta, et kõht on tühi.

„Kus selles jõledas majas köök on?" küsis ta valjusti, vaadates eksootiliselt sisustatud fuajees ringi. Ta kuulis müra väikese koridori lõpust trepist vasakul. „Keegi on ärkvel."

Vaarudes, nagu oleks purjus, suundus Martin ukse poole. Ta üritas seda lahti lükata, aga see ei liikunud eriti. Ta ei saanud aru, kas see on kinni kiilunud või ta ei tõuganud piisavalt tugevasti. Ta taganes sammu ja proovis uuesti, keerates seekord parema õla vastu ust ja suunates kogu energia sellesse. Uks paiskus lahti ja Martin lendas põrandale pikali.

„Hei, mees, oled kombes?" küsis Martini parim sõber Duane, kes istus köögilaua taga, kaheliitrine veepudel ees.

Martin ajas end aeglaselt püsti. Köök oli väga avar ja vastupidi ülejäänud majale meeldivalt moodsalt sisustatud. Must Itaalia marmorist tööpind oli kaunis kontrastis läikiva poleeritud roostevabast terasest kaheukselise külmikuga ruumi põhjaseinas. Laua kohal, kus Duane istus, rippus tohutu pottide ja pannide kollektsioon.

„Kas sa oled ainsana ärkvel?" küsis Duane natuke liiga energiliselt.

„Pole peale sinu kedagi näinud, aga samas ma umbes kümme minutit tagasi alles toibusin."

„Kas sa oled siin ringi vaadanud? See on võimas. Pigem nagu muuseum kui maja, välja arvatud see köök. Selle omanik on täielik keskaegse Inglismaa fänn, seda on kõikjal, nagu lööve." Duane'i sõnad tulid üle huulte tõtakalt ja ühtlases rütmis nagu kuulipildujast.

„Ja sinu meelest on see võimas?" Martini ilme andis mõista, et ta ei jaga Duane'i arvamust.

„Noh, see on väga teistmoodi."

Martinit ei huvitanud eriti Duane'i antud maja ülevaade. Pilk vilas köögis ringi, otsides midagi. „Kas siin süüa on?" küsis ta.

„Jah, hunnikute viisi, vaata külmikusse."

Martin avas külmiku ukse ja nägi meeletus koguses rämpstoitu. Sõõrikud, vahukommid, *hot dog*'id ja praekana – näljase inimese paradiis. Ta võttis purgi maapähklivõid ja moosi, kaks purki kokakoolat ja vahukommid. „Saia on?" küsis ta sõbra poole pöördudes.

„Seal." Duane osutas saiakastile tööpinnal.

Martin võttis kähku välja kaks viilu saia. Kraanikausist leitud noaga määris ta saiale paksult maapähklivõid ja moosi.

„Kuramus, mees, võta moosiga rahulikumalt." Duane itsitas. „Mida sa tarbinud oled, hašišit?"

„Pole aimugi. Võtsin kaks tabletti üleval öökapilt," vastas Martin tohutute suutäite vahel. Moosiplärakas nirises vasakust suunurgast alla.

„Panid hapet?"

„Täiega. Sina?"

„Ei, mees, ma tõmbasin ninna. Pole siiatulekust saadik maganud. Ikka veel mõjub, kuramus."

„Millal me siia tulime?" küsis Martin segaduses.

„Raisk, mees, sa *oled* laksu all. Reede õhtul," vastas Duane naerdes.

„Ja mis päev praegu on?"

Duane naeris valjemini. „Pühapäeva varahommik."

„Kuramus, sa oled kaks ööd ja ühe päeva ärkvel olnud."

„Jah, pagan võtaks." Duane oli uhke.

Martin vangutas hukkamõistvalt pead, võttis peotäie vahukomme ja läks leivakasti juurde. „Tahad maapähklivõi ja moosiga saia?" küsis ta.

„Ei, vennas, kõht pole tühi, aga sina lase käia."

Martin tegi endale veel ühe võisaia, seekord pani veel rohkem moosi.

„Kuule, Mart, mäletad, ma ütlesin, et mul on sulle üllatus."

Martin vaatas sõpra uudishimulikult. „Ei, ma ei mäleta seda üldse."

„Noh, mul on. Tahaksid seda nüüd näha?" Duane tundus olevat elevil ja Martin ei saanud aru, kas see on narkotsi mõju või tahab sõber tõesti siira rõõmuga talle mingit üllatust näidata.

„Ikka. Mis see on?" küsis ta nagu muuseas.

„DVD. Toon selle ära, kuni sa selle moosipurgiga ühele poole saad," ütles Duane ja osutas peaaegu tühjale purgile kapil.

„DVD?" küsis Martin ilmetult.

„Usu mind, see meeldib sulle." Duane kiirustas köögist minema, jättes Martini saia sööma. Mõni hetk hiljem oli Duane tagasi, õhuke DVD-karp käes. „Siin see on."

Martin silmitses karpi. Ees ega taga silte polnud. Ka plaat sees oli tähistamata.

„Kus me seda vaadata saame?" küsis Duane veel elavamalt kui varem.

„Mulle meenub ülemisel korrusel tuba, kus oli tohutu lameekraaniga teler ja stereosüsteem." Martin jõi kokakoolapurgi suurte sõõmudega tühjaks. „Aga mis kuradi DVD see on, Duane?"

„See on väga vinge, vennas. Sulle meeldivad sidumismängud, eks?" Ta rääkis nagu tegelane filmist „Wayne'i maailm".

Parimale sõbrale polnud saladus, et Martinile meeldisid sidumismängud ja karm seks.

„See on sidumismängude DVD?" Hääles oli kerge huvi.

„See, mu sõber, ehmatab su arvatavasti oimetuks. Siin pidavat olema mingit ekstreemset sidumisvärki."

Martin põrnitses laksu all olevat Duane'i. „Nõus, mida karmim, seda parem." Ta toppis viimased vahukommid suhu.

„Kus see lameekraaniga tuba siis on?"

„Kusagil üleval. Leiame üles, ära muretse. Ma võtan sõõriku kaasa."

Martin läks külmiku juurde ning võttis sealt karbi kolme šokolaadisõõrikuga ja veel ühe purgi kokakoolat. Nad lahkusid köögist.

Peagi oli meelelahutusruum leitud. Seal oli mitu suurt väga mugavat nahktugitooli maailma kõige suurema lameekraaniga teleri ees. Stereosüsteem koos DVD-seadmetega oli tipptasemel.

„Vaat see on vinge," sõnas Duane ja hüppas ühte nahast tugitooli nagu poisike täispuhutavasse lossi. „Ja see on äge." Tema pilk oli peatunud muljet avaldaval teleriekraanil.

„Anna see DVD siia ja lõpeta selline lapsik kargamine," kamandas Martin. Duane andis plaadi talle ja seadis end sisse.

Esimese asjana pani Martin tähele, et video kvaliteet on amatöörlik – see ei olnud professionaali tehtud film. Avakaadris oli noor, kõige enam kahekümne viie aastane naine juba metallist tooli külge seotud. Tema pikad heledad juuksed olid sassis, nagu oleks ta äsja ärganud. Valge pluus tundus räpane ja higist märg. Teksaseelik oli katki rebitud, paljastades vormikad päevitunud jalad. Naise silmad olid kinni seotud, ta suhu oli topitud tropp ja mööda nägu voolav ripsmetušš viitas sellele, et ta oli nutnud. Huulepulk oli laiali ning ta tundus hirmunud ja kurnatud. Tuba, kus ta viibis, oli umbes kümme korda seitse meetrit, seintes olid augud, nagu oleks keegi seal sepavasaraga vehkinud. Naise tooli kõrval oli ainsa teise mööbliesemena väike metallist laud.

Ruumis oli veel kaks inimest, mõlemad mehed, aga kaamera ei näidanud neid. Tõtt-öelda oli näha ainult nende alakeha. Martinile pakkus see kohe huvi ja uimasus hakkas taanduma.

„See on midagi teistsugust," tähendas ta. „Põrgusse süžee, nad asuvad kohe asja kallale, eks ole?"

„Teadsin, et sulle meeldib, mees."

Üks meestest läks hirmunud naise poole, elund mustade pükste all punnis. Ta üritas sõrmi läbi naise juuste tõmmata, ent kui naine tema puudutust tundis, nõksatas tema pea tugevasti ja suutropp summutas ehmunud karjatuse. Tema reaktsioon vihastas meest, kes andis naise vasakule põsele kõrvakiilu, mis oli nii tugev, et tõstis naise toolilt üles.

„Ära punni vastu, lits," ütles mees ähvardaval häälel.

Ta pöördus teise mehe poole, kes ulatas talle taskunoa. Esimene mees tõmbas sellega aeglaselt üle naise parema põse. Kui naine ihul külma metalli tundis, kiljatas ta hirmunult, pisarad nirisesid silmasideme alt mööda nägu alla. Mees suunas noa tema pluusi poole. Kiire liigutusega rebis ta selle naisel seljast. Rindade vahele tekkis verepiisk kohta, kus noa ots nahka riivas. Naine oigas hirmust ja sai kohe jälle kõrvakiilu.

„Ole vait, hoor!" kamandas mees.

Teine mees läks hirmunud naise juurde, lükkas tema jalad laiali ning lõikas siis miniseeliku katki, nii et nähtavale tulid läbipaistvad punased püksikud. Need tundusid niisked ja see erutas Martinit, kes sättis end mugavalt istuma.

Mõlemad mehed käperdasid naist, hõõrusid oma kõvastunud peenist naise keha vastu ning muutusid aina jõhkramaks. Ajuti tundus vägivald üle piiri minevat. Martin nautis sellegipoolest iga sekundit, kuni viimase stseenini.

Üks kahest mehest oli läinud noore naise selja taha, kes oli selleks ajaks tooli küljest vabastatud ja alasti kistud ning mõlemad mehed olid teda korduvalt vägistanud. Järsku kisti tal silmaside eest, nii et ta pidi tugeva valgusega harjumiseks silmi pilgutama. Samal ajal koondus ta pilk teisele mehele tema ees. Kõigepealt äratundmine ja siis õudus. Samasugune õudust väljendav ilme oli ka Martini näol.

„Issand jumal!" sosistas ta, hüpates kähku püsti. Tema keha värises nüüd hirmust.

Naise pea kisti ette hoiatamata kuklasse, et paljastada kõri. Läikiv nuga ilmus eikusagilt. Naise pilk muutus kurvaks, kui ta taipas, mis juhtub, ja et enam pole mõtet vastu hakata. „See on ju kurat–teab–mis!" Martini silmad läksid õudusest suureks. Erutus läks üle vastikustundeks. Nuga sähvis puhtalt ja kiirelt, rebides naise kõri vasakult paremale puruks. Soe tume veri purskas välja ja voolas ta keha peale. Martin ja Duane polnud kunagi nii palju verd näinud. Mees naise selja taga hoidis tema pead, kaamera suumis naise sureva pilguga silmi. Ainsaks heliks oli naer.

„Kuradi raisk … Mida põrgut?" karjus Martin hüsteeriliselt. Duane oli samuti püsti karanud. Tema õudust täis pilk oli ekraanile naelutatud.

„See on *snuff*-film*? Sa tõid mulle *snuff*-filmi, raisk?" Martin pöördus Duane'i poole.

„Ma ei teadnud," vastas Duane, taganedes sammu. „Nad ütlesid, et see on ekstreemne sadomaso, mees," lisas ta, tundes end halvasti, tema hääl oli ebakindel.

„Ekstreemne?" karjus Martin. „Ta on surnud, Duane. Mõrvati meie silme ees. Jah, minu meelest on see tõesti kuradima ekstreemne." Martin tõstis värisevad käed, et nendega üle näo tõmmata, justkui üritades äsja nähtut kustutada. „Kes nemad?"

„Mis asja?" Duane oli segaduses.

„Sa ütlesid, et *nemad* ütlesid, et see on ekstreemne sadomaso. Kes, kurat, need *nemad* on? Kellelt sa selle said?"

„Mingitelt tuttavatelt. Tead küll, sellistelt, kellelt saab narkotsi ja naisi."

---

* *Snuff*-film – film, milles tapmised ja piinamised toimuvad päriselt

„Need pole minu tuttavad!" karjus Martin närviliselt, läks DVD-mängija juurde ja võttis plaadi välja. Käed värisesid ikka veel.

„Miks kuradi päralt sa endast nii väljas oled, mees? See ei puutu ju kuidagi meisse. Hävitame selle plaadi ja unustame selle."

„Ma ei saa, Duane."

„Miks?"

„Sest ma tunnen seda naist."

Kolmkümmend seitse

„Mis asja? Mis mõttes sa oled seda varem näinud? Kus? Millal?" Hunteri hääl kerkis mitu detsibelli.

„Ma ei tea. Umbes kolm-neli kuud tagasi," vastas Isabella ükskõikselt. „Kas sa ei söögi hommikust?"

Hunteril polnud enam isu. „Unusta see hommikusöök. Ma pean teada saama, kus sa seda sümbolit näinud oled. Pean teada saama, kus, ja kohe praegu." Ta hoidis naise kätest kinni.

Isabella vaatas teda, hirm pilgus. „Robert, sa hirmutad mind. Mis, pagan, siin toimub?" Ta liigutas end, et mehe haardest vabaneda.

Hunter lasi temast lahti, taibates, kui napakas tema teguviis tundus. „Anna andeks," ütles ta käsi üles tõstes.

Naine astus temast eemale nagu võõrast. „Milles asi? Mis, pagan, sul viga on?" küsis ta kohkunult.

Hunter vaikis ja tõmbas kätega läbi juuste, püüdes rahuneda. Isabella seisis ja ootas loogilist seletust.

„Palun istu ja ma selgitan."

„Ma seisan, tänan väga."

Hunter tõmbas sügavalt hinge. „Ma valetasin, et see sümbol ei tähenda midagi."

„Jah, sain ise ka aru."

Hunter selgitas Isabellale topeltkrutsifiksi tähendust, paljastades ainult nii palju kui hädavajalik. Ta jutustas kahest viimasest mõrvast, aga mitte varasematest. Sümbol oli tema sõnul joonistatud paberilehele, mis leiti mõlemast kuriteopaigast. Ta ei maininud, et see oli tegelikult ohvrite kuklale lõigatud.

Isabella seisis hetke liikumatuna ja vaikselt, pilk Hunterile kinnitunud. Kui ta suu avas, oli tema hääl ebakindel.

„Sa räägid sarimõrvarist? Ma võisin kokku puutuda sarimõrvariga?"

„Mitte tingimata," püüdis mees teda rahustada. „Definitsiooni järgi on sarimõrvar inimene, kes tapab kolm või rohkem inimest kolmel või enamal eraldi juhul. Seni on olnud ainult kaks mõrva."

„See ei tee temast vähem psühhopaati."

Hunter nõustus, ent vaikis. „Isabella, sa pead mulle sellest sümbolist rääkima. Kus sa seda nägid?" Ta võttis naise värisevad käed pihku.

„Ma ei tea. Olen liiga närvis, et nüüd mäletada."

„Palun tee proovi."

Naine lasi tema kätest lahti ja masseeris korraks suletud silmi. „Umbes kaks-kolm kuud tagasi," sõnas ta viimaks. „Olin sõbrannaga baaris dringil." Ta avas silmad.

„Kas sa mäletad, millises baaris?" küsis Hunter.

Pearaputus.

„Pole midagi. Võime hiljem selle juurde naasta. Mis siis sai?"

„Me istusime baarileti ääres ja mu sõbranna pidi tualetti minema."

„Sa olid üksi?"

„Paar minutit jah."

„Jätka."

„Üks mees tuli minu juurde ja küsis, kas võib mulle joogi välja teha."

„Kas mäletad, milline ta välja nägi?"

Isabella vahtis paar sekundit maha. „Ta oli väga pikk, sada kaheksakümmend viis kuni sada üheksakümmend sentimeetrit. Paljaks aetud pea, tundus tugev, heas vormis, ja tema silmad ..." Naine vakatas korraks.

„Mis tema silmadega oli?"

„Need olid teistsugused."

„Kuidas?"

„Kalgid ... emotsioonitud ... isegi hirmutavad, nagu ta vihkaks mind esimesest silmapilgust."

„Mis värvi need olid?"

„Rohelised. Mäletan seda väga hästi."

„Äkki läätsed?"

„Ei usu. Need tundusid loomulikud."

„Mida sa siis ütlesid, kui ta sulle jooki välja teha tahtis?"

„Tänasin, aga ütlesin, et mul juba on."

„Aga sümbol?"

„Ta kummardus ettepoole, pani mõlemad käed baariletile ja küsis, kas ma olen kindel. Ta ütles midagi sellist, et see on lihtsalt sõbralik drink. Igatahes tema varrukad kerkisid üles ja siis ma nägin neid, need olid tal mõlemale randmele tätoveeritud."

„Mõlemale randmele?"

„Jah."

„Oled kindel, et sama sümbol?" Hunter näitas talle oma visandit.

„Jah, samasugune. Ma isegi küsisin selle kohta."

„Mida sa küsisid?"

„Küsisin, kas tätoveeringud on sõjaväega seotud. Vahel ju merejalaväelased või muidu sõjaväelased lasevad endale erilisi sümboleid tätoveerida, nagu kinnitades oma pühendumust."

„Mida ta vastas?"

„Oli väga põiklev. Tõmbas kähku varrukad alla ja ütles, et need ei tähenda midagi, lihtsalt isiklik asi."

„Kas sa mäletad veel midagi?"

„Tätoveeringud polnud sellised, nagu oleks need teinud professionaal. Need tundusid kohmakad, nagu oleks ise nõela ja tindiga tehtud."

„Oled kindel?"

„Nii mulle tundus."

„Kas ta ütles veel midagi? Oma nime või midagi?" Hunter teadis, et õiget nime mees poleks öelnud, aga see võis olla algus.

„Ei. Kui küsisin tätoveeringute kohta, siis ta natuke nagu ärritus. Ütles „vabandust, et sind tülitasin" või midagi, ja lahkus."

„Kui sa ütled, et lahkus, siis kas ta lahkus baarist või jättis sind lihtsalt rahule?"

„Ma ei ole kindel. Arvan, et lahkus baarist, aga ma tõesti ei mäleta."

„Pole midagi, sa oled väga tubli. Kus need tätoveeringud täpsemalt olid?"

Isabella osutas oma randme siseküljele peopesa lähedal. „Umbes siin."

„Ja kui suured need olid?"

„Mitte eriti, paar-kolm sentimeetrit ehk, tumeda tindiga."

„Kas sa oled seda meest veel näinud?"

„Ei."

„Aga tema hääl, oli see kuidagi eriline?"

„Minu meelest mitte."

„Räägime veel baarist, Isabella. Kas sa võiksid proovida selle nime meenutada?"

Naine sulges silmad ja tõmbas sügavalt hinge.

„Kas selles oli midagi erilist, näiteks neoonsilt, seina-kaunistus või selle asukoht?"

„See oli päris ammu. Oota natuke, küll tuleb meelde." Hunter istus natuke aega vaikselt.

„Olen päris kindel, et see oli kusagil rannas," sõnas Isabella silmi kissitades.

„Proovime nii. Baari asemel mõtle sõbrannale, kellega sa tol õhtul väljas olid. Su aju mäletab paremini sõbrannaga koos veedetud õhtut kui baari. Ja üks asi vallandab teise," ütles Hunter.

„Olin tol õhtul Patiga väljas. Me polnud tükk aega koos väljas käinud," sõnas Isabella maha vahtides. Hetk hiljem naeratas ta Hunterile soojalt. „Sul oli õigus. Patile mõtlemine aitas meenutada. Olime Venice Whaler Bar and Grillis Venice Beachil."

„Ma tean seda baari. Olen mõned korrad käinud," ütles Hunter elevile minnes. „Kas ma tohin veel midagi küsida?"

„Ikka," vastas naine tuimalt noogutades.

„Kas sa võiksid seda meest meie kunstnikule kirjeldada? Sellest võib palju abi olla."

„Jah, annan endast parima," vastas Isabella häbelikult õlgu kehitades.

Hunter nihkus lähemale ja suudles teda huultele. „Palun vabandust, et ma enne ärritusin. Sa tabasid mind ootamatult, öeldes, et oled seda sümbolit varem näinud, ja see on esimene tõeline niidiots selles juurdluses."

„Pole midagi," sõnas naine suudlusele vastates. Hunter sirutas käe lõdva sõlme poole, mille naine oli piha ümber sidunud, ja nööpideta särk vajus põrandale. Nad polnud veel hommikust söönud.

Kolmkümmend kaheksa

Los Angelesis oli taas palav päev, sooja oli kolmkümmend kaks kraadi. Tänavad olid täis melu, inimesed jalutasid koertega, kõndisid, jooksid või veetsid niisama aega.

Hunter lahkus Isabella korterist lõuna paiku, olles viimaks hommikusööki söönud. Naine oli ikka veel natuke endast väljas, aga kinnitas, et kõik saab korda.

„Issand, kui see on mõrtsukas, oleks temast võinud ohver saada," tähendas Garcia, kui Hunter talle sellest rääkis.

„Ma tean, ja ma saadan pärastpoole politsei kunstniku tema juurde, kohe, kui oleme selle Tale & Joshi Petersoniga rääkinud. Muide, kas sa tema aadressi said?" küsis Hunter.

„Jah, Via Linda Street Malibus," vastas Garcia, vaadates paberilehte, mille oli oma arvutimonitori külge kleepinud.

„Või Malibu?" Hunter kergitas kulme.

Garcia noogutas. „Ilmselt elab osa advokaate tõesti head elu."

„Ilmselgelt. Kuidas D-Kingi tüdrukutega on? Selles osas on midagi uut?"

Pärast reedest jutuajamist D-Kingiga oli Hunter üritanud kapten Bolterit veenda meest pideva jälgimise alla panema.

„Jah, üks politseinik järgnes ühele neist kodu juurde pärast klubis veedetud ööd," vastas Garcia, võttes taskust paberilipiku.

„Tore, siis käime pärast Petersoni tema juurest läbi. Läksime, sina oled roolis."

Malibu on kolmekümne kilomeetri pikkune suurepärane rannariba Los Angelese loodeosas. See on selliste inimeste pelgupaik nagu Barbra Streisand, Tom Hanks, Dustin Hoffman, Pierce Brosnan ning veel hulk teisi rikkad ja kuulsaid Hollywoodi staare.

Suur osa pikast sõidust Petersoni juurde möödus vaikuses. Hunter mõtles vahelduva eduga vapustavale ööle Isabellaga ja hämmastavale läbimurdele, mis tänu naisele juurdluses võidakse saavutada. Kas ta oli tõesti mõrtsukaga kohtunud? Kas Isabella oli mehe minema ehmatanud, sest märkas tema randmetel tätoveeringuid? Hunter teadis, et see mõrtsukas ei jäta midagi juhuse hooleks, aga oli mingi väike võimalus, et tema kohtumine Isabellaga oli juhuslik. Hunteril oli tunne, et õnn hakkab pöörduma.

„See on õige tänav," ütles Garcia, pöörates Via Linda Streetile.

„Number neli, see on tema maja," ütles Hunter, osutades helesinise fassaadiga majale, mille ees seisis kolm autot, üks neist uhiuue moega Chevy Exploreri väikebuss.

Malibu mõistes polnud Petersoni kodu midagi erakordset, aga Hunteri ja Garcia jaoks oli see hiiglaslik. Maja oli kolmekordne ja modernne ning selle ees olev suur muruplats oli ideaalselt pügatud. Looklev munakividest jalgrada viis tänavalt tohutu välisukse juurde, mille trepitasand oli kaunistatud kaunilt sätitud värviküllaste lilledega. See, kes maja eest hoolitses, oli perfektsionist.

Hunterile meeldis üllatusmoment. Ette hoiatamine andis inimestele võimaluse valed valmis mõelda, need mõttes ritta seada. Kui see oli vähegi võimalik, eelistas ta vestlusi mitte kokku leppida, vaid lihtsalt kohale ilmuda. Mõrvauurija, kel on hulk küsimusi esitada, muudab tavakodaniku üldiselt närviliseks.

Uksel oli messingist lõvipea, mille suus oli koputi.

„Omapärane," tähendas Garcia ja koputas kolm korda. „Neil on kindlasti tagaaias bassein."

„See on Malibu, kollanokk, siin on kõikidel majadel bassein, tahad sa seda või mitte."

Mõni sekund hiljem avanes uks ja heledapäine, umbes kümneaastane pruunisilmne tüdruk seisis nende ees. Nad ei olnud seda oodanud.

„Tere, kas su issi on kodus?" küsis Garcia laia naeratusega ja kummardus, et olla tüdrukuga ühel kõrgusel.

Tüdruk taganes sammu ja silmitses mehi hetke. „Kas tohin küsida, keda ma teadustan?"

Garciat jahmatas väikese tüdruku keelekasutus. „Loomulikult tohid," vastas ta, üritades kõnelda sama kõrgilt. „Mina olen uurija Garcia ja see on uurija Hunter," vastas Garcia Hunterile osutades.

„Palun, kas ma tohin dokumente näha?" küsis tüdruk skeptilisel ilmel.

Garcia naeris tahtmatult. „Ikka." Mõlemad uurijad näitasid oma ametimärki ja vaatasid lõbustatult, kuidas väike tüdruk neid uurib.

„Kas on mingi probleem, uurija?"

„Ei, aga me peame rääkima sinu issiga, kui tohib."

„Ma ei ütle oma isale „issi". „Issi" ütlevad väikesed lapsed. Palun oodake siin," vastas tüdruk pepsilt ja sulges nende nina all ukse.

„Mis see nüüd oli?" Garcia vaatas Hunteri poole, kes kehitas õlgu. „Ta on mingi kümnene ju. Kas sa kujutad ette, milline ta viiekümnesena olla võib?"

„See pole tema süü," vastas Hunter pead kallutades. „Tema vanemad sunnivad teda arvatavasti käituma oma vanusest vanemana, lubamata teda välja mängima, laskmata tal eriti sõpru tekkida, sundides teda olema eeskujulik õpilane. Teadmata, et teevad pigem halba kui head."

Nad kuulsid lähenemas raskemaid samme. Viimaks ometi täiskasvanu. Uks avanes ja sama pikk kõhn mees, kellega nad olid vestelnud Tale & Joshis, seisis nende ees.

„Härra Peterson, me vestlesime reedel. Uurijad Garcia ja Hunter," ütles Garcia esimesena.

„Jah, muidugi ma mäletan. Milles asi, härrased? Ma rääkisin ära kõik, mida tean."

„See käik on lihtsalt üle kontrollimiseks, söör," vastas seekord Hunter. „Mõned lahtised küsimused on vaja ära lahendada."

„Ja te tahate seda teha minu kodus?" küsis Peterson ärritunult.

„Kui me saaksime kümme minutit ..."

„Pühapäev on, härrased," segas Peterson vahele. „Mulle meeldib pühapäevi pere seltsis veeta ... segamatult. Kui tahate midagi lahendada, paneb mu sekretär hea meelega teile aja kirja. Vabandage mind nüüd." Ta hakkas ust sulgema, aga Hunter torkas jala selle takistamiseks vahele.

„Härra Peterson," ütles ta enne, kui Peterson jõudis oma rahulolematust kuidagi väljendada. „Teie kolleegi, teie sõbra tappis maniakk, kes ei austa mitte midagi. See polnud kättemaks ja kuradima kindlasti polnud see ka juhuslik. Me ei tea, kes on järgmine, aga teame seda, et kui me teda ei peata, siis järgmine ohver tuleb kindlasti." Hunter pidas vahet, vaadates Petersonile silma. „Mulle meeldiks ka, et pühapäev oleks vaba päev, et see oma pere seltsis veeta, ja uurija Garciale samuti."

Garcia kergitas Hunteri poole kulmu.

„Aga me püüame elusid päästa. Kümme minutit, enamat me ei palu."

Peterson pigistas huuled kokku, olles ikka veel pahane. „Olgu, räägime seal, mitte toas." Ta nõksatas peaga tänava poole, kus seisis Garcia auto. „Kullake, olen kümne minuti pärast tagasi," hüüdis ta majja ja sulges enda järel ukse.

Kui nad Garcia auto juurde jõudsid, heitis Hunter vargsi pilgu maja poole. Väike tüdruk vaatas neid teise korruse aknast kurbade silmadega.

„Teil on tore laps," tähendas Hunter.

„Jah, ta on armas," vastas Peterson ükskõikselt.

„Ilus ilm on. Kas ta basseini ääres ei taha mängida?"

„Tal on vaja õppida," tähendas Peterson kindlalt.

Hunter jätkas. „Kas see Chevy väikebuss on uus?" Ta osutas sõidukile.

„See on mul olnud paar kuud."

„Palju see saja kilomeetri peale kütust võtab?"

„Uurija, te ei tulnud siia rääkima mu tütrest ega uuest bussist, nii et asuge asja kallale."

Hunter noogutas. „Me peame George'i teisipäevaõhtute kohta rohkem teada saama. Teame, et pokkerit ta ei mänginud. Kui teil on mingit informatsiooni, siis me peame seda teadma."

Peterson võttis taskust sigaretipaki ja pistis sigareti lõdvalt huulte vahele. „Kas tohib?" küsis ta seda süüdates.

Hunter ja Garcia kehitasid õlgu.

„George oli vaikne inimene, hoidis omaette," ütles Peterson pika mahvi järel.

„Midagi ebaharilikku?"

„Noh ..." Peterson vaikis.

„Jah?" käis Hunter peale.

„Tal võis olla armuke."

Hunter silmitses Petersoni vaikides mõne sekundi. „Keegi büroost?"

„Ei, ei. Kindlasti mitte."

„Kuidas te selles nii kindel saate olla?"

„Meie büroos pole naisadvokaate. Kõik sekretärid ja assistendid on vanemad naised."

„Ja siis? Paljudele meestele meeldivad vanemad naised," torkas Garcia.

„Ikkagi liiga riskantne. Ta oleks võinud tööst ilma jääda. George polnud rumal," vastas Peterson pead raputades.

„Miks te arvate, et tal oli armuke?" küsis Hunter.

„Kuulsin teda juhuslikult paaril korral telefoniga rääkimas."
Peterson rõhutas sõna „juhuslikult".

„Mida te siis kuulsite?"

„Armukeste juttu – igatsen su järele ja õhtul kohtume. Selliseid asju."

„Ta võis ju rääkida abikaasaga," pakkus Garcia.

„Vaevalt," kähvas Peterson, väänas huuled vasakule ja puhus peene suitsujoa välja.

„Miks vaevalt?" uuris Hunter.

„Olen teda abikaasaga suhtlemas kuulnud. Ta ei rääkinud temaga niimoodi, teate küll, nunnutades nagu vastabiellunud. See oli kindlasti keegi teine." Ta vaikis ja tõmbas veel ühe mahvi. „Enamiku neid salakõnesid tegi ta teisipäeviti."

„Olete kindel?"

„Olen jah. Nii et kui te käisite büroos George'i teisipäeva-õhtuse pokkerimängu kohta pärimas, oletasin, et seda valet oli ta rääkinud oma naisele. Ma ei tahtnud teda reeta ja hoidsin suu kinni. Tema abikaasal on niigi raske ... vaene naine."

„Olete te temaga kohtunud?"

„Jah, korra. Ta on väga tore naisterahvas ... meeldiv. Mul on perekond, uurija, ma usun ka jumalasse ja ma ei kiida truu-dusetust heaks, aga George ei olnud seda ära teeninud. Isegi kui ta oma naist pettis."

„Aga hasartmängud? Kas te teate, et ta tegeles hasart-mängudega?"

„Ei!" vastas Peterson üllatunult.

„Kas te olete teda kunagi kuulnud rääkimas koerte, hurtade võiduajamistest?"

Peterson raputas pead.

„Internetis panustamisest?"

„Kui ta sellise asjaga tegeleski, varjas ta seda büroos hoolega kõigi eest. Vanempartnerid poleks seda heaks kiitnud."

„Aga sõbrad väljaspool bürood? Tal pidi ju teisi tuttavaid olema. Kas te olete nendega kohtunud, mõnel peol või kusagil mujal?"

„Ei saa öelda, et oleksin. Abikaasa oli ainuke, keda ta büroo üritustele kaasa võttis."

„Aga kliendid?"

„Minu teada rangelt ametialased suhted. Ta ei seltsinud nendega."

Hunteril oli tunne, nagu üritaksid nad kivist vett välja pigistada.

„Kas te oskate tema kohta veel midagi öelda, midagi erilist, mida ehk tähele panite?"

„Peale nende telefonikõnede ... ei. Nagu öeldud, oli ta vaikne inimene, hoidis omaette."

„Kas büroos oli keegi temaga lähedasem, nagu sõber või nii?"

„Minu teada mitte. George ei veetnud meiega aega, ei käinud meiega dringil. Ta tegi oma töö ära ja oligi kõik."

„Kas ta jäi õhtuti pikemalt kontorisse?"

„Me kõik jääme, kui töö seda nõuab, aga mitte lõbutsemiseks."

„Nii et ainus põhjus, miks te usute, et tal oli armuke, on need *juhuslikult* pealt kuuldud nunnutavad kõned?"

Peterson noogutas ja puhus paremale veel ühe peenikese suitsujoa.

Hunter sügas lõuga, arutledes, kas on mõtet jätkata. „Aitäh abi eest. Kui teile veel midagi meenub, palun andke teada." Ta ulatas Petersonile oma nimekaardi.

Peterson võttis viimase mahvi ja viskas koni maha. Ta noogutas uurijatele ja hakkas tagasi maja poole minema.

„Härra Peterson," hõikas Hunter.

„Jah," vastas mees ärritunult.

„Ilm on väga ilus. Veetke paar tundi oma tütrega õues. Mängige midagi. Viige ta jäätist või sõõrikuid sööma. Nautige koos päeva."

Väike tüdruk vaatas neid teise korruse aknast.

„Ma ju ütlesin, et tal on vaja õppida."

„Pühapäev on. Kas ta ei vääri puhkust?"

„Kas te tahate mulle öelda, kuidas ma pean oma tütart kasvatama, uurija?"

„Sugugi mitte. Lihtsalt annan nõu, et te temast ilma ei jääks. Et ta ei kasvaks suureks oma vanemaid vihates, nagu paljud lapsed tänapäeval." Hunter lehvitas väikesele tüdrukule, kes naeratas häbelikult. „Nagu te ütlesite, on ta armas." Hunter pöördus uuesti Petersoni poole. „Ärge suhtuge sellesse iseenesestmõistetavalt."

Kolmkümmend üheksa

Aadress, mida nad otsisid, oli Ocean Boulevard 535 Santa Monicas. Garcia otsustas sinna sõita mööda Pacific Coast Highwayd, mis oli looduskaunis marsruut.

PCH on koht, kus filmitakse suur osa Ameerika autoreklaame. Maantee kulgeb piki Vaikse ookeani rannikut Lõuna-California liivarandadest kuni Pacific Northwesti karusema rannajooneni. See läbib omapäraseid rannikulinnu, mitut rahvusparki ja looduskaitseala.

Päike oli kõrgel taevas ja temperatuur oli nüüd kolmkümmend viis kraadi, nii et Santa Monica rand oli rahvast tulvil. Kui see oleks nende teha olnud, oleksid mõlemad uurijad võtnud ühest paljudest rannabaaridest külma õlle ja laisalt päeva õhtusse veeretanud, ent see polnud kunagi nende teha.

Naise nimi oli Rachel Blate, aga kliendid tundsid teda nimega Crystal. Hunter teadis, et tuntud narkoärikas otsib Jenny mõrtsukat järeleandmatult, tundes tänavatel toimuvat paremini kui Hunter. Tal oli sidemeid iga räpase nurga peal ja igas räpases urkas. Kui D-King midagi avastab, tahtis Hunter seda teada.

Garcia parkis auto ja Hunter vaatas kähku üle info, mis neil Rachel Blate'i kohta oli.

„See on kõik või? Muud me tema kohta ei tea?" küsis ta, silmitsedes üheleheküljelist dokumenti, mille Garcia oli talle andnud.

„Jah, ta on puhas. Varasemaid süüdimõistmisi ega vahistamisi ei ole. Tema sõrmejälgi pole andmebaasis. Eeskujulik kodanik."

Hunter krimpsutas pettunult nägu. See tähendas, et ta ei saanud naist millegagi koostööd tegema sundida.

Uurijaile avaldas maja nr 535 muljet. Klaasist kaheteistkümne-korruseline kortermaja seisis uhkelt Ocean Boulevardil. Kõikidel korteritel oli rõdu, mille mõõdud olid vähemalt kuus korda neli meetrit. Fuajees võtsid neid vastu marmorist põrandad, nahkdiivanid ja lühter, mis sobinuks pigem Buckinghami paleesse kui Santa Monicasse.

Racheli korter oli 44C, aga maja administraatori poole sammudes puudutas Garcia kergelt Hunteri kätt ja nõksatas peaga lifti poole. Sellest oli äsja väljunud silmatorkava välimusega mustanahaline naine. Tema sirged mustad juuksed langesid asjalikult õlgadele. Tal olid jalas liibuvad jääsinistest teksadest lõigatud lühikesed püksid, vöö vahele kitsal pihal oli torgatud helekollane T-särk. Tema keha sobinuks Playboy plakatile. Silmi kaitsesid ereda päikesevalguse eest Gucci päikeseprillid. Hunter tundis kohe ära ühe naistest, kes olid reede õhtul D-Kingi lauas istunud.

Nad ootasid, kuni naine neist neile tähelepanu pööramata möödus ja tänavale astus. Nad jõudsid mõne sammuga talle järele.

„Preili Blate?" hüüdis Hunter naise juurde jõudes.

Naine pöördus ja vaatas neile otsa. „Tere, kas ma tunnen teid?" küsis ta rõõmsalt.

Hunter näitas ametimärki, Garcia samuti. „Kas me saaksime teiega paar minutit rääkida?"

„Kas mul on probleeme?" küsis naine häirimatult.

„Sugugi mitte. Tahame rääkida ühest teie sõbrannast."

„Millisest siis?"

„Jenny Farnboroughst."

Naine vaatas neid kiirelt ja hindavalt, pilk peatus kummalgi uurijal vaid mõne sekundi. „Ma ei tea, kellest jutt. Vabandust," ütles ta naljatlevalt.

„Teate ikka." Hunteril polnud mängutuju. „Ta töötas D-Kingi juures, nagu teiegi." Tema pilk oli kalk ja kindel.

„D-Kingi?" Naine kortsutas kulmu ja raputas kergelt pead, nagu poleks tal aimugi, kellest jutt.

„Kuulge, meil on olnud pikk nädal ja nagu teie, eelistaksime ka meie pigem päikest nautida kui siin teid küsitleda. Mida kiiremini me igasuguse jura kõrvale jätame, seda kiiremini saame jätkata seda, mida iganes me teeme. Käisime reede õhtul Vanguardi klubis, te istusite tema lauas, nii et ärge mängige lolli, see ei sobi teile, ja nagu öeldud, teil pole pahandusi, vajame lihtsalt teie abi."

Nüüd meenus Rachelile, kus ta neid varem näinud oli. Ta mäletas ka seda, et siniste silmadega lihaseline uurija oli talle täitsa meeldinud. Ta võttis päikeseprillid eest ja pani pealaele, lükates nii tuka eest. Ta sai ka aru, et pole mõtet eitada, et ta tunneb D-Kingi või Jennyt. Kui nad tahtnuks teda vahistada, oleksid nad seda juba teinud.

„Olgu, aga ma pole Jennyt näinud sestsaadik, kui ta otsustas lõpetada. Ma ei tea, kas minust on abi."

„Lõpetada?" Garcia jahmunud ilme reetis tema üllatust.

„Jah, ta vist otsustas koju minna."

„Kust te teate?"

„Nii meile öeldi."

„D-King ütles?"

Rachel tõmbas sügavalt hinge ja hoidis seda paar sekundit kinni. „Jah."

Hunter teadis, miks D-King Rachelile ja teistele tüdrukutele valetanud oli. Nad oleksid paanikasse sattunud, kui teaksid, et Jenny rööviti, teda piinati ja ta tapeti. D-King pidi olema ju nende kaitsja, eestkostja ja boss ühes isikus. Hunter kaalus, kui palju ta on valmis avalikustama. Kui ta ütleb naisele, mis tegelikult juhtus, tekitaks tema D-Kingi tüdrukute seas paanikat. Ta otsustas seda mitte teha – veel.

„Kas te olete seda meest näinud?" Hunter näitas talle George Slateri fotot.

Rachel silmitses seda mõne sekundi. „Mmm ... ma pole kindel."

„Vaadake uuesti." Hunter oli kindel, et naine tundis George'i ära, aga valetas harjumusest.

„Võib-olla ... mõnes klubis või peol."

„Erapeol?"

„Jah, võib-olla mõnel neist ekstreempidudest, kui ma ei eksi." Naine näris huult, nagu üritades midagi meenutada. „Jah, olen päris kindel, et talle meeldisid ekstreempeod. Ma ei tea ta nime, kui te seda küsida tahtsite."

„Ei tahtnud," vastas Hunter kähku pead raputades. „Ekstreempeod? Mis need on?"

„Meie kutsume neid nii. Mõnedele meeldib pidu panna, teistele meeldib kõvasti pidu panna, ja kõigil on mingi fantaasia, midagi, mis neid erutab. Ekstreempeod on põhimõtteliselt fantaasia, fetišipeod."

„Nagu näiteks?" Garcia oli nüüd uudishimulikum.

Rachel pöördus tema poole ja astus sammu lähemale. „Mis iganes sind erutab, musike." Ta tõmbas sõrmega üle mehe vasaku põse. „Kummiriided, vinüülriided, sidumismängud, valu tekitamine ... Või siis meeldib sulle lihtsalt karm seks." Ta pilgutas võrgutavalt silma. Garcia astus temast punastades ja piinlikkust tundes eemale.

„Vabandage, et seda kaunist hetke segan, aga mis nendel pidudel toimub?"

Rachel naaldus pargitud auto vastu. „Kõike. Mis siis? Kas sind huvitab?"

Hunter eiras küsimust. „Ja te olete nendel pidudel käinud?"

„Mõnel," vastas Rachel ükskõikselt.

„Aga Jenny?"

„Jah, tema käis ka."

„Kui palju peol naisi on?" uuris Garcia.

„Sõltub külaliste arvust, aga tavaliselt on meid kümme kuni viisteist, lisaks teised."

„Teised?"

„Kui tegemist on suure peoga ja külalisi on kaks-kolmkümmend, on vaja vähemalt viisteist kuni kakskümmend tüdrukut, lisaks mehed."

„Mehed?"

Garcia naiivsus ajas Racheli naerma. „Jah, musike, meesmodellid. Nagu öeldud, on inimestel igasuguseid fantaasiaid, muu hulgas ka biseksuaalsus ja homoseksuaalsus. Kui see neile meeldib, siis seda nad ka saavad. Kas see erutab sind, musike?"

Garcia jahmunud ilme tegi Hunterile nalja. „Ei, muidugi mitte," vastas ta kindlalt.

„Kui tore." Jälle võrgutav silmapilgutus.

„Kas te Jennyt ja seda meest mõnel neist pidudest koos ka nägite?" segas Hunter vahele.

„Arvatavasti, raske öelda. Nendel pidudel mängivad kõik kõigiga, saate ju aru, eks, aga ma mäletan, et see mees mängis mõnede meestega."

Hunteri ja Garcia silmad läksid üllatunult suureks.

„Te vist ei arvanud, et talle mehed meeldivad?"

Garcia raputas pead.

„Olete kindel?" küsis Hunter.

„Oo jaa. Tema korraldab uhkeid etendusi."

„Kuidas me mõnele sellisele peole pääseme?"

„Ei pääsegi, kui ei kutsuta. Need pole tasulised peod. Võõrustaja, tavaliselt mingi rikas tropp, palkab modellid ja kutsub, keda tahab. Kui te tema sõber pole, siis teid ei kutsuta," selgitas Rachel.

Hunter oligi seda kartnud. „Kas need peod toimuvad teisipäevaõhtuti?"

„Mingit kindlat päeva ei ole. Millal iganes see rikas tropp neid korraldada otsustab."

„Kas eelmisel teisipäeval toimus selline pidu?"

Rachel pidas hetke aru. „Kui toimus, siis mina seal ei viibinud."

„Kas te olete neil pidudel kedagi imelikku märganud?" uuris Hunter.

Rachel naeris. „Peale nende, kellele meeldib, et neile peale pissitakse, neid kinni seotakse ja piitsutatakse, kuuma vahaga kõrvetatakse ja neile esemeid tagumikku topitakse?"

„Jah, peale nende," vastas Hunter.

„Ei, ei kedagi neist imelikumat."

„Kas nendel pidudel käib ka teisi naisi peale modellide?"

„Vahel küll. Külalised on abikaasasid või kallimaid kaasa toonud. Ilmselt on mõned paarid väga vabameelsed," vastas naine naerma turtsatades.

„Nii et teile pole keegi silma jäänud?"

„Ma ei pööra sellistel pidudel inimestele eriti tähelepanu. Olen seal tööl. Minu töös pole inimeste välimusel tähtsust. Kui oleks, siis ma seda tööd ei teeks."

Hunter sai sellest hästi aru.

„Kas Jenny elas teiega samas majas?" küsis Garcia.

„Ei. Ma ei tea, kus ta elas. Ma ei tea, kus teised tüdrukud elavad. D-King eelistab seda varianti. Jenny korter on nüüdseks nagunii tühjaks tehtud."

„Mis mõttes?"

„Kõik korterid kuuluvad D-Kingile. Kui üks ära läheb, tuleb teine asemele. Ta hoolitseb meie eest hästi."

„Näen jah," sõnas Garcia klaasist maja poole noogates. „Mis tema asjadest saab? Kui temast üldse midagi maha jäi."

„Suur osa asjadest kuulub D-Kingile. Ta sisustab korteri, annab meile riideid, parfüüme, meiki, kõike. Ta teab, kuidas meid poputada."

Nad vaikisid mõne sekundi.

„Kas ma võin nüüd minna?" küsis Rachel kärsitult.

„Jah, aitäh abi eest. Oh, üks asi veel," hüüdis Hunter, kui naine eemalduma hakkas. Too peatus ja pöördus valjusti ohates meeste poole. Päikeseprillid oli taas ninal.

„Kas te mäletate kedagi sellise tätoveeringuga?" Hunter näitas topeltkrutsifiksi joonistust.

Rachel vaatas seda, kortsutas kulmu ja raputas pead. „Ei, pole kunagi näinud."

„Kindel?"

„Jah."

„Olgu, aitäh veel kord." Hunter murdis paberilehe kokku ja pistis taskusse, ulatades seejärel naisele oma nimekaardi. „Kui te kunagi kedagi sellise tätoveeringuga näete või märkate kuskil seda sümbolit, palun võtke ühendust."

Rachel võttis Hunteri kaardi ja vaatas seda naeratades. „Ma helistan sulle ehk niisamagi."

„Sa vist meeldid talle," ütles Hunter, patsutades Garciat seljale, kui Rachel oli kuuldekaugusest välja jõudnud.

„Mina? Ta tahab ju sulle helistada. Võib-olla saate kokku ja ta võib su mõnele sellisele ekstreempeole kaasa võtta," lõõpis Garcia.

Nelikümmend

Hunter lebas pimeduses ärkvel ja vahtis lakke. Mõtteid oli uinumiseks liiga palju.

Kas mõrtsukas valis ohvreid nii? Baaridest, klubidest ja pidudelt?

See mõrtsukas ei tegutsenud rutiinselt ja Hunteril oli tunne, et midagi on kahe silma vahele jäänud, aga ta ei saanud aru, mis see on. Ta oli väsinud ja jõudu polnud. Kui väga ta ka pingutas, aju puhkas kõige enam vaid paar sekundit. Ta teadis, et hakkab vajuma samasse sügavikku nagu kord varem, ja tema paarimees liikus samal rajal. Ta ei tohi lasta sel juhtuda.

Tuba oli vaikne, kui välja arvata tema kõrval magava tumedapäise naise kerge hingamine. Naise juuksed olid pehmed ja läikivad, nahk imeliselt sile. Tema juuresolek rahustas Hunterit.

Pärast jutuajamist Rachel Blate'iga olid Hunter ja Garcia tagasi kontorisse läinud. Hunter kohtus seal mõrvarühma kunstniku Patricia Phelpsiga ja nad läksid koos Isabella juurde.

Garcia otsustas kontorisse jääda, öeldes, et tahab paari asja kontrollida. Isabella oli üritanud meenutada mõni kuu tagasi kohatud tätoveeritud mehe kohta kõike. See oli võtnud viiskümmend viis minutit ja kolm tassi teed, aga Patricial oli viimaks valmis joonistus, mis Isabella sõnul sarnanes nähtud mehega.

Kui Patricia oli lõpetanud, palus Isabella Hunteril ööseks jääda. Teadmine, et ta võis olla kohtunud mõrtsukaga, hirmutas teda väga. Ta tundis end üksiku ja haavatavana ning Hunter oli ainus, keda ta enda kõrvale soovis. Hunter kibeles juhtumiga tegelema, analüüsima täna saadud uut informatsiooni, aga ta ei saanud Isabellat üksi jätta. Mitte täna õhtul.

„Ei saa und?" Hunter polnud aru saanud, et ka Isabella on ärkvel. Ta keeras end naise poole.

„Ei, aga ma ei maga nagunii palju, olen sulle ju rääkinud."

„Kas sa väsinud pole?"

„Keha on. Aju on täiesti ärkvel. Aju võidab alati."

Naine nihkus lähemale ja suudles teda kergelt suule. „Mul on hea meel, et sa otsustasid jääda."

Hunter naeratas ja nägi, et naine üritab ärkvel püsida, pea tema palja rinna vastas. Hunter polnud väga kaua kahte järjestikust ööd sama naise juures veetnud. Tal polnud armastuse jaoks aega ega hetkel ka huvi oma elu kellegagi jagada. Ja nii oligi parem.

Ta sättis naise pea ettevaatlikult padjale ja puges osavalt voodist välja, nii et naine ei ärganud. Köögis võttis ta kapist lahustuva kohvi purgi, mille naine oli tema jaoks ostnud, ja naeratas kergelt. Ta keetis endale kruusi kanget kohvi, läks elutuppa ja vajus mugavale diivanile, meenutades mõlemat eilse päeva jutuajamist. Taas tundus, et nad olid leidnud kahe ohvri vahel mingi seose. Jenny ja George tundsid teineteist, selles oli ta kindel. Seksipeod, mõtles ta. Kas tapmised oli mingi seksuaalse tagamõttega? Kas mõrtsukas jahtis liiderlikke inimesi?

Ikka rohkem küsimusi kui vastuseid, aga Hunter tundis, et nad jõuavad lähemale. Ta tundis esimest korda selle juurdluse jooksul elevust. Esimest korda oli tal mingi niidiots, ehk koguni nägu. Hunter võttis veel lonksu kanget kohvi ja arutles, mitu kruusi tal on vaja, et päev üle elada. Ta vaatas kella – kuus hommikul, aeg end valmis panema hakata.

Ta paotas magamistoa ust. Naine tundus rahulik. Kui Hunter lahkus, magas ta endiselt.

Nelikümmend üks

Hunter läks harva tööle enne kaheksat hommikul, aga viimase kahe päeva sündmused olid temasse ja juurdlusesse uut elu süstinud. Täna oli ta sama innukas nagu oma esimesel tööpäeval uurijana.

„Kas sa käisid kodus ka või oled kontorisse kolinud?" küsis ta, nähes Garciat juba laua taga istumas.

„Kapten tahab sinuga kohe rääkida," vastas Garcia, pööramata paarimehe kommentaarile mingit tähelepanu.

Hunter vaatas kella. „Kell on pool kaheksa hommikul. Tõsiselt või?"

„Ma tean. Ta helistas siia seitsme paiku. Olin just saabunud."

„Sa tulid kell seitse? Kas te kaks üldse ei maga?" küsis Hunter ja võttis tagi seljast. „Kas ta ütles, milles asi?"

„Mulle mitte."

„Kas me ei andnud eile raportit ära?"

„Andsin küll. Natuke pärast kümmet hommikul, aga ta sai selle."

Hunter tundis värsket Brasiilia kohvi lõhna ja just seda ta enne kapteni juurde minekut vajaski.

Uurijate korrus oli peaaegu tühi, välja arvatud uurija Maurice, kes seisis akna all. Tema laual ja põrandal vedeles paberitükke. Ta oli sedamoodi, nagu poleks mitu päeva kodus käinud. Hunter tervitas noogutades, aga Maurice ei paistnud teda märkavatki. Hunter jõudis kapteni kabineti juurde ja koputas kaks korda.

„Sisse!" hüüdis Bolter.

Ehkki aeg oli varajane, tundus ruum palav. Konditsioneeri polnud, aknad olid kinni ja kaks põrandaventilaatorit seisid liikumatuna. Kapten istus oma laua taga, lugedes hommikust ajalehte.

„Te olete varajane," tähendas Hunter.

„Ma olen alati varajane," vastas kapten, tõstes pilgu Hunterile.

„Te tahtsite mind näha?"

„Jah." Kapten Bolter avas ülemise lauasahtli ja võttis sealt Patricia joonistatud näopildi. „Tule vaata neid." Ta osutas oma arvutiekraanile. Hunter läks, külg ees, mööda kahest suurest tugitoolist ja seisis kapteni paremale küljele. Ekraanil nägi ta joonise mitut eri versiooni – pikad juuksed, lühikesed juuksed, habe, vuntsid, prillid –, kokku kakskümmend erinevat joonistust.

„Oleme katsetanud kõiki võimalikke variante ja need on saadetud LA-s kõikidesse jaoskondadesse. Kui see mees veel siin kandis viibib, tabame ta varem või hiljem."

„Oo, küll ta viibib, selles olen ma päris kindel," sõnas Hunter kõigutamatu veendumusega. „Me kontrollime baare ja klubisid ka, alustades täna õhtul Santa Monica omadest. Kui veab, on ehk keegi teda hiljuti näinud."

„Hästi ..."

Hunter pani tähele, et kapten tunneb end kuidagi ebamugavalt. „Hästi, aga miski häirib teid."

Kapten Bolter läks oma kohvimasina juurde. „Kohvi?"

Hunter raputas pead. Ta oli vaid korra olnud nii naiivne, et maitses kapteni kohvi, ja pärast seda tõotas ta endale, et ei tee seda viga enam mitte kunagi. Ta vaatas, kuidas kapten kallas endale kruusitäie ja pani sinna sisse neli suhkrutükki.

„See naine, kes sulle selle andis ... kas sul on temaga suhe? Oled sa seotud potentsiaalse tunnistajaga?"

„Üks hetk, kapten. Ärge üldse hakake pihtagi," vastas Hunter, muutudes kohe tõrjuvaks. „Me oleme mõne korra koos aega veetnud, aga ma kohtusin temaga enne, kui teadsin, et ta võimaliku kahtlusalusega kokku oli sattunud. Ta on lihtsalt keegi, kellega ma baaris tutvusin, ja ... ta pole potentsiaalne tunnistaja. Ta pole millegi tunnistajaks olnud."

„Sa tead küll, mida ma mõtlen. Suhtlemine inimesega, kes ühel või teisel moel on seotud aktiivse juurdlusega, on parimal juhul riskantne, rääkimata sellest, et see on protokollivastane ja rumal."

„Me magasime koos, kapten. See ei tähenda ju suhet. Eriti LA-s. Ja ta ei ole selle juurdluse osa. Ta pole tunnistaja ega kahtlusalune, meil vedas temaga, ja tõtt-öelda oli viimane kuradima aeg, et meil veaks."

„Kas sa oled järsku lolliks läinud?" Kapteni hääl oli kindel ja mõru. „Sa tead, kuidas sarimõrvarid tegutsevad. Ennekõike tead sa seda, kuidas see sarimõrvar tegutseb. Ta profileerib inimesi, nagu meie üritame teda profileerida. Ta uurib välja valitud ohvrite elu, vahel mitu kuud, sest teab, et kui valib vale inimese, on tema jaoks mäng läbi. Kui see on õige mees, siis sa ju ei arva ometi, et ta kohtus baaris sinu sõbratariga juhuslikult?"

Sama mõte oli tiksunud Hunteril kuklas sestsaadik, kui Isabella talle Venice Whaleris kohatud mehest rääkis. Hunter teadis, et see mõrtsukas on väga järjepidev, ei tee vigu, ei väärata.

Ta jälitas oma ohvreid, uuris nende harjumusi, graafikuid, ootas parimat hetke, et rünnata.

„Jah, kapten. Ma tean, et on võimalus, et mõrtsukas valib oma ohvreid niimoodi. Ta sobitab nendega alguses baaris või ööklubis mingi kerge vestlusega tutvust, et neid hinnata."

„Ja see ei häiri sind?"

„Selle juhtumi juures häirib mind kõik, kapten, aga see konkreetne vahejuhtum annab mulle veidi lootust."

„Lootust? Segi oled peast või?" küsis kapten, silmad suured.

„Nad kohtusid rohkem kui kaks kuud tagasi, kapten, enne kui mees uuesti tapma hakkas. Nagu mäletate, toimus esimene tapatöö vaid pisut üle nädala tagasi. Võib-olla ta kontrollis Isabellat ja ta ei meeldinud talle, ei sobinud ohvri profiiliga, nii et ta jättis naise sinnapaika ja otsis kedagi teist."

„Näota naist?"

Hunter noogutas.

Kapten Bolter rüüpas kohvi ja krimpsutas kohe nägu. „Aga milleks? Miks see naine talle ei meeldinud? Ta elab ju üksi, eks?"

„Jah."

„Seega on ta lihtne sihtmärk. Miks mõrtsukas tema kõrvale jättis?" Kapten läks tagasi kohvimasina juurde ja pistis kruusi veel kaks tükki suhkrut.

„Ma ei tea veel, aga see on üks põhjus, miks ma pean Isabella lähedal olema. Pean välja selgitama, miks ta ei sobinud. Võib-olla on ta liiga kange iseloomuga. Isabella pole selline, kes laseks kellelgi end kamandada. Võib-olla hirmutas mõrtsuka eemale asjaolu, et ta tema tätoveeringuid märkas. Võib-olla taipas mees, et ta polegi nii lihtne sihtmärk." Hunter pidas vahet ja tundis end korraks ebamugavalt. „Või siis on Isabella endiselt potentsiaalne sihtmärk ja mõrtsukas on ta lihtsalt nimekirjas tahapoole lükanud."

Sellele võimalusele polnud kapten Bolter mõelnud. „Arvad või?"

„Selle mõrtsuka puhul on kõik võimalik, kapten. Teie teate seda ja mina tean seda. Tema järgmine ohver võib olla kes tahes," vastas Hunter skeptiliselt. Palavus kabinetis hakkas teda häirima. „Kas ma võin ühe akna lahti teha?"

„Ja lasta linna sudu sisse? No kurat, ei."

„Kas teil palav pole?"

„Ei, üldsegi mitte."

„Aga kas ma ventilaatori tohin tööle panna?"

Kapten naaldus tooli seljatoele ja pani käed kuklale, sõrmed vaheliti. „Kui just pead."

„Tänan." Hunter lülitas ühe ventilaatori täisvõimsusel tööle.

„Mis sa arvad? Kas see võib olla meie mõrtsukas?" küsis kapten.

„Raske öelda, aga kindlasti on ta huvipakkuv isik."

„Nii et kui ta on meie mõrtsukas, siis sa väidad, et ta tegi esimese vea kolme aasta jooksul?"

„Enda meelest pole ta vigu teinud."

Kapten Bolter heitis Hunterile hämmeldunud pilgu.

„Vaadake, kapten, ta lihtsalt vestles kellegagi baaris, ja nagu öeldud, võib see olla moodus ohvrite juures esimest korda pinda sondeerida."

„Aga ta ei arvanud, et naisest, keda ta kõnetas, saab sinu pruut." Kapteni huultele tekkis kergelt õel muie.

„Ta pole mu pruut," vastas Hunter kindlalt. „Aga jah, ta ei arvanud, et me üksteist tundma saame. Ja meie poleks teadnud, et nad kohtusid, kui ma poleks kogemata joonistanud elutoas oodates paberilehele topeltkrutsifiksi. Sellepärast ma ütlesingi, et meil vedas."

„Me ei suuda seda ajakirjanduse eest enam väga kaua varjata. Kui ta uuesti tapab, saavad ajakirjanikud sellest teada ja siis on vaid aja küsimus, millal mõni ninatark reporter need mõrvad eelmiste krutsifiksimõrvadega seostab. Kui see juhtub, on meiega lõpp."

„Ma tunnen, et me liigume lähemale, kapten. Peate mind seekord usaldama."

Kapten Bolter silitas vuntse ja põrnitses Hunterit oma laserkiirt meenutava pilguga. „Ma ei kuulanud eelmine kord sinu arvamust ja see läks mulle kalliks maksma. See läks kalliks maksma tervele osakonnale, ja ma tean, et sa pole endale seda andestanud. See tuntud muusikaprodutsent. Tema nimi oli John Spencer, eks?"

Hunter noogutas sõnatult.

„Sa ütlesid mulle ja Wilsonile, et me vahistasime vale mehe. Et ta ei saanud oma naist tappa. Tal polnud mõrtsukale vajalikke omadusi. Me ei tahtnud seda kuulda. Sina tahtsid juurdlust jätkata ka pärast seda, kui juhtum oli ametlikult lõpetatud, ja ma keelasin sind. Mäletan seda. Kurat, ma peaaegu kõrvaldasin su töölt." Kapten Bolter nõjatus ettepoole, pannes mõlemad küünarnukid lauale, ja toetas lõua rusikas kätele. „Enam ma sama viga ei korda. Tee, mida vaja, Robert. Püüa see neetud krutsifiksimõrvar kinni."

Nelikümmend kaks

„Doktor Winstonil oli uudiseid," ütles Garcia, kui Hunter tagasi tuli.

„Lase tulla," vastas Hunter, kui oli kohvi juurde kallanud.

„Nagu arvata oli, tundis Catherine teises ohvris ära oma abikaasa George Slateri." Hunter ei reageerinud. Garcia jätkas: „Saame George'i autost leitud juuksekarva DNA-analüüsi vastuse umbes viie päeva pärast, aga nad on kinnitanud, et see ei kuulu talle."

„Vahet pole," sõnas Hunter. „Meil pole kahtlusalust, kelle DNA-ga seda võrrelda."

„Tõsi."

Hunter nägi, et Garcia tundub kuidagi eriti väsinud. Isegi tema laud tundus korratum. „On kõik korras, kollanokk? Sa näed üsna räbal välja."

Garcial kulus Hunteri küsimuse mõistmiseks paar sekundit aega. „Jah, korras. Pole viimastel päevadel eriti maganud." Ta hõõrus silmi. „Olen lugenud eelmiste ohvrite toimikuid, püüdes leida mingit seost nende vahel või siis ühe uue ohvriga."

„Ja oled midagi leidnud?"

„Veel mitte," vastas Garcia veidi löödult. „Võib-olla pole toimikutes midagi. Võib-olla on see midagi, mida esimese juurdluse käigus ei märgatud."

„Ei märgatud? Mida näiteks?"

„Mingi seos … midagi, mis ühendab kõiki ohvreid. Midagi peab olema, alati on. See mõrtsukas ei saa neid suvaliselt valida." Garcia tundus ärritunud.

„Miks? Sest raamatutes on nii kirjas?" Hunter osutas oma laual olevatele kohtupsühholoogia raamatutele. „Las ma räägin sulle midagi selle seose kohta, mida sa nii andunult otsid. Mina otsisin seda samamoodi nagu sina praegu, nagu kotkas toitu, ja see hävitas mind sisemiselt, nagu praegu sind. Sa pead aru saama, et see seos võib eksisteerida ainult mõrtsuka peas. See ei pea olema meie ega kellegi teise jaoks loogiline. See võib olla meie jaoks mingi täiesti ebaoluline asi, nagu näiteks … kõikide ohvrite nimes on kolm täishäälikut viiest või nad kõik istusid mingil kindlal nädalapäeval samal pargipingil. Vahet pole, mis see on. Mõrtsuka jaoks on see asi, mis teda raevu ajab. Miski, mis tekitab tahtmise tappa. Selle seose leidmine on väike osa meie tööst. Olgu, ma tunnistan, et see aitaks meid edasi, aga ma ei taha, et sa end läbi põletaksid … nagu mina."

Garcia täheldas Hunteri hääles isalikku tooni.

„Meie võimetel on piirid, kollanokk, ja sa tead, et me teeme kõik, mis võimalik. Ära unusta hetkekski, et tegemist on sotsiaalse psühhopaadiga, kes naudib inimeste röövimist, piinamist ja tapmist. Need inimlikud väärtused, mis on meie jaoks loomulikud, on mõrtsuka ajus väga moonutatud."

Garcia pigistas ninaselga, nagu üritaks peavalu tõrjuda. „Kui ma õhtuti voodisse lähen ja silmad sulen, näen ma neid. Näen Jenny Farnboroughd mind oma laugudeta silmadega vahtimas. Ta üritab midagi öelda, aga tal pole häält. Näen George Slaterit rooli külge seotuna, nahk lõhkeb nagu mullikile, ja ta köhib minu peale verd. Tema viimane hingetõmme, viimane appi-karje, ja ma ei saa mitte kuidagi aidata," ütles Garcia, pöörates pilgu korraks mujale. „Ma tunnen puumajakeses olnud surma lõhna, George'i auto mädahaisu."

Hunter teadis, mida Garcia läbi elab.

„Anna on juba üsna ära hirmutatud. Ka tema ei saa magada, kuna ma visklen ja rähklen. Olen hakanud unes rääkima … neil harvadel kordadel, kui ma uinuda suudan."

„Kas sa oled talle juhtumist rääkinud?"

„Ei, ma ju tean, et ei või, aga ta kardab. Ta on väga terane ja ta tunneb mind liiga hästi. Tema eest ei õnnestu mul midagi varjata." Garcia naeratas Hunterile nõrgalt. „Sa pead temaga millalgi kokku saama, ta meeldiks sulle."

„Kindel see."

„Kohtusime keskkoolis. Ta murdis mu ninaluu."

„Mis asja? Nalja teed?"

Garcia naeratas siiralt ja raputas pead. „Minu jõuk koolis … me olime debiilikud, selge see. Hüüdsime toredatele tüdruku-tele inetusi. Ma ajasin ta parima sõbranna kord nutma. Ühel päeval olin raamatukogus, õppisin eksamiks. Anna istus laua taga minu ees. Me vahetasime pilke ja naeratasime, siis ta tõusis püsti ja tuli minu juurde. Virutas sõnagi lausumata mulle viiesajaleheküljelise kõvade kaantega raamatuga. Tabas mind näkku. Verd olid kõik kohad täis. Pärast seda olin ma kadunud mees. Ma ei jätnud teda rahule enne, kui ta nõustus minuga kohtama tulema."

„Ta meeldib mulle juba praegu," lausus Hunter naerdes.

„Korraldame meil kunagi õhtusöögi."

Paarimehe ahastust Hunter mõistis. „Kui ma esimest krutsifiksimõrva ohvrit nägin, hakkas mul halb poole minutiga," lausus ta vaikselt. „Olin mitu aastat uurijana töötanud ja arvasin, et saan hakkama kõigega, mida see linn mulle ette anda võib ... Ma eksisin. Õudusunenäod algasid peaaegu kohe ja need pole siiamaani lakanud."

„Isegi siis, kui sa arvasid, et mõrtsukas on käes?"

Hunter raputas pead. „Mõrtsuka tabamine leevendab valu, aga ei kustuta seda, mida näinud oled."

Tekkis ebamugav vaikus.

„Sellesse esimesse mõrvapaika saabus ühena esimestest algaja politseinik, kes oli umbes kaks kuud tööl olnud," meenutas Hunter. „Ta ei pidanud vastu. Käis mitu kuud politsei psühholoogi juures ja läks lõpuks ikkagi minema."

„Kuidas sina hakkama saad?" küsis Garcia.

„Päevahaaval, üks õudusunenägu korraga. Võitlen päev korraga," vastas Hunter kurval pilgul.

Nelikümmend kolm

Becky pidi endale tunnistama, et oli närviline. Närvilisem, kui võinuks arvata. Ta oli suure osa päevast ühe silmaga arvutit vaadanud ja teisega kella jälginud. Ta ei teadnud, kas asi on ootusärevuses või elevuses, aga kõhus keeras ärkamisest saadik. Ta suutis vaevu tööle keskenduda, tegi rohkem puhkepause kui tavalisel päeval, aga täna polnud tavaline päev, vähemalt mitte Becky jaoks.

Ta lahkus töölt California Union Banki peakontoris South Figueroa Streetil poole kuue paiku õhtul, mis polnud tema tavapärane tööl lahkumise aeg. Finantsnõustajal olid tööalased nõudmised alati kõrged. Becky oli tihti tööl seitsme või kaheksani õhtul. Täna oli isegi ülemus andnud talle nõu, mida teha või mida mitte, ja rõõmustanud, kui Becky tavapärasest veidi varem lahkus.

Kuigi ummikuid oli palju, oli Beckyl ikkagi aega minna koju ja käia duši all. Ta tahtis ka proovida väikest musta kleiti, mille oli lõunaajal ostnud just tänaseks õhtuks. Mõeldes oma uuele kleidile ja sellele, kuidas juukseid sättida, avastas ta, et on taas närviline. Ta pani raadio mängima ja lootis, et muusika rahustab ta maha.

Kui keeruline see ikka olla saab? Becky oli kindel, et asi pole nii palju ka muutunud sestsaadik, kui ta viimati kohtamas käis, aga see oli olnud peaaegu viis aastat tagasi. Ta mäletas seda selgelt. Kuidas saakski seda unustada? Mehest, kellega ta tol õhtul kohtus, oli saanud tema abikaasa.

Becky kohtus Ian Taskeriga panga kaudu. Sarmikas, veidi üle saja kaheksakümne sentimeetri pikkune heledate lokkis juustega elunautija, kes oli äsja pärinud üsna kopsaka summa, kui tema kinnisvaramiljonärist isa suri. Ainukese lapsena oli Ianist saanud oma isa varanduse ainupärija, kuna tema ema oli surnud, kui Ian oli viieaastane.

Ian polnud osanud rahaga kunagi ümber käia, ja kui see oleks olnud tema teha, oleks ta arvatavasti kõik Las Vegase või Atlantic City *blackjack*'i- või ruletilauas maha mänginud, aga mingil põhjusel otsustas ta võtta kuulda parima sõbra soovitust ja osa rahast investeerida.

Ian ei teadnud rahaasjadest midagi. Ta polnud kunagi midagi säästnud, rääkimata investeerimisest, aga parim sõber tõttas taas appi ja soovitas uurida Union Banki California haru rahaplaneerimise teenust.

Kuna Ian kavatses investeerida suurema summa, määras pank suurima heameelega tema isiklikuks finantsnõustajaks Rebecca Morrise.

Nende suhe oli alguses olnud rangelt professionaalne, ent Iani kogenematus finantsalal ja võluvad helesinised silmad olid hakanud Beckyle mõju avaldama. Alguses pigem tagasihoidlik külgetõmme oli vastastikune. Iani meelest oli saja kuuekümne viie sentimeetri pikkune armas tumedapäine naine paeluv. Becky oli humoorikas, kena, elav, väga intelligentne, vaheda huumorimeelega. Kõigest nädal aega hiljem tundis Ian enne-kõike huvi Becky enda, mitte Becky finantsteadmiste vastu. Ta helistas naisele iga päev, küsis börsisoovitusi, finantsnõuandeid, mida iganes, peaasi, et naise häält kuulda.

Ehkki Ian Tasker oli ilmselgelt elunautija ja enda väitel ka naistemees, kadusid Becky seltsis ta ülbus ja enesekindlus. Becky erines kõikidest neist vereimejatest naistest, kellega Ian oli seni kokku sattunud. Naise huvi tema raha vastu tundus olevat pelgalt tööalane. Ianil kulus peaaegu kaks nädalat, et koguda julgust naise kohtama kutsumiseks.

Panga kliendid, enamasti abielumehed, olid Beckyt tihti kohtama kutsunud ja ta oli kõikidest kutsetest viisakalt keeldunud. Ehkki Iani elunautijakombed polnud kaugeltki sellised, mida Becky meeste juures eelistas, otsustas ta rikkuda iseendale seatud reeglit – ära kunagi mine kohtama kliendiga.

See õhtu oli olnud peaaegu täiuslik. Ian oli valinud väikese restorani mere ääres Venice Beachil ja alguses ei teadnud Becky, mida arvata sellest, et mees oli broneerinud kogu restorani. Kas see oli talle mulje avaldamiseks või siiras katse olla romantiline? Õhtu edenedes oli ta avastanud, et naudib kõike: esmalt mehe poisilikku elavat isiksust ning seejärel üllataval kombel tema seltskonda. Oli ilmselge, et Ian on endasse armunud, aga mees oli ka väga teravmeelne, lahke ja lõbus.

Nende esimesele romantilisele õhtule järgnes neid terve rida ja nende suhe lõi iga korraga aina enam lõkkele. Mehe nahaalsus rabas Beckyt, ja kui Ian riigitelevisioonis otse-eetris Lakersi mängu vaheajal talle abieluettepaneku tegi, oli Becky Los Angelesi kõige õnnelikum naine.

Becky nõudis vastu mehe tahtmist abieluvaralepingut, väites, et armastab meest, mitte tema raha.

Nende abielu jätkus sealt, kus kohtamised pooleli jäid. Kõik tundus täiuslik. Ian oli väga tähelepanelik ja hooliv abikaasa ning Beckyle näis see kõik nagu muinasjutt. Kaks aastat elas Becky unenäolist elu. Oli õnnelik koos inimesega, kes temast hoolis, oli temasse armunud. Aga kõik see pidi drastiliselt muutuma.

Vaid kaks ja pool aastat tagasi oli Ian olnud juhtumisi valel ajal vales kohas. Ta oli teel tavapäraselt reedeselt golfimängult koju ning Becky talle helistanud ja palunud tuua alkoholipoest pudeli punast veini.

Kui Ian nappi veinivalikut silmitses, sisenes talle märkamatult poodi kaks jäähokimaskis meest. Seda kauplust oli tihti röövitud – vaid viimasel kuul juba kaks korda. Selle omanikul oli „politsei saamatusest" kõrini, ja ta oli otsustanud, et kui politsei teda ei kaitse, teeb ta seda ise.

Ian oli viimaks valinud välja pudeli Austraalia Shirazi, kui kuulis müügisaali eesmisest osast valju karjumist. Algul arvas ta, et rahulolematu klient vaidleb omanikuga, aga vaidlus muutus kiiresti ägedamaks. Ian kiikas vargsi riiuli nurga tagant. Avanev vaatepilt oli tragikoomiline. Mõlemad maskis mehed seisid leti ees, relvad peos, ja sihtisid poeomanikku, kes omakorda sihtis kaheraudsest kordamööda maskis mehi.

Ian taganes vaistlikult, püüdes end viski- ja konjakiriiulite vahel varjata. Suutmata närvilisust talitseda, taganes ta liiga kiiresti, komistas, põrkas riiuli otsa ja kaks pudelit lendas põrandale puruks. Ootamatu müra oli kõigi jaoks üllatuslik ning see ehmatas kahte maskis meest, kes avasid Iani suunas tule.

Kuna mõlema maskis mehe tähelepanu oli korraks hajutatud, nägi poeomanik võimalust ja tulistas kähku uksele lähemal seisvat meest. Võimas plahvatus virutas ohvri õhku, tema pea plahvatas. Poeukse klaasi killud lendasid nagu raheterad. Nähes kaaslase peata keha maha varisemas, sattus teine maskis mees paanikasse. Enne kui omanik jõudis püssitoru teise maskis mehe poole suunata, tulistas too kaks korda järjest, tabades sihtmärki kõhtu.

Poeomanik vaarus tagurpidi, aga jõudis ja jaksas veel korra päästikule vajutada.

Varem tulistatud kuulid olid Ianist kuidagimoodi mööda lennanud ning tabanud viski- ja konjakipudeleid tema taga. Paanikas ta komistas, kaotas tasakaalu ja üritas vaistlikult enne kukkumist millestki kinni haarata. Ainus, milleni ta ulatus, oli pudeliriiul. Ta kukkus raskelt, riiul lendas tema jalgadele, pudelid purunesid põrandal. See oleks olnud üsna õnnelik õnnetus, kui pudeliriiul poleks põrganud vastu seinal olevat putukatõrjelampi, lüües selle kildudeks ja tekitades sädemeid. Alkoholikokteil, mis Ianit kattis, süttis nagu bensiin.

Foorituli muutus roheliseks ja Becky sõitis edasi, püüdes meeleheitlikult nuttu maha suruda.

Ta oli peaaegu kaks ja pool aastat kohtamas käimist vältinud ega teadnud praegugi, kas see oli hea mõte. Iani kaotuse valu oli alles liiga värske.

Becky oli kohtunud Jeffiga kohalikus toidupoes. Samas toidupoes, kus käis pärast tööd kaks korda nädalas toiduaineid ja veini ostmas. See oli juhuslik kohtumine. Beckyl oli olnud probleeme küpse meloni valimisega ühe uue salatiretsepti jaoks. Ta oli uurinud ühte ja teist, hoidnud neid mõlema käega, pigistanud ja siis kõrva juurde tõstnud.

„Kas te otsite sellist, mille sees on üllatuskingitus?" Need olid Jeffi esimesed sõnad talle.

Becky naeratas. „Olen löökpillimängija. Melonid on suurepärased marakad."

Jeff kortsutas kulmu. „Tõesti või?"

Becky naeris. „Vabandust. Mul on selline huumorimeel. Olematu. Püüan leida õiget melonit … küpset."

„Nende raputamine ei aita." Mehe hääl ei tundunud sugugi üleolev. „Saladus on lõhnas. Mõnedel on magusam, küpsem lõhn, ja need on ka rohkem valmis," selgitas ta, tõstis meloni nina juurde ja nuusutas pikalt. „Aga need ei tohi olla liiga magusad, sest siis on need ülevalminud." Ta ulatas meloni naisele. Becky katsetas seda võtet ja tõstis meloni nina juurde. Viljast õhkus magusat sooja lõhna. Jeff pilgutas silma ja läks edasi.

Järgmistel nädalatel kohtusid nad veel mitmel korral. Becky oli alati jutukas ja humoorikas, Jeff rahuldus kuulamise ja naermisega. Naise huumorimeel oli kõikides jutuajamistes ilmne.

Kui nad olid mõne kuu niimoodi toidupoes kohtunud, leidis Jeff viimaks julgust Becky õhtusöögile kutsuda. Naine kõhkles algul, ent otsustas siis nõustuda. Nad leppisid kokku, et kohtuvad järgmisel esmaspäeval pool üheksa õhtul Belvedere restoranis Santa Monicas.

Nelikümmend neli

Washington Square asub Washington Boulevardi rannapoolses otsas Venice Beachi vastas. Seal on hulk tuntud baare ja restorane, muu hulgas ka Venice Whaler. Esmaspäevaõhtud ei ole üldiselt seal kõige rahvarohkemad, aga suure baarileti ääres seisis sellegipoolest värvikas kamp lühikestes pükstes ja rannasärkides noori. Õhustik oli lõõgastunud ja meeldiv. Oli lihtne mõista, miks Isabellale oli siin baaris meeldinud.

Hunter ja Garcia jõudsid Venice Whalerisse pool kuus ja poole seitsmeks olid nad vestelnud kõikide töötajatega, sealhulgas kahe koka ja köögi jooksupoisiga, aga mida rohkemate inimestega nad rääkisid, seda enam masendusse langesid. Vahet polnud, kas lühikesed või pikad juuksed, habe või mitte. Mitte keegi polnud kunagi näinud meest, kes sarnaneks arvutipildil olevaga.

Kogu personaliga vestelnud, otsustasid Hunter ja Garcia küsida sama paarilt kliendilt, aga see ei muutnud midagi ja Hunterit see ei üllatanud ka. Mõrtsukas oli liiga ettevaatlik, liiga hoolikas, ei riskinud tühja, ja Hunteril oli tunne, et potentsiaalsete ohvrite valimine rahvarohketest ja populaarsetest baaridest polnud tegelikult tema stiil – see oli liiga ohtlik, liiga avalik, liiga palju oli tegureid, mida mõrtsukas ei saanud mõjutada.

Jätnud ühe joonistuse baari juhatajale, läksid nad oma nimekirja järgmisesse baari – Big Dean's Cafésse. Tulemus oli

243

täpselt sama mis Venice Whaleris. Mitte keegi ei mäletanud kedagi, kes sarnaneks selle joonistusega.

„See on ilmselgelt tühja tuule tagaajamine," tähendas Garcia silmanähtavalt häiritult.

„Tere tulemast psühhopaatide tagaajamise maailma," ütles Hunter imalalt naeratades. „Nii see käibki. Ärritus ja pahameel käivad asja juurde. Pead õppima sellega toime tulema."

Kell oli saanud kaheksa, kui nad jõudsid kolmandasse, viimasesse baari selle õhtu nimekirjas – Rusty's Surf Ranchi, kus sisustuse põhiteemaks oli liivakarva puit. Väikese baarileti taga teenindas käratsevaid kliente rõõmsameelne baarmen.

Hunter ja Garcia läksid leti juurde ja kutsusid baarmeni. Pool tundi hiljem olid nad näidanud kõikidele töötajatele samu fotosid ja esitanud samu küsimusi – ei midagi. Garcia ei suutnud pettumust varjata.

„Ma tõesti lootsin täna õhtul midagi avastada ..." Ta mõtles sellele, mida oli äsja öelnud. „Olgu, võib-olla mitte avastada, aga mingit arengut," sõnas ta väsinud silmi hõõrudes.

Hunter otsis saalist istekohti. Õnneks lahkus parasjagu neljane seltskond ja laud jäi tühjaks.

„On sul kõht tühi? Mulle kuluks midagi hamba alla ära – istume." Hunter osutas tühjale lauale ja nad läksid sinnapoole.

Menüüd uurisid nad vaikuses, Hunter üritas otsustada. „Mul on kõht jube tühi. Võiksin süüa ära pooled asjad sellest menüüst."

„Kindel see. Mul pole kõht eriti tühi, võtan Caesari salati," sõnas Garcia ükskõikselt.

„Salati!" Hunter oli üllatunud. „Sa oled nagu suur tüdruk. Telli korralikku toitu," soovitas ta hapult.

Garcia avas vastu tahtmist uuesti menüü. „Olgu, võtan kanaga Caesari salati. On nii parem, emps?"

„Ja grillribisid sinna juurde."

„Kas sa tahad mind paksuks ajada? Seda on liiga palju."

„Tahan sind paksuks ajada? Sa *oledki* suur tüdruk," naeris Hunter.

Ettekandja tuli nende tellimust võtma. Garcia Caesari salatile ja ribidele lisaks võttis Hunter endale California burgeri ja praetud kalmaari ning kaks pudelit õlut. Nad istusid vaikuses. Hunteri terane pilk liikus ühe laua juurest teise juurde, peatudes igal lauasistujal vaid paar sekundit. Garcia silmitses paarimeest minuti jagu, toetas siis küünarnukid lauale, nõjatus ettepoole ja sosistas nagu saladust avaldades.

„Kas midagi on halvasti?"

Hunter pööras pilgu talle. „Ei, kõik on hästi," vastas ta rahulikult.

„Sa vahid ringi, nagu oleksid midagi või kedagi näinud."

„Ah see. Ma teen seda avalikes kohtades alati, see on nagu harjutus mu kriminaalpsühholoogia päevist."

„Tõesti ... mismoodi?"

„Me mängisime üht mängu. Käisime restoranides, baarides, klubides, säärastes kohtades, ja valisime kordamööda rahva seast kellegi välja, jälgisime teda mõne minuti ja üritasime profileerida."

„Ainult minutilise vaatluse järel?"

„Jah."

„Näita."

„Mis asja? Miks?"

„Ma tahan näha, kuidas see käib."

Hunter kõhkles hetke. „Olgu, vali keegi välja."

Garcia vaatas rahvast täis söögikohas ringi, aga pilk kandus baarileti poole. Kaks kena naist, üks heleda-, teine tumedapäine, olid koos dringil. Heledapäine oli ilmselgelt jutukam. Garcia oli oma valiku teinud. „See seal baarileti ääres. Näed neid kahte naist? Heledapäine."

Hunteri pilk langes naisele. Ta jälgis teda, tema silmade ja keha liikumist, omapärasid, seda, kuidas ta sõbrannaga rääkis, kuidas naeris. Tal kulus hinnanguga alustamiseks umbes minut.

„Ta teab, et on ilus. Ta on väga enesekindel ja talle meeldib tähelepanu, näeb selle nimel vaeva." Garcia tõstis parema käe üles. „Oota, kust sa seda tead?" „Võrreldes sõbrannaga on tal väga paljastavad riided. Seni on ta käega neli korda läbi juuste tõmmanud, see on kõige levinum vaadake-mind-žest, ja iga natukese aja tagant vaatab ta end peeglist pudelite taga."

Garcia silmitses heledapäist naist natuke aega. „Sul on õigus. Ta vaatas jälle."

Hunter naeratas ja jätkas siis. „Tema vanemad on rikkad ja ta on selle üle uhke. Ta ei üritagi seda varjata ja ta oskab nende raha kulutada."

„Miks sa seda arvad?"

„Ta joob šampanjat baaris, kus 95 protsenti klientidest tellib õlut."

„Ta võib midagi tähistada."

„Ei tähista," vastas Hunter veendunult.

„Kust sa tead?"

„Sest tema joob šampanjat ja tema sõbranna õlut. Kui nad tähistaksid, jooks ka sõbranna šampanjat. Ja nad ei öelnud toosti. Tähistades öeldakse alati toost."

Garcia muigas. Hunter jätkas. „Tema riided ja käekott on kallid. Ta ei pannud autovõtmeid käekotti, vaid jättis need baarileti kõigile näha, ja arvatavasti sellepärast, et võtme-hoidjal on mingi prestiižne automark nagu BMW või midagi. Abielusõrmust ei ole ja ta on nagunii liiga noor, et olla abielus või teha kõrgepalgalist tööd, nii et raha tuleb mujalt."

„Palun jätka." Garciale hakkas see asi meeldima.

„Tal on kaelas briljantidega kaunistatud W-tähe kujuline ripats. Arvan, et tema nimi on Wendy või Whitney, kuna need on kaks lemmiknime, mida Los Angelese rikkad vanemad oma lastele W-tähega panevad. Talle meeldib flirtida, see upitab tema ego veel rohkem, aga ta eelistab küpsemaid mehi."

„Nüüd pingutad sa küll üle."

„Ei pinguta. Ta vastab ainult vanemate meeste pilkudele ja eirab nooremate kuttide flirtimiskatseid."

„See pole tõsi. Ta vaatab ikka ja jälle enda kõrval seisvat kutti, ja too tundub üsna noor."

„Ta ei vaata kutti. Ta vaatab sigaretipakki kuti rinnataskus. Arvatavasti loobus alles hiljuti suitsetamisest."

Garcia näol oli tõustes veider muie.

„Kuhu sa lähed?"

„Kontrollin, kui osav sa tegelikult oled." Hunter vaatas Garciale järele, kui too baarileti poole läks.

„Vabandage, ega teil ei juhtu sigaretti üle olema?" küsis ta naiste juurde jõudes, ent suunas küsimuse blondile.

Naine naeratas võluvalt ja meeldivalt. „Vabandust, aga jätsin suitsetamise kaks kuud tagasi maha."

„Tõesti? Üritan ise sama. Lihtne see pole," sõnas Garcia samuti naeratades. Tema pilk liikus baariletile ja naise võtme-hoidjale. „Te sõidate mersuga?"

„Jah, paar nädalat tagasi sain." Naise elevus oli peaaegu nakatav.

„Väga lahe. Kas C-klass?"

„SLK kabriolett," vastas naine uhkelt.

„See on väga hea valik."

„Tean. Ma jumaldan oma autot."

„Mina olen muide Carlos," ütles Garcia kätt ette sirutades.

„Wendy, ja see on Barbara." Naine osutas oma tumeda-päisele sõbrannale.

„Väga meeldiv teie mõlemaga kohtuda. Kena õhtut," sõnas Garcia naeratades ja läks tagasi Hunteri juurde.

„Olgu, ma olen veel rohkem vaimustuses kui enne," tähendas ta istudes. „Üks on kindel. Sinuga ma pokkerit ei mängi." Kuni Garcia Hunteri profileerimisoskusi kontrollis, oli ettekandja nende söögi lauda toonud. „Oh, mul oli kõht rohkem tühi, kui ma arvasin," sõnas Garcia, kui oli ribid ja Caesari salati ära söönud. Hunter sõi alles burgerit. Garcia ootas, kuni ta lõpetab. „Miks sa otsustasid võmmiks hakata? Oleksid võinud saada profileerijaks … töötada FBI-s või kusagil."

Hunter võttis veel lonksu õlut ja tupsutas siis salvrätiga huuli. „Arvad, et FBI-s töötada on parem kui olla mõrvauurija?"

„Seda ma ei öelnud," väitis Garcia. „Tahtsin öelda seda, et sul oli valida ja sa valisid mõrvauurija ameti. Tean paljusid võmme, kes tapaksid võimaluse eest födede juures töötada."

„Aga sina ise?"

Garcia pilk püsis Hunteri näol. „Mina mitte. Mulle ei meeldi föded eriti."

„Miks?"

„Nad on minu meelest kamp ülespuhutud võmme, kes peavad end teistest paremaks ainult seetõttu, et kannavad odavat musta ülikonda, päikeseprille ja kuulareid."

„Kui ma sinuga esimest korda kohtusin, arvasin, et sa tahad ka FBI-agendiks saada. Sa kandsid odavat ülikonda." Hunter muigas.

„Kuule, see ülikond polnud sugugi odav. Mulle see meeldib, see on mu ainuke ülikond."

„Jah, arvata võis." Muie läks üle sapiseks naeratuseks. „Alguses mõtlesin saada profileerijaks. See oleks pärast doktorikraadi olnud loogiline samm."

„Jah. Olen kuulnud, et sa olid mingi imelaps ja oma töös geenius."

„Tegin kooli läbi kiiremini kui teised," sõnas Hunter tagasihoidlikult.

„Ja sa oled kirjutanud raamatu, mida kasutatakse FBI-s õppematerjalina?"

„See polnud raamat. See oli mu doktoritöö. Aga jah, sellest tehti raamat ja minu teada kasutab FBI seda endiselt."

„Vaat see on muljet avaldav," sõnas Garcia taldrikut eemale lükates. „Miks sinust siis FBI profileerijat ei saanud?"

„Olin kogu lapsepõlve ninapidi raamatutes. Tol ajal ma muud ei teinudki. Ma lugesin. Ilmselt hakkas selline elu mind tüütama. Mul oli vaja midagi põnevamat," vastas Hunter, paljastades vaid pool tõde.

„Ja FBI polnud piisavalt põnev?" küsis Garcia pilkava muigega.

„FBI profileerijad ei ole väliagendid. Nad töötavad laua taga ja kontorites. Sellist põnevust ma ei soovinud. Lisaks polnud ma valmis oma napist kainest mõistusest ilma jääma."

„Mis mõttes?"

„Ma ei usu, et inimese aju on piisavalt tugev, et teha tänapäevases ühiskonnas läbi profileerijaks saamise teekond ja jääda seejuures normaalseks. Kõik, kes otsustavad endale sääraseid pingeid peale panna, maksavad selle eest teatud hinda, ja see hind on liiga kõrge."

Garcia oli veidi segaduses.

„Noh, on kaks koolkonda, kaks peamist kurjategijate profileerimise teooriat. On psühholooge, kes usuvad, et osale inimestest on kurjus kaasa sündinud, umbes nagu aju väärtalitlus, mis paneb neid sooritama jõledaid tegusid."

„Ehk siis osade arvates on see haigus?" küsis Garcia.

„Just." Hunter jätkas. „Teised usuvad, et inimene areneb normaalsest üksikisikust sotsiopaadiks tema elu mõjutanud sündmuste ja asjaolude sunnil. Teisisõnu, kui sind ümbritses lapsena vägivald, kui sind lapsena kuritarvitati või väärkoheldi, on võimalik, et sa peegeldad seda oma täiskasvanueas, muutudes vägivaldseks. On siiani kõik arusaadav?" Garcia noogutas.

„Niisiis, lühidalt öeldes on profileerija ülesandeks püüda mõista, miks kurjategija käitub nii, nagu käitub, mis teda tegutsema paneb, mis teda tagant sunnib. Profileerijad üritavad mõelda ja käituda nagu kurjategija."

„Seda ma arvasin."

„Nojah. Nii et kui profileerija suudab mõelda nagu kurjategija, võib ta osata ette aimata kurjategija järgmist sammu, aga seda on võimalik teha ainult siis, kui ta kujutab ennast sügavuti ette sellesse ellu, mida ta peab kurjategija eluks." Hunter võttis lonksu õlut. „See jätab kõrvale esimese teooria, sest kui kurjus on nagu haigus, ei saa me sel puhul midagi ette võtta. Me ei saa minna ka ajas tagasi ega kurjategija agressiivset või kuritarvitamisega seotud lapsepõlve muuta, nii et jääb vaid kurjategija hetkeelu ja see ongi profileerimise esimene etapp. Me oletame, milline tema elu olla võiks. Kus ta elab, kus käib, mida teeb."

„Oletate?" Garcia oli hämmingus.

„Profileerimine seda tähendabki, meie parim pakkumine, tuginedes faktidele ja kuriteopaigast leitud asitõenditele. Häda on selles, et kui me kõnnime selliste ebanormaalsete kurjategijate jalajälgedes piisavalt kaua, käitume nagu nemad, mõtleme nagu nemad, süveneme sellistesse süngetesse mõttemaailmadesse, jätab see paratamatult arme … vaimseid arme, ja vahel läheb profileerija üle piiri."

„Mis piiri?"

„Piiri, mis ei lase meil nendesuguseks muutuda." Hunter vaatas korraks kõrvale. Kui ta jätkas, oli tema hääl kurb. „On olnud juhuseid, kui … profileerijad, kes on tegelenud sadistlike seksuaalkurjategijate juhtumitega, on ka ise sattunud sadist-likust seksist sõltuvusse, või vastupidi, muutunud seksuaalselt võimetuks. Pelgalt mõte seksile ajab neid oksele. Teised, kes on töötanud jõhkrate mõrvajuurdluste juures, on muutunud vägivaldseks ja ahistavaks. Mõned on ka ise julmi kuritegusid sooritanud. Inimese aju on endiselt suuresti tundmatu maa, ja kui seda piisavalt kaua kurjasti ära kasutada ..." Hunter ei pidanud lauset lõpetama. „Nii et mina otsustasin oma aju teistmoodi ahistada ja hakata mõrvauurijaks." Ta naeratas ja jõi pudeli tühjaks.

„Jah, ja see on päris hull ahistamine." Mõlemad naersid.

Poolteise kilomeetri kaugusel Rusty's Surf Ranchist vaatas hästi riietatud mees end Belvedere restorani fuajee pikast peeg-list. Tal oli seljas rätsepatööna valminud Itaalia ülikond, jalas läikima löödud kingad, ja hele parukas sobis talle ideaalselt. Kontaktläätsed muutsid tema silmad eriliselt roheliseks.

Oma kohalt nägi ta naist baarileti ääres istumas, punase veini klaas ees. Naine oli oma väikeses mustas kleidis kaunis.

Kas ta oli närviline või elevil? Seda ei osanud mees öelda.

Kogu selle aja toidupoes, kõik need kuud oli ta naist mõju-tanud, rääkinud talle valesid, pannud teda end usaldama. Täna õhtul saab ta oma valede eest tasu. Nagu alati.

„Tere, söör, kas te saate kellegagi kokku või õhtustate üksi?" Mees vaatas mõne sekundi teenindajale otsa.

„Söör?"

Mees vaatas uuesti naise poole. Ta teadis, et see naine on täiuslik.

„Söör?"

„Jah, ma kohtun sõbraga. Selle daamiga baarileti ääres," vastas ta viimaks meeldivalt naeratades.

„Väga hästi, söör, palun tulge kaasa."

Nelikümmend viis

Reedeõhtuti viibis Vanguardi klubis energiline kooslus inimesi, aga täna oli kliente tavapärasest rohkem. Ainsa Los Angelesi klubina esines just siin täna tuntud Hollandi DJ Tiësto. Klubi oli otsast otsani inimesi täis ja põhipidu pidi algama keskööl, aga kõik lõbutsesid juba praegu. See oli mehe eesmärgi jaoks ideaalne koht. Mida rohkem inimesi, seda väiksem on tõenäosus, et keegi teda märkab.

Ta oli kasvatanud habet kuus päeva, piisavalt, et ta teistsugune välja näeks. Maskeeringut täiendasid moekas puuvillane nokkmüts, süsimust kvaliteetne parukas ja väga värvikirev kallis särk. Tema nooruslik riietus oli sootuks erinev tema tavapärasest ärimehevälimusest Itaalia disaineriülikonna ja nahast portfelliga. Täna õhtul polnud ta ärimees.

Täna õhtul oli tal vaid üks eesmärk, ta pidi midagi kohale toimetama. Tal oli see olnud kuus päeva ja kuus päeva oli ta kaalunud, mida sellega peale hakata. Ärimehed ei ole just kõige ausamad inimesed, ja jumal ise teab, et tema polnud olnud kõige ausam ärimees, aga mõned asjad olid lihtsalt valed isegi tema jaoks. Ta pidi selles asjas midagi ette võtma.

Mees seisis VIP-ala vastas nurgas ja silmitses energilist rahvamassi, libistades pilguga üle tantsupõranda, otsides kedagi, kes võiks ta ära tunda – ta ei näinud kedagi sellist. Mees pistis käe püksitaskusse ja libistas sõrmed üle eseme. Alaseljale tekkis kohe külm kihelus, mis kulges mööda selgroogu ülespoole kuni kuklani välja. Ta võttis käe kähku ära.

„Hei, mees, tahad midagi?"

Noor tumedapäine poiss, kõige enam kakskümmend kolm, seisis tema ees. Mees kissitas silmi, nagu püüaks paremini näha. „Mis asja?"

„Tead küll, mees, reiv ju ... tahad hapet?"

„Oh ei, pole vaja," vastas mees, mõistes viimaks, mida nooruk silmas peab.

„Osta kohe, enne kui *show* algab," jätkas nooruk, noogates lava poole, nii et tumedad juuksed lendlesid nagu šampoonireklaamis.

„Ei ... pole vaja."

„Kui meelt muudad, olen olemas." Nooruk tegi näpuga ringi ja läks eemale.

Mees võttis veel lonksu oma Jack Danielsi kokakoolaga ja kratsis sügelevat habet.

Muusika lakkas korraks ning tuled ja laserid hakkasid tantsupõranda kohal sähvima. Laest paiskunud suitsujoad täitsid saali värvilise häguga. Rahvas kargas, karjus ja plaksutas. Nad olid valmis erikülalist vastu võtma.

See oli mehe võimalus. Kõik vaatavad lavale, mitte keegi ei pane tähele, kui ta väikese paki üle baarileti heidab. Ta jättis joogi sinnapaika ja trügis kärmesti januste klientide vahelt läbi, et seista baarileti paremas kaugemas otsas seina äärde. Isegi baarmen oli töö katkestanud.

„Daamid ja härrad, seda olete te oodanud. Tantsukingad jalga ja olge peoks valmis. Vanguardi klubi esitleb uhkusega: tema ainus *show* Los Angeleses, üks *house*-muusika tuntumaid nimesid maailmas ... Tiësto!"

Rahvas hullus. Värvilised laserid suunati lavale.

Mees võttis kähku taskust väikese kandilise paki, kummardus ette ja heitis paki käest. Kui see põrandale kukkus, läks ta kähku eemale, rõõmus, et oli sellest lahti saanud. Ta oli kindel, et mitte keegi polnud näinud teda seda sinna poetamas.

Veerand tundi hiljem sattus teine baarmen viimaks paki peale. Kiirustades baarileti otsa suunas, et teenindada üht väga lärmakat klienti, tundis ta jala all midagi kõrgemat. Ta vaatas maha ja nägi kandilist pakki. Ta kummardus ja võttis selle üles.

„Jou, Pietro!" hüüdis baarmen.

Pietro lõpetas kahe ilusa naise teenindamise ja tuli tema juurde.

„On see sinu oma?"

Pietro võttis väikese paki Toddi käest ära ja vaatas seda huviga. „Kust sa selle said?"

„Siit maast leidsin." Todd osutas kohale baarileti otsas.

„Kas sa nägid, kes selle tõi?"

„Ei. See võis siin tükk aega vedeleda. Nägin seda alles siis, kui sellele peale astusin."

Pietro silmitses tugevasti kinni teibitud pakki. Ta ei saanud aru, mis see on, aga nimi sellel ei jätnud mingit kahtlust selles, kellele see mõeldud oli – „D-KINGILE".

Nelikümmend kuus

Pietro läks VIP-ala trepist üles, arutledes, miks tema pidi postiljoni mängima. Siin oli hulk teisejärgulisi kuulsusi. Pietro trügis lärmakast massist läbi viimase laua poole paremal – see oli D-Kingi laud. Jerome, kes seisis paari meetri kaugusel bossi ees, oli juba pikajuukselist baarmeni märganud.

„Kas on probleeme?"

„Keegi jättis selle baari," ütles Pietro, ulatades kandilise paki endisele poksijale, kes vaatas seda küsivalt.

„Oota siin."

Pietro vaatas, kuidas lihaseline mees pöördus laua poole oma selja taga, kummardus ja sosistas midagi bossile, ulatades talle samal ajal väikese paki. Mõni sekund hiljem anti Pietrole märku lähemale tulla. Ta teadis, et pole põhjust närvis olla, aga tundis siiski, kuidas miski südant pitsitas.

„Kust sa selle said?" küsis D-King püsti tõusmata.

„Baarist. Keegi jättis selle sinna."

„Nii et keegi jättis selle baariletile ja läks minema või andis sinu kätte?"

„Ei kumbagi. Keegi viskas selle üle baarileti põrandale. Teine baarmen Todd leidis selle."

„Ja ta ei näinud, kes selle sinna viskas?"

„Väidab, et ei näinud."

„Millal ta selle leidis?"

„Umbes viis minutit tagasi. Andis minu kätte ja ma tõin selle kohe siia, aga see võis seal mõnda aega vedeleda. Meil oli baaris väga palju tegemist ja Todd ütles, et märkas seda ainult tänu sellele, et astus sellele peale."

D-King silmitses enda ees seisvat meest paar sekundit. „Olgu pealegi," lausus ta siis ja andis baarmenile käega märku lahkuda.

„Kas ma võin selle lahti teha, musike? Mulle meeldib kingitusi avada," ütles üks lauas istuvatest lõbutüdrukutest.

„Ikka, lase käia."

Naine rebis kähku ümbrispaberi katki ja tema elevil naeratus kustus sisu nähes kiiresti. „CD-plaat?" ütles ta pettunult.

„Mida kuradit?" D-King võttis plaadi tal käest, pööras ümber ja silmitses seda natuke aega. „See on DVD," lausus ta siis ükskõikselt.

„Kahju, ma lootsin briljante," tähendas teine lõbutüdruk.

„Ümbrispaberi sees on midagi," sõnas Jerome, nähes selle külge kleebitud väikest valget paberitükki. D-King võttis selle kätte ja luges vaikides.

Mul on kahju.

„Mis seal kirjas on, musike?"

„Minge teie kolm õige tantsima," kamandas D-King. „Tulge paarikümne minuti pärast tagasi."

Naised teadsid, et see pole palve. Kõik kolm vapustava välimusega lõbutüdrukut lahkusid VIP-alast kiiresti ja kadusid tantsijate sekka.

„Meil on limusiinis DVD-mängija, eks ole?" küsis D-King nüüd veidi uudishimulikumana.

„Mhmh," noogutas Jerome.

„Lähme vaatame seda kohe."

„Selge, boss." Jerome võttis tumeda Tallia ülikonna taskust mobiili. „Warren, too auto tagaukse juurde ... Ei, me ei lahku veel, aga tahame midagi kontrollida."

D-Kingile meeldisid autod ja ta ei varjanudki seda. Tema suurde autoparki kuulusid sellised mudelid nagu Ford GT, Ferrari 430 Spider, Aston Martin Vanquish S ja kõige uuemana kaheteistkümnele inimesele mõeldud Hummeri limusiin.

Viie minuti pärast olid nad Vanguardi klubi taga Warreni juures.

„Kas midagi on halvasti, boss?" küsis Warren, seistes kolmeteistmeetrise sõiduki avatud tagaukse juures.

„Ei, kõik on hästi. Peame lihtsalt midagi vaatama." D-King ja Jerome istusid limusiini ning ootasid, kuni Warren ukse sulges.

Väikesel paneelil keskmise istme kõrval oli hulk nuppe ja lüliteid, andes seal istujale täieliku kontrolli kõige üle: erinevad valgustugevused ja värvid, heli ja kõlar, ligipääs tipptehnoloogilisele DVD-süsteemile ja peidetud sahtel väikese relvaarsenaliga.

D-King istus mugavalt keskmisele istmele ja vajutas kohe nuppu. Temast paremal avanes puidust kapi luuk, tuues nähtavale kitsa DVD-mängija. Ta pistis kõhklematult plaadi sinna sisse. Eesmine vahesein, mis eraldas juhi osa ülejäänud salongist, libises ette ja laest vajus alla tohutu ekraan, mis ulatus auto ühest servast teise. Kõige selle peale kulus vähem kui kümme sekundit.

Ekraanile ilmus kehva kvaliteediga pilt ja Jerome ei saanud kohe arugi, mis seal toimub.

Räpases näruses ruudukujulises toas oli metalltooli küljes noor naine, silmad ja suu kinni seotud. Tema keha oli katki rebitud riiete alt poolenisti näha.

„Mis, kurat, see on?" küsis Jerome, ikka segaduses.

„Oota, neeger," vastas D-King ja sirutas käe edasikerimisnupu poole. Pilt ekraanil hüples hullununa mõned sekundid, siis võttis ta sõrme nupult ja lasi filmil jätkuda. Mõlemad vaatasid sõnatult veel veidi aega, kuidas hirmunud noort naist füüsiliselt, verbaalselt ja seksuaalselt kuritarvitati.

„See on haige, boss. Keegi teeb sinuga nalja," ütles Jerome, pööras näo ära ja valmistus luksuslikust autost välja astuma.

„Oota korraks." D-King takistas oma ihukaitsjat, enne kui viimane jõudis ukse avada. Midagi oli viltu, D-King tunnetas seda. Ta sirutas taas käe kerimisnupu poole ja keris filmi mitu minutit edasi. Kui ta käe ära võttis, jätkus film endiselt vägivalla ja kuritarvitamisega.

„Kuramus, pane kinni, boss, mul hakkab halb," anus Jerome.

D-King tõstis käe, andes Jerome'ile märku vait olla. Ta keris filmi veel veidi edasi ja pani selle uuesti mängima vahetult enne viimast stseeni.

Kui kaks salapärast tegelast valmistusid filmi haripunktiks, sai D-King aru, mis kohe juhtub. Jerome ei taibanud endiselt midagi, aga vaatas ekraanile. Mõlemad nägid hetke, mil side naise silmadelt maha kisti.

„Mida kuradit!" röögatas Jerome tagurpidi nõksatades. Kaamera keskendus naise näole. „See on Jenny." Tema hääles oli nii veendumus kui ka küsimus.

D-King oli tervelt minut varem aru saanud, kes see naine on. Viha kiirgas igast tema keharakust. Nad vaatasid morbiidses vaikuses, kuidas nuga naise kõri läbi lõikab nagu samurai mõõk riisipaberi. Kaamera suumis naise abitu pilguga surevaid silmi ja verd, mida kõrihaavast voolas.

„Mis, kurat, siin toimub, boss?" Jerome'i hääl oli ärev ja vali.

D-King vaikis, kuni salvestis lõppes. Kui ta suu avas, oli tema hääl jääkülm. „Mis sa ise arvad, Jerome? Me nägime äsja, kuidas nad Jennyt piinasid ja ta tapsid."

„Aga see on vale. Uurijad ütlesid, et tal polnud kuuli- ega noahaava, et ta nüliti elusast peast. Me nägime äsja, kuidas keegi tal kõri läbi lõikas."

„Uurijad ütlesid, et naine, kelle pilti nad meile näitasid, nüliti elusast peast. Me arvasime, et see oli Jenny. Me eksisime."

Jerome pani mõlemad käed näo peale. „See on täiesti perses, boss."

„Kuula mind." D-King nipsutas kaks korda sõrmi, et Jerome taas talle otsa vaataks. „Nüüd läheb asi tõsiseks. Ma tahan neid kahte sealt videolt," ütles ta niisuguse raevuga, et Jerome värisema hakkas. „Ma tahan seda närukaela, kes kaamerat hoidis, ma tahan seda, kellele kuulub see sitane urgas, ja ma tahan inimest, kes kogu selle kuradi asja taga on, kuuled?"

„Jah, boss," vastas Jerome end kogudes.

„Ära sellest kellelegi räägi. Ma ei taha neid raipeid minema hirmutada. Kasuta ainult usaldusväärseid inimesi. Tahan neid kiiresti, ja võimaluse korral elusana. Vahet pole, kellele sa maksad. Vahet pole, kui palju sa maksad. Vahet pole, mida selleks vaja teha on."

„Aga võmmid?" uuris Jerome. „Peaksime neile vist ütlema, et fotol polnud Jenny."

D-King pidas hetke aru. „Sul on õigus, aga enne tahan ma need tüübid kätte saada. Pärast seda võtan võmmidega ühendust."

Nelikümmend seitse

Möödas oli mitu päeva ning otsingud klubides ja baarides polnud tulemust andnud. Nad olid kogu Santa Monica läbi kamminud ning liikunud edasi Long Beachi baaride ja klubide juurde, ent vastused olid kõikjal ühesugused. Juurdlus ei liikunud ka muus osas edasi. Nagu esialgsete krutsifiksimõrvade puhul, ei olnud nad ka nüüd suutnud veel ohvrite vahel seoseid leida. Oli võimalik, et Jenny ja George tundsid teineteist mõnelt seksipeolt, kus olid käinud, aga esimest ohvrit polnud nad veel tuvastada suutnud. Mitte keegi ei osanud kindlalt väita, et näota naine on tõepoolest Jenny Farnborough. Carlos polnud tema perekonda Utah'st ega Idahost leidnud. Neil olid ainult oletused ja kapten Bolter vihkas oletusi. Ta tahtis fakte.

Iga tulemusteta lõppenud päeva järel teadsid nad, et on päeva võrra lähemal järgmisele telefonikõnele – järgmisele ohvrile. Kõigi kannatus oli katkemas, muu hulgas ka politseiülemal. Ta nõudis kapten Bolterilt tulemusi, kes omakorda nõudis tulemusi oma kahelt uurijalt.

Juurdlus haaras vähehaaval kõik enda võimusesse. Garcia polnud Annat viimastel päevadel õieti näinudki. Hunter oli paar korda Isabellaga telefonis rääkinud, aga romantilisteks kohtumisteks aega polnud. Aeg hakkas otsa saama ja nad teadsid seda.

Hunter jõudis tööle varakult ja leidis taas Garcia laua tagant istumas.

„Meil on uudiseid," ütles Garcia kohe, kui Hunter sisse astus.

„Too mulle naeratus näole, ütle, et keegi tundis mehe joonistuselt ära."

„Uudised on küll head, aga mitte nii head," vastas Garcia veidi vaoshoitumalt.

„Räägi siis."

„Doktor Winston saatis mulle DNA-analüüsi tulemuse, mis tehti George Slateri autost leitud juuksekarvale."

„Viimaks ometi. Nii?"

„DNA-d ei saadud, kuna karvanääpsu ei olnud."

„Nii et see ei sattunud autosse loomulikul teel. See lõigati ära, mitte ei tõmmatud välja."

„Just."

„Nii et meil pole muhvigi?" küsis Hunter tüdinult.

„Ei, ei. Juuksekarval olid kemikaalid ja see võimaldas laboris välja selgitada, kust see pärit on."

„Nii?"

„Euroopast."

„Parukast?" Hunteri silmad läksid suureks.

„Kust sa tead, et Euroopa juuksed on parukast?"

„Ma loen palju."

„Õige jah. Ma unustasin selle," sõnas Garcia küüniliselt noogutades. „Nii et sünteetilisi parukaid kõrvale jättes on kolm parimat parukavarianti päris juuksed, inimese juuksed ja Euroopa juuksed. Parukatööstuses tähendavad päris juuksed ja inimese juuksed Aasiast pärit juukseid, mis on töödeldud ja valgendatud ning seejärel Euroopa juuksevärvidega sobivaks värvitud. See protsess kahjustab juukseid, aga on lihtsasti kättesaadav ja odav. Aga Euroopa parukad ..." Garcia vangutas pead, „... on peaaegu töötlemata juustest. Peamiselt Ida-Euroopast. Juuksevärve ei kasutata, ehkki vastupidavuse eesmärgil on need kaetud kalli palsamiga. Selline parukas on loomulikule juuksele nii sarnane, kui olla saab."

„Aga sel on kõrgem hind," nentis Hunter.

„Kuula seda – hinnad algavad ainult neljast tuhandest dollarist."

„Uhh." Hunter vilistas istudes.

„Just. Need parukad valmistatakse tellimustööna. Valmimisele kulub üks-kaks kuud ja see tähendab, et tellija peab jätma aadressi või telefoninumbri." Garcia naeratas innukalt. „Los Angelesis ei saa olla palju selliseid kohti, kus müüakse Euroopa parukaid."

„Catherine?"

„Mis asja?"

„Kas sa oled Catherine Slateri käest küsinud? Äkki kannab ta parukat. Paljud naised kannavad. Ta oleks jaksanud neid osta küll."

„Ei, veel mitte." Garcia entusiasm taandus. „Tegelen sellega kohe, aga kui ta parukat ei kanna, kas siis poleks mõistlik võtta ühendust kõigi LA parukategijatega, kes müüvad Euroopa juustest parukaid?"

Hunter sügas lõuga. „Jah, võime ju proovi teha. Arvan lihtsalt, et meie mõrtsukas on selleks liiga kaval."

„Mille jaoks liiga kaval?"

„Sa ütlesid, et need parukad tehakse tellimustööna?"

„Jah."

„Aga olen kindel, et parukategijatel on paar parukat näidistena välja pandud. Meie mõrtsukas pole nii loll, et tellib paruka ja jätab endast jälje maha. Ta ostaks selle, mis on parukategijal näidisena väljas, maksaks sulas ja ongi kõik. Pea meeles, et ta ei osta parukat välimuse pärast, nii et talle sobib igasugune parukas." Hunter tõusis ja läks kohvimasina juurde. „Üks asi veel."

„Mis siis?"

„Internet," vastas Hunter.

Garcia kortsutas kulmu.

„Internet võib meid aidata ja samas takistada," selgitas Hunter. „Mõni aasta tagasi oleksime ehk parukategijate juures hea õnne korral leidnud midagi, mis meid mõrtsukani juhatab, aga praegu ..." Ta kallas endale kohvi. „Praegu võib mõrtsukas selle internetist tellida mis tahes riigist ja saab paruka vähem kui nädalaga kätte. Ta võis osta selle Jaapanist, Austraaliast või otse Ida-Euroopast." Hunter vaikis, kui talle tuli veel üks mõte. „Ja siis veel eBay, kust mõrtsukas oleks saanud paruka osta eraisikult ja mitte keegi ei aimaks midagi. See tüüp on liiga kaval, et endast mingi jälg maha jätta."

Garcia pidi tunnistama, et Hunteril on õigus. Igaüks, kel vähegi oidu peas, saaks praegusel ajal internetist osta peaaegu kõike ja jätta maha nii märkamatu jälje, et seda on võimatu leida. Tuleb lihtsalt teada, kust osta.

„Meil võib vedada, ta võis meid rumalaks pidada ja tellida paruka poest," lausus Garcia positiivselt mõeldes.

„Võimalik. Ma ei välista ühtegi võimalust. Kontrollime parukategijate juurest igaks juhuks järele."

„Tahtsin talle vähemalt ühe sammu lähemale jõuda, enne kui ta sellele paganama tahvlile järjekordse foto lisab," ütles Garcia ja osutas korktahvlile, mispeale Hunteri tähelepanu sellele kandus.

Hunter seisis veidi aega liikumatult, pilk fotodele kinnitunud.

„On kõik korras?" küsis Garcia mõne minuti pärast. „Sa ei pilguta silmi."

Hunter tõstis käe, paludes Garcial veidi aega oodata. „Midagi on siit puudu," ütles ta viimaks.

Garcia pöördus tahvli poole. Kõik fotod olid olemas. Mitte midagi polnud liigutatud, selles oli ta kindel.

„Mis asi siis?"

„Veel üks ohver."

Nelikümmend kaheksa

„Mida kuradit sa ajad? Mis mõttes üks ohver on puudu? Nad on kõik seal. Seitse esimesest tapatööst ja kaks sestsaadik, kui ta uuesti tapma hakkas." Garcia suunas pilgu tahvlilt Hunteri poole.

„Meil on ohver, keda ta ei märgistanud, kelle kuklal pole topeltkrutsifiksi, kelle pärast ta mulle ei helistanud. Meil on ohver, keda ta ei tapnud."

„Ohver, keda ta ei tapnud? Oled sa laksu all või? See on täiesti segane jutt."

„Ei ole. Ta ei tapnud teda, nagu tappis teised ohvrid ... tema tõttu see ohver tapeti."

„Kas sa kuuled ka, mida sa suust välja ajad, napakas? Keda ta ei tapnud?"

Hunter vaatas Garciale otsa. „Mike Farloed."

„Mike Farloed?" Garcia oli hämmingus.

„Tõeline mõrtsukas lavastas ta krutsifiksimõrvades süüdi, eks? Olen seda varemgi maininud, telefonis, kui mõrtsukas helistas mulle pärast näota naise leidmist, aga mingil põhjusel ei taibanud ma seda siis."

„Mäletan, et sa mainisid seda jah. Seisin sinu kõrval."

„Süüdi lavastamine teeb Mike Farloest ohvri."

„Vaikimisi," nõustus Garcia.

„Vahet pole, ta on sellegipoolest ohver." Hunter läks tagasi oma laua juurde ja hakkas paberites sobrama. „Nii, mida me sellest mõrtsukast teame?"

„Mitte midagi," vastas Carlos kergelt naerma turtsatades.

„See pole tõsi. Teame, et ta on põhjalik, intelligentne, pragmaatiline ja valib ohvreid väga-väga hoolikalt."

„Olgu," sõnas Garcia ikka kõhklevalt.

„Mõrtsukas ei valinud Mike Farloed suvaliselt. Nagu ohvrid, nii pidi ka see subjekt vastama teatud profiilile. Erinevus on selles, et see subjekt pidi vastama mõrtsuka profiilile. Kui täpne olla, siis sadistliku, religioosse sarimõrvari profiilile."

Garcia hakkas Hunteri teooriale pihta saama. „Nii et kui te oleksite vahistanud kellegi, kes sellele profiilile ei vasta, poleks te teda mõrtsukaks pidanud?"

„Just. Mõrtsukas on tark, aga ta teab ka, et meie pole lollid. Me ei jääks uskuma esimest ettejuhtuvat inimest, keda ta otsustas süüdi lavastada. See pidi olema õige inimene. Keegi usutav. Keegi, keda meie usuksime. Mike Farloe oli täiuslik valik."

Garcia tõmbas kätega läbi juuste ja moodustas väikese hobusesaba. „Kas Mike'il oli kuritegude register?"

„Kurat, muidugi. Ta viibis alailma noortevanglas ... Kolm süüdimõistmist avalikus kohas enesepaljastamise eest. Talle meeldis koolilastele liputada."

„Pedofiil?" küsis Garcia suud väänates.

„Suure tähega. Ta sai kaks aastat kaheteistkümneaastase poisi käperdamise eest ühes kesklinna tualetis."

Garcia vangutas pead.

„Ja kust Mike Farloe sugust inimest leida?" jätkas Hunter.

„Ehk teadis mõrtsukas teda varasemast ajast," pakkus Garcia.

„Võimalik, aga vaevalt. Mike oli üksik hunt, elas üksi, naist, kallimat, lapsi polnud. Ta töötas prügikorjajana ja veetis suure osa ajast oma väikeses räpases korteris piiblit lugedes. Tal polnud mingit elu."

„Aga patsiendiinfo? Meie mõrtsukal võib olla juurdepääs patsiendiinfole. Me teame ju, et ta on meditsiiniharidusega, isegi doktor Winston ütles, et teda ei üllataks, kui mõrtsukas osutuks kirurgiks."

Hunter noogutas. „Ma mõtlesin sama."

„Religioossed sektid, kirikud? Kui Mike seal käis, võis mõrtsukas ta sealt välja valida."

„Seda kontrollime ka."

„Mida me Mike Farloest veel teame?" küsis Garcia.

„Suurt mitte midagi. Polnud mõtet tema tausta rohkem uurida, ta ju tunnistas üles, mäletad."

„Jah, ja see toob mu tagasi esimese küsimuse juurde. Miks, pagan, ta üles tunnistas? Miks võtta omaks sääraseid jõledad kuriteod, kui ta neid ei sooritanud ja teadis lisaks, et saab surmanuhtluse?"

„Et oma elu millegagi lõpetada," vastas Hunter otsustavalt.

„Kuidas palun?"

„Sa ju oled kuulnud inimestest, kes ei julge enesetappu sooritada, nii et nad ostavad hoopis relva ja käivad sellega vehkides mööda tänavaid ringi. Politsei tuleb kohale, käsib relva käest panna, inimene vehib sellega veel ja politsei kõmmutab ta maha."

„Jah, olen kuulnud."

„Nii. See järgib sama teooriat. Nagu öeldud, oli Mike üksik hunt, sõpru polnud, erilist elu ega lootust paremale elule ka mitte. Ta ilmselgelt teadis krutsifiksimõrvarist."

„Kõik teadsid krutsifiksimõrvarist, ajakirjandus hoolitses selle eest."

„Jah, nii et sind ei üllata, kui kuuled, et mõnede usufanaatikute meelest toimis krutsifiksimõrvar õigesti. Tappis patuseid."

„Ja Mike oli üks neist," lõpetas Garcia Hunteri lause.

„Tema oli arvatavasti fänniklubi esimees."

Garcia naeris.

„Igatahes oli krutsifiksimõrvar nende inimeste jaoks iidol, keegi, kes tegi jumala tööd, ja järsku anti Mike'ile võimalus oma iidoliks saada."

„Sa pead silmas, et oma iidoli süü enda peale võtta?"

„Sel pole tähtsust. Ülejäänud maailma jaoks oleks Mike Farloe nimi krutsifiksimõrvari sünonüüm. Ta vabaneks oma mõttetust elust. Tema nime mainitaks raamatutes ja teda analüüsitaks kriminoloogiakursustel. Surmas oleks tal au ja kuulsus, mida ta elus ei saanud."

„Aga sa ütlesid, et Mike teadis ohvritest asju, mida ainult mõrtsukas võis teada ... näiteks nende tapmise põhjuseid. Ta mainis, et üks ohver saavutas oma positsiooni paljude meestega magades. Kuidas ta seda teada sai?"

„Mõrtsukas ütles," järeldas Hunter.

„Mis asja?"

„Mõtle ise. Sa oled mõrtsukas ja tahad kellegi oma tegudes süüdi lavastada. Leiad viimaks õige inimese. Sõbruned temaga."

„See poleks väga keeruline olnud, kuna Mike'il polnud sõpru."

„Just. Suur osa jutuajamistest keerleks krutsifiksimõrvade ümber. Kui head tööd mõrtsukas teeb, vabastades maailma patustest ja muud säärast. Ja siis hakkad Mike'ile kuulujutte jutustama. *Kuulsin, et üks ohver oli haigusi kandev prostituut ... teine seksis oma firmas kõigiga, et tippu jõuda.*" Hunter muutis oma häält, teeseldes mõrtsukat.

„Valmistas teda vahelejäämiseks ette," sekkus Garcia.

Hunter surus hambad huulde ja noogutas.

„Aga miks mitte rääkida talle tõelise krutsifiksimõrvari sümbolist kuklal?"

„Sest mitte keegi peale mõrtsuka ja mõne juurdlusega tegeleva inimese ei teadnud sellest. Mike Farloele õigest sümbolist rääkides oleks too kohe kahtlustama hakanud. Mike oli väärakas, aga mitte loll."

„Ta oleks pidanud seda inimest tõeliseks mõrtsukaks?"

„Võimalik, aga vaevalt. Mike oleks arvanud, et see mees ajab jama."

„Miks?"

„Kuidas Mike sinu arvates krutsifiksimõrvarist üldse kuulis?"

„Ajalehtedest ja telerist."

„Just nimelt. Mike arvatavasti luges ja vaatas kõike, mida meedia krutsifiksimõrvari kohta avaldas. Ja ta uskus iga sõna. Inimesed on lihtsasti mõjutatavad. Kui Mike'ile oleks öeldud, et see, mida ta luges ja uskus, on jura, oleks see ta eemale tõrjunud, mitte tema usaldust võitnud. Keda tavaline inimene usub, ajalehti ja televisiooni või võhivõõrast?"

Garcia pidas hetke aru. „Õigus küll."

Hunter noogutas. „Mõrtsukas teadis, mida teha, et Mike'i usaldust võita."

„Kas sa arvad, et mõrtsukas lootis, et Mike süü omaks võtab?"

„Võib-olla, ma ei tea."

„Kaotada polnud midagi," nentis Garcia, aga miski näis teda siiski vaevavat. „Aga miks?"

Hunter heitis talle häiritud pilgu. „Kas sa pole mind üldse kuulanud? Ma just selgitasin, miks."

„Ei, miks Mike süüdi lavastada?"

Hunter vaikis ja vahtis kohvikruusi. „See oleks olnud mu järgmine küsimus. Mis on põhjused kellegi süüdi lavastamiseks?"

„Kättemaks?"

„Mitte päriselus."

„Häh?"

„Kellegi süüdi lavastamist kättemaksuks tuleb ette ainult Hollywoodi filmides. Päriselus jätavad inimesed kogu selle jura kõrvale, otsivad allika üles ja lasevad talle kuuli pähe. Milleks kogu see vaev keegi süüdi lavastada? Lisaks suri Mike mürgisüsti läbi, mis pole eriti piinarikas. Kui mõrtsukas tahtis, et ta piinleks, oleks ta ise Mike'i tapnud."

Garcia noogutas. „Tõsi."

„Miks veel kedagi süüdi lavastatakse?"

„Võib-olla tahtis, et politseijuurdlus lõpeks."

„Võimalik."

„Või oli tema esialgne plaan sooritada ainult seitse mõrva."

Garcia pöördus, et endale vett kallata. „Kui mõrtsukas oli eesmärgi saavutanud, polnud ju enam vaja juurdlust ja võimalust, et mõni võmm komistab asitõendite otsa, mis võivad mõne aasta pärast temani juhatada. Lavasta keegi teine süüdi, juurdlus lõpetatakse ja tema on puhtalt pääsenud."

„Aga nüüd muutis mõrtsukas meelt ja kavatseb veel seitse ohvrit tappa?"

Garcia kergitas kulmu. „Võib-olla."

„Seda ma ei usu. Sel mõrtsukal on algusest peale kindel plaan ja ma olen kindel, et ta püsib selle juures. Kui ta on oma eesmärgi saavutanud ja me teda selleks ajaks tabanud pole, siis ta kaob ja me ei kuule temast enam kunagi." Hunteri hääl oli tõsine.

„Kui Mike vahistati, kas teil oli siis ka mõni teine kahtlusalune, keda uurisite?" küsis Garcia vaikust katkestades.

Hunter raputas pead.

„Te ei hakanud kellelegi ega millelegi lähemale jõudma?"

„Olen sulle öelnud, et meil polnud midagi, ei kahtlusaluseid ega niidiotsi – aga ma tean, kuhu sa sihid. Kui me oleksime hakanud kellelegi lähemale jõudma, eriti õigele isikule, oleks Mike'i süüdilavastamine meie tähelepanu mujale viinud."

„Mhmh! See oleks juurdlusele lõpu teinud. Milleks edasi uurida, kui nii paljude süüdimõistvate asitõenditega kahtlusalune on olemas?"

„Meil polnud teisi kahtlusaluseid."

„Aga mõrtsukas seda ei teadnud. Või siis sai ta politseist siseinfot."

„Väga vähestel oli see info ja nad kõik olid usaldusväärsed."

„Olgu, aga võib-olla sattusite te millegi peale, mis viis mõrtsukale üsna lähedale."

Hunteri lõualihas pinguldus. „Me ei jõudnud kuhugi. Meil oli seitse ohvrit ja suur hulk pahameelt," ütles ta, vaadates aknast kuhugi kaugusse. „Aga loeme toimikud uuesti läbi ... vaatame aega kuni kaks kuud enne Mike'i vahistamist. Kontrollime üle, mis meil siis oli."

„Üks võimalus on veel," sõnas Garcia, lapates oma laual pabereid.

„Mis siis?"

„Kui pikk oli vahe Mike Farloe vahistamise ja uue ohvri vahel?"

„Poolteist aastat?"

„Mis siis, kui mõrtsukas lavastas Mike'i süüdi, kuna teadis, et ei saa mõnda aega tappa? Näiteks istus mingi väiksema süüteo eest kinni."

Hunter naaldus tooli seljatoele ja pani käed rinnale risti. „Sellega on see häda, et ta pidi ette teadma, et on nii kaua ära. Kellegi süüdilavastamine võtab aega, ja nagu varem öeldud, pidi ta kõigepealt õige inimese leidma. Enne vahistamist eriti ju kedagi ette ei hoiatata. Aga ..." Hunter vehkis parema käe nimetissõrmega Garcia suunas.

„Mis on?"

„Lõikus," sõnas Hunter kulme kergitades. „Mõrtsukal võis ees oodata mingi lõikus. Seda oleks ta pikalt ette teadnud."

„Aga mõrtsukas oli rohkem kui aasta vagusi. Milline lõikus inimese nii kauaks rivist välja lööb?"

„See on lihtne. Seljaopp, puusaopp, mis tahes lõikus, mis nõuab lisaks füsioteraapiat, et liikuvus ja jõud tagasi saada. Mõrtsukal on nende mõrvade sooritamiseks vaja kogu jõudu. Ta ei ründaks uuesti enne, kui on täielikult taastunud. Koostame nimekirja haiglatest ja füsioteraapiakliinikutest."

Garcia trükkis juba klaviatuuril esimest nime.

Nelikümmend üheksa

Nad tegelesid ülejäänud päeva Mike Farloe tausta uurimisega. Tema karistusregister oli pikk, aga mitte julm: süüdimõistmised enesepaljastamise, mittevägivaldse seksuaalrünnaku ja pedofiilia eest. Ta oli jätis, mõtles Hunter, aga mitte vägivaldne jätis. Viimane kord kinni istudes sai temast usklik ja vabanedes hakkas ta tänavatel jumalasõna kuulutama neile, kes kuulasid, ja ka neile, kes ei kuulanud.

Mike'i patsiendiinfos polnud midagi erilist. Mõned korrad suguhaiguste ravi ja murtud luud, kui tänaval peksa sai, aga muud ei midagi. Vaimuhaiglas polnud ta viibinud ja silma ei torganud miski. Nad jõudsid järeldusele, et mõrtsukas ei saanud valida Mike'i välja ei tema patsiendiinfo ega ka karistusregistri põhjal. Nad uurisid religioosseid sekte, kuhu Mike võis olla kuulunud, aga poole kaheteistkümneks öösel polnud nad midagi leidnud.

Garcia vaatas autot maja ette parkides korraks käekella. „Jälle üle kesköö." Viimase kahe nädala jooksul polnud ta kordagi enne varahommikut koju jõudnud. Ta teadis, et parata pole midagi. Selline tema töö oli ja ta oli valmis endast kõik andma. Anna kohta ei saanud sama väita.

Ta istus veidi aega parklapimeduses ja vaatas autost oma esimese korruse korteri akent. Elutoas põles tuli. Anna oli endiselt ärkvel.

Garcia oli naisele öelnud, et ta ei muretseks, et nad tegelevad keeruka juurdlusega ja ta peab palju ületunde tegema, aga teadis ka, et Anna ei kuula. Teadis, et naine oleks eelistanud, et ta oleks advokaat või arst, mida iganes muud, mitte mitte Los Angelese uurija.

Garcia möödus aeglaselt teistest parklas seisvatest autodest, läks maja juurde ja siis oma korteri ukse taha. Ehkki ta oli kindel, et Anna ei maga, avas ta välisukse võimalikult vaikselt. Anna lebas sinise kangaga kaetud diivanil, mille vastas idapoolsel seinal oli teler. Ta oli seljas õhuke valge öösärk ja juuksed olid ühel pool vastu pead litsutud. Silmad olid kinni, aga ta avas need, kui Garcia edasi tuli.

„Tere, kullake," ütles Garcia väsinud häälel.

Naine ajas end istuma ja tõmbas jalad enda alla. Tema abikaasa nägi teistsugune välja. Igal õhtul, kui ta tuli koju naise juurde, tundus ta veidi vanem, rohkem väsinud. Garcia oli mõrvarühmas töötanud vähem kui kuu, aga Anna jaoks näis see aeg aastatepikkune.

„Kuidas sa end tunned, kallis?" küsis ta vaikselt.

„Pole viga ... väsinud olen."

„Kõht on tühi? Kas sa sõid midagi? Külmikus on toitu. Sa pead midagi sööma," käis Anna peale.

Garcial polnud kõht tühi. Tõtt-öelda polnud tal eriti isu olnud sestsaadik, kui ta paar nädalat tagasi sellesse vanasse puumajja sisse astus, aga Annale ta seda öelda ei tahtnud. „Jah, natuke võiks süüa küll."

Nad läksid kööki. Garcia istus väikese laua taha, Anna võttis külmikust taldriku ja pani mikrolaineahju.

„Õlut tahad?" küsis ta uuesti külmiku juurde minnes.

„Viski sobiks paremini."

„See ei sobi toiduga. Võta praegu õlut, ja kui pärast tahad, siis ...."

Anna ulatas talle avatud Budweiseri pudeli ja istus tema vastu. Vaikuse katkestas mikrolaineahju piiksumine, mis andis teada, et õhtusöök on valmis.

Anna oli valmistanud üht Garcia lemmiktoitu – riisi Brasiilia ubade, kana ja köögiviljadega, aga Garcia oli suutnud süüa umbes kolm lusikatäit, kui hakkas toitu sonkima, üritamatagi seda suhu pista.

„Kas kanal on midagi viga?"

„Ei, kullake. Sa tead, et ma armastan su toite. Lihtsalt kõht pole nii tühi, kui ma arvasin."

Ilma igasuguse hoiatuseta surus Anna näo kätesse ja hakkas nutma.

Garcia läks kohe tema juurde ja põlvitas ta tooli ette. „Anna, mis viga?" Ta üritas naise pead kätelt tõsta.

Läks veel mõni sekund, enne kui naine talle viimaks pisarais silmade kurva pilguga otsa vaatas. „Ma kardan."

„Kardad? Mida sa kardad?" küsis Garcia murelikult.

„Seda, mida see uus töö sinuga teeb ... meiega teeb."

„Mis mõttes?"

„No vaata ennast. Sa pole mitu nädalat normaalselt maganud, ja kui sa vahel harva ka uinud, ärkad mõne minuti pärast külma higiga kaetult ja peaaegu karjudes. Sa ei söö. Oled nii palju alla võtnud, et näed haige välja, ja ma ... sa isegi ei vaata enam mind, rääkimata minuga vestlemisest."

„Anna andeks, kullake. Sa tead, et ma ei tohi käimas-olevatest juurdlustest rääkida." Ta üritas naist emmata, aga Anna tõmbus eemale.

„Ma ei tahagi, et sa mulle juurdluse üksikasjadest räägiksid, aga sinust on saanud siin nagu kummitus. Ma ei näegi sind enam. Me ei tee enam midagi koos. Isegi väikesed asjad nagu ühised söömaajad on luksuseks muutunud. Sa lahkud enne koitu ja tuled tagasi alles öösel. Iga kord sind uksest sisse astumas nähes on mul tunne, nagu sa oleksid osakese endast sinna jätnud. Me oleme võõrdumas. Mis saab poole aasta või aasta pärast?" küsis naine, pühkides põskedelt pisaraid.

Garciat tabas meeletu tahtmine teda kaitsta. Ta tahtis naise käte vahele võtta ja teda rahustada, aga tõtt-öelda kartis ta ka ise. Mitte enda, vaid kõigi teiste pärast. Vabaduses oli mõrtsukas, kes nautis ohvritele võimalikult suure valu tekitamist. Mõrtsukas, kes ei valinud ohvreid rassi, religiooni, sotsiaalse klassi ega millegi muu järgi. Tema järgmine ohver võis olla kes tahes, ka Anna. Garcia tundis end abituna.

„Palun ära nuta, kullake, kõik saab korda," ütles ta Anna juukseid puudutades. „Juurdlus edeneb, ja kui veab, siis saab see lugu varsti lahendatud." Garcia polnud kindel, kas ta isegi seda usub.

„Anna andeks," ütles Anna ikka pisarsilmil. „Aga ükski teine juhtum pole sind niimoodi mõjutanud."

Garcia ei osanud midagi kosta.

„Ma kardan seda, mida see töö sinuga teha võib. Ma ei taha sinust ilma jääda." Pisarad tulid taas silma.

„Sa ei jää minust ilma, kallis. Ma armastan sind." Garcia suudles naise põske ja kuivatas tema pisarad. „Luban sulle, et kõik saab korda."

Anna tahtis meest uskuda, aga ei näinud tema pilgus veendumust.

„Tule, lähme voodisse," ütles Garcia teda püsti aidates.

Nad tõusid aeglaselt. Anna kallistas teda ja nad suudlesid. „Ma kustutan elutoas tuled," ütles naine.

„Olgu, ma panen nõud nõudepesumasinasse." Garcia loputas oma taldriku vee all ära.

„Issand jumal!" karjatas Anna elutoas.

Garcia jättis taldriku nõudepesumasina peale ja jooksis köögist välja. „Mis on?" küsis ta, kiirustades Anna poole, kes seisis akna all.

„Keegi vaatas mulle seal all otsa."

„Mis asja? Kus?" küsis Garcia, vaadates aknast tühja tänavat ja parklat.

„Seal, nende kahe auto vahel," osutas naine kahele autole tänava keskel.

Garcia vaatas taas aknast välja. „Ma ei näe midagi, lisaks on seal üsna pime. Oled kindel, et nägid kedagi?"

„Jah. Keegi vaatas mulle otsa."

„Oled kindel?"

„Jah. See mees vaatas mulle otsa."

„Mees? Oled kindel, et mees?"

„Ei ole. Vist oli mees."

„Äkki oli kass või midagi."

„See ei olnud kass, Carlos. Keegi vaatas meie korterisse." Anna hääl oli ebakindel.

„Meie korterisse? Äkki ta vaatas maja."

„Ta vaatas mulle otsa. Ma tean seda, ma tundsin seda ja see hirmutas mind."

„Äkki mõni kohalikest noorukitest. Sa tead, et nad on alatasa varahommikuni väljas."

„Kohalikud noorukid mind niimoodi ei hirmuta." Annale tulid taas pisarad silma.

„Olgu, kas lähen alla ja vaatan ringi?"

„Ei ... palun jää minu juurde."

Garcia kallistas naist ja tundis teda enda vastas värisemas. „Ma olen siinsamas, kullake. Sa oled lihtsalt väsinud ja endast väljas. Kindlasti polnud see midagi erilist. Tule, lähme magama."

Parklas varjudesse peitunud võõras jälgis õelal muigel, kuidas nad kallistasid ja akna alt eemaldusid.

Viiskümmend

Nad olid ülesanded omavahel ära jaganud. Garcia vaatab üle Hunteri ja Scotti esialgse juurdluse toimikud ajast kuni kolm kuud enne Mike Farloe vahistamist. Tema tegeles ka parukategijate ja füsioteraapiakliinikute kontrollimisega.

Hunter võttis enda peale haiglad. Ta mõtles, kas helistada ja küsida neilt nende patsientide nimekirja, kellele tehti lõikus ajaperioodil kuni kaks kuud pärast Mike Farloe vahistamist. Selline operatsioon, millele järgneb pikk taastumisperiood, ennekõike füsioteraapia. Oma kogemuste põhjal teadis ta siiski, et mingile taotlusele vastamisele kulub selle pakilisusest hoolimata nädalaid. Et protsessi kiirendada, otsustas ta kontrollida Los Angelese kesklinna haiglaid isiklikult ja ülejäänutele esitada taotlus.

See ülesanne oli vaevaline ja aeglane. Kõigepealt oli vaja kindlaks teha, milline lõikus sellist pikka taastumisperioodi nõuab, ja siis otsida peaaegu pooleteist aasta vanuseid andmeid.

Hunterit ei üllatanud, et andmete arhiveerimine oli haiglates lausa naljanumber. Osa oli mingis umbses täistuubitud arhiiviruumis sahtlites. Osa oli kirjas kaootilistes tabelites ja veel mingi osa andmebaasides, millele väga vähesed inimesed oskasid ligi pääseda. Ta mõtles ka, et röövi- ja mõrvaosakonnas käib toimikute arhiveerimine umbes samamoodi.

Hunter oli sellega tegelenud poole üheksast hommikul. Keskpäevaks oli temperatuur tõusnud kolmekümne kuue kraadini ja halvasti ventileeritud ruumides meenutas Hunteri tegevus patukahetsust. Õhtupoolikuks oli särk higist märg ja ta oli jõudnud käia ainult kolmes haiglas.

„Kas sa oled ujumas käinud?" küsis Garcia, vaadates kulmu kortsutades Hunteri märga särki, kui too jaoskonda tagasi tuli.

„Eks istu ise mõni tund haiglakeldrite umbsetes haledalt pisikestes ruumides ja vaatame siis, kuidas see sulle meeldib," kähvas Hunter, kellele see sugugi nalja ei teinud.

„Kui sa tagi ära võtaksid, oleks sellest abi. Kuidas sul üldse läks?"

Hunter vehkis Garcia poole pruuni ümbrikuga. „Patsientide nimekirjad kolmest haiglast. Ei midagi erilist, aga asi seegi."

„Ja mis see on?" Garcia osutas karbile Hunter vasaku kaenla all.

„Oh, kingad," vastas Hunter ükskõikselt.

„Kus alles kulutab!"

„Asi selles ongi. Nägin neid vaateaknal ühe haigla lähedal. Pood suletakse nädala pärast ja kõik on *soodushinnaga*. Sain need üliodavalt."

„Tõesti? Kas tohib vaadata?" küsis Garcia uudishimulikult.

„Ikka." Hunter andis karbi tema kätte.

„Oo, päris kenad," sõnas Garcia, võtnud karbist välja mõlemad mustad nahast kingad ja uurinud neid iga nurga alt. „Ja jumal ise teab, et sa vajad uusi," lisas ta, osutades Hunteri vanadele kingadele.

„Pean need enne sisse kandma. Nahk on üsna jäik."

„Oleme viimasel ajal nii palju kõndima pidanud, et see küll probleem pole." Garcia pani kingad karpi ja andis karbi tagasi Hunterile.

„Kuidas sul läks?" Hunter naasis juurdluse juurde.

„Sain rääkida Catherine Slateriga. Ta ei kanna parukaid."

„No tore. Parukategijatega oli rohkem õnne?"

Garcia väänutas suud ja kortsutas pead raputades kulmu. „Kui me tahame saada nende klientide nimesid, kes on tellinud mõnelt LA parukategijalt Euroopa juukseid, on meil vaja orderit."

„Orderit?"

„Nad ei avalikusta oma klientide nimesid. Põhjendus on alati üks ... klientide privaatsus. Nende klientidele ei meeldiks, kui kogu maailm teaks, et nad kannavad parukat."

„Kogu maailm? Me tegeleme mõrvajuurdlusega, me pole ajakirjanikud. Me ei kavatse ju seda infot kõmuajakirjadele müüa," ärritus Hunter.

„Vahet pole. Kui orderit ei ole, siis nimesid ei saa."

Hunter viskas ümbriku lauale, pani tagi tooli seljatoele ja läks ühe ventilaatori ette.

„Täiesti uskumatu. Me püüame neid aidata, üritame tabada sadistlikku mõrtsukat, kelle järgmine ohver võib olla keegi nende perekonnast või nemad ise, aga koostöö asemel saame vaenulikkust ja vastupunnimist. Nagu meie oleksime pahad. Kohe, kui ütleme, et oleme politseinikud, oleksid nad nagu hoobi makku saanud. Kõik uksed virutatakse kinni ja snepperlukud keeratakse peale," sõnas Hunter oma laua juurde tagasi minnes. „Räägin kapten Bolteriga. Me hangime selle kuramuse orderi ja nimekirjad kohe, kui ..."

Hunter märkas, et Garcia on kuidagi kõhklev. „Miski häirib sind."

„Mind häirib George Slateri autost leitud juuksekarv."

„Lase edasi," ärgitas Hunter.

„Autost ei leitud midagi muud, eks? Ei sõrmejälgi, ei kiude, ainult paruka juuksekarv?"

„Ja sa arvad, et see pole meie mõrtsuka moodi?" järeldas Hunter. „Mõrtsukas teeb auto puhtaks nagu kõik eelmised kuriteopaigad, aga jätab juuksekarva maha?"

„Ta pole varem vigu teinud, miks nüüd?"

„Äkki see pole viga."

Garcia silmitses Hunterit segaduses. „Mida sa öelda tahad? Et ta tahab vahele jääda?"

„Sugugi mitte. Ta mängib, nagu ikka."

Garcia kahtles ikka veel.

„Ta teab, et me peame seda uurima. Ta teab, et me kontrollime kõike, küsitleme kõiki LA parukategijaid, kulutame aega ja raha."

„Sa arvad, et ta jättis juuksekarva sinna maha meelega?" Hunter noogutas. „Et meile kaikaid kodaratesse loopida. Saada aega järgmise tapatöö planeerimiseks. Ta hakkab lõppvaatusele lähemale jõudma," ütles ta vaikselt.

„Mida see tähendab – lõppvaatusele?"

„Nendel tapmistel on mõrtsukale mingisugune tähendus," selgitas Hunter. „Nagu ma juba öelnud olen, on sel mõrtsukal mingi eesmärk, ja miski ütleb mulle, et ta hakkab selleni jõudma."

„Ja sa usud, et kui me teda ei taba enne, kui ta oma haige plaani lõpetab, siis jääbki ta tabamata. Ta lihtsalt kaob."

Hunter noogutas pikkamööda.

„Püüame ta siis kinni," ütles Garcia, osutades pruunile ümbrikule, mille Hunter oli käigust haiglatesse kaasa toonud.

Hunter muigas. „Kõigepealt elimineerime sellest nimekirjast kõik alla kahekümne- ja üle viiekümneaastased. Seejärel üritame kõigist ülejäänutest foto saada. Võib-olla isegi leiame midagi."

„Anna üks nimekiri mulle."

„Kas sa oled esimese juurdluse toimikud läbi vaadanud?"

„Tegelen alles nendega."

Hunter tundus mõtlik.

„Mis on?" küsis Garcia.

„Miski on mind häirinud. Võib-olla lavastas krutsifiksimõrvar Mike Farloe süüdi selleks, et meid eksitada. Võib-olla tegi ta vea ja pidi seda kuidagi varjama."

„Vea?"

„Võib-olla. See võib olla kuidagi seotud viimase ohvriga. Sellega, kes tapeti enne Mike Farloe tabamist. Noor advokaat. Ma mäletan teda. Kas sul on tema toimik?"

„Peaks siin olema." Garcia hakkas oma laual olevates toimi-kutes sobrama.

Nende vestlust segas Garcia faksi helin. Ta tõmbas tooli lauale lähemale ja ootas väljatrükki.

„*Você tá de sacanagem!*" ütles Garcia järsku, kui oli pool minutit faksi lugenud.

Hunter ei saanud portugali keelest aru, aga teadis, et midagi head ei saa seda tähendada.

Viiskümmend üks

Hunter silmitses oma paarimeest ja ootas, ent Garcia luges ikka faksi, pobisedes midagi portugali keeles. „Mis, kurat, see on?" hüüdis Hunter viimaks kannatamatult.

Garcia sirutas käe välja, näidates mustvalget naise fotot. Hunteril kulus paar sekundit aega mõistmaks, mis see on. „On see Jenny Farnborough?"

Garcia raputas pead. „Ei, see on Vicki Baker."

„Kes?"

„Victoria Baker, kakskümmend neli, töötab Santa Monica Boulevardil 24 Hour Fitnessi-nimelises spordisaalis," luges Garcia pildi alt.

„Ma tean seda spordisaali," torkas Hunter vahele.

„Ta pidi teisel juulil Kanadasse sõitma."

„Ja kas sõitis?"

---

* *Você tá de sacanagem!* – Nalja teed või! (portugali k)

„Seda pole kirjas.“

„Kes selle meile saatis?“

„Logan kadunud isikute osakonnast. Mäletad, meil on ikka veel märguanne üleval, juhuks kui leitakse keegi, kes sarnaneb doktor Winstonilt saadud arvutipildiga?“

Hunter noogutas.

Kuna esimest ohvrit polnud üheselt tuvastatud, kehtis protokoll endiselt ja see tähendas ka pidevaid võrdlusi kadunud isikute andmebaasi lisatud inimestega.

„Millal tema kadumisest teatati?“

Garcia luges faksi teist lehte. „Kaks päeva tagasi.“

„Kes seda tegi?“

Garcia vaatas uuesti. „Spordisaali juhataja Joe Bowman.“

Hunter võttis faksi enda kätte ja silmitses seda hetke. Sarnasus oli olemas, ent Los Angelesis oli ilusaid pikki blondiine iga nurga peal. Hunter nägi, et mõlemad, nii Vicki Baker kui ka Jenny Farnborough, sobisid arvutipildiga. Kiirustades esimest ohvrit kindlaks tegema, olid nad lihtsalt eeldanud, et see on Jenny Farnborough.

„Millal Jenny Vanguardi klubist kadus?“ küsis Hunter.

Garcia lappas ülemisest sahtlist võetud pabereid. „Esimesel juulil. Vicki kadus päev hiljem.“

„See naine ei pruukinud kaduda kuuendal. Ta võis lennata Kanadasse ja kaduda seal, või kaduda siis, kui tagasi tuli, me ei tea seda veel. Helistame spordisaali ja kontrollime, kas Joe Bowman on täna tööl. Kui on, lähme sinna. LAX-i tolliülem on minu ammune sõber. Lasen tal uurida, kas Vicki läks kuuendal lennuki peale.“

Garcia asus uuesti arvuti taga tööle ja mõne klahvivajutusega oli tal spordisaali number olemas. Ta helistas ja naaldus tooli seljatoele, oodates kärsitult, et keegi vastaks. Telefon kutsus vaid kolm korda. Jutuajamine piirdus viie lausega.

„Ta on seal kuni poole kaheteistkümneni õhtul," ütles Garcia toru käest pannes.

„Lähme, sina sõidad. Ma helistan enne Trevorile."

Trevor Grizbeck oli Los Angelese rahvusvahelise lennu-välja – LAX-i – tolli- ja immigratsiooniosakonna juht. Hunter teadis, et lennufirmad ei avalda mingil juhul reisijate kohta infot ilma orderita, ja orderit polnud tal aega hankida. Oli aeg teeneid sisse nõuda.

Päike oli juba loojunud, aga palavus oli sama hull kui päeval. Hunter istus vaikselt ja luges Victoria Bakeri kohta saadetud faksi mitu korda, aga ikka tundus see liiga irreaalne. Kui nad Santa Monica spordisaali ette jõudsid, segas tema mõtteid mobiilihelin.

„Trevor. Mida sa teada said?"

„Nagu sa tead, ei pääse ma lennufirmade andmetele ligi, aga ma näen immigratsiooniosakonna infot. Kontrollisin igaks juhuks vahemikku esimesest kaheteistkümnenda juulini. Victoria Baker passikontrollist läbi ei käinud."

„Ta ei läinud lennukile."

„Tundub nii."

„Aitäh, semu."

„Iga kell. Ära võõraks jää."

Hunter trügis spordisaali fuajees seisvate inimeste vahelt läbi administraatori leti juurde, ametimärk peos.

„Kas Joe Bowman on siin juhataja?" küsis ta enne, kui administraator tema töötõendit vaadata jõudis.

„Jah." Vastus oli veidi häbelik.

„Me peame temaga rääkima." Hunteri hääl oli nõudlik.

Uurijad vaatasid, kuidas heledapäine administraator võttis kohe telefonitoru ja valis juhataja numbri. Järgnes kiire vaikne vestlus.

„Trish, kas sa saad siin viis minutit üksi hakkama?" küsis heledapäine naine toru käest pannes teiselt administraatorilt, kes oli lühike punapea, hulga tedretähnidega meresiniste silmade all.

„Jah, saan hakkama," vastas Trish kerge Texase aktsendiga. Blond administraator vajutas leti taga nuppu ja ühe pöördvärava tuli muutus roheliseks. „Palun tulge edasi, härrased," ütles ta uurijatele ja ühines nendega siis teisel pool. „Minu järel, palun."

Juhataja kabinet asus rahvast täis spordisaali peakorruse kaugemas otsas. Administraator koputas kolm korda, ja kui uks avanes, võttis neid vastu rabava välimusega afroameeriklasest mees, kes oli Hunterist umbes viis sentimeetrit pikem ja vähemalt kümme kilo raskem, kusjuures see kõik oli lihas. Tal oli seljas must liibuv T-särk, mis tundus kaks numbrit väiksem, kui olema pidanuks, ning tema siilisoeng muutis ta sõjaväeseersandi sarnaseks. Ta tutvustas end kui Joe Bowmani.

„Asi on ilmselt Vickis," ütles ta, juhatades uurijad kabinetti.

„Jah," vastas Hunter, kui nad istusid tugitoolidesse ilusa mustvalge laua vastas. Joe istus laua taha.

Hunter silmitses meest veidi aega. „Te tundute tuttav, kas me oleme varem kohtunud?" küsis ta ja kissitas meenutada üritades silmi.

Bowman põrnitses teda hetke. „Vaevalt, vähemalt mina ei mäleta."

Hunter jättis selle mõtte peagi õlgu kehitades kõrvale. „Teie teatasite Victoria Bakeri kadumisest, eks?" küsis ta.

„Jah."

„Ja miks?"

Bowman tõstis kummalise naeratuse saatel pilgu oma kätelt. „Sest ta on kadunud." Ta rõhutas iga sõna aeglasemalt, kui pidanuks.

Targutaja, mõtles Hunter. „Tahtsin teada, miks teie. Kas te olete tema abikaasa, kallim, armuke?"

Bowmani pilk liikus administraatorile, kes seisis endiselt ukse juures. „See on kõik, Carey. Ma jätkan ise."

Naine väljus sõnatult ja sulges enda järel ukse.

Bowman vaatas taas uurijate poole. „Ma pole tema abikaasa, kallim ega armuke. Olen abielus." Ta nookas laual oleva foto poole, millel oli mustade lühikeste juuste ja nakatava naeratusega naine.

Hunter vaatas fotot, ent kurbus Bowmani silmis reetis ta.

„Ta pidi olema tagasi tööl kahekümne kuuendal, aga pole siiamaani tulnud. See pole tema moodi. Ta on väga kohusetundlik, väga professionaalne, ei ole kunagi haige ega võta puhkust, alati õigel ajal kohal."

„Aga miks teie ja mitte tema sugulased, abikaasa või kallim?"

„Vicki pole abielus ja tal pole hetkel ka kallimat. Tema sugulased on Kanadas. Ta lendas nende juurde. Ta elab üksinda väikeses üürikorteris siit mõne kilomeetri kaugusel."

„Kas tema sugulased on teiega ühendust võtnud?" küsis Hunter. „Kui nad teda ootasid ja ta ei tulnud, kas nad siis ei muretseks?"

Bowman vaatas Hunterit närviliselt. „Nad ei teadnud, et ta tuleb. See pidi olema üllatus. Mis mõttes, ta ei tulnud?"

„Me kontrollisime lennufirmast, ta ei läinud lennuki peale."

„Issand jumal!" ütles Bowman, tõmmates kätega läbi juuste. „Ta on kogu selle aja kadunud olnud?"

„Te ütlesite, et ta pidi olema tagasi tööl kahekümne kuuendal, aga teatasite tema kadumisest alles kaks päeva tagasi, kolmekümne esimesel. Miks te viis päeva ootasite?"

„Tulin kolmekümne esimesel Euroopast. Käisin kulturismivõistlustel."

„Millal te Euroopasse sõitsite?" küsis Garcia.

„Kaks päeva pärast Vicki lahkumist." Bowman vahtis oma värisevaid käsi. „Oleksin pidanud helistama, kui Euroopas olin. Me rääkisime sel päeval, kui ta pidi Kanadasse lendama," pomises ta kurvalt.

„Miks te talle helistama oleksite pidanud? Ta oli ju kõigest alluv, eks?" käis Hunter peale.

Joe Bowman tundis end ebamugavalt. Ta üritas Hunterile nõrgalt naeratada, aga see ebaõnnestus.

Hunter tõmbas tooli lauale lähemale ja nõjatus küünarnukkidega lauale. „Joe, on aeg kõik ausalt ära rääkida. Ta oli enamat kui alluv, eks?"

Vaikus.

„Kuulge, härra Bowman, me ei ole abielupolitsei. Me ei taha teada teie suhetest oma abikaasaga," ütles Hunter, osutades raamitud fotole laual. „Aga Victoria Baker võib olla tõsises hädas ja me tahame aidata, aga selleks peate te meid aitama. Mida iganes te meile räägite, siit ruumist see edasi jõua. Kui ta teile midagi tähendab, siis palun aidake meid." Hunter naeratas enesekindlalt.

Bowman kõhkles hetke, vaadates abikaasa fotot. „Me oleme armunud," tunnistas ta viimaks.

Hunteri pilk püsis ta näol, oodates, et ta jätkaks.

„Kavatsesime kokku kolida."

Garcia silmad läksid üllatusest suureks. „Aga teie abielu?" küsis ta.

Bowman masseeris parema käega silmi ja viivitas vastamisega. „Mu abielu sai läbi paar aastat tagasi." Tema pilk oli taas fotol. „Armastust ei ole ... me ei suhtle teineteisega ... nagu oleksime võhivõõrad. Püüdsime aasta tagasi suhet lappida, aga pole midagi lappida." Tema hääl oli kindel, kerge kurbusenoodiga.

„Millal teie ja Vicki kohtamas käima hakkasite?"

„Umbes kaheksa kuud tagasi. Ta oli selline nakatavalt rõõmus ... aitas mul end taas õnnelikuna tunda. Nii et paar kuud tagasi otsustasin naiselt lahutust paluda ja teha seda, mis mind õnnelikuks teeb, ning see on Vickiga koos olemine."

„Kas Vicki teadis? Kas te rääkisite talle oma plaanidest?"

„Jah, sellepärast ta Kanadasse lendaski."

Hunter vaatas teda segaduses.

„Ta tahtis vanematele rääkida, et kavatseb minuga koos elama hakata. Tahtis nende õnnistust."

Hunter oli endiselt segaduses.

„Ta on pärit väga traditsioonilisest perekonnast," selgitas Bowman. „Tahtis, et nad mu heaks kiidaksid."

„Kiidaksid heaks mõtte, et nende tütar kolib kokku abielumehega?" küsis Garcia huviga.

„Ei," vastas talle Hunter. „Kiidaksid heaks mõtte, et nende tütar kolib kokku afroameeriklasega," nentis ta.

„Mustanahalisega," parandas Bowman. „Meile meeldib, kui meie kohta öeldakse mustanahalised. Seda me ju oleme ja mustanahaline ei ole solvav sõna. Kogu see poliitiline korrektsus on minu meelest üks jura, aga teil on õigus. Võib väita, et tema vanemad ei oleks meie suhet heaks kiitnud."

„Ja te ei olnud Euroopas viibides temaga ühenduses?"

„Ei ... oleksin pidanud olema ..." Bowmani hääl katkes.

„Miks ei olnud?"

„Vicki tahtis nii. Ütles, et vajab aega, et see mõte neile vastuvõetavaks muuta. Teadsin, et ta peab kolmekümne esimesel siin tagasi olema, nii et üritasin siis Euroopast helistada, aga ta ei vastanud. Ma ei saanud midagi ette võtta. Kui tagasi jõudsin, sattusin paanikasse, et teda pole, ja helistasin politseisse."

„Te ütlesite, et ta elab siit mõne kilomeetri kaugusel?" küsis Hunter.

„Jah, North Croft Avenuel."

„Kas teil on tema korteri võtmed?"

„Ei ole." Bowman ei suutnud Hunterile otsa vaadata. „Aga ma juba rääkisin sellest teiste politseinikega."

„Kadunud isikute osakonnast?"

„Jah."

„Meie pole kadunud isikute osakonnast. Oleme mõrvarühmast."

Bowman vaatas neid üllatuse ja hirmuga. „Mõrvarühmast?" Hunter võttis välja Isabella kirjelduse põhjal tehtud joonistuse ja veel kakskümmend versiooni sellest ning pani need Joe lauale.

„Olete te seda meest näinud?"

Bowman võttis värisevate kätega joonistused ja uuris neid hoolega.

„Ei saa väita, et oleksin. Kes ta olema peab?"

Hunter võttis sõnatult esimese ohvri arvutipildi ja pani lauale. Joe vaatas seda hämmeldunult. Tema pilk anus selgitust. „Miks teil on Vickist digitaalne pilt?" küsis ta ebakindlal häälel ja pisarsilmi enne, kui Hunter midagi küsida jõudis.

„Kuidas see Vicki kadumisega on seotud? Miks on minu kabinetis mõrvauurijad? Miks teil on Vickist digitaalne pilt?"

„Sel võib olla seos ühe teise juurdlusega, millega me tegeleme," selgitas Garcia.

„Mõrvajuurdlusega? Kas ta võib surnud olla?" Bowmani hääl oli hirmust kähe.

„Me ei tea veel."

„Issand jumal! Kes tahaks Vickile halba teha? Ta on maailma kõige lahkem inimene."

„Ärme veel järeldustega kiirusta, härra Bowman," sõnas Hunter teda rahustada üritades. „Aga see isik," ta osutas joonistustele, „olete kindel, et pole teda oma spordisaalis näinud?"

„Kui ta on siin käinud, peaksid administraatorid seda teadma."

„Ärge muretsege, me küsime neilt. Meil on vaja ka Vicki aadressi."

Joe pani vaikides aadressi kirja ja ulatas paberi Hunterile. „Kas te käisite klubides, pidudel, väljas, muud säärast?" jätkas Hunter.

Bowman oli segaduses. „Ei, üldse mitte. Minu olukorra tõttu ei saanud me oma suhet afišeerida."

Hunter noogutas. „Kas talle meeldis üksi või sõbrannadega sellistes kohtades käia?"

„Minu teada mitte," vastas Bowman kõhklevalt.

„Kas ta teie teada võis käia ebatraditsioonilistel pidudel?" sekkus Garcia.

Bowman ja Hunter vaatasid Garciat ühtemoodi hämmeldunult. Kumbki ei saanud täpselt aru, mida ta *ebatraditsiooniliste pidude* all silmas peab.

„Ma ei saa vist aru, mida te teada tahate," vastas Bowman.

Hunterit huvitas Garcia selgitus sama palju kui Bowmani.

Garcia leidis, et pole mõtet keerutada. „Kas ta käis seksipidudel, harrastas sadomasot, fetišeid ... sääraseid asju?"

„Mis küsimus see selline on?" küsis Bowman suuri silmi.

„Selline küsimus, mis on meie juurdluse seisukohast oluline."

„Kas te küsite minult, kas Vicki oli pervert?" möirgas Bowman solvunult.

„Ei, ainult seda, kas ta teie teada harrastas sellist asja."

„Ei harrastanud."

Hunter otsustas sekkuda. „Kas ta oli jõukas? Tähendab, kas ta sai head palka?"

Bowman pöördus Hunteri poole, taipamata, kuidas see asjasse puutub.

„Kas ta jaksas kalleid asju osta?" üritas Hunter selgitada.

„Milliseid asju? Uimasteid?" Bowmani ilme oli veel rohkem hämmeldunud.

„Ei. Ilutooteid – kreeme, ihupiimasid, meiki, naiste asju." „Rikas ta ei ole, vähemalt mitte LA mõistes, aga arvan, et ta teenib piisavalt. Ilutoodetele kulutab ta küll suuri summasid. Olen näinud teda maksmas kolmsada dollarit kortsuvastase öökreemi eest ja see pudel oli nätsupakisuurune."

Hunter kergitas üllatunult kulme.

„Ja see pole veel kõik," jätkas Bowman. „Nelisada dollarit Šveitsi silmakreemi eest, sada viiskümmend dollarit küünelaki eest, lisaks kulutused maniküürile, pediküürile, niisutavatele kreemidele, kosmeetilistele protseduuridele ja spaadele. Ta võib elada söömata, aga mitte oma kreemide ja seerumiteta. Vicki on väga edev. Ehk liigagi edev."

„Kas Vickil on kapp või koht, kus ta oma asju hoiab?" uuris Hunter.

„Jah, kõigil töötajatel on. Me julgustame kõiki trenni tegema. Kõigil on oma kapp."

„Tore, kas me tohime tema oma näha?"

„Sel on elektrooniline lukk ja selle avamiseks on vaja neljanumbrilist koodi. Seda teab ainult tema."

„Kindlasti saate te selle tühistada," sõnas Garcia.

Bowman kõverdas suud, teadmata, kas ta peaks seda tegema.

„Kas te ei vaja tema asjades sobramiseks orderit?"

„Me püüame teda leida, mitte vangi pista. Orderiga läheb umbes päev, meie aga kaotame seni väärtuslikku aega," vastas Hunter.

„See on naiste riietusruumis."

„Meil on vaja ainult viis minutit, nii et paluge seal viibivatel naistel end kinni katta," lausus Garcia.

Tekkis vaikus.

„Me kaotame aega," käis Hunter peale.

„Olgu," andis Bowman viimaks alla. „Oodake viis minutit. Lasen ühel administraatoril naisi teavitada."

Hunter silmitses Bowmani, kuni viimane administraatoriga rääkis. „Kas te olete kindel, et me pole varem kohtunud? Te tundute väga tuttav," ütles Hunter, kui Bowman telefonitoru käest pani.

„Ma olen olnud mitmes kulturismiajakirjas. Olen professionaal. Te olete ise ka päris heas vormis. Olete äkki neid ajakirju ostnud?" vastas Bowman omapoolse küsimusega.

Hunter nipsutas sõrmi. „Korra või paar. Seal ma teid arvatavasti nägingi."

Bowman naeratas tuimalt.

Kümme minutit hiljem seisid nad naiste riietusruumis kapi number 365 ees. Bowman toksis sisse kuuekohalise koodi, mis tühistas Vicki oma. Lukumehhanismi väike punane tuli muutus roheliseks ja uks avanes klõpsatades. Garcia oli toonud autost kummikindaid ja Hunter vaatas naise kapi läbi.

Palju seal asju polnud. Jooksutossud, kaks paari sokke, lühikesed püksid, topp ja sõrmeosadeta kangitõstmiskindad. Ülemisel riiulil olid need esemed, mida Hunter otsis. Pihustatav deodorant ja juuksehari. Ta võttis mõlemad välja ja pani kilekottidesse.

Bowman vaatas vaikides pealt, imestades, miks võtavad nad ainult kaks eset ja jätavad ülejäänu maha.

Viiskümmend kaks

Kell kaheksa õhtul valmistus doktor Winston päeva lõpetama ja koju minema, kui Hunter talle helistas. Deodorandilt ja juukseharjalt oli vaja otsida sõrmejälgi ja DNA-d.

Hunter teadis, et DNA-analüüsi vastustega läheb aega umbes viis päeva, ehk ka kolm, kui nad paluvad eriti kiirustada, aga sõrmejäljeanalüüsi saab täna õhtul ära teha. Doktor Winston lubas nad ära oodata.

Hunteril oli hea meel, et nad pole keldriruumis, kus ohvrite surnukehasid hoiti. Ta tundis end surnukuurimajas ebamugavalt, aga keldris oli lausa õudne olla. Kriminalistide labor asus esimesel korrusel ja doktor Winston oli palunud ühel kriminalistil, Ricardo Pinheirol, ennast sõrmejälgede võrdlemisega aidata. Hunter ulatas Ricardole deodorandipudeli ja vaatas, kuidas too sellele titaandioksiidist sõrmejäljepulbrit raputas. Pulbri kõrge murdumisnäitaja reageeris purgi siledal metallist pinnal peaaegu kohe, tuues nähtavale mitu selget sõrmejälge.

Ricardo pühkis üleliigse pulbri maha ja võttis sõrmejäljed läbipaistvatele tsellofaanist slaididele.

„Palja silmaga hinnates ütleksin, et siin on vähemalt kolmed sõrmejäljed." Ricardo eksis harva. Ta läks slaididega lähima mikroskoobi juurde ja analüüsis neid edasi.

„Jah, kolmed erinevad jäljed, aga üks on silmatorkavam," ütles ta minut hiljem.

„Võrdleme neid kõigepealt," ütles doktor Winston. „Kas sa saad need arvutisse kanda?"

„Ikka," vastas Ricardo ja läks koos slaididega ühe videomikroskoobi juurde, mis oli ühendatud labori arvutitega. Ta pildistas kõiki sõrmejälgi ja iga kord kandis fotoanalüüsi tarkvara suurendatud pildi arvutiekraanile.

„Kas ma võrdlen neid politsei kurjategijate andmebaasiga?“ uuris Ricardo.

„Ei, võrdle sellega.“ Doktor Winston ulatas talle väikese mälupulga, millel oli esimese ohvri sõrmejälje pilt.

Ricardo laadis pildi arvuti kõvakettale ja mõne klõpsu järel olid pildid kõrvuti analüüsimise tarkvaras. Ta vajutas „võrdle“-ikooni.

Mõlema sõrmejälje peale ilmus mitu punast täppi. Tarkvaral kulus alla viie sekundi, et ekraani alumisse äärde ilmuksid sõnad *kindel vaste.*

„Jah, sama inimene,“ kinnitas Ricardo.

„See on siis ametlik. Esimene ohver on tuvastatud,“ ütles doktor Winston. „Kes ta on?“

„Tema nimi oli Victoria Baker. Kanadalanna ... elas LA-s neli aastat,“ vastas Garcia.

Hunter vaatas endiselt arvutiekraanil olevaid sõrmejälgi. „Igaks juhuks võrdleme ka ülejäänud kahte sõrmejälge politsei andmebaasiga,“ ütles ta viimaks ja oli selge, et miski häirib teda. Alles siis, kui nad olid tagasi Garcia autos, avas ta uuesti suu.

„Ohvritevaheliste seoste asjus oleme tagasi alguspunktis. See nullib meie seksipeo-teooria. George Slater polnud ilmselt Victori Bakerist kuulnudki.“

Garcia tõmbas kätega üle näo ja hõõrus samal ajal silmi. „Ma tean.“

„Peame välja selgitama, kust Victoria rööviti. Tema kodu võib vihjeid anda, aga me ei saa orderit enne homset.“

Garcia nõustus. „Peame ka tema vanematele Kanadas teada andma.“

Hunter noogutas pikkamööda. Seda ei tahtnud tegelikult kumbki teha.

„Ma helistan neile õhtul ise,“ lubas Hunter.

Garcia parkis auto röövi- ja mõrvaosakonna maja juurde ning Hunter mõtles, kas tema näeb välja sama väsinud ja löödud kui paarimees.

„Räägin kapten Bolteriga orderist ja loodetavasti saame selle homme hommikul," sõnas ta. „Kohtume siin poole üheteistkümne paiku. Püüan enne seda veel mõnest haiglast patsientide nimekirja saada."

Garcia toetas pea peatoe vastu ja tõmbas sügavalt hinge.

„Mine koju, kollanokk," ütles Hunter kella vaadates. „Kell pole veel üheksagi. Veeda abikaasaga aega. Te mõlemad vajate seda. Täna õhtul pole meil nagunii muud teha."

Kontoris oli alati midagi teha, aga Hunteril oli õigus. Nad ei saa täna õhtul midagi uut teada. Garcia mõtles eilsele õhtule Annaga. Hea oleks sel nädalal vähemalt korra enne naise magamaminekuaega koju jõuda. Nad olid mitu nädalat pikalt tööl olnud, teadmata isegi, mis kell on. Iga väiksemgi puhkehetk tuleks kasuks.

„Jah, Annale meeldiks, kui ma täna õhtul varem kodus oleksin."

„Just," nõustus Hunter. „Osta talle koduteel lilli. Mitte mingi odav kimp, vaid midagi ilusat. Pea meeles, kingituse tegemine viitab sinu teadmistele selle inimese isiksusest, nii et osta talle midagi, mis sinu teada talle kindlasti meeldib," lisas ta julgustavalt naeratades.

Viiskümmend kolm

Garcia võttis Hunteri nõu kuulda ja käis Markey's, väikeses toidupoes North Rampart Boulevardil. Seal müüdi enamvähem kõike, lilledest alkoholini, ning nende lihapallivõileib ja värske kohv polnud ka sugugi pahad. Garcia oli siin LAPD-s töötamise ajal tihti käinud. Ta pidi küll tegema väikese ringi, aga ta oli kindel, et Anna hindab tema pingutusi.

Väga kena pikk heledapäine naine tervitas Garciat laia naeratusega, mis paljastas ilusa hammasterivi. Garcia naeratas samuti ja tõmbas käega läbi juuste, et viisakam välja näha.

Ta otsustas osta lisaks lilledele ka pudeli punast veini. Nad polnud ammu koos veini nautinud ja Anna jumaldas Riojat. Lilled olid kohe poe ukse juures, aga Garcia jättis need hetkel tähelepanuta.

„Vabandage, kus teil veinipudelid on?"

„Tagaseinas," vastas heledapäine naine naeratades.

Valik polnud just muljet avaldav, ent samas polnud Garcia ka asjatundja. Ta valis pudeli hinna järgi. Mida kallim, seda parem peaks olema, mõtles ta. Ta läks tagasi lillede juurde ja valis kena punaste rooside kimbu.

„Siis on vist kõik," ütles ta, pannes kõik letile.

„See teeb 40.95!"

Garcia ulatas müüjale kolm kahekümnedollarilist.

„Tal veab väga," ütles naine talle raha tagasi andes.

„Kuidas palun?"

„See naine, kellele need lilled on ... tal veab väga." Naine naeratas taas ning Garcia pani tähele, kui noor ja ilus ta on.

„Oh! Aitäh," vastas ta punastades.

„Kas te elate siin kandis?"

„Mmm ... ei, lihtsalt paari asja oli vaja. See jääb mu koduteele," valetas ta.

„Oh … kahju, aga võib-olla tulete mõnikord veel?"

Garcia ainult naeratas tagasihoidlikult.

Õues auto poole minnes ei suutnud ta õieti uskuda, et müüja oli temaga flirtinud. Seda polnud ammu juhtunud.

Peale uhiuue moega Chevy väikebussi parklas rohkem sõidukeid polnud. Garcia avas kõrvalistuja ukse ja pani roosid ettevaatlikult istmele. Ta meenutas päevasündmusi. Tal oli endiselt keeruline hoomata, kui sarnased olid Jenny Farnborough ja Victoria Baker. Garcia ei uskunud kokkusattumustesse, aga ta ei uskunud ka, et mõlema naise kadumine ühel ajal oli planeeritud. Mõrtsukas ei hoidnud ohvreid kaua elus. Kui ohver oli röövitud, oli ta paar päeva hiljem pärast piinamist tapetud. Vicki Baker oli olnud ohver. Jenny Farnborough lihtsalt kadus, mõtles ta.

Järsku meenus Garciale, et nad lasid endiselt D-Kingi jälgida. Viimaste tundide sündmuste tõttu oli ta selle sootuks unustanud. Ta peab neile teatama, et seda pole enam vaja teha. Ta võttis mobiili ja otsis kontaktide seast õiget numbrit. Ta oli oma mõtetesse sedavõrd süvenenud, et ei tajunud selja taha ilmunud inimest. Tumeda kogu peegeldus tema läikival autokerel jõudis kohale liiga hilja. Enne kui Garcia jõudis ründaja poole pöörduda, tundis ta kaela paremal küljel teravat torget.

Uimasti mõjus peaaegu kohe. Garcia nägemine hägustus ja ta tundis, et põlved nõtkuvad. Ta pillas telefoni käest ja kuulis, kuidas see maas purunes. Ta üritas autouksest kinni hoides tasakaalu säilitada, aga selleks oli liiga hilja, sest võõras tiris teda juba väikebussi poole.

Viiskümmend neli

Jerome'il oli vaja teha veel üks peatus, ainult ühe inimesega kokku saada, enne kui läheb tagasi koju järjekordset painajalikku ööd veetma. D-King oli andnud talle ainult ühe ülesande – leida mehed, kes röövisid Jenny.

Ta oli näinud paljusid inimesi suremas mitmel eri moel, suurt osa neist tema enda käe läbi, ja see polnud teda kunagi häirinud. Nende surevad näod ei painanud teda, aga D-Kingi limusiinis DVD-l nähtu ei olnud kuhugi kadunud. Tal oli keeruline magada või süüa. Ta tundis Jennyst puudust. Jenny oli olnud tema lemmik. Naine naeratas alati, suhtus kõigesse positiivset. Ükskõik, kui hull olukord tunduda võis, Jenny nägi selles alati midagi head ja naljakat.

Jerome oli neid mehi otsinud peaaegu kaks nädalat. Ta oli nõudnud sisse teeneid kõikidelt räpastelt allilmatuttavatelt. Kogu informatsioon viis iga kord järgmise jätise juurde. Kõige värskem tema nimekirjas oli mingi mõttetu narkar Daryl.

Räpane võrk, mis ümbritses *snuff*-filmide äri, oli tihedalt punutud. Mitte keegi ei teadnud midagi või kui teadiski, siis vaikis. Jerome oli saanud teada, et Daryl ei ole *snuff*-filmide äriga seotud, aga ta võib teada midagi, mis Jerome'i edasi aitab.

Daryl elas tänaval, magas mõnes urkas, kus parasjagu öömajavõimalus tekkis. Täna õhtul peatus ta koos veel mõne kodutu narkariga luksuslikus poolenisti mahalammutatud hoones Los Angelese lõunaosas. Jerome pidi ta vaid üles leidma.

Ta oli oodanud kannatlikult, jälgides hoonet turvalisest kaugusest. Tal oli Darylist olemas üsna hea kirjeldus, aga siin olid kõik üsna ühtemoodi. Jerome'i parim teadmine oli see, et Daryl pidavat olema sada üheksakümmend sentimeetrit pikk, seega peaks teda olema lihtne märgata.

Alles kella ühe paiku öösel nägi Jerome pikka kohmakat kogu üle tänava minemas ja lagunenud hoone poole kõndimas. Jerome kiirustas talle järele.

„Daryl!"

Mees seisatas ja pöördus tema poole. Tema riided olid katkised ja määrdunud. Paljaks aetud pea oli täis arme ja kärnasid. Oli selge, et ta polnud mitu päeva habet ajanud ega duši all käinud. Ta tundus olevat hirmunud.

„Kes küsib?"

„Sõber."

Mees mõõtis Jerome'i pilguga pealaest jalatallani. Jerome oli riietunud lihtsalt, vahetanud tavapärase tuhandedollarilise ülikonna tavalise T-särgi ja siniste teksade vastu, aga selle linnaosa jaoks oli ta ikka liiga hästi riides.

„Milline sõber?" küsis pikk mees, taganedes sammu.

„Selline, kes saab sind aidata," vastas Jerome, võttes taskust väikese kilekoti, milles oli pruun pulber. Ta nägi, kuidas teise silmad lõid elevusest särama.

„Mida sa tahad, mees?" päris Daryl ikka skeptiliselt.

„Tahan teada, kas sa oled Daryl või mitte."

„Ja kui olen, kas ma siis saan selle koti?"

„Oleneb sellest, kas sa oskad mulle öelda, mida ma teada tahan."

Pikk mees astus lähemale ja Jerome nägi, et ta on väga hädise olemisega. Oli selge, et ta saaks ka peksu abil mehelt kogu vajaliku info kätte.

„Kas sa oled võmm, mees?"

„Kas ma olen võmmi moodi?" Jerome oli alati imestanud, miks inimesed seda küsivad – nagu mõni salapolitseinik tunnistaks: jah, vahele jäin, ma olen võmm.

„Võmmid võivad olla igasugused."

„Mina ei ole. Kas sina oled Daryl või mitte?"

Pikk mees kõhkles veel paar sekundit, pilk pruuni pulbriga kotil. „Jah, olen."

Oh! Pulbrist saab pistis, mõtles Jerome. „Tore, nüüd võime rääkida," ütles ta ja pistis kilekoti tagasi taskusse.

Daryli pilk muutus kurvaks nagu väikesel poisil, kes kommist ilma jäi. „Millest sa rääkida tahad?"

„Millestki, mida sa tead."

Daryle näole tekkis taas kahtlus. „Ja mida ma siis teadma peaksin?"

Jerome kuulis Daryli hääles kerget vaenulikkust. Vaja oli rohkem meelehead. „On sul kõht tühi? Mulle kuluks veidi süüa ja tass kohvi ära. Siin lähedal on üks ööpäev läbi avatud kohvik. Äkki räägime seal, ma teen välja."

Daryl kõhkles sekundi ja noogutas siis. „Jah, kohv ja söök oleks tore."

Nad läksid vaikides, Daryl kogu aeg kaks sammu Jerome'ist eespool. Nad jõudsid tühja kohvikusse ja istusid tagumisse lauda. Jerome tellis kohvi ja pannkooke ning Daryl võttis topeltjuustuburgeri friikartulitega. Jerome sõi rahulikult, ent Daryl ahmis kõik kiiresti sisse.

„Kas tahad veel?" küsis Jerome, kui Daryl lõpetas. Daryl jõi oma kalja lõpuni ja röhatas valjusti.

„Ei, aitäh. See kulus praegu marjaks ära. Mida sa siis teada tahad?"

Jerome naaldus lõõgastunud moel istme seljatoele. „Vajan teatud inimeste kohta infot."

„Inimeste? Milliste inimeste?"

„Mitte kõige meeldivamate."

Daryl sügas oma habemetuusti ja seejärel vildakat nina. „Minu tuttavad kuuluvad kõik sellesse kategooriasse," vastas ta kergelt muiates.

„Minu teada sa neid inimesi ei tunne, aga sa tead, kust ma nad leida võiksin."

Daryl kergitas kulme. „Sa pead täpsustama, mees."

Jerome nõjatus ettepoole ja pani mõlemad käed väikesele lauale. Ta ootas, et Daryl sama teeks. „Kas sa tead, mis on *snuff*-film?" sosistas ta.

Daryl tõmbus võpatades eemale, lüües peaaegu Jerome'i kohvi laualt maha. „Persse. Ma teadsin, et see on üks jama. Sellest ei tea ma midagi."

„Mina kuulsin muud."

„Valesti kuulsid. Kes, kurat, sulle seda ütles?"

„Pole tähtis. Tähtis on see, et ma pean teada saama seda, mida sina tead."

„Ma ei tea tuhkagi," vastas Daryl, vehkides hoogsalt kätega, vältides samas Jerome'i pilku.

„Kuule, me võime seda teha kahte moodi." Jerome vaikis ja võttis välja kilekoti, mida oli varem Darylile näidanud. „Sa räägid mulle, mida tead, ja ma annan sulle kümme sellist."

Daryl niheles oma kohal. „Kümme?"

„Just nimelt."

See oli rohkem heroiini, kui Darylil eales olnud oli. Ta võiks osa isegi maha ärida ja raha teenida. Ta tõmbas keelega närviliselt üle pragunenud huulte. „Ma ei ole sellega seotud, mees."

„Ma polegi seda väitnud. Pean lihtsalt teada saama, mida sina tead."

Daryl hakkas higistama. Ta vajas uimastidoosi.

„Need, kes selle saastaga tegelevad ... nad on vastikud tõprad. Kui nad saavad teada, et ma suud paotasin, olen surnud."

„Mitte siis, kui mina nad enne leian. Sa ei pea neid enam kunagi kartma."

Daryl tõmbas kätega üle suu, nagu pühkides midagi maha.

„Ilmselt on teine moodus seda teha valus, eks?"

„Sinu jaoks küll."

Daryl tõmbas pikalt hinge ja hingas siis aeglaselt välja.

„Olgu, aga ma ei tea nimesid ega midagi."

„Polegi vaja."

„Tead, mul on mõnda aega viltu vedanud." Daryl hääl oli vaikne ja nukker. „Ma ei saa just iga päev süüa midagi, mis pole kellegi teise ülejääk. Kui saaksin iga päev duši all käia, siis ma käiksin, aga ilma rahata pole see lihtne. Enamasti pean magama seal, kus juhtub, aga katus pea kohal on muidugi palju parem."

Jerome kuulas.

„Paar kuud tagasi olin ma laksu all, purjus, ja sattusin mingisse vanasse tehasesse Gardenas."

„Gardenas? See on ju linnast väljas," sekkus Jerome.

„Noh, ma liigun palju ringi. Üks kodutuks olemise eeliseid." Daryl sundis end imalalt naeratama. „Peahoone tagumises otsas on osaliselt katusega kaetud ruum, nii et sinna ma siis jäin. Ärkasin läheneva automootori hääle peale. Mul pole aimugi, mis kell oli, ilmselt palju, sest pime oli. Igatahes kiikasin ma seinas olevast august välja, et näha, mis toimub."

„Mida sa nägid?"

„Neli meest tirisid kinniseotud naist suurest kaubikust välja."

„Kuhu nad ta viisid?"

„Tahapoole, mööda kitsast teerada. Muutusin uudishimulikuks ja läksin neile järele. Ma ei teadnud, et sel hoonel on maa-alune osa, aga selgus, et on. Tugev metalluks teeraja lõpus pika rohu varjus. Ootasin umbes viis minutit ja järgnesin neile."

„Ja siis?"

„See oli räpane, täis rotte ja muud säärast ning haises nagu kanalisatsioon."

Daryli suust seda kuulda on kõva sõna, mõtles Jerome.

„Neil on seal võtteplats. Tuled, kaamerad ja muu säärane. See on haige ruum, augud seintes, nii et seda kõike oli lihtne märkamatult jälgida."

„Mida nad tegid?"

„Arvasin, et nad filmivat pornot. Sidusid naise tooli külge. Too rapsis ja karjus, hakkas kõvasti vastu, aga nad klohmisid teda. Kaks meest olid kaamera taga ja teised kaks hakkasid naisega tegelema. See polnud porno, mees." Daryli hääl muutus tuhmimaks. „Kui nad olid tema peksmise ja keppimisega ühele poole saanud, lõikasid nad tal kõri läbi. Lõikasid lõhki nagu *halloween*'i kõrvitsa ja see polnud eriefekt." Tema pilk oli kauge, nagu näeks ta ikka veel tollest ööst kujutluspilte. „Pärast naersid kõik, nagu oleks see mingi pallimäng olnud. See oli haige."

„Mida sina tegid?"

„Sattusin paanikasse, aga teadsin, et kui iitsatan, olen järgmine. Niisiis, kuni nad koristasid, hiilisin ma tagasi ja peitsin end koiduni vanas tehases. Ma ei läinud sinna enam tagasi, mees."

„Aga kas sa mäletad, kus see on?"

„No kurat, jah," vastas Daryl pikkamööda noogutades.

„Lähme siis." Jerome võttis taskust kahekümnedollarilise ja jättis lauale.

„Kuhu?"

„Gardenasse. Selle vana tehase juurde."

„Kuramus, mees, sa ei rääkinud midagi sinna tagasi minemisest."

„Nüüd räägin."

„No ma ei teagi. Rääkisin, mida tean. See oli meie kokkulepe. See on ju kotte väärt, eks?"

„Kui sa kotte tahad, pead mu sinna juhatama."

„See pole õiglane, mees, see polnud kokkulepe."

„Ma muudan kokkulepet," sõnas Jerome kindlalt.

Daryl teadis, et valikut pole. Tal oli doosi vaja – hädasti.

„Olgu, mees, aga kui need raisad seal on, siis jään mina autosse."

„Ma tahan lihtsalt näha, kus see asub."

Viiskümmend viis

Pimedus oli täielik ja ärkamine vaevaline. Uimasti mõju püsis veel pakitsevas kehas. Pea tuksles, valu ulatus ka kaela ja abaluudeni ning ka kõige väiksem liigutus oli piinav. Mees üritas juhtunust aru saada, mõista, kus ta on, aga mälu oli ähmane.

Segadus valitses mitu minutit, siis hakkasid meenuma pisiasjad.

Ta mäletas poodi, kena heledapäist müüjat, veini ja Annale lillede ostmist. Anna ... ta polnud naisele helistanud, et tuleb koju tavapärasest varem. Naine ei oota teda.

Talle meenus kellegi tume peegeldus autoaknal ja see, et ta ei suutnud piisavalt kiiresti ümber pöörata, siis terav valu kaelas ja seejärel tühjus.

Pimeduses silmi kissitades üritas mees aru saada, kus ta on, aga kõik oli segane. Õhk oli niiske ja haises jälgilt.

Tal polnud aimugi, kaua ta oli teadvuseta olnud. Ta üritas kella vaadata, aga ei näinud oma käsi.

„Halloo!" Ta üritas hüüda. Hääl oli liiga nõrk. „Halloo!" Ta üritas veel korra ja kuulis, et see kajab seintelt vastu. End istuma ajada püüdes tundis ta, et miski sikutab paremat pahkluud. Ta üritas jalga vabaks tõmmata, aga mis iganes see oli, mis jalga kinni hoidis, tõmbus see vaid pingule. Ta libistas sõrmed üle selle.

Kett.

Väga paks kett metallist rõnga küljes kiviseinas. Ta üritas kogu jõust sikutada, aga asjata.

„Halloo, on siin kedagi?"

Vaikus.

Mees tõmbas sügavalt hinge, püüdes närvilisust talitseda. Ta peab jääma rahulikuks ja selgelt mõtlema.

Mis juhtus? Keegi tungis mulle kallale, aga miks?

Relv oli kadunud, aga rahakott ja ametimärk olid alles. Järsku ta värises, taibates, kes ta röövida võis.

Mõrtsukas – krutsifiksimõrvar.

Kui tal on õigus, siis on ta sama hästi kui surnud. Mitte keegi ei leia teda enne, kui mõrtsukas on temaga lõpetanud.

Ta sulges silmad ja mõtles Annale.

Ta ei saagi naisele öelda, kui väga ta teda armastab, kui väga temast puudust tunneb. Ta soovis, et oleks pakkunud naisele paremat elu. Elu, kus ta ei pea ärkvel olles muretsema, kas abikaasa tuleb koju või mitte. Elu, kus naine ei oleks tema töö järel teisel kohal.

„Võta end kokku Carlos, sa pole veel surnud," sosistas ta endale.

Ta peab selgeks tegema, kus ta on. Garcia sirutas käe uuesti jala ümber oleva keti poole ja libistas sõrmed sellest üle, et välja selgitada, kui palju ta liikuda saab. Ta tõusis ja sai aru, et jalad on väga jõuetud. Ta toetus kähku vastu lähimat seina. Jalad surisesid meeletult. Ta seisis tükk aega, oodates, et vereringe taastuks.

Siis hakkas Garcia kätega vastu seina toetudes vasakule liikuma. Kivisein tundus niiske, aga tugev. Ta sai minna vaid umbes poolteist meetrit, kui jõudis järgmise seinani. Ta läks edasi vasakule, aga enne lõppu jõudmist takistas teda kett jala ümber. Ta sirutas käe ja puudutas kolmandat seina. Siis ta pöördus, läks vastassuunda ja jõudis paksu puidust ukseni. Ta tagus seda rusikatega, aga tekitas vaid summutatud tüminat. Igatahes oli see väga tugev vangla.

Garcia hakkas alguspunkti tagasi minema, kui jalg põrkas millegi vastu. Ta taganes vaistlikult ja ootas, aga midagi ei juhtunud. Siis ta kükitas ja kobas ettevaatlikult eset, puudutades seda sõrmedega – vedelikku täis plastpudel.

Ta keeras korgi maha ja tõstis pudeli nina juurde. Lõhna polnud. Ta pistis nimetissõrme sisse. Vedelik meenutas vett ja see tõi kaasa arusaama, et tal on tugev janu. Ta viis sõrme ettevaatlikult suu juurde ja puudutas keeleotsaga – maitset polnud, nagu vesi.

Võib-olla ei tahtnud mõrtsukas teda tappa, vähemalt veel mitte. See polnud ennekuulmatu, et mõrtsukad hoiavad ohvreid enne tapmist mõnda aega elus. Kui ta tahab sellele mõrvarile kuidagigi vastu hakata, vajab ta kogu jõudu. Garcia pistis sõrme veel korra pudelisse ja viis taas suu juurde. Ta oli kindel – see on vesi. Ta tõstis pudeli aeglaselt suule ja võttis lonksu. Ta loksutas vedelikku suus, neelamata seda kohe alla, oodates mingit imelikku maitset. Ei midagi. Viimaks lasi ta vedelikul kurgust alla voolata ja see oli taevalik tunne.

Ta ootas kaks minutit mingisugust reaktsiooni maos, aga midagi ei juhtunud. Ta neelas kähku veel kolm-neli suutäit vett. Vesi polnud külm, aga täitis ta elujõuga.

Garcia keeras korgi tagasi peale ja istus näoga puitseina poole, veepudel jalge vahel. Uks oli ainus võimalus ruumi ja siit välja pääseda ning ta lootis, et see avaneb pigem varem kui hiljem. Ta vajas plaani, aga tal polnud aega seda välja mõelda.

Veerand tundi hiljem hakkas ta uniseks muutuma. Ta andis endale mõlema käega lakse vastu nägu, püüdes end ärkvel hoida, aga see ei aidanud. Tundes end nõrgana, sirutas ta käe veepudeli poole ja viskas selle vastu puidust ust. Ta teadis, mida oli teinud. Ta oli end vabatahtlikult uimastanud.

Viiskümmend kuus

Kell viis tõusis Hunter pärast rahutut ööd üles. Ta oli tukastanud ajuti ja mitte kauemaks kui kakskümmend minutit korraga. Topeltviski oli aidanud, aga mitte piisavalt kaua. Ta istus köögis, üritades varahommikust peavalu apelsinimahla ja paari kange valuvaigistiga leevendada.

Ta oli lootnud küll alustada varakult, aga mitte päris kell viis hommikul. Ta tahtis enne, kui töö juures Garciaga kokku saab, hankida vähemalt ühe patsiendinimekirja. Eilse õhtu võrdlused ja fotod polnud tulemust andnud, aga mitu haiglat ja füsioteraapiakliinikut oli veel läbi käimata ja Hunter üritas olla positiivne.

Ta arvas, et peab täna päris palju kõndima ja see on hea võimalus uued kingad sisse kanda. Need olid veidi kitsad, kui ta elutoas ringi jalutas, aga ta teadis, et paar päeva LA-s ringi traavimist lahendab selle mure.

Järgmises haiglas võttis nimekirja hankimine sama kaua aega kui eile. Veel üks umbne ruum, veel üks kartoteegisüsteem, millest läbi närimiseks oleks olnud vaja kartograafi abi. „Miks on haiglates arvutid, kui keegi neid ei kasuta?" kirus ta endamisi, leides patsientide nimekirja viimasel hetkel, et jõuda veel õigeks ajaks röövi- ja mõrvagrupi majja.

Kui Hunter veerand üksteist sisse astus, ei pööranud ta erilist tähelepanu asjaolule, et Garciat polnud oma laua taga. Ta oletas, et paarimees on allkorrusel ja kannab kapten Bolterile eilse päeva kohta ette.

Ta pani uue patsiendinimekirjaga ümbriku oma lauale ja vaatas veidi aega fotodega korktahvlit. Ta vajas enne alumisele korrusele minekut kruusitäit Brasiilia kohvi. Siis sai ta aru, et Garcia pole veel kohvi keetnud. Kummaline, mõtles ta, kuna see oli alati üks esimesi asju, mida paarimees uksest sisse astudes tegi.

Hunter valmistas ise kohvi.

„On need uued kingad?" küsis uurija Lucas, kui Hunter uurijate korrusele läks.

Hunter ei teinud tema sarkasmist välja.

Enamik uurijaid tõstis pilgu arvutiekraanilt, et tema poole vaadata.

„Need on uued, eks ole, sa suur pillaja?" ei andnud Lucas talle rahu.

„Ma ostan iga kümne aasta tagant uued kingad ja sa pilkad mind?" vastas Hunter põlglikult.

Enne kui Lucas vastata jõudis, helises Hunter mobiil.

„Halloo, uurija Hunter kuuleb."

„*Tere, Robert, mul on sulle üllatus. Oled sa oma paarimehega viimasel ajal suhelnud?*"

Viiskümmend seitse

59, 58, 57 ... Hunteri pilk oli kinnitunud digiekraanile Garcia pea kohal. Süda tagus rinnus nagu sepavasar. Ehkki keldriruumis oli palav kui saunas, oli Hunteril külm. Jäine külm tuli tema seest ja pani ta värisema.

Vali värv ... mis tahes värv, mõtles ta. Must, valge, sinine või punane. Värvid vilkusid silme ees nagu psühhedeelses filmis. Ta vaatas ristile naelutatud Garcia poole. Okastraadist krooni juurest, mis oli paarimehele pähe surutud, nirises mööda nägu verd.

„*See on lihtne mäng,*" oli hääl makilindil selgitanud. Vali õige värv, ja kuulikindla klaaspuuri uks avaneb. Hunter saab Garcia kätte ja laseb siit jalga. Vali vale värv, ja Garcia peas olevasse krooni saadetakse lakkamatu kõrgepingevool. Kui see polnud piisavalt sadistlik, plahvatab puuri taha kinnitatud lõhkeaine ja laseb kogu ruumi õhku kohe, kui Garcia südamelööke näitavale monitorile tekib sirge joon.

Garcia oli vist jälle teadvuse kaotanud.

„Kollanokk, püsi ärkvel!" karjus Hunter, tagudes rusikatega puuriust.

Ei mingit liikumist ega reaktsiooni.

„Carlos!" Vali röögatus kajas keldriruumis vastu.

Kerge pealiigutus.

Hunter kontrollis taas südamemonitori. Väike valgustäpp liikus endiselt.

43, 42, 41 …

„Kollanokk, püsi ärkvel," palus Hunter ja vaatas siis ruumis ringi, otsides vihjeid, mis aitaksid õige nupu valida. Ta ei leidnud midagi.

Vähem kui kaks kuud. Garcia oli tulnud mõrvarühma vähem kui kaks kuud tagasi. Miks ta minuga paari pandi? Hunter kirus. See poleks pidanud olema Garcia esimene juhtum.

Garcia tõmbles veidi, sundides Hunteri mõtted tagasi keldriruumi.

32, 31, 30 …

Palju ta oli verd kaotanud? Isegi kui ma ta siit välja suudan toimetada, ei pruugi ta ellu jääda. Ta lootis, et Garcia on tugevam, kui hetkel välja nägi.

Mõni sekund surmani. Hunteri aju töötas täispööretel, aga ta teadis, et õige nupu valimiseks on tal vaja imet. Talle oli jäänud vaid võimalus oletada. Ta oli vaimselt kurnatud. Tal oli neist mängudest kõrini. Mängudest, mida ta nagunii ei võida, sest mõrtsukal oli liiga palju eeliseid. Isegi praegu ei saanud ta kuidagi kindel olla, et krutsifiksimõrvar rääkis tõtt. Võibolla ei ava ükski nupp puuri ust. Võib-olla astub ta kindlasse surma.

Hunter pöördus keldriukse poole. Ta võib siit veel eluga pääseda.

„Kui jään, olen sama hästi kui surnud," sosistas ta.

Korraks unustas ta kõik, millesse oli eales uskunud, ja kaalus elu eest põgenemist. See mõte ajas iiveldama ja tekitas sügava häbitunde.

„Mida kuradit ma mõtlen? Me pole veel surnud."

15, 14, 13 ...

„Raisk!" Ta pigistas ninaselga ja surus silmad kõvasti kinni.

„Nii, vali nüüd see kuradima nupp, Robert!" ütles ta endale.

„Värvid, miks värvid? Mõrtsukas võinuks kasutada numbreid, miks panna värvid?"

Ta teadis, et aeg hakkab otsa saama.

„Ta mängib jälle oma kuramuse mänge, nagu koerte võidujooksul ..." Ta vakatas kohkunult. „Koerte võidujooks ... võitja, mis värvi see oli?" Ta üritas mõelda. Ta teadis, et see oli koer number kaks, aga mis värvi vest loomal oli?

„Raisk, mis värvi oli võitja vest?" karjus ta.

Pilk kandus nuppudelt Garcia poole, kes oli silmad avanud.

6, 5, 4 ...

„Anna andeks," ütles Hunter, kurbus silmis. Ta kavatses juba ühte nuppu vajutada, kui nägi Garcia huuli liikumas. Häält ei tulnud, aga Hunter luges lihtsasti huultelt.

„Sinine ..."

Hunteril polnud aega kõhelda. Ta vajutas sinist nuppu.

2 ...

Digiekraan seiskus. Klaaspuuri uks surises ja avanes klõpsatades. Hunteri nägu läks laiale naerule. „Kurat võtaks!" Ta jooksis sisse ja kergitas Garcia lõuga veriselt rinnalt. „Pea vastu, semu."

Hunter hindas kähku puuri sisemust. Garcia käed olid naeltega puidust lattide külge löödud. Ta ei saa teda kuidagimoodi vabastada. Ta peab abi kutsuma.

„Noh, anna mulle levi, raisk!" karjus ta mobiili ekraanile vaadates. Kasu sellest polnud, ta peab üles minema.

„Pea vastu, kollanokk, ma kutsun abi. Olen kohe tagasi." Garcia oli taas teadvuse kaotanud. Hunter astus puurist välja ja hakkas ukse poole minema, kui piiksuv heli ta peatuma ja tagasi pöörduma sundis. Silmad läksid õudusest suureks.

„On see mingi kuradi nali või?"

Viiskümmend kaheksa

Punane digiekraan loendas taas numbreid.

59, 58, 57 ...

„Ma vajutasin õiget nuppu ... see oli ju kokkulepe, raibe," karjus Hunter täiesti kõrist. Ta jooksis tagasi puuri juurde ja uuris uuesti puidust risti. Ta ei saanud Garciat kuidagi selle küljest kätte. Läbi käte löödud naelad olid liiga sügavalt puidu sisse taotud. Hunter pani tähele, et risti vertikaalne osa oli pistetud puidust aluse sisse.

42, 41, 40 ...

Ainus võimalus oli rist sealt välja tõsta ja õigeks ajaks ruumist välja tirida.

33, 32, 31 ...

Tal polnud rohkem aega mõelda. Hunter lükkas kähku parema õla Garcia ja risti vasaku põikilati alla. Ta teadis jõusaalitrennist, et peab kasutama selle üles tõstmiseks jalgu, mitte käsi ja selga. Ta sättis jalad paika, kõverdas põlvi ja tõukas kogu jõudu appi võttes õla vastu puidust risti. Teda üllatas, kui kergesti see alusest välja tuli.

Puuri uks oli lahti, aga risti viltu keeramata ta sealt välja ei mahu. Ta keeras ülakeha võimalikult palju vasakule. Garcia tõi kuuldavale summutatud valuümahtuse, aga Hunteri akrobaatikast oli kasu. Nad olid puurist väljas. Nüüd oli vaja jõuda ukse juurde.

20, 19, 18 …

Jalad olid nagu tules ja topeltraskus seljal hakkas end tunda andma. „Mõned sammud veel," sosistas ta endale, aga tundis järsku, kuidas vasak põlv nõtkub, ja ta kukkus raskelt betoonpõrandale. Jalga tabas terav valusööst, nii et paar sekundit oli tal süda paha – hinnalised sekundid. Kuidagimoodi oli rist siiski selja peale püsima jäänud.

Hunter ei teadnud, palju tal aega on. Ta kartis pöörduda ja kella vaadata, aga teadis, et peab end püsti ajama. Ta pani parema jala vastu maad ja ajas end karjatades sirgu.

9, 8, 7 …

Viimaks jõudis ta ukse juurde. Seal pidi ta end taas pöörama, aga seekord ei saanud ta enam keharaskust vasakule põlvele kanda. Hunter toetus paremale jalale, tehes sama liigutuse mis mõni sekund tagasi. Ta röökis valust, paludes jumalat, et peaks veel mõned sammud vastu. Suus oli oksemaitse, kuna keha oli nõrk ja üritas talumatut valu kannatada. Ta tundis, et haare lõdveneb – rist hakkas maha vajuma.

Üks samm veel.

Ta tõukas viimaseid jõuvarusid kasutusele võttes ennast koos ristiga läbi ukseava.

Aeg oli otsas.

Ta lasi raskel metalluksel enda järel kinni kolksatada, lootes, et see suudab plahvatuse jõudu summutada. Siis lasi ta ristist lahti ja vajus paarimehe peale, kasutades oma keha inimkilbina. Seejärel sulges ta silmad ja ootas plahvatust.

Viiskümmend üheksa

Kiirabiauto peatus pidurite krigina saatel EMO sissepääsu ees. Kolm meditsiiniõde ootas patsiente. Nad vaatasid, õudus näol, kuidas esimene kanderaam välja tõsteti. Sellel oli poolpaljas mees, peas okastraadist kroon, naelutatud elusuuruses puidust ristile. Tema lahtistest haavadest voolas verd.

„Issand halasta …" Esimene patsiendi juurde jõudnud õde ahmis õhku.

Teine mees oli kaetud halli pulbri kihiga, nagu oleks ta kaevatud välja kokkuvarisenud hoone rusudest.

„Mul pole midagi häda, jätke mind rahule. Tegelge temaga!" karjus Hunter. Ta üritas end istuma ajada, aga kiirabi parameedikud takistasid teda. „Koristage käed eemale," kamandas ta.

„Söör, me juba tegeleme teie sõbraga. Palun rahunege maha ja laske arstidel end läbi vaadata. Kõik saab korda."

Hunter jälgis vaikides, kuidas õed Garcia rahvast täis koridori otsas olevatest topeltustest sisse veeretasid.

Kui ta silmad avas, üritas ta mõista, mis toimub. Mõned sekundid oli kõik udune, siis nägi ta valgeid seinu. Pea käis ringi ja tal oli kohutav janu.

„Tore, te olete ärkvel." Naise hääl oli vaikne ja leebe.

Hunter pööras pea suure pingutusega sinnapoole. Väikest kasvu tumedapäine meditsiiniõde vaatas teda.

„Kuidas tunne on?"

„Janu on."

„Võtke …" Naine kallas voodi kõrval olevast alumiiniumkannust plasttopsi vett. Hunter jõi ahnelt, aga kui vesi kurku jõudis, tekkis kõrvetav tunne. Üle tema näo libises valulik ilme.

„Kas kõik on hästi?" küsis meditsiiniõde murelikult.

„Kurk on valus," sosistas Hunter nõrgalt.

„See on loomulik. Mõõdame palavikku," ütles naine, ulatades talle kitsa klaasist kraadiklaasi.

„Mul pole palavikku," väitis Hunter, lükates kraadiklaasi suust eemale. Viimaks meenus talle, kus ta on ja mis juhtus. Ta üritas end istuma ajada, aga palat hakkas seepeale pöörlema.

„Oh!"

„Rahu, poisu," ütles naine, pannes käe tema rinnale. „Te peate puhkama."

„Pean siit minema saama."

„Pärastpoole ehk. Peate kõigepealt laskma mul enda eest hoolitseda."

„Ei, te peate mind kuulama. Mu sõber … kuidas tal on?"

„Milline sõber?"

„See, kes toodi siia risti külge naelutatuna. Vaevalt ta teil kahe silma vahele jäi. Meenutas Jeesus Kristust. Mäletate? Pidi surema meie pattude eest." Hunter üritas end taas istuma ajada. Pea lõhkus valutada.

Uks avanes ja kapten Bolter pistis pea sisse. „Kas ta tekitab probleeme?"

Meditsiiniõde naeratas valgete hammaste välkudes.

„Kapten, kus Carlos on? Kuidas tal läheb?"

„Palun jätke meid korraks omaette," ütles kapten õele ja astus palatisse.

Hunter ootas, kuni naine oli lahkunud. „Kas ta jäi ellu? Ma pean teda nägema," ütles ta, püüdes end jälle püsti ajada, aga vajus voodile.

„Sa ei lähe kuhugi," teatas kapten kindlalt.

„Rääkige minuga, kapten. On ta elus?"

„Jah."

„Kuidas tal läheb?" päris Hunter nõudlikult.

„Carlos kaotas palju verd ja arstid ütlevad selle kohta 4. astme verejooks. Selle tagajärjel on tema süda, maks ja neerud väga nõrgad. Talle tehti vereülekanne, aga midagi enamat teha ei ole. Peame vaid ootama, et ta võitleks."

„Võitleks?" Hunteri hääles oli kerge värin.

„Tema seisund on stabiilne, ent ta on teadvuseta. Koomaks seda veel ei peeta. Elulised näitajad on kehvad ... väga kehvad. Ta on intensiivraviosakonnas."

Hunter surus näo kätesse.

„Carlos on tugev – ta tuleb sellest välja," kinnitas kapten.

„Pean teda nägema."

„Sa ei lähe praegu kuhugi. Mis, kurat, seal juhtus, Robert? Oleksin äärepealt korraga kahest uurijast ilma jäänud ja ma isegi ei teadnud, mis toimub."

„Mis te ise arvate, kapten? Mõrtsukas võttis Carlose sihikule," vastas Hunter vihaselt.

„Aga miks? Kas sa tahad öelda, et mõrtsukas otsustas järsku panuseid tõsta ja hakata võmmitapjaks? See pole tema moodi."

„Ah soo? Palun öelge siis mulle, kapten, mis on selle mõrtsuka moodi."

Kapten Bolter vältis Hunteri pilku.

„Olen ajanud teda taga rohkem kui kolm aastat ja ainus asi, mida ma tean, on see, et talle meeldib piinata ja tappa. Sellel, keda ta tapab, ei paista olevat mitte mingisugust tähtsust. See on tema jaoks mäng ja Carlos pidi olema järjekordne ettur," ütles Hunter, üritades häält tõsta.

„Räägi, mis juhtus," kamandas kapten rahulikult.

Hunter kirjeldas iga pisiasja alates sellest, kui sai kõne, kuni hetkeni, mil sulges plahvatuse ootuses silmad.

„Miks sa mulle ei helistanud? Miks sa abijõude ei kutsunud?"

„Sest mõrtsukas keelas. Ma ei kavatsenud Carlose eluga riskida."

„See ei ole loogiline. Kui sa temast tema enda mängus jagu said, milleks siis detonaator käivitada?"

Hunter raputas pead, vahtides maha.

„Ta tahtis, et te mõlemad sureksite. Iga hinna eest," nentis kapten Bolter.

„Ei usu."

„Kui ta teid tappa ei tahtnud, milleks siis pomm uuesti käivitada?"

„Asitõendid."

„Mis asja?"

„See ruum oli täis asitõendeid, kapten. Makk, puur, lõhkeaine, ukse lukumehhanism, ratastool. Kui me oleksime sinna uurima pääsenud, oleks miski meile niidiotsa andnud. Kui see kõik õhku lasta, ei saa me midagi."

Kapten krimpsutas nägu, nagu poleks selles väga kindel.

„Rist tuli aluselt lahti kergesti, nagu oleks seda õlitatud," jätkas Hunter. „See oli liiga lihtne. Lõhkeaine hulk, mida mõrtsukas kasutas, oli piisav selleks, et hävitada ainult pesutuba. Me olime uksest poole meetri kaugusel. Mõrtsukas võinuks korraldada tugevama plahvatuse, mis oleks hävitanud kogu keldrikorruse, ja meil poleks olnud lootustki pääseda. Plahvatuse peamine eesmärk polnud tappa."

„Nii et mõrtsukas tunneb lõhkeaineid?"

„Natukene," noogutas Hunter.

„Mis mõttes natukene?"

„Ma ei usu, et see pomm midagi erilist oli. Kindlasti mitte mingi peen terroristidele omane lõhkeseade. Jah, ta peab lõhkeainetest midagi teadma, et pomm kokku panna ja valmistada detonaator, aga ta ei pea selleks spetsialist olema."

„Ja kust, kurat, ta lõhkeainet sai?"

„Me elame Ameerikas, kapten," vastas Hunter sapiselt naerma turtsatades. „Riigis, kus raha eest saab kõike osta. Õigete tutvuste ja sularaha olemasolul võib osta ka õhutõrjekahuri, rääkimata väikesest lõhkeainekogusest, et keldriruum õhku lasta. Kui mõrtsukas tunneb keemiat piisavalt, võis ta selle ise kokku panna, kasutades kergesti kättesaadavaid kemikaale."

Kapten vangutas mõned sekundid vaikides pead. „Me peame selle nüüd avalikustama, sa ju tead seda, eks? Ajakirjandus on juba kallal. Lõhkeained, uurija elusana risti löödud. See on nagu mingi kuradima tsirkus ja meie oleme klounid."

Hunter ei osanud midagi kosta. Palat oli pöörlemise peaaegu lõpetanud ja ta üritas taas end püsti ajada. Kui jalad maad puudutasid, mühatas ta valust. Uued kingad olid jalad villi hõõrunud.

„Kuhu, kurat, sa oma arust lähed?" päris kapten.

„Ma pean Carlost nägema – kus ta on?"

Kapten tõmbas käega üle vuntside ja silmitses Hunterit teraval pilgul. „Ma ju ütlesin, et intensiivis. Tule, ma näitan."

Palati uksest vasakule jäävast väikesest peeglist möödudes Hunter seisatas ja silmitses ennast kriitilise pilguga. Ta nägi välja nagu surnu. Sajad pisikesed haavad väsinud ja kahvatul näol. Silmad olid punased. Alahuul oli paistes ja katki. Paremas suunurgas kuivanud vere klomp. Ta oli ühe pärastlõunaga kümme aastat vanemaks jäänud.

„Sina oled vist Anna," ütles Hunter L-tähe kujulisse intensiivravipalatisse astudes.

Lühike tumedapäine naine istus Garcia voodi kõrval. Tema näonahk oli tuhm, silmad nutmisest paistes.

„Ja sina oled vist Robert." Naine ütles seda jõuetult ja muserdatuna.

Hunter üritas naeratada, aga põsed ei lasknud. „Mul on kahju, et me niimoodi kohtume." Ta sirutas väriseva käe ette.

Naine surus seda väga hellalt, pisarad tungisid talle silma. Vaikuses silmitsesid kõik kolm teadvusetut Garciat. Ta lamas õhukese lina all. Suus, ninas ja käsivartes olid voolikud, mis kulgesid ümber voodi kahe aparaadi külge. Käed ja pea olid paksult sidemeis ning nägu sinikais ja kriimustatud. Südamemonitor piiksus ühtlaselt palati nurgas ja seda nähes Hunter vabises.

Garcia tundus rahulik, ent habras. Hunter astus lähemale ja pani käe kergelt tema paremale käsivarrele.

„Kuule, kollanokk, sa saad sellest üle, see on käkitegu," sosistas ta õrnalt. „Keeruline osa on möödas. Peame siit välja saama, kollanokk. Saime temast võitu. Saime temast tema enda mängus võitu ... sina ja mina."

Hunter hoidis kätt Garcia käsivarrel veel natuke aega ja pöördus siis Anna poole. „Ta on väga tugev, ta elab selle üle. Arvatavasti lihtsalt magab end välja."

Anna ei vastanud. Pisarad voolasid mööda ta nägu. Hunter pööras pilgu taas Garciale ja kummardus talle lähemale. Ta nagu otsis midagi.

„Kas midagi on halvasti?" küsis kapten.

Hunter raputas pead ja surus patja kaela juures allapoole, liigutamata seejuures Garcia pead. Ta tõmbas väga ettevaatlikult sõrmega üle paarimehe kaela.

„Tule, ta peab puhkama, ja sina ka," ütles kapten ukse poole minnes. Hunter tahtis Annale midagi öelda, aga sõnu polnud. Ta järgnes kaptenile ja mitte keegi ei lausunud sõnagi, enne kui nad olid tagasi Hunteri palatis.

„Tal polnud sümbolit," alustas Hunter.

„Mis asja?"

„Carlose kaelal ... ei olnud sisselõiget. Mõrtsukas ei märgistanud teda."

„Mida see tähendab?"

„Ta ei pidanud surema."

„Ta ei pidanud surema? Aga sa võinuks ju vajutada valet nuppu."

Hunter ei osanud vastata. Ta üritas mõelda, ent peavalu ei lasknud. Ta istus voodile, sest palat hakkas taas ringi käima.

„Sa pead Matti ja Doyle'i juhtumiga kurssi viima," sõnas kapten vaikust katkestades.

„Mis asja? Millest te räägite?"

„Pean su juurdlusest eemaldama, Robert, sa tunned protokolli. Matt ja Doyle jätkavad. Tahan, et sa räägiksid neile kõigest, mida tead, kõigest."

„Kuradile see protokoll, kapten! See on jama ...."

„Sa tead, et ma ei saa lasta sul seda juhtumit edasi uurida. Mingil haigel põhjusel on see mõrtsukas sinusse kiindunud. Telefonikõned. Kasutab su eesnime. Tapmismängud. Järgmisena lähete koos dringile. Nagu ta tunneks sind liiga hästi."

„Just, ja kui te mind juurdlusest eemaldate, võib see teda vihastada. Kurat teab, mida ta siis ette võtab."

„Kurat teab, mida ta nüüdki ette võtab, Robert. Meil pole tema kohta midagi, ja sa tead seda. Kolm aastat juurdlust ja meil pole midagi ette näidata. Võib-olla vajabki see juurdlus just kahte värsket silmapaari."

„See juurdlus vajab seda, et ma jätkaksin sealt, kus pooleli jäin. Me oleme lähemal, kapten. Carlos ja mina oleme millegi jälil, mis meid kindlasti temani juhatab."

„Tore. Siis saad sellest jäljest Mattile ja Doyle'ile rääkida."

„See on minu juurdlus, minu ja Carlose."

„Kas sul on peapõrutus? Kas see plahvatus rikkus su aju? Ma toon su kähku maa peale," kähvas kapten vihaselt. „Carlos on poolkoomas intensiivraviosakonnas. Ta löödi elusana risti, Robert. Talle topiti okastraadist kroon pähe nii tugevasti, et selle okkad tungisid pealuuni. Tema peopesadest löödi läbi kaks viieteistsentimeetrist naela. Läheb tükk aega, enne kui ta suudab pastakat peost hoida, relvast rääkimata. Sa oled psühholoog, nii et arvatavasti oskad aimata, milliste traumadega ta peab võitlema, et tööle tagasi pääseda, kui ta seda üldse tahab. See oli tema esimene juhtum."

„Arvate, et ma ei tea, kapten?"

„Hetkel pole sul paarimeest. Mul pole sulle kedagi teist anda ka, ja isegi kui oleks ... siis ei annaks, praegu mitte."

Hunter näitas näpuga kapten Bolteri peale. „Te ütlesite paar päeva tagasi, et ei tee sama viga, mille tegite John Spenceri juhtumiga. Ütlesite, et oleksite pidanud mind kuulama, kui ma rääkisin kõigile, et ta ei tapnud oma naist. Ütlesite, et oleksite pidanud laskma mul juurdlust jätkata ..."

„See pole John Spenceri juhtum, Robert," sekkus kapten. „Meil pole vahi all süütut inimest. Meil pole mitte kedagi vahi all ja selles häda ongi. Meil on vaid laibad. Ja neid tuleb aina juurde, raisk."

„Te teete jälle vea, kapten. Ärge kõrvaldage mind juurdlusest."

Kapten Bolter tõmbas sügavalt hinge. Ta vaatas põiklevalt maha.

„Mis, kurat, siin toimub, kapten?"

„Kuule, Robert, sa tead, et ma usaldan su sisetunnet. Ja ma soovin, et oleksin seda varemgi rohkem usaldanud. Sul on mingisugune kuues meel, aga see pole minu otsus."

„Mis mõttes?"

„Kõik minust kõrgemal seisvad isikud alates linnapeast kuni politseiprefektini istuvad mul seljas. Nad nõuavad vastuseid ja mul pole ühtegi anda. Edaspidi otsustavad nemad ja mul pole enam suurt sõnaõigust. See asi on käest läinud. Nad kavatsevad asjasse kaasata FBI. Mul veab, kui töö alles jääb."

Hunter hõõrus nägu. „Minu juurdlusest kõrvaldamine on viga."

„See pole esimene viga, mille me selle juurdluse käigus teinud oleme, eks?"

Uks avanes ja väike tumedapäine meditsiiniõde astus taas palatisse. „Härrased, see on haigla, mitte Lakersi mäng. Ehk peaksin teile uuesti rahustit andma," ütles ta Hunterile.

„Vaevalt küll," vastas Hunter ja hüppas püsti. „Kus mu riided on?"

„Te peate jääma vähemalt kahekümne neljaks tunniks jälgimisele," ütles õde lähemale astudes.

„Seda nüüd küll ei juhtu, musike, nii et hoidke eemale ja näidake, kus mu riided on."

Õde otsis kapten Bolteri poole vaadates abi, aga sealt seda ei tulnud. Ta osutas kõhklevalt väiksele kapile uksest paremal. „Seal."

„Me oleme vaikselt," sõnas kapten, viidates uksele. Ta ootas, kuni ärritunud õde lahkus.

„Võta puhkust, Robert."

„Mis asja?"

„Sa vajad pausi. Tahan, et võtaksid puhkust, kui oled Mattile ja Doyle'ile kõik ära rääkinud."

„Te kõrvaldate mu töölt?"

„Ei, ma lihtsalt ütlen, et võta puhkust."

„Te vajate mind selles juurdluses, kapten."

„Sa pead neile kahele uurijale juurdluse üksikasjad edastama ja siis lähed puhkama. See pole palve, Robert. Tee paus, aja end vormi ja unusta see juhtum. Sa tegid, mida suutsid. Kui tagasi tuled, räägime, mis edasi saab." Kapten Bolter seisatas ukse juures. „Mina sinu asemel kuulaksin seda meditsiiniõde. Võib-olla oleks hea mõte ööseks siia jääda."

„On see ka käsk?" küsis Hunter, lüües sapiselt kulpi.

„Ei, soovitus, aga ma olen mures."

„Mille pärast?"

„Sinu. Kui mõrtsukas võttis sihikule Carlose, võid sina olla järgmine."

„Kui see mõrtsukas tahaks mind tappa, oleksin juba surnud."

„Võib-olla nüüd tahab, võib-olla sellepärast selles ruumis pomm oligi. Mõrtsukas võib olla mängud lõpetanud ja võtab nüüd sinu ette."

„Hakaku siis pihta," sõnas Hunter trotslikult.

„Oo jaa. Sa oled ju kange sell, sa ei karda surma, väga karm vend."

Hunter vältis kapteni pilku.

„Sa pole superkangelane, Robert. Mida sa teeksid, kui mõrtsukas sind pärast tänast ette võtaks? Tõmbaksid oma super-Hunteri vöö vahelt mingi imerelva välja?"

„Miks ta peaks seda tegema?"

„Et alustatu lõpule viia."

Hunter ei vastanud. Ta vahtis oma paljaid villis jalgu.

„Kuule, Robert, ma tean, et sa oled heas füüsilises vormis. Jumal ise teab, et ma panustaksin sinu peale lähivõitluses peaaegu igaühe vastu, aga hetkel pole sa tippvormis … ei füüsiliselt ega vaimselt. Kui mõrtsukas sind lähipäevil ette otsustab võtta, on tal tõsine eelis."

Hunter pidi tunnistama, et kaptenil on isegi õigus. Teda tabas ebamugav külmavärin.

„Mõtle peaga, Robert, ja ära ole narr, sa pole üliinimene. Veeda öö siin, kus keegi sind silmas saab pidada."

„Ma ei vaja lapsehoidjat, kapten," vastas Hunter akna alla astudes.

Kapten Bolter teadis, et Robert Hunterit on mõttetu püüda ümber veenda. Ta oli seda ennegi korduvalt üritanud.

Hunter vaatas autosid täis haiglaparklat. „Mis mu autost sai?"

„See viidi röövi- ja mõrvaosakonna maja juurde. Kui tahad, lasen selle homme siia tuua," üritas kapten veel korra.

Hunter pöördus tema poole. „Ma ei jää ööseks siia, kapten. Võtan selle koju minnes ise ära," sõnas ta kindlalt.

„Nagu soovid. Ma ei jaksa sinuga rohkem vaielda. Võta homne ja ülehomne vabaks, siis annad kogu info Mattile ja Doyle'ile edasi." Kapten lasi palatist lahkudes uksel enda järel pauguga kinni lennata.

Kuuskümmend

Hunter väljus taksost ning silmitses röövi- ja mõrvaosakonna maja. Keha valutas üleni. Ta pidi magada saama, aga teadis, et poleks suutnud ööd haiglapalatis veeta.

Teda hakkas piinama südametunnistus. Ta pidanuks jääma Garcia juurde, oleks pidanud jääma oma paarimehe juurde, aga mis kasu sellest oleks? Abikaasa oli temaga – Garcia oli heades kätes. Hunter kavatses kohe hommikul tagasi minna.

Peapööritus oli taandunud, aga mitte nii palju, et ta veel koju jaksanuks sõita. Võib-olla aitaks kruus kanget kohvi.

Ta lasi uksel enda järel kinni vajuda ja vaatas tühja ruumi. Pilk langes fotodega tahvlile. Talle vaatas otsa üheksa ohvrit. Üheksa ohvrit, keda ta aidata ei suutnud, ja ta oli olnud nupu-vajutuse kaugusel, et neid oleks üksteist.

Mälestused vanast pesutoast olid tagasi ja järsku tundus ruum külm. Arusaamine, kui lähedal tema ja Garcia olid surmale olnud, pani värisema. Kurku kerkis kuiv klomp.

Ta valmistas pikkamööda kohvi, täpselt nii nagu Garcia oli õpetanud, ja see vallandas järjekordse mälestuste laviini.

Miks Carlos? Milleks rünnata võmmi? Milleks tema paari-mees ja mitte tema ise? Ja sümbolit, signatuuriks saanud topelt-krutsifiksi, kaelal polnud. Miks? Võib-olla Garcia tõesti ei pidanudki surema või siis polnud mõtet märgistada ohvrit, kui plahvatus oleks ruumi nagunii hävitanud. Hunter oli kindel, et mõrtsukal oli algusest peale mingi eesmärk, ja võib-olla oli kaptenil õigus, et see oli saavutatud ja Hunter oli viimane pusletükk.

Ta kallas endale suurde kruusi kohvi ja istus laua taha ehk viimast korda. Samal hommikul hangitud patsientide nimekiri ootas alles seal. Mõni teine päev oleks ta arvuti sisse lülitanud ja hakanud politsei andmebaasist vasteid otsima, aga täna ei olnud iga teine päev, täna oli ta löödud. Mõrtsukas oli võitnud. Vahet pole, mis nüüd edasi saab, isegi kui kaks uut uurijat mõrtsuka tabama peaksid, Robert Hunter oli kaotanud. Mõrtsukas oli olnud tema jaoks liiga osav.

Ta puudutas alahuult ja tundis sõrmeotste all tukslemist. Ta naaldus tooli seljatoele ja toetas pea sellele, sulgedes silmad. Ta vajas und, aga polnud kindel, kas suudab uinuda. Võib-olla on täna õhtul õige aeg end maani täis juua, mõtles ta, see aitaks valu vastu kindlasti.

Hunter masseeris meelekohti, arutledes, mida edasi teha. Ta vajas värsket õhku, pidi majast välja saama. Võib-olla polnud siia tagasi tulemine kõige parem mõte, vähemalt mitte täna õhtul.

Mõtteid segas mobiili helin.

„Uurija Hunter kuuleb," vastas ta tuimalt.

„Hunter, Steven siin."

Hunter oli unustanud jälgijad, kelle nad D-Kingile sappa olid pannud. Steven oli üks kolmemehelisest tiimist, kes pidevalt D-Kingi tegemisi silmas pidasid.

„Oh issand, Steven!" ütles Hunter silmi sulgedes. „Ma unustasin tiimi tagasi kutsuda. Võite jälgimise lõpetada. See oli tarbetu."

„Aitäh, et nüüd ütled," vastas Steven veidi ärritunult.

„Vabandust, mees, aga täna oli üsna sündmusterohke päev, mul pole olnud eriti aega mõelda."

„Nii et sa ei taha teada, mis täna juhtub?“

„Mis siis täna juhtub?“ küsis Hunter taas tärganud huviga.

„Pole kindel, aga igatahes midagi tähtsat.“

Kuuskümmend üks

Hunter sõitis Steveni antud juhiste järgi ja kohtus temaga maha-jäetud tehase juures Gardenas.

„Jestas! Mis, kurat, sinuga juhtus?“ küsis Steven, nähes Hunteri vigastatud nägu.

„Pikk lugu. Mis teil siin on?“

Steven ulatas Hunterile binokli. „Seal, maja tagumise otsa juures.“

Hunter vaatas osutatud suunda.

„Liiga pime on. Mida kuradit ma vaatan?“

„Põhjaseina lähedal. Sealsamas,“ ütles Steven, osutades taas peahoonele.

„Oot … kas see on kaubik?“ küsis Hunter veidi suurema huviga.

„See on D-Kingi kaubik. Tema ja neli tema alluvat parkisid kaubiku sinna pool tundi tagasi ja läksid maa-aluse ukse kaudu hoone tagumise otsa poole. Neil oli kaasas väike arsenal.“

Hunteri huvi kasvas. „Milles asi?“

„Ma ei tea, aga jälgimistiim oli kaheks jagatud. Üks pidas silmas D-Kingi ja teine tema käsilast, suurt lihasmäge.“

„Ja siis?“

„Viimastel päevadel on midagi teisiti olnud. Nad on midagi või kedagi üsna palavikuliselt otsinud. Mida iganes nad otsisid, arvan ma, et see on siin.“

Hunter vaatas veel korra maja tagumise otsa poole. D-King ei tea, et esimene ohver polnud Jenny, mõtles ta. Ta on ajanud mõrtsukat taga ja leidnud ehk midagi, mingi niidiotsa. „Kus ülejäänud jälgimistiim on?"

„Kutsusin nad tagasi. Sa ütlesid, et me ei pea su narko-ärikast sõpra rohkem jälgima. Näitan seda sulle sellepärast, et see tundus huvipakkuv. Hakkan ise ka minema."

„Enne kui lähed, ütle, kuhu nad täpsemalt läksid."

„Näed seda kitsast rada peahoone taga?" Steven osutas taas hoone poole. „Mine mööda seda. Sinna nad läksid, aga kui sa kavatsed sinna üksi minna, oled peast segi. Kus, pagan, su uus paarimees on?"

Hunter kõhkles hetke. „Teel siia," vastas ta mitte kõige veenvamalt.

„Kas kutsun abijõude?"

„Ei. Saame hakkama." Hunter teadis, et kapten Bolter saab rabanduse, kui ta pärast nende varasemat jutuajamist abijõude kutsuks.

„Nagu soovid."

Hunter vaatas, kuidas Steven istus oma eraldusmärkideta autosse ja sõitis minema.

„Mida kuradit ma teen?" ütles ta valjusti, kontrollides relva. „Kas sul pole täna piisavalt põnev olnud, Robert?" Ta võttis kindalaekast väikese taskulambi ja hakkas minema Steveni näidatud teeraja poole.

Kuuskümmend kaks

Hunter läks mööda kitsast teed vana tehase taga metallist ukseni, mida varjas pikk rohi. Ukse taga olid kivist astmed, mis viisid maa-alusele korrusele. Ta ootas mõne sekundi kuulatades.

Vaikus.

Siis hakkas ta pimedas ettevaatlikult allapoole minema. Hallituse järele haisev niiske õhk ajas öökima. Ta lootis, et keegi ei kuulnud tema köhimist.

„Mida kuradit, Robert?" sosistas ta. „Järjekordne vana maja, järjekordne pime kelder ..."

Tunnel trepi otsas oli kitsas, betoonseintega ja prahti täis. Edasi minnes hakkas ta kuulma hääli – mitut häält –, vihaseid hääli. Vastik hais segunes nüüd kanalisatsioonilehaga sarnava lõhnaga. Kõikjal oli rotte.

„Ma vihkan rotte," pomises Hunter läbi hammaste.

Ta jõudis suurde ringikujulisse ruumi, mille keskel oli poollagunenud kandiline ehitis. Selle seinad olid auke täis. Hääled tulid selle laguneva ehitise seest.

Hunter kustutas taskulambi ja nihkus lähemale, püüdes eemale hoida maas vedelevatest lahtistest tellistest. Ta läks ümber kandilise ehitise vasaku külje ja sättis end vanade tsemendi-kottide peale meetri kaugusel seinast. Ta kükitas, et näeks ühest august sisse, nägi mingit liikumist, aga selle nurga alt selget pilti mitte.

Hääled muutusid valjemaks. Ta tundis ära D-Kingi hääle.

„Me ei tee sulle viga. Tulime sind nende raibete käest päästma. Sa oled vaba, see on läbi. Võtan sul silmasideme ja suutropi ära, eks, ära karda. Ma ei tee sulle haiget."

Mis, kurat, seal toimub, mõtles Hunter. Ta pidi lähemale pääsema. Ta nihkus seinale veidi ligemale ja leidis kohe parema asendi, sättides silmad ühe suurema augu kohale. Kaugema seina ääres seisis kolm meest, käed üles tõstetud. Üks neist oli päris paljas, keha kaetud tätoveeringuga, mis kujutas ristile löödud Jeesust. D-King põlvitas ruumi keskel hirmunud moega tumedapäise, kõige enam kolmekümneaastase naise ees. Naisel oli silmaside ja suutropp ning ta oli seotud metallist tooli külge. See, mis tema mustast kleidist järel oli, oli määrdunud ja katki rebitud. Rinnahoidja oli ära kistud. Mõlema rinnanibu ümber olid värsked sigareti põletusjäljed ja sinna hakkasid juba tekkima vesivillid. Jalad olid harki kistud ja tooli külge seotud. Kleit oli üles lükatud, tupe ümber oli samuti sigareti põletusjälgi. Tema juuksed olid osaliselt kuivanud verest tükkis. Alahuul oli paistes ja katki.

Hunter nägi, kuidas D-King harutas sidemed naise kuklal lahti. Kui silmaside eest vajus, pilgutas naine mitu korda kiiresti silmi. Ere valgus tegi tema silmadele haiget. Suutropp oli olnud seotud nii kõvasti, et suunurgad olid katki. Ta köhis ägedasti, kui suu vabaks sai. D-King võttis taskust salvräti ning pühkis naise näo ripsmetušist ja vereplekkidest puhtaks. Üks D-Kingi alluvatest oli naise käed ja jalad lahti sidunud ning naine hakkas taas nutma. Tema keha vappus iga nuukse juures, aga seekord olid pisarad segu kergendustundest ja hirmust.

„Mis su nimi on?“ kuulis Hunter D-Kingi küsimas.

„Becky,“ vastas naine nuuksete vahel.

„Kõik saab korda, Becky. Me viime su siit minema,“ ütles D-King, üritades naist püsti aidata, aga tolle põlved ei kandnud. Ta haaras naisel kähku piha ümbert kinni, enne kui viimane uuesti toolile vajus.

„Rahulikult … su jalad on alles nõrgad. Peame aeglaselt tegutsema.“ Ta pöördus ühe oma alluva poole. „Otsige talle midagi selga.“

Mehe pilk otsis ruumist mingit rõivatükki või muud sobivat, aga ei leidnud midagi.

„Võta see." Hunter tundis ööklubis nähtu põhjal ära Jerome'i. Too võttis särgi seljast ja ulatas D-Kingile. Tohutu särk oli naise väikesel kogul nagu pikk kleit.

„Kõik saab korda, Becky. Nüüd on see möödas."

Siis omandas D-Kingi hääl sootuks teise tooni. „Vii ta üles, pane autosse ja püsi tema juures," käratas ta kellelegi.

Hunter puges kähku tsemendikottide varju, nii vaikselt, kui suutis, hämarus aitas teda varjata. Ta nägi kottide vahelt august veel üht tohutut meest ruumist väljumas. Mehel oli süles hirmunud moega Becky.

„Minuga oled sa kaitstud, Becky," rahustas mees lahkel häälel.

Hunter ootas, kuni nad mööda koridori eemaldusid, ja nihkus taas lähemale.

„Sa usud Jeesusesse, eks?" küsis D-King vihasel häälel, minnes palja tätoveeritud mehe juurde.

Vaikus.

Hunter nägi, kuidas D-King virutas oma kaheraudse relva puidust päraga mehele vastu alaselga ja mees kukkus pikali. Kõige lühem kolmest vangistatud mehest pöördus vaistlikult, ent enne, kui ta midagi teha jõudis, lõi Jerome talle Uzi pool-automaadiga näkku. Verd pritsis seinale. Kaks mehe hammast kukkus põrandale.

„Kes sul liigutada käskis, raisk?" Jerome karjus seda vihaselt.

Kuramus, Steven ei teinud nalja, öeldes, et siin on väiksemat sorti arsenal, mõtles Hunter.

„Kui vana see naine oli — kakskümmend kaheksa, kaks-kümmend üheksa?" D-King lõi maas lebavat meest uuesti, seekord jalaga kõhtu. „Tõuse püsti ja pööra ümber, sa sitakott." Ta tammus nüüd hirmunud meeste ees edasi-tagasi.

„Kas te teate, kes ma olen?" Küsimus jäi õhku rippuma, siis noogutas kõige lühem mees.

D-Kingi vaatas teda hämmeldunult. Ta jätkas rahulikul häälel. „Te teadsite, kes ma olen, ja ikka röövisite ühe mu tüdruku, vägistasite ta, piinasite teda ja tapsite ta ära?"

Vaikus.

„Pagan, see on ikka rumaluse kõrgem tase. Teie kaks ... võtke riidest lahti," kamandas ta, osutades kahele riides mehele.

Nood vaatasid teda segaduses.

„Kas te, raiped, olete kurdid või? Ta ütles, et võtke riidest lahti," käratas Jerome, lüües prillidega meest kõhtu.

„Kuramus, siin oleks luupi vaja olnud, poisid," tähendas D-King, vaadates nende alasti kehasid. „Pole siis ime, et teil oli naiste saamisega probleeme. Siduge nad toolide külge, nagu nemad oma ohvrid sidusid."

Klõps. Hunter kuulis selja taga poolautomaatrelva vinnastamise selgelt äratuntavat heli. Hetk hiljem tundis ta kukla vastas külma püstolitoru.

„Ära isegi mõtle liigutada," lausus hääl käskivalt.

Kuuskümmend kolm

Uks avanes ja Hunter tõugati ruumi, relv ikka vastu kukalt.

„Leidsin selle sitajunni väljast varitsemast. Tal oli see kaasas," ütles mees, visates Hunterilt võetud relva maha. D-King pöördus uustulnuka poole.

„Uurija Hunter? See on küll üllatus."

„Uurija?" Warren, kes oli Hunteri avastanud ja vangistanud, ütles seda hämmeldunult.

„Mis, kurat, teiega juhtus?" küsis D-King, vaadates Hunteri sinikais ja haavadega nägu.

„Ära minu otsa vaata, boss," ütles Warren käsi üles tõstes. „Ta oli nii kole juba siis, kui ma ta leidsin."

Hunter vaatas kähku ringi. Ruumi valgustasid võimsad akudega prožektorid ja põrand oli kaetud kilega. Metallist tool, mille külge Becky oli seotud olnud, seisis ruumi keskel. Seina ääres väikesel laual D-Kingi taga oli mitu nuga. Ühes nurgas oli statiivi peal poolprofessionaalne kaamera ja selle taga veel kaks tooli. Hunteril kulus vähem kui kolm sekundit mõistmaks, kus ta on.

„*Snuff*-filmi võtteplats? Stiilne." Ta silmitses D-Kingi.

„Te olete taibukas," sõnas D-King, ent märkas siis Hunteri põlglikku pilku. „Pidage nüüd. Te arvate, et mina korraldan seda haiget värki? No kurat, ei."

Hunteri pilk libises üle kolme alasti mehe lõunaseina ääres ja kandus siis palja ülakehaga Jerome'i peale. „Nii et teil on siin väike pralle? *Tegelete asjaga?*" Hunter pilkas neid moonutatud ninahäälel.

„Oo, te tahate nalja visata?" küsis D-King püssi vinnastades. „Mida kuradit te siin teete, uurija?"

„Olin siin kandis. See on üks mu lemmikkohti."

„Te olete naljatamiseks üsna kehvas seisus," hoiatas teda Jerome.

Hunter vaatas kolme meest.

„Mu küsimus on endine, uurija," ütles D-King. „Mida kuradit te siin teete?"

Hunter vaikis.

„Oot-oot." D-King kissitas silmi. „Te libe raibe. Tahtsite, et ma teie töö teie eest ära teeksin, eks ole?"

Jerome oli segaduses. „Mis asja?"

„Ta teadis, et ma hakkan Jenny mõrtsukat taga ajama, nii et jälgis mind, kuni mina vaeva näen, oodates, et ma tänavaid kammiksin, et saaks viimasel hetkel kohale ilmuda ja au endale võtta."

„Päris nii see ei ole," vastas Hunter.

„Noh, mul on teile halbu uudiseid, uurija. Tüdruk teie arvutipildil ei ole Jenny. Teie maniakaalne mõrtsukas teda ei tapnud. Need kolm türaimejat tapsid." Ta osutas kolmele alasti mehele. „Nad vägistasid ta, piinasid ja rüvetasid teda ning siis lõikasid tal kõri läbi. See kõik on üles filmitud." Viha D-Kingi hääles oli tagasi ja ta valas oma meeletu raevu taas välja, andes püssipäraga tätoveeritud mehele alakõhtu uue hoobi. Hunter vaatas seda pealt.

„Siduge nad toolide külge," kamandas D-King, kallutades pea Warreni poole.

„Sa oled politseinik, tee midagi," palus prillidega mees.

„Jää vait, raisk," käratas Warren, lüües mehele vastu suud.

„Tal on õigus," sekkus Hunter. „Ma ei saa lasta teil oma-kohtuga tegelda."

„Hoidke sellest eemale, uurija. See pole teie asi."

„Ma teen sellest oma asja."

D-King vaatas ruumis sapise muigega ringi. „Arvan, et te olete vähemuses, uurija. Mida te enda arvates teha saate?"

„Aga kui tal on abijõudusid?" küsis Jerome.

„Ei ole. Kui oleks, oleksid nad juba siin," vastas D-King, heites Hunterile trotsliku pilgu.

„Siduge nad kinni," kamandas ta uuesti.

Paar minutit hiljem olid kolm paljast meest keset ruumi metalltoolide külge seotud.

„Kuulge, te pole veel midagi seadusevastast teinud," ütles Hunter, astudes D-Kingile sammu lähemale. „See pole veel üle piiri läinud. Laske ma vahistan nad. Las kohus tegeleb nendega. Nad mädanevad vangis."

„Mina sinu asemel püsiksin paigal," ütles Warren, tõstis relva ja sihtis Hunterile pähe.

„Kui sa oleksid minu asemel, oleksid kena mees," andis Hunter vastu. „D-King, ma tean, kui väga teid ärritab see, mida nad Jennyga tegid, aga me saame selle kohe praegu ära lahendada."

D-King naeris valjusti. „„Ärritab" ei ole selle tunde kirjeldamiseks piisav. Ja see *on* õige moodus. Lubage ma kirjeldan teile reaalsust, uurija Hunter. Kohus laseb nad vabaks ja te teate seda. Nad pööravad kõik pea peale, kasutades mingit pisidetaili, nagu tavaliselt. Kui te nad vahistate, peate ka meid vahistama ja seda ei juhtu, musike. Vabandust, Hunter, me peame nendega omal moel tegelema."

„Ma ei saa pealt vaadata, kui te nad tapate."

„Pange siis silmad kinni. Te ei peaks üldse siin olemagi. Need mehed röövivad, vägistavad ja tapavad naisi raha eest."

Hunter naeris närviliselt. „Teie suust kõlab see küll hästi."

„No kurat, ei. Te ei võrdle mind ju nende jätistega? Ma ei sunni ühtegi oma tüdrukut tööd tegema. Ma ei sunni ka kedagi neid palkama. See, mida need tüübid teevad, on igas mõttes väärastunud. Vaadake seda kohta. Kuidas on see võrreldav minu tegevusega?"

Järsku avanes kõikide üllatuseks sein D-Kingi selja taga. Pikk kiilaspäine mees, mõlemas käes Desert Eagle .50 püstol, astus välja, silmad pärani, pupillid laienenud, ninasõõrmed punetavad. Tema näol oli tapahimuline hullumeelne ilme.

Mitte kellelgi polnud aega reageerida. Kui lasud kõlasid, kasutas Hunter võimalust ja viskus pikali, otsides oma püstolit. Kuulirahe oli täiesti suvaline. Üks prožektor lendas kurdistava paugu saatel kildudeks. Ootamatu valgussähvatus pimestas korraks kõiki ja D-King viskus vaistlikult maha – kuulid tabasid seina tema taga, möödudes ta peast millimeetri kauguselt. Ta kuulis Warreni valukarjatust, kui mehe tohutu kere põrandale vajus, käed näo peal, verd tilkus sõrmede vahelt.

Jerome seisis paigal nagu kartmatu sõdur surma palge ees. Ta vajutas oma automaatrelva päästikut ja kuulirahe leidis siht-märgi sõjaväelise täpsusega. Sissetungija keha vappus tugevasti iga tabamuse korral ja ta vaarus tagurpidi. Kuulide kogumõju oli nii võimas, et jalad põhimõtteliselt eraldusid kehast. Lõtv kogu kukkus põrandale. Tulevahetus kestis alla kümne sekundi.

Kui laskude kaja kustus, asendus see kolme abitu palja mehe hirmukarjetega. Nad olid imekombel veel elus.

„Jääge vait, raisad!" möirgas Jerome ärritunult ja pööras oma Uzi nende poole.

„Rahu, neeger!" hüüdis D-King, sihtides püssiga äsja avas-tatud ust. „Nad ei ole ohtlikud. Kontrolli teda," ja ta viitas moonutatud kehaga sissetungija poole.

Warren oli ikka pikali, käed ja särk verised.

Hunter oli püsti, relv peos. „Nii, pange nüüd kõik relvad käest."

D-King suunas püssitoru ukselt Hunteri peale, Jerome samuti. „Praegu ei ole selleks juraks õige hetk, uurija. Selles ruumis võib veel mehi peidus olla. Mul pole teiega kana kitkuda, veel mitte, aga kui pean, siis lasen teid maha nagu kärnase koera. Pidage meeles, te olete endiselt vähemuses."

Hunter sihtis endiselt D-Kingi. Tema Wildey Survivori püstoli päästik oli muudetud tundlikumaks. See koos tead-misega, et kaheraudse päästiku keskmine vastupanuvõime on umbes paarsada grammi raskem kui enamikul püstolitest, tähendas, et ta jõuaks tulistada vähemalt sekund kiiremini kui D-King. Samas oleks Jerome'i Uzi tõsisem probleem. Pealegi polnud nemad vaenlased. Hunter ei kavatsenud tulevahetust algatada. Ja kindlasti ei kavatsenud ta riskida kuuli saamisega kolme palja jätise nimel. Ta langetas püstoli.

„Hästi, kontrollime selle ruumi üle."

„Warren, räägi minuga. Kuidas sul on, semu? Kas said pihta?" hüüdis D-King, pööramata pilku peamiselt sihtmärgilt.

Warren urises madalalt nagu haavatud loom, andes mõista, et on elus.

„See siin on surnud," teatas Jerome elutu kogu kohal uue ukse juures.

D-King keskendus uuesti kolmele kinniseotud mehele. „Kas seal, kust see raisk tuli, on veel kedagi?"

Vaikus.

„Kas seal ruumis on veel kedagi?" küsis ta, surudes püssitoru vastu tätoveeritud mehe pead.

„Ei." Vastus tuli viimaks kõige lühemalt.

D-King noogutas Jerome'ile, kes vahetas Uzi padrunisalve, ja astus väga ettevaatlikult ruumi. „Siin pole kedagi," hüüdis ta mõne sekundi pärast. „Pean Warrenit kontrollima. Jerome, hoia Hunterit sihikul."

Jerome pöördus ja suunas Uzi Hunteri peale, kes vastas samaga.

D-King pani püssi käest ja kiirustas Warreni juurde.

„Nii, las ma vaatan. Võta käed eest."

Warren võttis verised käed aeglaselt näo pealt. D-King pühkis osa verd särgiga ära, et paremini näha. Ta nägi kahte suurt haava – üks Warreni laubal ja teine vasakul põsel.

„Kuule pole," ütles ta kiire läbivaatuse järel. „Sa ei saanud kuuli. Tundub, et seinast lendas kilde. Jääd elama." Ta võttis särgi seljast ja pani Warrenile pihku. „Suru seda haavade peale."

„Boss, sa pead tulema vaatama."

Miski Jerome'i hääles tegi D-Kingi murelikuks.

„Mis on?"

„Pead seda ise nägema."

Kuuskümmend neli

D-King võttis püssi kätte ja läks avatud ukse juures seisva Jerome'i juurde. Ta seisis kangestunult. Pilk libises hoolikalt üle järgmise ruumi. „Mida kuradit?" sosistas ta. „Hunter, tulge vaadake."

Hunter läks ettevaatlikult nende juurde.

See ruum oli palju paremas seisukorras kui eelmine. Lagi oli värvitud siniseks ja kaunistatud miljoni helendava tähega. Seinad olid veelgi värvilisemad, täis väga erinevaid joonistusi: lohed, võlurid, hobused, haldjad ... Kaugemas seinas puidust riiulitel oli muljet avaldav mänguasjade kollektsioon: nukud, autod, superkangelased, põrandal oli neid veel rohkem. Uksest vasakul oli suur kiikhobu. Lääneseinas oli statiivil videokaamera.

Hunter tundis, et miski pitsitab tugevasti ta südant. Pilk liikus D-Kingi jahmunud näole.

„Lapsed," sosistas Hunter. Viha tema hääles oli sama selgelt kuulda, nagu oleks ta karjunud.

D-Kingi pilk oli kinnitunud ruumi sisustusele. Tal kulus veel pool minutit, et Hunteri poole pöörduda. „Lapsed?" D-Kingi hääl kustus. „Lapsed?" Seekord oli see võimas karjatus. Ta tormas tagasi eesmisesse ruumi. Kurbus temas asendus puhta raevuga.

„See on ikka haige," ütles Jerome pead vangutades.

„Te teete seda lastega? Mis haiged väärakad te sellised olete?" röökis D-King kolme kinniseotud mehe ees seistes. Tema käratsemisele vastas vaikus, ükski meestest ei vaadanud talle otsa.

Hunter silmitses kolme paljast meest. Tal oli nüüd lihtsalt kama kaks.

„Ma räägin teile midagi, uurija Hunter." D-Kingi hääl värises vihast. „Ma kasvasin tänaval. Olen kogu elu inimsaastaga kokku puutunud. Olen õppinud, et siin on meil arvete klaarimiseks omad moodused. Enamik neid raipeid vahistamist ei karda. Vangla on nende jaoks nagu puhkelaager. See on nende kodu kodust eemal. Neil on seal omad joped, uimastid ja hoorad. See ei ole nende muust elust kuigivõrd erinev. Ent kui nad arvavad, et neil on kannul tänavaseadused, siis on neil junn jahe. Siin oleme meie vandemehed, kohtunik ja timukas. See ei puuduta teid ega teie seadust. Nad maksavad selle eest, mida Jennyga tegid, ning teie minu ja nende vahele ei tule."

See oli enamat kui raev. Hunter teadis, et tal oli õigus olnud. D-Kingi jaoks oli Jenny olnud palju enamat kui üks lõbutüdrukutest.

Hunter pöördus metalltoolide külge seotud meeste poole. Nad vaatasid teda ülbe muigega, nagu teaksid, et ta peab nad vahistama, selline on protokoll, võmmid peavad nii tegema.

Hunter oli väsinud. Tal oli kõrini. Ta ei pidanud üldse siin olema. See polnud seotud krutsifiksimõrvariga. See oli D-Kingi probleem.

„Kuradile protokoll," sosistas Hunter. „Mind pole siin olnud."

D-King noogutas korraks ja vaatas, kuidas Hunter relva kabuuri pistis ja sõnatult ukse poole läks.

„Oota!" karjus tätoveeritud mees. „Sa ei või lihtsalt minema minna. Sa oled võmm, raisk. Kuidas jääb meie inimõigustega?"

Hunter ei peatunud. Ta ei vaadanud ust enda järel sulgedes isegi tagasi.

„Õigused?" kordas D-Kingi energilise naeru saatel. „Me anname teile teie õigused … teie viimase võidmise."

„Mida me selle koha … ja nendega peale hakkame?" Jerome kallutas pead meeste poole.

„Siin pane tuli otsa, aga nemad võtame kaasa. Meil on vaja neilt välja pigistada nende ninamehe nimi."

„Arvad, et nad räägivad?"

„Oo, küll räägivad, ma luban. Kui neile meeldib rüvetamise valu, siis seda nad ka saavad ... kümne päeva vältel." Saatanlik muie D-Kingi huultel pani Jerome'i värisema.

Hunter istus autos ja vaatas oma värisevaid käsi, võideldes piinava ebamugavusega. Ta oli uurija. Ta pidanuks seadust kaitsma ja äsja ta eiras seda. Süda ütles, et ta oli toiminud õigesti, aga südametunnistus polnud nõus. Kõrvus kajasid D-Kingi sõnad. *Siin oleme meie vandemehed, kohtunik ja timukas.* Järsku lakkas Hunter hingamast.

„Just nimelt," ütles ta ebakindlal häälel. „Sealt ma teda teangi."

Kuuskümmend viis

Süda ägedasti rinnus pekslemas, sõitis Hunter mõrvarühma majja tagasi nii kiiresti, kui sai. Ta pidi midagi vanadest toimikutest kontrollima.

Kabinetti astudes oli tal hea meel, et see on uurijate korrusest eraldi. Ta pidi seda tegema üksi, segamatult. Ta lukustas enda järel ukse ja lülitas arvuti tööle.

„Olgu mul õigus ... olgu mul õigus ..." korrutas ta endale, sisenedes California kohtuministeerumi andmebaasi. Ta trükkis kiiresti vajaliku nime, valis kriteeriumid ja vajutas otsimise klahvi. Kui kohtuministeeriumi server tööle hakkas, istus ja ootas ta ärevalt, vaadates, kuidas väike täpp ekraanil edasi-tagasi liigub. Sekundid tundusid minutitena.

„Noh ..." ärgitas ta arvutit kiiremini töötama, tammudes närviliselt laua ees edasi-tagasi. Kaks minutit hiljem täpp peatus ja ekraanile ilmus kiri: *vastet ei leitud.*

„Raisk!"

Ta üritas uuesti, minnes seekord ajas tagasi rohkem aastaid. Ta teadis, et tal on õigus, et see peab see olema.

Tuttav täpp hakkas taas ekraanil liikuma ja Hunter jätkas tammumist. Ärevus aina paisus. Ta seisatas fotodega kaetud korktahvli ees ja vaatas neid. Ta teadis, et vastus on seal.

Täpp peatus ja seekord ilmus ekraanile hulk andmeid.

„Jah ..." ütles Hunter võidukalt, läks tagasi laua taha ja luges kähku ekraanil olevat infot. Otsitava leidnud, kortsutas ta kulmu.

„Ärge jamage!"

Ta istus vaikuses ja mõtles, mida edasi teha. „Sugupuud," ütles ta. „Ohvrite sugupuud."

Esimese juurdluse käigus olid Hunter ja Scott üritanud igati ohvrite vahel seoseid leida. Nad olid uurinud osade ohvrite sugupuid. Hunter teadis, et tal on need andmed kusagil alles. Ta hakkas lappama laual paberikuhja, kus olid vana juhtumi toimikud.

„Siin see on," ütles ta, leides viimaks otsitava. Ta analüüsis loetelu veidi aega. „See ongi." Ta läks tagasi arvuti taha ja trükkis uue nime. Tulemus tekkis ekraanile kohe, kuna kriteeriumid oli täpselt paika pandud.

Veel üks vaste ... ja veel üks.

Hunter hõõrus väsinud silmi. Keha valutas, aga uus avastus andis talle energiat. Ta ei suutnud leida seoseid kõikide ohvrite vahel, aga ta juba teadis, miks.

„Kuidas ma seda varem ei märganud?" küsis ta endalt, kopsides rusikaga laupa. Aga ta teadis, kuidas. See oli vana juhtum, mitme aasta tagune. Juhtum, milles tema kahtlusaluse vahistas. Ohvrite ebamäärased seosed olid sugupuude järgi võttes kuni kolm sugupõlve vanad. Osa polnudki sugulased. Ilma vihjeta poleks ta seda avastanud. Ilma D-Kingita poleks ta selle peale tulnud.

Robert hakkas taas edasi-tagasi tammuma ja peatus Garcia laua ees. Ootamatu nukruselaine tõi klombi kurku. Paarimees oli haiglas poolkoomas ja ta ei saanud kuidagi abiks olla. Ta mäletas Anna kurva pilguga silmi. Kuidas naine istus oma abikaasa voodi kõrval ja ootas elumärki. Ta armastas seda meest üle kõige. Ükski armastus pole tugevam kui perekonna armastus, mõtles Hunter ja tardus siis. Kuklakarvad kerkisid.

„Ah sa raibe!"

Ta kiirustas tagasi arvuti juurde ja ahmis järgmise tunni jooksul kõiki tulemusi, mille leidis, ülimalt agaralt ja üllatunult. Vähehaaval hakkas kõik paika loksuma.

Vahistamistoimikud … tätoveeringud, meenus talle. Mõni minut hiljem, pärast otsinguid mõrvarühma andmebaasis, olid tal ees ühe vana juhtumi vahistamistoimikuid.

„See pole võimalik …" sosistas ta nagu halvatult. Segu hirmust ja elevusest muutis ta üleni külmaks. Järsku talle meenus, kus ta seda vaid paar nädalat tagasi näinud oli, ja ta sisemus kiskus kokku. „Kui pime ma olin," pomises ta ja asus otsima veel ühte asja. Nime, mis liidaks kõik üheks. Tal kulus selle leidmiseks alla minuti.

„See oli mul nina all," sosistas ta, vahtides tühjal pilgul arvutiekraani. „Vastus oli mul nina all."

Ta vajas veel viimast kinnitust ja see pidi tulema San Francisco politseijaoskonnast. Vestelnud telefonis leitnant Morrisega SFPD-st, ootas ta kannatamatult vahistamistoimiku faksi. Kui see pool tundi hiljem saabus, põrnitses Hunter seda vaikides. Aju võitles reaalsusega. See oli vana foto, aga mingit kahtlust polnud – ta teadis, kes see inimene on.

Tõendid. Neist olenevad kõik juurdlused ja Hunteril neid polnud. Ta ei saanud seostada fotol olevat inimest ühegi krutsifiksimõrvaga ja ta teadis seda. Ta võis ju küll veendunud olla, aga ilma tõenditeta pole tal midagi. Hunter vaatas veel korra kella, võttis siis telefonitoru ja tegi veel viimase kõne.

Kuuskümmend kuus

Hunter sõitis aeglaselt, laskmata end häirida temast mööda kihutavatest ja alla keritud akendest sõimuvalanguid kuuldavale toovatest juhtidest.

Ta parkis auto oma maja ette ja toetas pea korraks roolile. Peavalu oli tugevam ja ta teadis, et tabletid ei aitaks. Enne autost väljumist kontrollis ta, ega tal vastamata kõnesid või sõnumeid ole. Mõttetu, kuna ta oli kindel, et ei ole. Ta oli andnud haiglas kõigile käsu talle kohe teatada, kui Garcia teadvusele tuleb, aga miski ütles talle, et täna õhtul seda ei juhtu.

Ta astus tühja korterisse ja sulges enda järel ukse, toetades tuikava keha selle vastu. Keha pidanuks nõudma toitu, sest ta polnud terve päeva söönud, aga kõht polnud tühi. Tegelikult ihkas ta duši alla. See lõõgastaks pinges lihaseid, aga see peab natuke ootama. Kõigepealt oli tal vaja topeltkogust viskit.

Hunter silmitses oma väikeses baarikapis olevaid pudeleid ja püüdis otsust langetada. Ta naeratas, kui oli otsustanud valida midagi kanget – kolmekümneaastase Aberlour'i. Ta kallas klaasi poolenisti täis ja jättis seekord jää panemata. „Mida kangem, seda parem," ütles ta endale, vajudes oma vanale diivanile. Kange alkoholi mõju huulte vastas oli elustav. See kipitas väikestel haavadel suu ümber, aga ta nautis seda valu.

Hunter toetas pea diivani seljatoele, kuid sundis end silmi lahti hoidma. Ta kartis silmalaugude varjus peidus olevaid kujutluspilte, vahtis mõne minuti lakke, lastes ühelinnaseviski tugeval maitsel keelt ja suud tuimestada. Ta teadis, et varsti on kogu keha tuim.

Ta tõusis ja läks akna alla. Tänav tundus vaikne. Ta pöördus taas tühja elutoa poole. Keha hakkas vähehaaval lõõgastuma. Hunter võttis veel lonksu viskit ja kontrollis telefoni ekraani, vajutades paari nuppu, kontrollimaks, et see ikka töötab.

Köögis pani ta klaasi lauale ja istus. Ebamugava puidust tooli seljatoele naaldudes hõõrus ta mõlema käega tugevasti nägu. Samal ajal kuulis ta vaikset kriuksatust koridoris, mis viis tema magamistuppa. Üle keha kulges erakordse kiirusega hirmuvärin. Keegi oli siin.

Hunter hüppas püsti, aga köök hakkas kohe ringi käima. Jalad kaotasid jõu ja ta otsis laualt tuge. Tekkis hämming. Siis langes pilk tühjale viskiklaasile laual. *Uimastatud.*

Enne kui ta köögipõrandale varises, nägi tema udune pilk tumedat kogu enda poole tulemas.

Kuuskümmend seitse

Ta avas pikkamööda silmad, aga see ei muutnud midagi. Pimedus oli pilkane. Tal oli paha olla ja pea käis tugevasti ringi. Mis iganes uimasti viski sees oli olnud, see mõjus kiiresti. Kõigepealt sai ta aru, et istub, seotud mingi ebamugava tooli külge. Käed oli selja taga kinni, pahkluud toolijalgade külge seotud. Ta üritas end vabastada, aga see ei õnnestunud. Keha valutas veel rohkem, ehkki ta oli kindel, et luud-kondid on terved – vähemalt esialgu. Tal oli janu, tugev janu.

Hunteril polnud aimugi, kaua ta teadvuseta oli olnud. Vähehaaval ja valulikult hakkas mälu talle jutustama, mis oli juhtunud. Ta üritas end rahustada ja koges tuttavat tunnet. Ta vaatas pimeduses ringi, ja ehkki ta ei näinud, teadis ta, kus on. Ta polnud kodust lahkunud, vaid istus oma elutoas.

Ta üritas taas liigutada, aga käed ja jalad olid liiga tugevasti kinni seotud. Ta üritas karjuda, aga häält õieti ei tulnud. Teda üllatas, kui nõrk ta oli. Järsku tajus ta enda taga mingit kõhedust tekitavat kogu.

„Kuulen, et sa oled ärkvel."

Sama robothääl, mis oli piinanud teda viimased kolm aastat, kajas toas, tabas teda ootamatult ja ehmatas kangeks. See tuli tema selja tagant, mingisugusest kõlarist. Hunter tundis mingit kummalist aistingut. Ta oli viimaks mõrtsukaga koos. Krutsifiksimõrvariga.

Hunter üritas end pöörata, käänas kaelas nii palju kui võimalik, aga pimedus ei lasknud ründajat näha.

„Ära kiirusta seda tagant, Robert. See on viimane peatükk. Vähemasti sinu jaoks. See lõpeb täna. Siinsamas. Sina oled viimane."

Viimane. Hunteri avastus kontoris sai kinnitust. Asi oli kättemaksus.

Ta kuulis järsku metalli metalli vastas kõlisemas. Ilmselt kirurgi töövahendid. Keha tõmbus tahtmatult hirmust kangeks, aga ta sundis end teadlikult rahulikuks jääma. Hunter tundis mõrtsukate psühholoogiat, eriti sarimõrvarite oma. Nad tahtsid ennekõike, et neid mõistetaks. Nende jaoks oli nende tapatöödel tähendus, eesmärk, ja nad tahtsid, et ohvrid teaksid, et nad ei sure asjatult. Enne tapmist tuleb alati selgitus.

„Täna maksad sa selle eest, mida oled teinud."

Need viimased sõnad tekitasid äratundmisjudina. Hääl, mis tema selja taga kõneles, oli vali ja selge – mitte robotlik, mitte metalne ega moonutatud. Hunter ei pidanud mälus sobrama, ei pidanud mõtlema. Ta tundis seda häält hästi. Järsku pimedus kadus. Hunter pigistas silmad kinni, kui ebakorrapärased ringid nägemist hägustasid. Pupillid tõmbusid kokku, püüdes ereda valgusega kohaneda. Kui udu kadus, omandas tuttav kogu tema silme ees kuju.

Kuuskümmend kaheksa

Nägemise selginemiseks kulus terve igavik, aga kui pilk taas koonduda suutis, teadis ta, et tal oli olnud õigus. Kummalisel kombel ei tahtnud ta seda uskuda. Pilk kinnitus tema ees seisvale inimesele.

„Su näoilme järgi saan aru, et sa oled üllatunud," ütles naine oma tavapärasel leebel häälel.

Hunter oli lootnud, et eksib, ent nüüd naist nähes loksus kõik paika. Ta suutis sosistada vaid ühe sõna: „Isabella."

Naine naeratas talle. Sama naeratus, mida Hunter oli palju kordi näinud, aga seekord oli selles veel midagi, mida varem seal olnud polnud. Varjatud kurjus.

„Arvasin, et rõõmustad mind nähes." Naise itaalia aktsent oli kadunud. Tõtt-öelda oli kõik temas teistmoodi. Nagu oleks Hunterile tuttav Isabella haihtunud ja asendunud võhivõõraga.

Hunteri ilme püsis tuim. Aju pani viimaks ometi viimaseid pusletükke kokku.

„Sa väärid Oscarit. Su itaalia aktsent oli täiuslik."

Naine kummardas, tänades komplimendi eest.

„See telefonikõne restoranis oli väga kaval nõks. Täiuslik alibi," jätkas Hunter, meenutades kõnet, mille sai mõrtsukalt samal ajal, kui Isabellaga esimest korda lõunat sõi. „Salvestatud sõnum taimeriga. Lihtne, aga väga tõhus."

Naine naeratas kergelt. „Luba mul end tutvustada …" ütles ta rahulikult.

„Brenda …" sekkus Hunter kähedal ja nõrgal häälel. „Brenda Spencer … John Spenceri õde. Selle muusikaprodutsendi."

Naine heitis talle üllatunud ja ebamugavust väljendava pilgu. „Doktor Brenda Spencer, kui tohib," parandas ta.

„Meditsiinidoktor," kinnitas Hunter.

„Kui sa just pead teadma … kirurg." Taas õel muie.

„See kõik on kättemaks su venna surma eest?" küsis Hunter vastust teades.

„Väga tubli, Robert," sõnas Brenda üliinnukalt käsi plaksutades, nagu laps, kes on saanud ootamatu kingituse.

Sellele järgnes tontlik vaikus, mis kestis terve igaviku.

„Ta sooritas kongis enesetapu," sõnas Hunter viimaks.

„Ta sooritas enesetapu, sest sina ei teinud oma kuramuse tööd." Viha naise hääles oli tuntav. „Kaitsta ja teenida – milline nali. Ta oli süütu ja sa teadsid seda." Brenda vaikis, lastes sõnadel toas ringi hõljuda. „Ta korrutas teile, et ta ei teeks iialgi Lindale viga. Ta armastas teda, aga sina sellist armastust ei mõista." Naine kogus end hetke. „Sa vestlesid temaga. Sa teadsid, et ta on süütu, ja lasid ikkagi neil ta süüdi mõista. Sa võinuks midagi ette võtta, aga sa lasid neil süütu mehe surma mõista."

Hunterile meenus õhtusöök Isabella juures. Naine oli valetanud kõige kohta, aga oli maininud surnud venda. See oli olnud viga, keelevääratus. Ta oli kohe kiiruga selgitanud, et vend oli merejalaväelane, kes hukkus oma riiki teenides. Üdini vale, aga Hunter ei olnud seda taibanud. See, mida ta tol õhtul naise silmis nägi, polnud kurbus. See oli raev.

„See polnud minu otsustada." Hunter kaalus, kas rääkida naisele, kuidas ta üritas teisi veenda selles, mida tema Brenda venna juurdlusest arvab, aga enam polnud sel mõtet. See ei muudaks midagi.

„Kui te oleksite viinud juurdlust läbi nii, nagu seda läbi viima oleks pidanud, oleksite leidnud tõelise mõrtsuka varem, enne kui mu vend hulluks läks ja end üles poos, aga te ei otsinud enam."

„Sa ei saa süüdistada politseid oma venna enesetapus."

„Ma ei süüdistagi politseid, ma süüdistan sind."

„Oleksime tõelise mõrtsuka varem või hiljem tabanud ja su vend oleks vabaks saanud."

„Ei oleks." Brenda hääl oli taas vihane. „Kuidas te oleksite tõelise mõrtsuka tabada saanud, kui te isegi ei otsinud? Te olite juurdluse lõpetanud, sest esialgsed pealiskaudsed asitõendid osutasid Johnile ning sellest sulle ja su paarimehele piisas. Polnudki vaja tõde välja selgitada. Järjekordne edukas süüdimõistmine kahele staaruurijale. Teie saite taas kiita ja muu polnud tähtis. Ta mõisteti mõrvas süüdi, Robert. Talle määrati surmanuhtlus teo eest, mida ta ei sooritanud. Mitte keegi ei kahelnud selles, ka mitte see hale vandekogu. Minu vend kuulutati koletiseks. Armukadedaks tapahimuliseks koletiseks." Brenda peatus sügavalt hinge tõmbama. „Ja mina kaotasin sinu, su paarimehe ja selle kuradima mõttetu vandekogu tõttu terve oma perekonna. Nad ei oleks tõde näinud ka siis, kui see oleks neil nina all olnud." Naise pilgus põles raev.

Hunter heitis talle hämmeldunud pilgu.

„Kakskümmend päeva pärast Johni enesetappu suri mu ema südamevalu tagajärjel. Kas sa tead, mis see on?"

Hunter ei vastanud.

„Ta ei söönud, ei rääkinud, ei liigutanud. Ta lihtsalt istus oma toas, vaatas aknast välja, Johni foto käes. Pisarad voolasid mööda nägu, kuni need otsa said. Ahastus ja südamevalu hävitasid teda seestpoolt, kuni ta oli liiga nõrk, et võidelda."

Hunter vaikis, jälgides pilguga toas aeglaselt ringi kõndivat naist.

„See ei olnud veel kõik." Brenda hääl oli nüüd sünge ja tõsine. „Kolmkümmend viis aastat, Robert. Mu vanemad olid olnud abielus kolmkümmend viis aastat. Kaotanud lühikese ajaga poja ja abikaasa, hakkas mu isa lõputule kurbusele alla jääma."

Hunter juba oletas, kuidas see lõpeb.

„Kakskümmend kaks päeva pärast ema matuseid, kui tõeline mõrtsukas viimaks tabati, sai depressioon isast võitu ja ta järgis mu venna eeskuju. Ma olin üksi … jälle." Tema viha oli peaaegu käegakatsutav.

„Ja sa otsustasid vandekogule kätte maksta," sõnas Hunter nõrgal häälel.

„Sa said sellest viimaks aru," vastas Brenda rahulikult. „Sul kulus selleks ikka kaua aega. Võib-olla ei olegi suurepärane Robert Hunter nii suurepärane."

„Aga sa ei tapnud vandekogu liikmeid. Sa tapsid nende lähedasi. Neid, keda nad armastasid," jätkas Hunter.

„Kas pole kättemaks mitte magus?" ütles Brenda hirmutavalt rahuloleva naeratuse saatel. „Silm silma vastu, Robert. Andsin neile vastu seda, mida nemad mulle olid andnud. Südamevalu, üksildust, tühjust, kurbust. Tahtsin, et nad tunneksid nii tohutut leina, et iga päev on üks suur võitlus."

Mitte kõik ohvrid polnud olnud John Spenceri juhtumi vandekogu liikmetega otseselt suguluses, aga oli ka lihtne aru saada, miks. Mõned olid armukesed. Keelatud armukesed, taunitud suhted, isegi homoarmukesed. Varjatud suhted, mida oli võimatu vandekogu liikmetega seostada. Ent sellegipoolest lähedased inimesed.

„Pühendasin oma elu õige inimese leidmisele. Selle, keda nad armastasid üle kõige. Jälgisin neid pikalt, nende rutiini. Uurisin nende kohta välja kõik, mis leida oli. Kus neile meel-dib käia, minevikusaladused. Käisin isegi mõnedel jälkidel seksipidudel, et ühele neist ligi pääseda. Pean tunnistama, et vandekogu liikmete kannatused iga uue mõrva järel olid virgutavad."

Hunter heitis talle mureliku pilgu.

„Oo jaa, ma jälgisin neid tükk aega pärast iga tapatööd," selgitas Brenda. „Tahtsin näha neid kannatamas. Nende valu andis mulle jõudu." Ta pidas vahet. „Kas teadsid, et kolm vandekogu liiget sooritasid enesetapu? Nad ei suutnud leina taluda. Nad ei suutnud taluda valu, nagu minu vanemadki." Naine naeris saatanlikku naeru, mis muutis toa pimedamaks. „Politsei saamatuse tõestuseks jätsin iga ohvri juurde vihje, ja ikka ei suutnud te mind tabada," jätkas ta.

„Topeltkrutsifiks ohvrite kaelal," nentis Hunter.

Naine noogutas õelalt.

„Nagu tätoveering su venna kuklal?"

Brenda vaatas teda taas üllatunult.

„Kui ma taipasin seost vandekogu liikmetega, kontrollisin su venna toimikut. Mäletasin seda vahistamisraportist eritunnuste alt, kuhu selle koostanud inspektor oli pannud kirja „mitu tätoveeringut", aga ei kirjeldanud neid täpsemalt. Pidin lahkamisaruannet lugema, et saada teada, kus need olid. Topeltkrutsifiks kaelal oli üks neist. Sa lõikasid kõikidele ohvritele oma venna sümboli."

„Vaat kui nutikas. Ma tätoveerisin selle topeltkrutsifiksi venna kuklale ise," sõnas Brenda uhkelt. „Johnile meeldis valu."

Hunter tundis, kuidas õhk tema elutoas muutub külmaks. Kui Brenda meenutas, kuidas ta oli oma lihasele vennale valu tekitanud, oli tema hääl kõhedust tekitav.

„Aga miks lavastada süüdi Mike Farloe? Tema polnud su venna juhtumiga kuidagi seotud," küsis Hunter, püüdes saada infot lünga kohta, mida siiamaani ise täita ei osanud.

„Ta oli algusest peale plaani osa," vastas Brenda ükskõikselt. „Lavastada süüdi keegi, kes tundub usutav, ja mitte keegi ei nuhi enam. Juurdlus lõpetatakse ja kõik on rahul," lausus ta naeratades. „Aga kahjuks tekkis mul väike probleem. Süüdilavastamist tuli edasi lükata."

„Seitsmes ohver," sõnas Hunter.

„Oo, sa *oled* tõesti taibukas." Brenda manas näole vaimustunud ilme.

Mike Farloe vahistati vahetult pärast seitsmenda ohvri leidmist. Edasipüüdlik noor advokaat, ühe vandekogu liikme tütar. Kõikidest ohvritest kõige lähem sugulusside. Kui aega oleks olnud rohkem, oleksid Hunter ja Wilson selle välja selgitanud, aga miks üritada leida ohvritevahelisi seoseid, kui süü üles tunnistanud mõrtsukas on vahi all? Mike'i vahistamisega jäi kõik muu krutsifiksimõrvari juurdluses seisma.

„Ta pidi olema mu viimane ohver," turtsatas Brenda. „Kust mina pidin teadma, et tal on fotograafiline mälu? Ta tundis mu ära, kui ma esimest korda temaga kohtusin. Ta mäletas isegi seda, millised riided mul kohtusaalis seljas olid. Ta muutus kohe ohtlikuks ja mul ei jäänud üle muud, kui ta nimekirjas ettepoole tõsta. Pärast seda oli vaja aega, et plaan ümber teha. Kellegi süüdilavastamine kõige lõpuks oli mul algusest peale kavas. Leidsin Mike Farloe tänavatel jumalasõna kuulutamast vahetult pärast selle näruse raamatupidaja tapmist."

Viies ohver, mõtles Hunter.

„Mike'iga oli lihtne. Väärastunud pedofiil, kes krutsifiksimõrvarit imetles. Valmistasin Mike'i mitu kuud ette, söötsin talle ette vajalikku informatsiooni. Piisavalt, et ta tunduks usutav, kui vahele jääb. Teadsin, et ta on valmis." Brenda kehitas õlgu. „Ma ei arvanud siiski, et ta süü omaks võtab, see oli lihtsalt boonus. See tegi juurdlusele lõpu. Just seda mul vaja oligi," ütles ta naerma turtsatades. „Aga koos tema vahistamisega tekkis mul võimalus keegi teine oma nimekirjast maha tõmmata. Üks mu kannatuste peasüüdlasi ... su kuradima lollakas paarimees."

Hunteri pilku tekkis järsku õud.

„Oh, ma unustasin," sõnas Brenda külmalt naeratades. „Sa ei teadnud, et seda tegin mina, mis?"

„Mida sa tegid?" küsis Hunter ebakindlal häälel.

„See väike plahvatus purjekal."

Hunter tundis, kuidas kõhus keerab.

„Krutsifiksimõrvari juurdluse lõppedes ei üllatanud mind sugugi, et sina ja su paarimees otsustasite puhkust võtta. Nii pika juurdluse järel oli see ju ainult õiglane. Pidin vaid teda jälitama." Naine vaikis ja vaatas, kuidas Hunter vastikustundega võitleb. „Tead, nad kutsusid mu oma purjekale. Hädasolijat, eriti naisterahvast, aitavad võmmid alati. Pardal olles oli tapmine juba lapsemäng. Sidusin ta kinni, nagu sinu praegu, ja sundisin teda vaatama. Sundisin teda vaatama, kuidas ma seda väikest lipakat piinan. Verd oli nii palju, Robert." Brenda silmitses hetke Hunterit, nautides tema valu. „Ja jah, ma teadsin, et ta on su ainuke sugulane. See oli minu jaoks veel eriliselt nauditav."

Hunteril hakkas halb, oksetunne kerkis kurku.

„Su paarimees palus tema elu eest. Pakkus mulle vastutasuks enda oma. Ülim armastuse ohverdus, aga mul polnud sellega midagi peale hakata. Tema elu oli nagunii minu kätes." Järgnes üürike vaikus, enne kui Brenda jätkas. „Naine suri aeglaselt ja su paarimees nuttis nagu laps. Ma ei tapnud teda kohe. Jätsin ta mõneks tunniks sinna, et ta saaks naise surma valus haududa. Pärast seda viisin oma kaatrist purjekasse mõned kütusetünnid, tekitasin väikese lekke, seadistasin taimeri ja ... kõmaki. Tuli hävitas kõik asitõendid, mis minust maha võisid jääda."

Nauding tema hääles oli jäine.

„Kõige toredam oli pärast seda vaadata, kuidas sina täiega põhja käisid. See oli imeilus. Pärast nende surma arvasin, et sa teed seda. Annad alla ja lased endal ajud sodiks. Sa olid sellele üsna lähedal."

Hunter ei suutnud vastata.

„Aga siis anti sulle uus paarimees ja tundus, et sa hakkad toibuma. Mul oli veel kaks nime nimekirjas, kui sind mitte arvestada, nii et mõtlesin, et on aeg taas meie mänguga jätkata." Brenda tõmbas ülemäära ükskõikselt käega läbi juuste. „Sinuga oli keeruline. Tõeline üksik hunt. Pole naist, kallimat, lapsi, armukest ega perekonda. Niisiis mõtlesin ma välja Isabella, lipaka. Selle, kes su räpasest baarist kaasa viis. Selle, kes su endasse armuma paneks." Tema ülbus oli majesteetlik.

„Kas sul on ettekujutust, mis tunne on seksida inimesega, keda sa jälestad? Lasta sel inimesel ennast puudutada, suudelda?" Ta manas näole vastikust väljendava ilme. „Kogu meie koos veedetud aeg tekitas mulle vastikusvärinaid. Iga kord, kui sa mind puudutasin, tundsin, nagu mind vägistataks. Iga kord, kui sa ära läksid, pesin end mitu tundi, küürisin nahka, kuni see oli hell." Naine tõmbas sügavalt hinge, et end rahustada. „Sa pidid temasse armuma. Tema oli see, kelle nimel sa pidid eluga riskima. Tema oli see, kes sul enne tapmist südame rinnust rebib. Kas sa mõistad selle irooniat, Robert?"

Hunter ei pööranud pilku ära.

„Aga sa põgenesid romantika eest nagu vanakuri risti eest," jätkas Brenda rahulikul häälel. „Sa ei saanud aru, kui eriline ta on, ega? Kas sa olid tema jaoks liiga hea? Kas sa mõtled nii? Suurepärane Robert Hunter oli liiga hea väikese hapra Isabella jaoks, kas nii?" küsis naine, manades pilkavalt näole kurva lapseilme.

„See oli minu viga, oleksin pidanud Isabellaga rohkem aega veetma."

Brenda vaatas Hunterile pikalt sügavalt silma. „Ma tean, mida sa mõtled. Mõtled, et kui sa oleksid temaga rohkem aega koos veetnud, oleksid temast aru saanud." Naine naeris. „Mul on sulle uudiseid, Robert. Sa võinuks temaga mitu kuud koos veeta ja ikka poleks sul aimugi olnud. Isabella oli täiuslik. Ma tegin ta täiuslikuks. Tegelesin tema loomise ja tema elu elamisega rohkem kui aasta, enne kui viimaks sinuga tutvust sobitasin. Omandasin uued maneerid ja harjumused. Alustasin nullist. Uus elu, uus korter, uus töö, kõik oli uus. Psühholoogiline süvenemine. Sa tead ju, mis see on, eks, Robert? Minust sai kaks erinevat inimest. Mitte miski ei seostanud Isabellat minuga."

Hunter sai aru, et naisel on õigus. See, kuidas ta kõndis, tema liigutused, kehahoiak. Kõik oli teistsugune.

„Olenemata sellest, kui osav sa oled, Robert, sa pole selgeltnägija. Sa ei saa näha seda, mida pole. Mitte keegi ei saa. Isabella ei reetnud midagi. Ei mingeid vigu ega vääratusi. Nagu öeldud, tegin ma ta täiuslikuks." Brenda lasi Hunteril paar sekundit sellele mõelda ja jätkas siis: „Igatahes, mul hakkas aeg otsa lõppema. Pidin plaani kohandama. Kuna sa Isabellasse ei armunud, pidin tema asemele leidma kellegi teise. Kellegi, kelle nimel sa eluga riskiksid. Kellegi, kellest sa hoolid, aga kedagi sellist pole, ega, Robert? Kõige lähedasem oli sulle su uus paarimees, nii et temast sai ka ilmne valik. Pidin kiiresti tegutsema."

Hunter mõtles koomas olevale Garciale. Tema ainus viga oli olnud saada Hunteri paarimeheks.

„Pean tunnistama, et mul olid teatavad kahtlused. Ma ei arvanud, et sa tema päästmiseks eluga riskid. Arvasin, et lähed minema ja jätad ta üksi surema. Olin kindel, et mõtled ainult enda peale ja ongi kõik." Naine vaikis ja kehitas ükskõikselt õlgu. „Märter Robert, mis? Milline kuradima naljanumber."

Brenda oli Isabellast nii erinev, et see oli lausa hirmutav. Hunter silmitses teda veidi aega, analüüsides tema liigutusi. Naine hakkas ärevamaks muutuma.

„Aga kuidagimoodi õnnestus sul kellast kaks korda võitu saada ja ikkagi oma paarimehe elu päästa. Sa olid tubli, aga kas sa arvasid, et saad ka minust võitu?" küsis ta koomilise muige saatel, kummardudes Hunterile silma vaatama. „Sa ei saa minust iialgi võitu, Robert. Ma olen sinust parem. Intelligentsem, kiirem, ja ma ei tee vigu. Sinust pole mulle vastast. Minu plaan oli täiuslik. Mina olen täiuslik."

Hunter ei näinud teda enam, kui naine tema tooli taha läks. Ta kuulis selja tagant noa teritamise heli ja süda hakkas kiiremini pekslema. Ta teadis, et aeg on otsas. Brenda valmistus viimaseks tapatööks.

Kuuskümmend üheksa

„Ja nüüd on aeg oma tegude eest vastust anda. Oma saamatuse, mulle põhjustatud valu eest, Robert. Mul on arvatavasti paar päeva aega sinuga omaette olla. Pärast täna juhtunut käskis kapten sul ilmselt paar vaba päeva võtta. Mitte keegi ei oota, et sa nii vara ühendust võtaksid. Su paarimees on rivist väljas. Mitte keegi ei tunne sinust puudust, Robert. Selleks ajaks, kui nad sind otsima tulevad ..." Brenda ei lõpetanud lauset.

„Valgustan sind pisut, mis sinuga juhtuma hakkab. Kõigepealt panen su magama, et saaksin su kõri opereerida. Ei midagi uhket. Pigem üsna lohakalt. Piisavalt, et su häälepaelad läbi lõigata. Ma ei saa ju lasta sul siin kaks päeva karjuda."

Vrmmmm. Hunter kuulis selja tagant elektripuuri kimedat heli. Ta tõmbas sügavalt hinge, aga tundis, et hirm hakkab võimust võtma.

„Siis," jätkas naine, „kui sa ärkad, puurin ma sulle põlve-ketradesse, küünarnukkide ja pahkluude liigestesse augud.

See purustab luud sadadeks teravateks kildudeks. Iga vähimgi liigutus, isegi hingamine tekitab meeletut valu. Naudin seda mõne tunni ja jätkan siis."

Hunter sulges silmad ja üritas talitseda vabisevaid tõmblusi, mis hakkasid temas tekkima.

„Pärast seda hakkan eksperimenteerima su silmade, hammaste, suguelundite ja katmata ihuga." Brenda muigas. „Ära sina muretse, ma hoian sind elus, et saaksid viimase hetkeni piinelda."

Hunter käänas kaela, aga ei näinud teda. Kahtlused ei andnud rahu. Tekkinud oli hirm ja ta hakkas oma otsust kahetsema. Võib-olla ei saa tema plaanist asja.

„Aga enne pean veel midagi tegema," sosistas Brenda.

Ootamatult tundis Hunter, kuidas tal kuklal olevatest juustest tohutu jõuga kinni haarati. Pea nõksatas tugevasti ette. Ta üritas vastu hakata, aga tal polnud lihtsalt jõudu ega energiat. Tera kaela vastas oli alguses jääkülm, siis põletas nagu kuum laava. Ta tundis, et sisselõige pole sügav. Piisavalt, et lihahaav tekitada.

Topeltkrutsifiks, mõtles Hunter. Mulle tehakse surma märk.

„Oota ..." hüüatas ta. Hääl oli ikka nõrk, kurk kuiv ja valutas palavikuliselt. Ta pidi midagi tegema. Aega juurde hankima. „Kas sa ei taha teada, kus sa vea tegid? Kas sa ei taha teada, kuidas sa kaotad?"

Ta tundis, et nuga võeti ära. Brenda rahutuks tegev naer kajas Hunteri väikeses elutoas. „Sa ei oska isegi bluffida, Robert. Ma ei ole vigu teinud. Ma ei jätnud midagi maha. Mu plaan on alati olnud veatu," ütles naine üleolevalt. „Ja ma arvan, et sa hakkad sonima. Kirjeldan sulle olukorda. Sa oled kinni seotud, üksi ja nõrk nagu haavatud loom. Minu käes on kõik noad, ja sina arvad, et ma kaotan?"

„Vaata, sul on peaaegu õigus," ütles Hunter, tõstes pea püsti. Ta tundis kõrvetust lihahaavas, mille Brenda ta kaelale oli tekitanud. „Aga täna õhtul, kui ma sain teada kõik sinu kättemaksu, vandekogu liikmete ja selle kohta, kes sa tegelikult oled, sain teada ka seda, et täna oleks olnud su venna sünnipäev."

Brenda oli tooli tagant ära tulnud ja seisis taas Hunteri ees. Läikiv nuga käes, uudishimulik ilme näol.

„Ja ma siis arvasin, et nii sa seda teha tahadki," jätkas Hunter. „Lõplik kättemaks venna sünnipäeval. Täiuslik finaal."

„Väga tubli, Robert," ütles naine käsi plaksutades. „Kahju, et sa otsustasid uurimistööd teha alles oma surmapäeval."

„Niisiis …" jätkas Hunter kähku, „helistasin ma enne mõrvarühmast lahkumist oma kaptenile, selgitasin, mida olin avastanud, ja ta pani mulle jälgijad sappa."

Brenda kortsutas kulmu. Pilgus oli kerge kahtlus.

„Kui ma koju jõudsin, teadsin, et midagi on viltu, et keegi on siin käinud. See keegi pidid olema sina. Sa teadsid, et teen täna õhtul paar drinki, nii et panid kõikidesse mu viskipudelitesse uimastit, kuna ei teadnud, millist ma võtan. Aga sa oleksid pidanud need õiges järjekorras tagasi panema."

Brenda vaatas väikese baarikapi poole ja siis uuesti Hunterit.

„Need on aastaid olnud samas järjekorras. Ma ei muuda seda kunagi."

„Kui sa teadsid, et viski on uimastatud, miks sa seda siis jõid?" küsis naine põlglikult.

„Sest ma teadsin, et sa ei tapaks mind mürgiga. See pole sinu moodi. See poleks ju kättemaks, kui ma sureksin, teadmata, miks."

Hunter tunnetas, et Brenda muutub ärevamaks. Tema süda peksles hullunult, aga ta kõneles rahulikult.

„Ma teadsin, et sa oled mu korteris, tunnetasin su kohalolekut. Teadsin, et sa jälgid mind, nii et teesklesin, et vajutan telefonil mõnda nuppu, ehkki tegelikult helistasin oma ülemusele. Kui sa mulle taskusse vaatad, näed, et telefon töötab. Kui vaatad aknast välja, näed, et maja on ümber piiratud. Sa ei pääse siit välja. See on läbi."

Naise pilk langes aknale Hunteri selja taga. Tema näol oli ärritunud, häiritud ilme. Ta oli Hunterit alahinnanud ja ta teadis seda.

„Sa blufid," ütles ta närvilisel häälel.

„Vaata aknast välja," vastas Hunter kindlalt.

Brenda ei liigutanud. Tema käsi värises adrenaliinist. „Mitte midagi pole läbi!" karjus ta raevunult, minnes Hunteri tooli taha.

Järsku paiskus Hunteri elutoa uks pauguga lahti. Purunenud uksepiidast lendas pinde laiali. Sekundi murdosa jooksul oli toas kolm eriüksuse agenti. Nende relvade laserikiired suunasid Brenda südame kohale kolm täppi.

„Viska nuga käest! Kohe," kamandas esimene agent käskival häälel, aga Brenda oli juba Hunteri taha pugenud. Ta oli põlvili, varjates end mehe taga. Nuga, mis oli seni olnud ta paremas käes, hoidis naine nüüd mõlema käega, nii et tera oli kogu pikkuses horisontaalselt mehe kõri vastas, nagu kavatseks ta teda sellega kägistama hakata.

„Viska nuga käest," kordas agent.

„Oodake …" hüüatas Hunter. Ta teadis, mida naine oli teinud. Ta oli sättinud end nii, et keha raskus lükkas teda tahapoole, Hunteri toolist eemale. Kuna nuga oli Hunteri kõril kägistamisvõttes, teadis viimane, et kui naine tagurpidi vajub, võtab ta põhimõtteliselt tal pea maha. Kui naine sureb, sureb ka tema. „Laske relvad alla," ütles Hunter.

„Ei saa, söör," vastati kohe.

Hunter teadis, et eriüksuslased ei tagane, nad elasid selliste hetkede nimel.

„Isabella, kuula mind …" sosistas ta. Ta ei tahtnud kasutada naise õiget nime. Ta lootis, et natuke Isabellat on veel kusagil alles. „Need tüübid kibelevad tulistama. Nad ei kõhkle sind maha laskmast." Hunter üritas rääkida võimalikult rahulikult. Ta mõistis stressirohkeid olukordi. Ta teadis, et inimesed kipuvad üldiselt muutuma sama närviliseks kui kõik nende ümber. „Palun ära lase sel niimoodi lõppeda. Sind on võimalik aidata, sind tahetakse aidata. Ma saan sinu valust aru, aga see valu ei pea kestma."

„Sa ei mõista seda valu iialgi," sosistas naine vastu.

„Mõistan küll. Sa nägid seda, ise ütlesid. Pärast paarimehe ja ainsa sugulase surma oleks valu mu peaaegu hävitanud. Käisin põhjas ära, aga ma ei jäänud sinna. Anna meile võimalus sind aidata."

„Sa tahad mind aidata?" Naise hääl oli nüüd kergelt õrn.

„Jah, lase mul end aidata. Palun."

„Nagu sa täna oma paarimeest aitasid, Robert?" Itaalia aktsent oli tagasi. Hunter tunnetas, et naine tema selja taga ei ole enam Brenda.

„Jah … nagu ma aitasin Carlost." Hunteri hääles polnud kõhklust.

Ta tundis, et tera surus veidi tugevamini vastu kõri ja ihu hakkas kipitama.

„Kas sa teeksid sama minu heaks, Robert?" sosistas naine talle paremasse kõva. „Kas sa riskiksid minu pärast eluga?"

„Sul on kolm sekundit aega nuga käest visata, enne kui me su maha laseme," ütles eriüksuslane, seekord ülimalt ärritunult.

Hunter teadis, et tal pole eriti aega.

„Kas sa ei vasta mulle?" küsis naine.

Järgnes hetkeline vaikus.

„Jah …" vastas Hunter sosinal. „Ma riskiksin sinu pärast eluga."

Hunter tundis, et naine naeratas kergelt ja võttis siis noa tema kõri pealt ära. Ta tõusis välgukiirusel ja enne, kui eriüksus jõudis tulistada, oli ta löönud noa endale sügavale kõhtu. Üliterav nuga lõikas nahka ja lihaseid uskumatult libedalt ja täpselt. Hunter tundis kaelal sooja vedeliku juga.

„Ei!" kähises ta.

„Issand jumal!" karjus eriüksuse juht, lastes relva alla. „Kutsuge parameedikud siia ... kohe," käsutas ta. Nad kõik jooksid Hunteri ja Brenda juurde, kes nüüd põrandal lebas. Tema keha ümbritsev vereloik laienes meeletu kiirusega.

Eriüksuse juht lõikas oma noaga kähku lahti Hunteri köidikud ja viimane vajus kohe põlvili, keha värisemas.

„On kõik korras, söör?" küsis mees.

Hunter ei vastanud. Tema pilk oli kinnitunud Brenda lõdvale kehale. Üks eriüksuslane hoidis naise pead käte vahel. Hunter tundis, kuidas elu naisest lahkub. Eriüksuslase ilme ütles talle seda, mida ta juba teadis.

Seitsekümmend

Neli päeva hiljem

Hunter avas vähehaaval Garcia palati ukse ja kiikas sisse. Anna seisis voodi kõrval, silitades õrnalt abikaasa kätt.

„On ta ärkvel?" sosistas Hunter.

„Olen jah," vastas Garcia nõrgalt, pöörates pea ukse poole.

Hunter naeratas laialt ja astus sisse. Tal oli parema kaenla all kommikarp.

„Sa tood mulle kingitusi?" küsis Garcia mureliku näoga.

„Kuramus, ei ... See on Annale," vastas Hunter karpi naisele ulatades.

„Oh! Suur tänu," ütles Anna karpi vastu võttes ja andis Hunterile põsemusi.

„Mis siin toimub?" küsis Garcia. „Kommid … musid … järgmisena tuled veel minu koju õhtusöögile."

„Tulebki," kinnitas Anna. „Ma juba kutsusin teda. Kohe, kui sa koju saad." Ta naeratas armsalt, nii et kogu palat muutus helgemaks.

„Kuidas sa end tunned, paarimees?" küsis Hunter.

Garcia vaatas oma sidemeis käsi. „Peale soovimatute aukude peopesades, sügavate kriimude peas ja tunde, et mind visati alla Kuldvärava sillalt, täitsa mõnsalt. Kuidas sul endal läheb?"

„Arvatavasti sama hästi kui sul," vastas Hunter mitte kõige veendunumalt.

Garcia vaatas Anna poole, kes mõistis tema pilku.

„Jätan teid korraks omavahele. Tahan nagunii kohvikus käia," ütles ta, kummardus ja suudles Garciat kergelt huultele. „Pean komme sööma," lõõpis ta.

„Jäta mulle ka," ütles Garcia silma pilgutades.

Pärast naise lahkumist alustas Garcia.

„Kuulsin, et saite ta kätte."

„Mina kuulsin, et sa ei mäleta suurt midagi," vastas Hunter.

Garcia raputas aeglaselt pead. „Ma ei mäleta midagi konkreetset. Mälupildid, aga ma ei oleks suutnud mõrtsukat tuvastada, kui asi sinnamaale oleks läinud."

Hunter noogutas ja Garcia märkas tema pilgus kurbust.

„Sain aru, kes ta on, aga ma ei saanud teda kätte," ütles ta voodile lähemale astudes.

„Kuidas sa seda tegid?"

„Joe Bowman …"

Garcia kortsutas kulmu, püüdes nime meenutada. „Jõusaali juhataja? Steroidi-vend?"

Hunter noogutas. „Ma teadsin, et olen teda kusagil näinud, aga ta veenis mind, et ilmselt mõnes fitnessiajakirjas. Ma ei jaganud asja ära enne, kui D-King mainis vandekogu, kohtunikku ja timukat."

„D-King?" küsis Garcia imestunult. „See uimastiärikas?"

„Pikk lugu, teinekord räägin, aga see värskendas mu mälu John Spenceri juhtumi osas. Joe oli üks vandekogu liige. Ta nägi toona väga teistsugune välja. Steroide polnud, palju väiksem, aga ma tundsin ta ära."

Garcia näoilme ärgitas Hunterit jätkama.

„Sealt edasi selgitasin välja, et kõik ohvrid olid vandekogu liikmetega seotud, osa olid sugulased, osa armsamad või armukesed, nagu Victoria Baker. Ta oli Joe Bowmani armuke, mäletad. Bowman on abielus."

Garcia nõustus. „Ja George Slater?"

„Tal oli homoarmuke. Rafael, üks vandekogu liikmetest. Me vestlesime temaga eile."

„Kas Slateri naine teab?"

„Vaevalt. Arvan, et ta ei peagi teadma. See põhjustaks ainult suuremat ahastust."

„Nõus. Ja meil oli õigus, et Slateril oli armuke."

Hunter noogutas. „Ma ei saanud aru ainult sellest, kes on mõrtsukas. Oli selge, et see kõik on seotud John Spenceri juhtumiga, asi on kättemaksus, aga kes?"

„Sugulane," vastas Garcia.

„Pole tugevamat armastust kui perekonna armastus," kinnitas Hunter. „Aga kontrollimise käigus selgus, et tal oli ainult õde … lapsendatud õde."

„Lapsendatud?"

Peanoogutus. „Brenda lapsendati alles üheksa-aastasena. Ta ei olnud orb, aga sotsiaalamet võttis ta tema vägivaldse bioloogilise perekonna juurest ära. Johni perekond võttis ta enda juurde ja pakkus armastust, mida Brenda polnud kunagi tunda saanud. Ta tundis end nendega kaitstuna, hoituna. Neist sai tema perekond, mida tal seni polnud õieti olnud. Nende surmad vallandasid alateadvuses midagi. Võib-olla hirmutunde, et ta on taas perekonnata. Võib-olla kõik mälestused noorena kogetud vägivallast. Võib-olla hirmu, et ta võetakse taas ära ja saadetakse bioloogilise pere juurde tagasi."

Garcia oli segaduses.

„Traumeerivates olukordades, nagu see, mida ta oli äsja kogenud," selgitas Hunter. „ei lasknud kõigi pereliikmete surm üksteise järel ajul neid vanuseliselt eristada. Aju lihtsalt leiab alateadvusest mingi mälestuse. Lapsena kogetud hirm ja viha olid tagasi sama tugevana, ilmselt isegi intensiivsemana, tekitades temas taas väikese üksildase tüdruku tunde. See võis äratada mingi raevu, mingi peidus olnud kurjuse tema sees. Ta süüdistas oma pereliikmete surmas kõiki, kes olid tema venna juhtumiga seotud. Ennekõike vandekogu, Scotti ja mind. Ta ei saanud jätta seda karistamata."

„Millal sa said teada, et see on Isabella?"

„Kui sain teada John Spenceri kohta. Kuna õde oli tema ainus elus olev sugulane, oli vaja vaid välja selgitada, kes ta on. Uus otsing andis vastuse, et varsti pärast isa surma oli naine vaimuhaiglasse saadetud."

„Vaimuhaiglasse?"

„San Franciscos, kus ta elas. Pärast isa surma sai raev temast võitu ja ta läks hulluks ... segaseks, peksis korteri segi ja oleks äärepealt oma kallima tapnud. Nad elasid siis koos."

„Nii et ta vahistati," sõnas Garcia, ent see polnud küsimus.

„Alguses jah, aga siis saadeti Langley Porteri psühhiaatria-haiglasse, kus ta veetis kaks aastat. Helistasin San Francisco politseisse ja nad saatsid mulle vahistamisraporti faksi. Ta oli fotol väga teistmoodi. Teist värvi ja pikkusega juuksed, ta tundus vanem, nagu oleksid läbielamised temast elu välja pigistanud. Aga mingit kahtlust ei olnud. Siis saingi aru, kes ta on."

Hunter läks akna alla ja vaatas välja. Ilm oli imeline, taevas polnud pilvetupsugi. „Ja siis meenus mulle tema CD-kogu ja kõik mu kahtlused hajusid."

„CD-kogu?"

„Esimesel õhtul, kui ma Isabella juures õhtust sõin, uurisin ma mingil põhjusel tema CD-kogu."

Garcia näol oli ilme, mis küsis, kuidas sellest abi oli.

„Tema kogu koosnes džässiplaatidest, paar rokialbumit kah sekka, kõigil autogramm, aga mitte bändi või muusikute, vaid produtsendi oma – John Spenceri. Ma ei teadnud tookord, et John ei kirjutanud kunagi „John Spencer", sest muusikatööstuses teda selle nime all ei tuntud. Tema autogramm oli Specter J. Tema rokipseudonüüm või midagi. Avastasin selle internetist. Sellepärast mulle tol õhtul autogrammi juures olevat pühendust lugedes midagi ei meenunudki. Pühendus oli umbes selline „Big B-lt igavese armastusega". Oletasin, et see on mõne artisti veider nimi, noh, nagu Puffy või LL Cool J. Specter J ja Big B ei tulnud kuidagi tuttavad ette."

„Big Brother*?" küsis Garcia taibates.

Hunter noogutas. „John Spencer oli Brendast aasta vanem."

„Nii et psühhiaatriahaiglas viibides oli tal piisavalt aega plaan valmis mõelda."

„Kaks aastat," kinnitas Hunter.

„Ja see selgitab ka ajavahet John Spenceri juhtumi ja esimese krutsifiksimõrva vahel."

Hunter noogutas taas. „Ja eile sain ma teada, et tal on sõjaväeline taust."

„Sõjaväeline?"

---

*   *big brother* – suur (vanem) vend (ingl k)

„No teatud mõttes. Brenda oli kirurg, saadaoleva informatsiooni põhjal väga andekas kirurg. Oma karjääri alguses veetis ta kaks aastat USA vägede ja meditsiinitöötajatega Bosnias ja Hertsegoviinas, abistades maamiinide ohvreid."

„Ära aja!" Garcia kulmud kerkisid imestunult ja siis taibates. „Lõhkeained?"

„Seal õppis ta neid käsitsema. See oli nende väljaõppe osa, selgitustöö miinide, lõhkeainete, detonaatorite, plahvatuse kiiruse ja võimsuse kohta ... Sellised asjad. Talle olid kättesaavad kõikvõimalikud käsiraamatud."

„Seega pidi ta lihtsalt teadma, kust otsida, kellega rääkida, ja sai lihtsasti kõik vajalikud materjalid."

„Just."

Tekkis lühike paus. „Meile antud mehe kirjeldus?" küsis Garcia vastust aimates.

„Meie eksitamiseks. Olin tol õhtul endalegi märkamata joonistanud topeltkrutsifiksi. Aju alateadlik refleks, kuna mõtlesin ainult juhtumile. Isabe..." Hunter vaikis ja mõtles ümber. „Brenda," parandas ta end, „oli väga taiplik naine, ja kiiresti mõelnud, nägi ta suurepärast võimalust meile valejälg ette sööta, nii et mõtles välja loo sellest, kuidas kohtus kellegagi baaris. Kellegagi, kelle randmetele oli tätoveeritud topeltkrutsifiks. Tal pruukis meile vaid väljamõeldud kirjeldus anda, ja juurdlus kaldus valesse suunda."

„Me raiskasime selle valekirjelduse kontrollimisele paar nädalat."

„Ja oleksime raisanud rohkemgi," nentis Hunter. „Meil polnud põhjust teda kahtlustada. Arvasime, et see on õige niidiots."

„Kuidas sa teadsid, et ta su tol õhtul ette võtab?"

„Kolm asja. Esiteks polnud rohkem vandekogu liikmeid, kellele kätte maksta."

„Aga ta oli tapnud üheksa inimest, vandekogus oli kaksteist liiget."

„Kolm olid juba loomulikku surma surnud. Ta ei saanud neile enam haiget teha. Mu paarimees Scott, kes oli teine Spenceri vahistanud politseinik, on surnud." Hunter peatus hetkeks, meenutades, mida Brenda talle neli päeva tagasi oli rääkinud. Siis tõmbas ta sügavalt hinge ja jätkas: „Mina olin ainsana alles."

„Polnud just parim positsioon," naljatas Garcia.

Hunter nõustus. „Teiseks oli Johni sünnipäev. Brenda jaoks ülim kättemaksupäev. Ülim kingitus vennale ja vanematele."

Järgnes pikk vaikus.

„Ja kolmandaks? Sa ütlesid, et oli kolm asja," sõnas Garcia.

„Mina sinu risti tassimas."

„Häh? Ma ei saa aru," ütles Garcia, üritades end voodis paremasse asendisse sättida.

„Kellegi maise elu viimase päeva suurim analoogia."

Garcia pidas hetke aru. „Kanda risti seljas. Jeesuse viimane päev maa peal," lausus Garcia siis taibates.

Hunter noogutas taas. „Teadsin, et mul on vaid mõni tund aega midagi välja mõelda. Teadsin, et ta võtab minu ette."

Hunter pöördus taas akna poole ning tema pilk tundus eemalolev. Ta katsus kergelt kukalt ja tundis seal haava, mis polnud veel päriselt paranenud.

„Kui sa kahtlustasid, et see on Isabella, miks sa siis seda kõike tegid? Miks riskida eluga ja lasta tal endale ligi pääseda? Miks mitte ta lihtsalt vahistada?" küsis Garcia end taas sättides.

„Mul polnud mingeid asitõendeid, ainult kahtlused. Ainult pöörane kättemaksuteooria. Nagu sa tead, ei olnud meil mõrtsuka kohta mitte midagi, ei DNA-d ega sõrmejälgi, mitte midagi, mis seostaks teda ohvrite või kuriteopaikadega. Kui oleksime Brenda vahistanud, oleks ta vabaks saanud, ja olen kindel, et igaveseks ajaks ka kadunud. Mu ainus lootus oli lasta tal mind ette võtta."

„Sa seadsid üles lõksu. Ohtliku lõksu."

Jälle peanoogutus. „Ma ei osanud muud välja mõelda, aeg hakkas otsa saama."

„Kuidas ta oli sellisteks tapatöödeks, selliseks julmuseks võimeline?"

„Seda me kindlalt teada ei saagi, aga ohvritega kahekesi olles muutus ta kellekski teiseks. Ta põles raevust ja kurjusest. Ta oli kõigeks võimeline. Ma tean seda. Nägin seda tema silmis. Ma lausa tundsin teda ümbritsevat raevu."

Garcia silmitses paarimeest natuke aega vaikides. „Kas kõik on korras?" küsis ta.

„Jah," vastas Hunter kindlalt. „Mul on hea meel, et see on möödas."

„Seda nüüd küll," lausus Garcia sidemeis käsi üles tõstes. Mõlemad naersid.

„Peaasi, et kapten Bolter mind paberitööd tegema ei määra."

„Looda sa," sõnas Hunter. „Sa oled minu paarimees. Kui ma pahasid taga ajama lähen, tuled sina kaasa."

Garcia naeratas. „Aitäh, Robert," ütles ta tõsisemalt.

„Pole tänu väärt. Ma ei laseks kaptenil sind nagunii paberitööle määrata."

„Mitte selle eest ... Et riskisid eluga ... minu päästmiseks."

Hunter pani käe kergelt paarimehe vasakule õlale. Kumbki ei öelnud midagi. Midagi polnud vajagi öelda.

Doktor Winston avas surnukuuri keldris lahkamisruumi ukse ja juhatas kapten Bolteri sisse.

„Mis meil siin siis on?" küsis kapten pikema jututa. Keldri lahkamisruum tekitas ka talle kõhedusjudinaid. Mida kiiremini ta siit minema saab, seda parem.

„Surma põhjuseks oli sügav mao ja soolestiku haav, aordi aneurüsm ja tugev verejooks. Kui ta noa endale kõhtu lõi, suutis ta selle kuidagimoodi paremalt vasakule tõmmata. Natuke nagu Jaapani rituaalis," ütles doktor, minnes eespool terasest laual lebava surnukeha juurde.

„Soolikate väljalaskmine?"

„Mitte päris, aga lõpptulemus oli sama. Ta teadis, et sureb kiiresti. Ellujäämisvõimalust ei olnud."

Mõlemad silmitsesid surnukeha natuke aega vaikuses.

„Noh," sõnas kapten. „Pean tunnistama, et mul on hea meel, et see läbi on."

„Mul ka," vastas doktor Winston naeratades. „Kuidas Carlosel läheb?" küsis ta teemat muutes.

„Paraneb. Aja jooksul saab terveks."

„Aga Robert?"

„Ta on ikka veidi vapustatud. Süüdistab ennast, et varem aru ei saanud, millega tegu."

„Mõistetav. Mõrtsukas pääses talle lähedale, liiga lähedale. Nii emotsionaalselt kui ka füüsiliselt. Aga ma ei tea ühtki teist uurijat, kes sellest eluga välja oleks tulnud."

„Mina ka mitte." Kapten Bolter vaatas taas surnukeha. „Noh, ta on surnud. Robert saab sellest üle ja hakkab juba järgmisel nädala uue juhtumiga tegelema."

„Kindlasti, aga ma ei kutsunud teid siia selle pärast."

Kapten Bolter kortsutas uudishimulikult kulmu, oodates, et doktor Winston jätkaks.

„Robert tahab lahkamisaruannet näha."

„Ja siis?"

„Peaksin vist seda muutma."

Kapten Bolter heitis talle mureliku pilgu. „Miks te seda peaksite tegema?"

Doktor Winston võttis oma laualt paberilehe ja ulatas kapten Bolterile, kes luges seda hoolikalt. Tema pilk peatus poole peal ja silmad läksid suureks.

„Olete selles kindel, doktor?"

„Nii kindel, kui olla saan."

„Kui vana?"

„Embrüo suuruse järgi arvestades kõige enam neli-viis nädalat."

Kapten Bolter tõmbas käega läbi juuste ja luges lahkamisaruannet uuesti. „Umbes siis nad kohtusidki, eks?"

„Minu teada küll," vastas doktor.

„Kas olete kindel, et see on tema oma?"

„Ei ... DNA-analüüsita mitte, aga sel naisel oli vaid üks eesmärk. Ta polnud seda sorti, kes magaks erinevate meestega, kui kõik tema pingutused on suunatud kättemaksule. Oma pereliikmete surma eest ja Robertile."

Kapten Bolter pani aruande lauale tagasi. Minut möödus vaikuses ja siis ta jätkas.

„Robertile ei teeks see midagi head, kui ta sellest teada saaks."

„Nõus. Seda tal kindlasti vaja pole."

„Kes sellest veel teab?"

„Ainult teie ja mina."

„Jäägugi see nii. Muutke aruannet," ütles kapten kindlalt.

„Kuulsin, et politseiprefekt ja linnapea ise avaldavad sulle tänu," sõnas Garcia, kui Hunter endale Garcia voodi kõrval olevalt laualt võetud klaaskannust vett kallas.

„Sulle ka."

Garcia kergitas kulme.

„Me oleme paarimehed. Uurisime seda juhtumit koos."

Garcia naeratas.

„Pole paha esimese juhtumi kohta mõrvauurijana," lõõpis Hunter.

„Jah, pole paha kellegi kohta, kes nüüd saab käsi vilepillina kasutada." Garcia tõstis parema käe üles ja liigutas seda nagu puhudes suu ees edasi-tagasi, tuues kuuldavale vilistava heli.

Mõlemad puhkesid naerma.

Kerge koputus uksele köitis nende tähelepanu. „Kuulsin juba kaugelt teid naermas," ütles Anna sisse astudes. „Tore teid mõlemaid naermas näha."

„Kindel see," ütles Hunter, pannes käe Garcia käsivarrele. „Kindel see."